KB170876

깃 발
― 충무공 금남군 정충신 ―

①

이계홍 지음

깃 발
― 충무공 금남군 정충신 ―

이계홍 지음

B 범우

역사적 인물의 행로를 더듬는 것은 우리 삶의 이정표를 찾는 길이다
— 충무공 금남군 정충신 장군의 일대기 간행에 부쳐

1

역사에 대해 성찰하지 못한 민족은 반복된 역사를 갖는다고 했다. 나침반이 없는 항해와 같이 방향을 잡지 못하고 과오를 다시 범할 수 있기 때문이다. 우리는 근자에 들어 역사의식이 부족하거나 무디다는 말을 자주 듣는다. 먹고 살기도 바쁜 세상에 역사를 달달 외운다고 해서 무슨 살림에 보탬이 되느냐고 냉소하는 이도 있다.

사실 상투적으로 역사 인물과 사건을 외는 것이 역사공부라고 생각해왔던 것도 사실이다. 그런 암기가 과연 우리 삶에 무슨 소용이 있을까.

그러나 누구의 말대로 역사는 박물관에 존치된 화석이 아니라, 과거와 현재와의 끊임없는 대화다. 재구성되고 재해석되어야 하는 이유다. 특정 정권이나 특정 세력의 호불호에 따라 파기되거나 복원될 영역이 아니다.

한 시대의 사건과 인물들의 행로를 더듬는 것은 우리가 나아갈 바를 되돌아보는 거울이 된다. 그런 취지에서 묻혀있는 역사적 사건과 인물을 발굴하고 재조명하는 작업은 오늘을 살아가는 우리에게 유용한 삶의 이정표가 될 것이다. 미래를 살아가는 길잡이가 될 것이다.

2

조선조 중기의 무장 충무공 정충신(1576~1636) 장군 이야기를 우연한 자리에서 듣고 상당히 충격을 받았다. 평상시 역사에 관심이 있던 필자도 정충신 장군의 존재를 잘 몰랐다. 필자는 그렇다 치고, 이순신 장군과 똑같이 충무공 시호를 받은 금남군 정충신에 대해 아는 사람이 많지 않다는 데 놀랐다.

임진왜란과 정유재란, 이괄의 난, 정묘호란, 병자호란 발발 직전까지 오직 군인 외길을 걸어온 금남군 정충신 장군의 일생은 드라마적 파노라마 바로 그 자체였다. 우리 역사상 가장 불행했던 시기인 선조·광해군·인조 대의 무장으로 시대 모순을 헤쳐나간 보기 드문 개혁파로서의 일생을 살았던 인물이다. 그런데도 잘 몰랐다.

그 이유는 신분제 사회였던 조선조 사회에서 한미한 집안 출신이라는 한계 때문에 그의 활약상이 묻힌 측면이 있을 것이다. 주류 권력층에게 비주류로서 견제를 받은 점과 서민 계급 출신이라는 이유로 역사적으로 저평가되었을 것이라는 것이다. 거기에 외교적 역할이 당시의 정치풍토에서는 인정받지 못하는 구조라는 점도 작용했다고 보여진다.

정충신 장군은 최전방의 무관이면서도 사서삼경과 천리에 능한 지식인이었으며, 외교와 첩보전에 밝아 광해군 시기, 명·청 양대 세력의 동향을 살피며 중립노선을 걷자고 주장한 장수다. 임진왜란과 정유재란을 겪으며 현실적인 국제적 감각으로 중립외교와 개혁담론으로 나라를 새롭게 구성하자는 정치철학을 갖고 있었다. 상관인 장만 장군과 그의 사위인 최명길과 함께 주화파 논지를 폈다. 그는 후금국에 전하려는 선전포고문과 다름없는 조정의 서찰을 중간에 가로채

불살라버린 사건으로 귀양을 갔다.

정충신은 주화파인 최명길과 나눈 군사 대담집에서 현실주의에 입각해 친금 노선이 나라의 진로 방향이라고 주장하는데, 이것이 주류 사회인 척화파로부터 배척을 받아 최명길과 함께 평생 비주류로 살았다. 그는 또 북방 변경 최일선에 있었기 때문에 중앙 정치무대에 자주 등장하지 못했다. 이런 것이 그가 역사에 크게 호명되지 못한 요인이 되었다고 본다.

정충신 장군이 활동하던 시기에 중앙 정치는 당쟁의 소용돌이에 묻혀 정파끼리 헤게모니 쟁탈전으로 하루도 편할 날이 없었다. 선조·광해·인조 대, 명나라에 대한 충성 경쟁과 함께 동인 대 서인, 훈구 대 사림, 북인 대 남인, 대북 대 소북의 정치투쟁과 미래를 내다보지 못한 원리주의, 공리공담에 빠져 나라가 허우적거릴 때, 오랑캐(여진—후금—청나라)를 외면해선 안 된다고 주장했으나 양 파벌로부터 동시에 웬 생뚱맞은 논리냐며 배척받은 것이다. 사대부의 세계관이 이렇게 좁은 대신에 그들은 언제나 작은 것에 목숨 걸고 싸우는 진창 속에 파묻혀버렸다.

3

정충신의 군인 외길은 장엄했다. 소년시절 기축옥사(1589)를 겪고 임진왜란(1592) 때 이치·웅치전투에 소년병사로 참전하고, 이천오백 리 길을 장계를 들고 뛰고, 정유재란(1597)—이괄의 난(1623)—인조반정(1624)—정묘호란(1627)—병자호란(1636) 직전까지 한 평생 무장으로서 피흘린 전선의 복판에 있었다.

이 과정에서 그가 거친 직책은 만 16세에 무과에 차석으로 급제한 뒤 군기시정(軍器寺正)—선사포 첨사—조산보 만호—보을하진 첨사—포이 만호—창주 첨사—만포진 첨사—안주목사 겸 방어사—평안도 병마좌우후—이괄의 난 전부대장(前部大將)—영변대도호부사—팔도 부원수—주사원수(舟師元帥)—오위도총부도총관—포도대장—경상우도 병마절도사 등이다.

직책이 말해주듯 생애 60년 동안 44년을 국토방위 최일선에 있었다. 오직 직업군인 외길의 경력으로서 충무공 시호를 받은 인물은 정충신이 유일하다. 그럼에도 불구하고 그는 현세에 뚜렷하게 호출되지 못했다.

《남도일보》에 금남군 정충신 장군 일대기인 역사소설 〈깃발〉을 650회에 걸쳐 장기 연재한 것은 이렇듯 묻힌 역사적 인물을 복원하자는 취지였다. 필자는 특히 광주광역시의 주 도로이자 5·18 민주화 항쟁의 본거지인 '금남로'가 정충신의 업적을 기려 내린 시호(諡號)인 '금남군'에서 유래된 점에 유의하면서 개혁적인 광주 정신과 일치된 정충신 장군의 파란만장한 일대기를 그리고자 했다.

정충신은 임진왜란 3대 육전(陸戰) 중 하나인 이치·웅치대첩(전라도 금산·완주·무주·진안·장수)에서 소년 척후병으로 활동하며 승리로 이끈 숨은 주역 중 한 사람이었다. 이 전투 승리로 전라도가 왜군에 점령되지 않고, 아군 병력 충원은 물론 후방 병참기지로서의 역할을 다하면서 이순신이 바다에서 왜군을 물리친 원동력이 되었다.

이치·웅치전 전과를 기록한 권율의 장계를 소년병사 정충신이 품에 안고 단 20여 일 만에 달려가 압록강변에서 명나라 배가 오기만을 기다리던 선조에게 전달한 것은 그의 우국충정에서 나온 행동이다. 장계는 "호남이 지키고 있으니 도강하지 말아달라"는 권율의 간절한 사연이 담겨 있었다. 만약 왕이 압록강을 건넜다면 조선이란 나라는 영영 지도상에서 사라졌을지 모른다.

임진왜란은 전라도 군사들에 의해 승리한 전쟁이었다. 현대에 들어와 전라도 군사들의 활약상이 의외로 묻힌 것에 유의하면서 사적 자료를 통해 이들의 활동상을 주마간산격으로나마 복원하고자 노력했다. 이순신 장군 휘하의 전라좌수영과 이억기 장군이 거느린 전라우수영의 수군은 대부분 해남 진도 완도 강진 보성 장흥 순천 광양 여수 영광 함평 무안 출신 바닷가 청장년들이었다.

육상전에서는 광주목사이자 전라도순찰사 권율이 이끈 호남 관·의병들이 이치·웅치전에 이어 행주대첩을 승리로 이끌었다. 1593년 10월 2차 진주성 싸움에서 진주목사 서예원이 도망치고, 도원수 김명원이 출진을 회피하는 가운데 진주땅에 들어간 김천일, 고종후, 부사 이종인, 병사 황진, 최경회, 임계영, 의기 논개 등 호남인들이 고군분투하다 최후를 맞았다. 전투에 참가하지 못한 호남의 남녀 노유들은 임금의 행재소 소요 식량은 물론 조선군과 명군, 의병들의 군량미를 조달하는 병참기지 역할을 다하였다(김환태 '호남의 구국 항쟁, 민족 자부심' 일부 인용).

임진왜란 때의 장수들의 면면을 보면, 경상 우도의 정인홍 김면 곽재우, 충청도의 조헌, 함경도의 정문부가 있었으나 호남은 기라성 같은 의병장들이 임립(林立)해 있었다.

즉, 고경명 고인후 고종후 3부자, 김덕령 김덕홍 김덕보 3형제, 김천일, 백광언, 유팽로, 나대용(거북선 제작자), 선거이를 비롯하여, 이대원(함평), 위대기(장흥), 이종인(광주), 임계영(보성), 최경회(능주=화순), 김익복·양대박(남원), 변이중(장성·화차제작자), 정명세(고흥)가 있다. 또한 공시억, 황박, 정운, 김보원, 노인, 노홍, 이종인, 김극추, 유사경, 양응원, 문위세, 김제민, 고성후, 김억희, 김충선, 라덕명, 신여극, 김팽수, 이대유, 김율, 이인걸, 백민수 등 관·의병장 수뇌부만 해도 50여 명에 이르렀다. 타 지역에서 따를 수 없는 인물 분포다. 이러니 임진왜란은 전라도 병사와 전라도의 병참 지원에 의해 극복되었다고 해도 과언이 아니다. 이런 숨은 이야기들을 전하고 싶었다.

그중 입지전적 인물인 정충신 장군 이야기를 그리고자 했다. 그러나 사료의 부족과 발품의 부족, 그리고 무엇보다 아둔한 머리로 정충신 장군의 웅혼한 기상과 개혁 정신을 담기에는 역부족이었다. 그럼에도 불구하고 용기를 내서 써내려갔던 것은 남도일보의 격려가 컸다. 대략 인터넷 클릭의 2만 5천뷰 중 필자의 연재소설이 10분의 1 정도를 차지한다는 말을 듣고 알게 모르게 용기를 냈다.

4

집필 과정에서 역사적 사실과 소설적 허구 사이에서 고민했던 경우도 많다. 전기소설을 쓰기에 적합한 대상은 사료가 풍부한 인물인데, 사료의 빈곤을 메우기 위해서는 부득불 소설적 허구로 메울 수밖에 없었다. 있을 수 있는 진실을 차용해 쓴 것이다.

사료는 금성정씨 종친회(회장 정환민)가 보유하고 있는 세보 등 자료와 정환호 저 〈금남군 충무공 정충신 전기〉를 인용했다. 정충신 장군이 직접 쓴 《백사북천일록(白沙北遷日錄)》과 만운집을 비롯하여, 금남집, 조선왕조실록, 연려실기술, 국조인물고, 광해군일기, 이조 5백년기담전, 택리지, 호남지방 임진왜란 사료집 등을 활용했다. 이 중에 정충신 장군의 일기가 집필에 큰 도움이 되었으나 청년기의 기록이 빈약해 청년기를 재생하는 데 상당부분 애를 먹었다. 사실은 청년기 기록물이 멸실되었는데, 이는 그것들을 몽땅 도둑맞았기 때문이다. 정 장군이 서울 반송방(오늘의 서대문구 냉천동)에 살 때 장군 집이라 하여 도둑이 물건 훔치러 들어갔다가 너무도 궁벽하게 사는지라 문서 궤짝을 들고 달아났는데 이 통에 일기 등 서책이 없어진 것이다. 그러나 입지전적 인물인 그는 의외로 전설적 일화가 많이 인터넷상에 올라 있다. 그런 자료도 일부 가져다 썼다. 대부분 출처를 밝혔으나 출처가 불분명한 것도 있었으니 이 부분에 대해서는 집필자 여러분의 넓은 양해를 구한다.

어려운 가운데서도 선뜻 출판을 맡아준 도서출판 범우사에 감사를 드린다. 그동안 책으로 내기 위해 몇 군데 출판사에 의사를 타진했지만 출판시장이 좋지 않다는 이유로 대부분 응하지 않았다. 200자 원고지 7000장의 대하물이다 보니 5권 이상의 책이 나와야 하는데 한결같이 주저하였다. 범우사로서도 독자들이 끝까지 따라올 것인가 하고 고민이 있었을 것이다.

흔히 역사소설은 베스트셀러 성격보다 스테디셀러 범주에 들기 때문에 범우사가 긴 호흡으로 받아들인 것 같다. 다시 한 번 고마움을 전한다.

이 소설이 나오기까지 격려한 분들이 적지 않았다. 이름을 일일이 올리며 감사의 인사를 올려야 하나 길이길이 마음으로 간직하고자 한다. 다만 이 책 출판과 함께 어느덧 고2로 올라간 외손자 이형준과, 지난 해 12월 10일 태어난 손자 이재이에게 선물하는 것으로 그 뜻을 대신하고자 한다.

— 2021년 1월 이 계 홍

1

**차
례**

1장 장계

"네가 꼭 가겠다는 것이냐?"

전라도 광주목사 권율(權慄, 1537~99)이 고개를 갸우뚱하며 동헌 뜰에 서 있는 소년을 내려다 보았다.

"예, 제가 가겠습니다."

"백 리, 이백 리 길도 아니고 자그마치 이천오백 리 길이나 되는데?"

"그래도 제가 가겠습니다."

권율은 단하에서 굳굳하게 읍하고 서서 의견을 굽히지 않는 소년을 빤히 내려다 보았다. 체구는 작지만 차돌처럼 단단한 몸이다. 짙은 눈썹과 머루알처럼 까만 눈동자를 지닌 소년. 그 눈동자에는 총기가 들어차 있었고, 어떤 결기가 어려 있었다. 이마는 햇빛의 반사를 받아 반짝 빛났다.

"정충신, 그냥 맨몸으로 가도 보통 어려운 길이 아니다…."

그의 의지가 가상하긴 하나 떠나도록 결정하기에는 아무래도 주저되었다. 1592년, 만 열여섯 살의 소년이 그 머나먼 길을 적진을 뚫고 가겠다고 나서니 걱정이 되지 않을 수 없는 것이다. 그래도 정충신은 물러설 기미를 보이지 않았다.

"너는 통인(지방 수령의 밑에서 심부름하는 말단 이속. 지인이라고도 하며, 오늘날의 사환)으로서 목영(牧營)에서 할일이 많다. 그리고 네가 가기에는 길이 너무 험하다니까."

전라도 땅만 빼놓고 전 국토는 이미 적의 수중에 들어가 있다. 왜군은 점령한 각지에 군영지를 구축하고, 요소요소에 초소를 세워 수상한 자를 잡아가두고 목을 베었다. 마을에 들어가 소와 돼지를 끌고 가고, 군량(軍糧) 확보를 위해 곡식을 빼앗았다. 각 고을의 남자들은 군마의 길잡이나 짐꾼으로 징발되었으며, 여자는 가리지 않고 끌고 가 겁간을 했다. 전 국토는 이런 어지러운 상황이었다.

그러나 정충신의 생각은 달랐다. 군인의 길을 걷기로 한 이상 위험을 벗으로 삼아야 한다. 그러므로 용맹과 담력은 길러야 할 덕목이다. 그 기회가 지금이다.

— 왜놈 군사들이 어린 소녀를 잡아가고, 이를 말리는 할아비를 칼로 베었다. 집안에 있는 씨종자까지 샅샅이 뒤져서 가져갔다. 포악성과 잔인성이 하늘을 찌르고 있다.

권율은 왜군이 저지르는 탐악질의 후방에 투입된 척후병의 보고를 받고 몸을 떨었다. 전쟁은 어린아이와 여자들이 먼저 희생을 강요받는다고 하지만, 이건 아니다. 그들을 지켜주지 못한 나라는 나라가 아니다. 저들의 잔혹성을 따지기 전에 이쪽의 방비가 우선적으로 요구되는데, 조정(朝廷)은 그저 쓸데없는 공리공담으로 아까운 시간을 다 허비하고 있었다. 그 사이 온 산천은 도륙을 당하고 있는 것이다.

"적진 탐문은 물론이려니와 우리 군사 정황도 살펴오겠습니다. 왜 이 지경이 되었는지를 꼭 살펴오겠습니다."

정충신이 굳게 주먹을 쥐고 말하자 권율은 대견스럽다는 듯 가볍게 머리를 주억거렸다.

도대체가 관군은 지리멸렬하고, 병력도 부족한 데다가 도망자가 속출하고 있다. 하긴 왕이 도망가버렸으니 누구 탓을 하랴. 왕이 저렇게 두려워서 먼저 도주하니 누구더러 대적해 겨루라고 할 것인가. 그래서인지 후방의 민심은 갈수록 흉흉해졌다. 곡식을 빼앗긴 백성들은 굶주린 나머지 사람의 시체를 거둬다 삶아먹는다는 소문마저 돌았다. 그런데 임금은 벌써 압록강을 건너려고 날짜를 맞추고 있다. 그가 도강하면 조선은 사라진다.

일국의 왕이 난을 피해 외국으로 피신한 사례는 조선의 사천 년 역사상 없는 일이고, 전국토가 유린되는 수모를 겪는 것도 처음있는 일이다. 강 건너는 부모국인 명이 아니라 오랑캐 나라인 후금국이다. 그 땅을 거쳐야 명에 도달할 수 있는데, 임금은 후금국 영수를 《소학》 한 구절 외지 못하는 축생(畜生) 정도로 취급하니 명에 당도하기 전에 먼저 험한 꼴을 당할 것이다. 앞에는 왜, 뒤에는 후금. 그 건너에 부모국 명나라가 있다. 이래저래 나라는 칼날 위에 서 있다.

그런데 광주목사 권율은 가슴 뜨거운 한줄기 빛을 보았다. 전라도 백성들이 하나같이 뭉쳐서 왜의 6번대(6군단) 고바야카와 다카카게(小早川隆景)군대를 물리친 것이다. 그래서 밤을 새워 왕에게 올리는 첩서, 즉 기나긴 장계(狀啓)를 썼다.

— 하늘이 어두운 운을 내려 국가가 불행한 때를 만나 관문과 요새를 지키지 못하고 한 사람도 성을 보호하지 못하여 각 처를 보전치 못하고 흉적의 소굴이 되었나이다.

전국이 곳곳마다 유린되고 우리의 모든 군사는 어디서나 불리하옵니다.

왜적은 금산을 침범하여 권종(權悰)을 죽이고 의병은 진산에 이르러 조헌(趙憲)이 죽었습니다.

왜 적장 고바야카와는 수만 병사를 이끌고 정탐하여 승려 영규(靈圭)가 거느린 칠백 용사가 전멸하였는데, 이때에 진영에 앉아서 왜적을 규탄하며 탄식만 하고 있어서 되겠나이까.

용감한 군졸들은 말머리를 남으로 돌려 각처의 여러 신하들과 의논하고, 막료들과 숙의를 거듭하였습니다.

황진(黃進)은 용맹함이 능히 군을 통솔하여 선봉이 되고, 권승경(權升慶·권율의 조카)은 울분하여 몸을 돌보지 않고 기병(騎兵)을 인솔하여 이치령(梨峙嶺)에서 적을 만나 싸웠습니다.

이때 병졸은 천 명이었으나 의로써 북을 울리니 적은 만 명이 넘어 용맹함을 믿고 돌진하여 왔으나 묘시(卯時)에서 유시(酉時)까지 세 번을 쳐 승리하였습니다.

한 사람이 백을 당해내니 적은 패하여 퇴각하였는데, 열 명 중 여덟, 아홉은 살아남지 못하였으며, 적의 시체는 팔십 리까지 쓰러져 있었으나 우리 군사의 죽은 자는 열한 명 뿐이었습니다.

기병은 요충지에서 적의 퇴로를 차단하여 적장의 머리를 베었습니다.
                                    (《이치전첩서(梨峙戰捷書)》 중 일부)

호남의 의병들이 활과 죽창과 낫을 들고 관아로, 군영지로, 성터로, 장터로 군집했다. 왕은 두려워서 내빼고 있지만 백성들이 머리에 수건 질끈 동여매고 전의를 불태우며, 이치령과 웅치재로 모여들었다.

서인(西人)이 제거될 때 동래부사직이 파직되어 담양에 낙향해 있던 고경명과 두 아들 고종후 고인후가 의병군을 모아 웅치재에 이르렀고, 동복현감 황진, 나주판관 이복남, 김제군수 정담, 전주만호 황박, 승려 영규 등이 의병들과 함께 이치령에 이르러 왜군 일만사천 병력을 패퇴시켰으니 그야말로 놀라운 전과였다.

이런 백성들의 용전분투를 진려(振勵)하기 위해서도 왕이 돌아와야 한다. 표연히 돌아와 용기를 북돋고 종묘사직이 살아있다는 자존감을 보여야 한다. 관군은 겁먹고 패주하고 있지만, 백성들이 대신 짓밟힌 강토에 깃발 세우고 용맹스럽게 일어나고, 의병이 일어나고, 적장의 목을 베는 이름없는 별들이 등장한 것이다.

그런 격정적인 감동의 장계를 써서 의주로 보내려는데 경험많은 병졸들을 제치고 열여섯 살의 소년이 대뜸 나서고 있다.

"사또 어른, 허락하여 주십시오. 제가 필히 가겠습니다."

"이 일은 나라의 운명과 직결되는 문제니 가벼이 여길 일이 아니다."

권율은 여전히 마뜩잖은 표정을 지었다. 경험 많은 병사들이 나오기를 기다리고 있었다. 그러면서도 이윽히 정충신을 내려다보았다. 사동으로 일하면서도 틈틈이 학문을 닦아서인지 이치에 맞는 말을 하고, 어른들보다 생각이 깊어서 권율 스스로도 감동했던 소년이다.

지난 7월 군사를 이끌고 이치전(梨峙戰)에 출진했을 때, 벌써 그는 그의 싹수를 알아보았다. 정충신이 지형 정찰과 적정 탐지를 민첩하게 수행해 왜적을 한동안 골짜기에 가두어두었다. 이후 역습을 가하니 고바야카와 다카카게 군대는 사세의 불리를 느끼고 한때 후퇴했다. 그 사이 아군이 완벽하게 진용을 갖추었다.

이치 전투는 왜군을 맞아 치른 육지에서의 최초의 승리였고, 왜적이 전주성(全州城)에 입성하는 것을 막으면서 끝내 전라도 지역 침투로를 차단한 전과를 올렸다.

사실은 이 전쟁이 조선의 운명을 가르는 분기점이었다.

— 사람들은 이치전의 의미를 잘 모를 것이다. 그러나 조선을 살리는 근원이 되는 전쟁이다.

권율은 이렇게 속으로 되뇌었다. 이치 전투는 조선을 살리는 불씨가 된다고 그는 단언했다. 임진왜란에서 이치대첩은 진주대첩, 행주대첩과 함께 3대 육전(陸戰) 중의 하나였으나 그 중요성에 비추어보면 두 대첩을 능가했다.

진주대첩과 행주대첩 양 대첩은 단순한 전승의 기록이나, 이치대첩은 끝까지 단 한 뼘의 전라도 땅을 내주지 않은 전쟁인 데다가, 아군의 식량기지 확보와 왜군의 추격 보급로 지연 및 차단, 아군 병력 충원을 담보하는 최후의 보루로서 영토 회복의 구심점 역할을 한 것이다.

다시 말하면 이치 전투에서 승리함으로써 전라도가 온전히 보존되어 아군의 후방 병참기지로서의 역할을 다할 수 있었다. 모든 보급품과 병력을 충원할 수 있는 배후지였기 때문에 추후 이순신의 명량대첩, 한산대첩의 승리를 이끈 원동력이 되었다. 그래서 그의 장계에는 자신감 있는 내용이 담겨 있었다.

— 상감마마, 호남이 나라를 지키고 있으니 명으로 가지 마시옵고, 돌아와서 백성을 보살펴 주십시오. 호남의 백성들이 분연히 일어섰습니다. 물러서지 않고 당당하게 맞서 왜적을 물리친 민초들이옵니다. 실로 자랑스럽습니다. 마마, 절대로 도강하지 마시옵소서. 통촉하여 주시옵소서.

이런 중차대한 임무 수행인데 소년 정충신이 그 임무를 수행하겠다고 나서고 있다.

"사또 어른, 제가 나서본당게요!"

"그렇다면 네가 가야 할 이유를 대라. 그것으로 사또를 설득해보라. 합당하면 비밀 첩보원으로 보내주지만, 하나라도 부족하면 안 된다."

"사또 어른, 이유를 댈 것도 없당게요. 소인이 장군을 모시면서 장군의 뜻을 제일 잘 아니까요. 장군의 마음의 깊이를 저만큼 아는 자가 누가 있습니까."

권율의 가슴이 조금씩 뜨거워지고 있었다. 부산포, 동래포에서는 왜가 처들어오자마자 주민이나 군사가 하나같이 도망가버려서 왜군이 활 한번 쏘지 않고 질풍노도와 같이 경부 축선을 타고 추풍령을 넘어 국토를 초토화시켰다. 그 이후 산천초목마저 떨고 말았다.

그런 상황인데도 소년이 두렵지 않게 이치 전선을 누비더니 이번에는 이천오백리 길을 달려가 장계를 전달하는 임무를 수행하겠다고 나선다. 두 번 세 번 생각해도 기특하고도 대견하다.

사사로운 감정이라면 뜰로 내려가서 그를 안아주고 싶었다. 군율과 권위를 생각하기 때문에 그런 감정을 누르고 있지만, 그는 그럴수록 정충신을 적진으로 보낼 수 없다고 생각했다. 사지로 보내서 장래가 촉망되는 군졸을 하나 잃는 것이 어쩌면 자기 관직의 큰 손실로 느껴진 것이다. 권율 자신의 후사를 위해서도 소년은 꼭 필요한 존재며, 난세일수록 이런 충직한 부하가 곁에 있어야 하는 것이다.

"그건 그럴 수도 있겠다만, 그렇다고 너만 나를 잘 아는 건 아니잖느냐. 이 길을 떠나는 건 단순히 승전보를 알리려고 가는 것이 아니다. 네가 말한 그것만으로는 가야 할 이유가 되지 못한다. 빨리 도달하려면 기병이 나서야 한다. 너는 내 곁을 지켜라."

"아닙니다. 말을 타고 달리면 더 빨리 털립니다."

"말을 달리는데 더 빨리 털려? 그건 또 왜?"

"말을 타고 달리면 신분을 훤히 노출하게 되는 것이며, 적들은 말보다 빠른 조총을 가지고 있습니다. 말이 총알보다 빠를 수는 없습니다."

"오호, 그래? 그렇다면 묘책이 있는가?"

"소리없이 잘 달리는 자가 적임자입니다. 그 적임자는 소년입니다. 소년이 엄중한 임무를 수행하기 위해 달린다고 적들은 꿈에도 생각지 못할 것입니다. 소인은 그것을 이용하는 것입니다. 소인은 스무닷새면 의주땅에 당도할 수 있습니다."

"스무닷새 만에? 그럼 매일 백리 길을 달린다는 계산인데?"

"볼일까지 보면서 갈 것입니다요."

"허허, 호기는 그럴 듯하다만 가당키나 할까? 높은 고갯마루, 험한 산 지형을 타야하고, 깊은 강을 건너야 하고, 주요 길목은 왜군이 진을 치고 경계하고 있는데도? 왜군이 그렇게 호락호락하더란 말이냐?"

"만나는 족족 아작을 내버리겠습니다."

그러나 이것은 병정놀이가 아니다.

"빈말이나 호기로 뜻을 이루는 것이 아니다."

"빈말이 아닙니다. 제가 바로 무등산 비호입니다요.

그의 담력과 용맹성은 주민에게 널리 회자되었다. 그것은 이치전투에서 확인되었다. 권율도 산 지형을 누빈 그의 민첩성과 용맹성을 알고 있었다. 그는 적정 탐색조로서 적의 이동경로를 탐지해 허를 찌를 수 있도록 정보를 물어왔다.

"사또께서는 누군가 할일이라면 자신이 먼저 나서고, 나라를 위하는 일이라면 역경을 벗으로 삼으라고 하셨습니다. 그런 말씀은 제 좌우명이 되었습니다. 그 각오를 시험할 때가 온 것입니다. 우물 안에 갇혀 살아서는 이런 뜻을 펼 수가 없습니다. 큰 세상을 보겠습니다."

"그래서?"

"백성들이 전쟁을 겪으면서 얼마나 처참하게 당하고 있는가를 직접 두 눈으로 보고 상감마마께 아뢰겠습니다."

권율은 정충신이 어른스럽다고 생각했다. 하긴 우리 나이로 열일곱이고, 저 나이에 장가 간 젊은이도 있으니, 총각이라고 해도 틀린 말은 아니었다.

"용기가 때로는 굴복보다 못한 때가 있다. 성공하지 못하면 그 반동이 너무나 크다. 실패하면 벼르는 것보다 못 하다는 말이다."

"알고 있습니다. 그렇다고 옆구리에 사서삼경 끼고 도포자락 휘날리며 수염만 매만진다고 해서 나라가 건져지는 것이 아닙니다요. 부단히 준비하고 시도해야 합니다."

권율은 놀랐으나 꾸짖지 않을 수 없었다. 일개 통인이 사대부를 비판하는 투는 곤장 맞자고 나서는 것이나 다름없다.

"어느 안전이라고 그런 말을 하는가."

"생각하는 바를 말씀드리옵니다. 맹자께서는 남자란 모름지기 앞으로 나아가되 뜻 앞에서는 굽히지 말라고 하시었습니다."

그러나 오늘의 세상은 그렇지 않다.

"그렇게 말하면 어느 목인들 온전하겠느냐."

권율의 나이 마흔살, 이 나이까지 이렇게 당돌하고 분명한 어조로 말하는 아랫것을 본 적이 없었다. 태어나면서부터 능히 볼 줄 알았고, 어려서부터 명민했다고 하지만, 자기 발언이 분명한 소년을 직접 눈으로 확인하자 머리가 얼얼했다. 충신은 책을 많이 읽어서 그런지, 생각하는 바가 속인들과는 사뭇 달랐다. 그의 눈은 저 멀리, 저 높은 곳에 가 있었다.

"큰 세상을 보겠다고 하렸다?"

"그렇사옵니다."

권율 역시도 생각하는 바가 있었다. 세상의 이치는 갇혀 있으면 겉돌기 쉽다. 국상(國喪)을 당해서 갓끈을 오른쪽으로 돌려매야 하느냐, 왼쪽으로 돌려매야 하느냐 따위의 헛수작에 머물러있게 한다. 그런 조정의 꼴을 볼라치면 당장 부수고 싶은 욕구마저 솟구쳤다. 하지만 어느 칼에 당할지 모르는 상황이다. 그래서 숨어버렸다. 아니, 그 역시 그런 기득권의 한 자락을 붙잡고 안주했다.

— 답답한 일이다. 답답하고 말고. 그런데 저 아랫것이 사물을 꿰뚫고 있으니 두렵고도 빛이 보이는구나….

권율은 속으로 뇌었다. 무엇 하나 결정하는데도 망설이고 주저하는 세상, 그것도 대개는 파벌에 따라 갈렸다. 신료들은 가치의 문제로 다투는 것이 아니라 진영에 따라 상대방을 묵살하고 부정했다. 상대 진영의 논리가 옳아도 내 편이 아니면 이단시되고 배척되었다. 붓 한 자루보다는 화살 한 촉이 더 절실한데도 흰 수염 휘날리며 체면과 절차를 들먹이며 사안을 깔아뭉갠다. 거기에는 무슨 세상을 꿈꾸고, 무슨 미래를 설계하는지 알 수 없었다.

두 해 전 일본에 다녀온 황윤길과 김성일의 적정 파악도 자기 파의 유불리에 따라 의견이 갈렸다. 정보를 가공해 대처할 능력보다 오직 상대 진영을 부정하고 공격하는 기제로만 그것을 사용했다.

권율은 정충신을 이윽히 내려다보았다. 이마에 솜털이 보송보송하고, 총기 가득찬 눈망울을 가진 소년이 앞에 서있다. 몰락한 가대(家代)로 인해 일찍이 광주목영에 들어와 수령의 밑에서 말단직을 수행하고 있는 일개 통인이지만, 무슨 일이든지 똑부러지게 처리하고, 그러나 언제나 꿈을 꾸고 사는 듯이 시선을 멀리 두고 있다.

"더 큰 세상을 보겠다고 했느냐? 네가 넓은 세상의 이치를 아느냐."

"넓은 세상을 보아야 알지요."

"보아야 안다…."

"그렇지라우."

"하지만 장계가 적의 수중에 넘어가면 나라는 결딴나고 임금의 목이 날아간다. 임금 목이 그러한데 온 백성이 온전하겠느냐."

"벌써 온 산천이 시체의 무덤 아닙니까."

"그래, 왜 이 지경이 되었다고 보는 것이냐."

정충신은 망설였으나 내친 김에 평소 생각하던 것을 말하기로 했다.

"백성을 개돼지 취급항게 이 모양이지요."

"개돼지 취급?"

"그렇사옵니다. 거드름 피우고 위세부리고, 뜬구름 같은 이야기 속에 갇혀 있으니 나라가 굴러가겠습니까."

"그렇다면 어떻게 해야 한다고 보느냐."

"바르게 가야지요. 위에서 수범을 보여야 합니다. 그것은 큰일이 아닙니다. 군역에 그들 자제부터 내보내야 합니다. 사대부가 먼저 숨고, 재산을 감추고, 자제들을 빼돌리면 그런 조정을 누가 따르겠습니까."

"그래서?"

"모든 사람이 위아래 나뉨이 없이 살아야 합니다. 제가 꿈꾸는 세상은 모두 함께 일하고, 모두 함께 나누고, 모두 함께 단합하는 가운데 군주를 떠받드는 세상입니다요."

권율은 소년의 말을 듣고 지긋이 눈을 감았다. 이렇게 옳은 말을 왜 자신은 여태까지 생각하지 못하고 살아왔는가. 왜 한 번도 거스르지 못하고 정해진 길을 가는 것으로 역할을 다했다고 했던가.

"너 지금 몇 살이냐."

"조선 나이로 열일곱입니다요."

"이팔청춘이로다. 군인이 되겠다고 했겠다?"

"그렇습니다."

"하지만 뜻은 깊을수록 깊게 담아두어야 한다. 그리고 나는 지금까지 너의 말을 진실로 듣지 않은 것이다."

그는 명토를 박고, 이윽고 단안을 내렸다.

"장계를 가지고 가는 이상 목숨을 걸어야 하느니라. 장계와 함께 운명을 함께 해야 하느니라."

"걱정 마십시오. 붙들리면 삼켜먹어불지라우."

충신이 두 주먹을 불끈 쥐어보였다.

"호기가 전부는 아니다만, 용기는 가상하다. 내 너를 일찍 알아보았느니라."

권율은 행장을 꾸릴 것을 정충신에게 지시했다.

정충신은 집으로 돌아와 밤을 꼬박 새워가며 권율 목사로부터 받은 장계를 필사했다. 만에 하나 분실되거나 빼앗길 요량이면 다시 확인하려고 만든 여벌이었다. 글씨 연습하는 것처럼 삐뚤삐뚤 쓰고,

때로는 자기만이 아는 낙서도 기입해 넣었다. 그만이 아는 암호문자처럼 꾸미니 얼핏 서당 문턱을 기웃거리는 엉터리 서생의 낙서장처럼 보였다.

그는 《천자문》을 여덟 살 적에 뗐고, 《동몽선습(童蒙先習)》, 《명심보감(明心寶鑑)》은 열두 살 적에 마쳤다. 《소학(小學)》과 《십팔사략(十八史略)》과 병서를 읽은 것이 열네 살 적의 일이고, 지금은 《대학》과 《맹자》를 읽고 있는 중이다. 글에선 누구에게도 뒤지지 않는다고 자부하고 있었다.

필사를 마치자 그는 원본 한지를 일정한 간격으로 잘랐다. 한 장당 너댓 갈래씩 자르자 한 북데기가 되었다.

정충신은 볏짚을 방 안으로 들여와 새끼를 꼬기 시작했다. 싹싹 꼬기 시작하면 머리끝까지 올라가는데 익숙한 솜씨였다. 그런데 이상했다. 한지 한 가닥씩을 볏짚에 넣어 새끼를 꼬고 있는 것이다. 얼핏 보면 단단히 꼬기 위해 한지를 넣은 것으로 보이지만, 꼭 그런 것만도 아니었다.

새끼를 꼬면서 충신은 시구를 흥얼거렸다. 사또 어른이 늘 혼잣소리로 부르던 노래였다. 나름으로 새겨보니 뜻이 깊었다. 처음엔 몰랐으나 조각 맞추듯 하나하나 맞추다 보니 가슴 저린 사연이었다.

國破山河在(국파산하재)

城春草木深(성춘초목심)

感時花淺淚(감시화천루)

恨別鳥驚心(한별조경심)

烽火連三月(봉화연삼월)

家書低萬金(가서저만금)

白頭搔更短(백두소갱단)

渾欲不勝簪(혼욕불승잠)

"무슨 노래를 그리 맛나게 하느냐. 종일 나와보지도 않고…"

어머니 영천이씨가 밥하다 말고 부엌문을 열고 방 안을 들여다보더니 물었다.

"사또 어르신이 읊는 노래지라우. 듣다 봉게 외게 됐지요."

"듣기가 애잔하니 좋구나."

"전쟁터에 끌려가서 평생을 전선에서 보내는 늙은 군병의 이야기라고 하네요."

"사또 어른이 지은 노래여?"

"두보라는 시인이 지은 '춘망(春望)'이라는 시라고 하드만요."

영천이씨가 바가지를 든 채 방으로 들어와 그의 곁에 앉았다. 어미도 늘 충신이 글을 읽는 소리를 듣고 가슴이 벅차곤 했다. 낭랑하게 글읽는 소리를 들을 때마다 자신이 위로받는 느낌이었다. 마당에서 일을 보던 아비 정윤도 모자가 다정하게 나누는 대화가 궁금했던지 그 역시 방 안으로 들어왔다.

"우리말로는 무슨 뜻이냐."

정윤은 글을 꽤 읽었지만 어려운 문장이었다.

"우리말로도 좋은 가락이 됩니다. 이건 가슴으로 불러야 더 절실하지라우."

충신이 장단과 가락을 넣어서 읊기 시작했다.

나라는 깨졌어도 산하는 그대로요

성안에 봄이 되니 초목이 무성하네

시대를 슬퍼하여 꽃도 눈물 흘리고
한 맺힌 이별에 나는 새도 놀라는구나
봉화불은 석 달이나 계속 오르고
집에서 온 편지 너무나 소중하여라
흰 머리를 긁으니 자꾸 짧아져
이제는 애를 써도 비녀도 못꽂겠네

내용은 모르지만 막힘없이 읊는 모습이 대견스러웠다. 아비 정윤이 물었다.

"우리의 전란을 말하는 것이냐."

"시라는 것이 그렇지라우. 누백 년 전 중국의 일이지만 이렇게 시공간을 떠나서 심금을 울리고, 만인에게 친한 것이 시입니다. 전쟁에 끌려간 백성의 비극은 여기나 거기나 마찬가지지요. 이 시에는 지겨운 전쟁이 끝나고 고향으로 돌아가서 평화롭게 살기를 소망한다는 어느 늙은 군졸의 간절한 뜻이 담겨 있지요."

"우리가 난리를 겪고 있으니 더 절절하게 느껴지는구나. 내일 떠날 참이냐."

"네. 망태기를 다 삼으면 출발하겠습니다."

그러자 영천이씨가 가늘게 한숨을 쉬었다. 저 나이로 먼 길을 떠나야 하다니, 한 번 가면 언제 돌아올지 모르는 기약 없는 길이 아닌가… 어머니는 아들을 아꼈으나 늘 마음 한켠이 빈 듯 아릿했다. 어려서부터 관아에 나가 일을 하면서 총명하고 야무지다는 말을 듣지만 남의 밥 얻어먹기가 그리 쉬운 일인가.

아비 정윤이 생각하던 바를 말했다.

"군인이 되려고 길을 떠나는 것이냐."

"네."

이치전에서 그는 자신의 진로를 결정했다. 그러나 정윤은 생각이 달랐다. 장수라면 기골이 장대해야 하는데 체구로 보아서는 뜻을 이루기가 쉽지 않아 보이는 것이다.

"몸이 약하지 않느냐."

정충신이 웃으며 답했다.

"몸으로 싸우는 군사도 있지만, 머리로 싸우는 군사도 있습니다."

"9대조 할아버지가 그러셨다는구나."

"그래서 지(地) 장군 할아버지는 늘 제 마음속에 있지라우."

정지(鄭地)는 정충신의 9대조였다. 위화도에서 이성계와 함께 복무하다 회군해 조선 건국에 가담한 인물이었다. 왜구가 남해안 일대를 습격하고 육로를 뚫어 충청도까지 쳐들어와 탐악질을 일삼자 전라경상 도절제체찰사(都節制體察使)로서 적을 물리쳤는데, 그는 풀을 베기보다 풀뿌리를 제거하자는 전법을 구사하는 장수였다. 정윤이 설명했다.

"할아버지는 대마도를 정벌하고, 이끼섬(壱岐島), 마쓰우라(松浦)를 점령하자고 제안하신 분이다. 바다에서 오는 적은 바다에서 막아야 한다는 방비론이지."

"그게 방왜해전론(防倭海戰論)이라는 것이지요."

"그렇지. 이끼섬은 대마도와 규슈 사이에 있는 섬이고, 마쓰우라는 조선과 가장 가까운 육지인데 고약한 해적들이 동래포 부산포 사천만 진주 해안까지 쳐들어 와서 물건을 약탈하고 여인네들을 납치해 처첩으로 삼았다."

"예나 지금이나 못된 짓은 똑같네요."

"그렇다. 그래서 지 할아버지는 해상교통 요로인 대마도와 이끼섬을 우리 땅으로 복속시키자고 하셨어. 왜놈들의 침략을 사전에 차단하고, 우리 영토를 넓히신다고 하셨지. 그때까지 왜는 통일되지 못하고 자기들끼리 전쟁을 치르는 전국시대라 온 강토가 피로 물들어 정신이 없던 때였느니라. 그 자들은 전쟁으로 삶이 어렵게 되자 우리 남해안에 쳐들어와서 노략질로 먹고 살았던 게야. 지 할아버지는 그자들의 노략질을 견디느니 아예 대마도와 이끼섬을 점령하자는 방책을 내셨어. 해안 방어에만 치중할 것이 아니라 적을 육지에 기어오르지 못하게 그들의 진지를 점령하자는 것이었어. 자라나는 풀을 벨 것이 아니라 뿌리를 뽑아 제거해버리자는 것이었지."

"지 할아버지의 말씀을 따랐다면 오늘과 같은 왜란도 겪지 않았을 것 아닌가요?"

"그러게 말이다. 그런 할아버지께서는 모함을 받아서 옥살이를 두 번이나 하셨다."

"두 번이나요?"

"그렇구나. 앞서가는 사람들은 그렇게 욕을 당하는 것이다. 큰 뜻을 꿈꾸는 사람들은 늘 기득세도가들에게 몰린다. 가만 있으라 하고, 그래도 바꾸자고 하면 쳐버린다. 반역으로 몰아버린다."

"이익을 빼앗길까봐 그런가요?"

"그래, 쓸데없는 얘기했구나. 다른 생각을 하면 안 된다. 재앙도 낮은 신분에게는 가혹하다. 쉽게 슬퍼하거나 좌절하지 말고, 그렇다고 큰 복도 영광도 내 것이라고 기뻐할 것이 없다. 다만 꾸준히 정진할 뿐이다. 하던 일이나 마저 해라. 망태기를 만든다고 했느냐?"

"예."

"그런데 왜 한지를 넣어서 새끼를 꼬는 것이냐?

"정성들여 만들어야지요. 중요한 물건을 담아야 하니까요."

그는 길게 설명하지 않고 이렇게 답했다.

"그래, 무엇이든지 정성들여 만들어야지. 새내끼(새끼)를 다 꼬면 말해라. 아비가 망태기를 만들어주마. 그래도 아비 솜씨가 나을 것이다."

"소자가 하겠습니다."

아버지 어머니가 밖으로 나가고, 정충신이 다시 새끼꼬기를 시작했다. 그렇게 해서 하루를 쏟으니 꼴좋은 삼태기가 완성되었다. 아버지가 다시 들어와 삼태기를 들여다보며 고개를 끄덕였다. 한지를 넣은 새끼로 박음질한 것이 일부러 멋을 부리기 위해 만든 것처럼 보였다.

권율 목사는 이틀이 지나도 정충신이 떠나지 않았다는 소식을 듣고 의아했다. 이제 와서 겁을 먹고 주저하는 것이 아닌가. 역시 소년은 소년이다. 그는 아랫것을 놓아 정충신을 불러들였다.

"너에게 임무를 맡겼는데 어찌 이행하지 않느냐. 하루가 급하다고 하지 않았더냐. 떠나지 않은 까닭이 무엇이냐."

"지체할 일이 있었습니다."

"무엇이관대 미적거리는 것이냐."

"내일 첫닭이 울면 떠나려고 합니다."

"내일 새벽? 그래 네가 생각한 것이 무엇이냐."

정충신이 대답 대신 권율이 안으로 들기를 권했다. 단 둘이 마주 앉자 정충신이 말했다.

"사또 어른께서 왜적의 세력이 온 강토에 가득하다고 하지 않았사옵니까."

"그렇다. 그러니 각별히 유념해야 한다고 하지 않았더냐."

"네. 첩서를 잘 간직하지 못할 적시면 소인의 죽음은 물론이려니와 주장(主將)이신 사또 어른과 상감마마 안위도 위험하다고 하셨지라우."

"물론이다. 전라도까지 결딴난다. 왜가 결사적으로 쳐들어올 것이다. 그래서?"

"그래서 묘안을 짰는디, 새내끼를 꼬아서 망태기를 만들었습니다. 스님들이 메고 다니는 바랑같은 것입죠. 전라도에선 망태기라고 하고, 서울말로는 바랑이라고 하고, 삼태기라고도 합니다. 가느다란 새내끼로 그물을 떠서 바랑을 만들다봉게 이틀 경과하였습니다."

"바랑과 첩서와는 무슨 상관이 있느냐."

"첩서를 모두 찢었습니다."

"뭐? 장계를 찢어? 맨정신이더냐?"

"첩서를 여러 갈래로 찢어서 왕골과 짚을 넣어서 꼼꼼하게 가늘게 새내끼를 꼬았습니다. 그렇게 꼬아서 망태기를 만들었습니다."

"상감마마께 올리는 장계를 그렇게 누더기로 만들어서 되겠느냐."

"빼앗기는 것보다는 낫지라우."

"내용도 중요하지만 격식도 중요하다고 하지 않았느냐. 그렇게 누더기가 된 장계를 상감마마께서 받아들이겠느냐!"

"때로는 그런 격식을 무시해도 될 때가 있습니다. 격식 따지다가 나라꼴이 이 모양이 되지 않았사옵니까. 의주에 당도하면 바랑을 잘 풀어서 첩서를 하나하나 다림질해가지고 예법에 어긋나지 않게 올리겠나이다."

그래도 권율은 미덥지 않은 얼굴이었다. 정충신이 말했다.

"이천오백 리 길을 가는 동안 발각되지 않은 것이 최상의 방책입니다. 어느 누가 망태기를 장계로 보겠습니까요."

"비를 맞으면 어쩔 것이냐."

"그래서 콩기름을 발랐습니다. 필요할 땐 우장(雨裝)도 씌울 것입
니다."

"그렇게 하면 어느 누구에게도 발각되지 않는단 말이냐?"

"그렇사옵니다."

권율이 충신에게 다가가 그의 옷깃을 여며주었다.

2장 왕이 사는 거리

　이제나 저제나 하는데 도대체 배는 오지 않았다. 의주에 당도한 지가 벌써 두 달이 넘었는데 요동을 통치하는 명의 계료총독 고양겸(顧養謙)은 가타부타 응답이 없었다. 급하게 넣은 통문이 민망할 정도였다.

　선조는 압록강의 굽이치는 물결을 하염없이 바라보며 마음을 태웠다

　명의 계료총독부는 그들대로 신국(臣國) 조선에 대한 의구심을 떨치지 못하고 있었다. 낌새들이 이상했다. 세작을 통해 조선 정황을 살펴보니 도요토미 히데요시 서신이 의심스러웠다. 도요토미가 선조에게 보낸 편지를 중간에 몰래 입수해 필사해온 바, 조선은 왜와 동맹을 맺을 수 있다고 판단되었다.

　고양겸은 다시 한 번 히데요시 서신을 살펴보았다.

一人生一世 不滿百齡焉 鬱鬱久居此乎 不屑國家之遠 山河之隔 欲一超直入大明國 入大明之日 將士卒望軍營 則彌可修隣盟〔사람의 한

평생이 백 년을 넘지 못하는데 어찌 답답하게 이곳(일본)에만 오래도록 멎어있을 수 있겠는가. 나라가 멀고 산하가 막혀 있음도 관계없이 한번 뛰어서 곧바로 대명에 들어가는 날, 사졸을 거느리고 군영에 임한다면 더욱 이웃으로서 맹약을 굳게 할 것이다].

도대체 이게 무슨 망발인가. 신하국이 조일(朝日)동맹을 맺고 길을 내준다고? 그러지 않고서야 저런 서신이 날아들고, 그것을 입증이라도 하듯 저렇게 빨리 땅을 비워줄 수 있는가. 대문을 활짝 열어놓고 왜군더러 어서 오시오 하는 것과 다름없다.

왜군은 4월 13일 부산 앞바다에 진을 치더니 14일 하루 만에 부산포에 상륙했고, 15일엔 동래포, 25일 상주, 28일 충주, 4월 하순 한강 방어진까지 진출했다. 침략을 당했다면 군사와 백성들이 저항할 텐데, 결코 침략당했다고 볼 수 없었다. 고분고분하게 내준 것이다. 지방 수령들은 한결같이 도망을 갔다고 하지 않던가. 필시 무슨 곡절이 있을 것이 분명했다. 그것은 조일동맹 협정이다.

다른 한편으로 생각하면, 선조란 자가 한심하기 짝이 없었다. 고양겸은 생각한다.

— 조선 땅은 일찍이 명을 치기 위한 길목이니, 길을 내달라는 도요토미 히데요시의 협박이든 요구든 들어준 것은 분명하다. 도요토미가 일본을 통일했다고는 하지만 다이묘(大名) 모두를 움직인 것이아니고, 그의 휘하 규슈의 군대만을 움직여 조선 땅을 침공했으니 대비하면 충분히 막아낼 수 있다. 그런데 일국의 왕이 대적할 생각은 하지 않고 쪼르르 북방 변경까지 달려와 배를 보내달라고 하소연한다. 참으로 어이없는 일이다. 왕의 체통도 체통이지만 그렇게

허망하게 국경선으로 도망나오니 일국의 왕이 제 정신이라고 할 수 있나.

고양겸 총독이 생각끝에 정탐을 맡은 막료장을 불렀다.

"조선 왕의 동태는 어떻던가."

"일본과 합세해서 중원을 침공하려고 획책하는 것이 아닌가 주시하고 있는데, 그런 것 같기도 하고, 아닌 것 같기도 하고 아리까리합니다. 와도 너무 빨리 왔습니다."

"그러게 말이다. 백성들은 어찌하고, 빨리 왔어. 이상하단 말이다."

"왜군이 바람처럼 빠르게 한양 입성한 것도 의심해 볼 만한데, 왕이 변경까지 온 것 또한 불가사의합니다. 더 빨리 와버렸거든요."

"귀찮긴 하지만 우리 또한 조선왕을 납치해버리는 셈으로 치지. 일단 배를 보내주기 바란다. 몇 척 준비되었나."

"전선과 수송선 백 척이 준비되어 있습니다."

"뭐, 백 척? 너 정신 있어, 없어? 모두 회선시키라."

"네?"

"왕을 포함해 수행원을 오십 명 이내로 제한해서 실어오도록 하라. 두 척이면 될 것이다. 그들이 오면 그들은 우리의 인질이다."

고양겸은 그대로 머리를 굴리고 있었다. 조선의 궁실 요원을 분리시킨다. 문무백관, 궁관, 후궁, 궁녀, 환관, 호위군졸만 해도 수백 명에 이르는데, 오십 명 이내로 줄이면 요리하기 좋다. 이건 부모국이 신하국의 청을 들어주면서 요리하기 좋은 구상이니 양수겸장이다. 일단 분열시키고 보는 것이다.

선조는 기다리다 지친 나머지 여진족장을 생각했다. 누르하치(청

나라 초대 황제)에게 붙어버려? 지금 조선 땅에서 보자면 누르하치는 가깝고 명은 멀다. 어차피 누르하치가 지배한 요동땅을 거쳐 북경에 들어가야 한다. 가다가 누르하치 일당에게 붙들리면 뼈도 못추릴 수 있다.

하지만 그건 신하국의 금도가 아니다. 누르하치는 명을 노리고 있지 않은가. 어버이의 원수 품에 안기면 의리도 금도도 예의도 아니다. 어버이에게 배신을 때리는 일은 금수들이나 하는 악행이라고 배워왔지 않은가. 여태까지 선린 교류를 원해온 누르하치의 요청을 거부한 것도 그 때문이 아니었던가.

누르하치는 명을 주국(主國)으로 신봉하고 있는 조선에 수 차례 교린을 원하고 원병을 청했다. 그는 조선을 우군으로 삼아 명을 칠 계산을 하고 있었다.

무식한 오랑캐 무리와 이마를 맞대는 것은 생각만 해도 소름끼치는 일이었다. 그래서 선조는 단칼에 거절했다. 이런데 누르하치에게 간다는 것은 명분도 실리도 없어보였다. 이런 때에는 명의 의심을 살 만한 행동을 해서는 안 된다. 그것이 신하국의 도리다. 선조는 생각한 나머지 고개를 저었다.

"나는 명나라로 튈 것이다. 다행히 조선 강토는 세자가 분조를 맡아 관리하고 있지 않은가."

선조는 세자로 책봉된 광해(1575~1641, 선조의 둘째아들)에게 분조를 조각하도록 지시하고, 조선 반도에서의 내치 권한을 부여했다.

세자는 의병을 모으고, 백성들을 위무하며 왜란을 진정시켜 나갔다. 고을마다 광해가 당도하면 모든 백성들이 사기백배하여 죽창과 활을 들었다. 그의 인기는 날로 높아가고 있었다.

얼마 후부터 선조는 자기가 아끼는 애장품을 아들에게 빼앗겼다는 조바심이 났다.

— 이놈이 내 곳간의 곡식을 가지고 백성들로부터 인기를 얻는구나.

어느덧 세자도 믿을 만한 자가 못 되었다. 임해군과 순화군 두 형제를 모병 임무를 부여한다는 명분으로 강원도와 황해도 방면으로 쫓아버리고, 도성에서 분노한 민중이 들이닥쳐 궁궐을 불태우고 약탈이 일어나도 방치하고 있는 것도 분조를 제대로 수행하지 못한 탓으로 돌렸다. 불은 노비 문서가 보관된 장예원에서부터 발화되어 한순간에 경복궁을 태워버렸다. 내치를 다스리라고 임무를 부여했는데 중요한 곳은 불타도록 방치해버린 것 같다.

선조는 망루에 올라 유장하게 흘러가는 압록강물을 바라보며 애가 끓는 것을 애써 눌러참았다. 지난 몇 달이 꼭 악몽을 꾼 것만 같았다. 몽진을 나오던 며칠이 수백 년 전 일처럼 아득히 멀어보였다. 그는 근래 자다가도 벌떡 일어나 버럭 소리지르며 정신분열 증세까지 보였다.

이런 때 신하들이 엎드려 눈물로 문안 올릴 때 위안을 받는다.

"전하, 신들이 이런 국난을 자초하였사옵나이다. 그 죄를 용서하지 말아 주시옵소서. 국토가 산산조각이 나는 비통함을 전하께서 몸소 당하시니 하늘과 땅이 황망하옵고, 종묘사직에 얼굴을 둘 바가 못 되옵고, 그러므로 불충한 신들은 백번 죽어 마땅한 일이옵니다."

신하들이 골백번 사죄를 하니 그는 조금 마음이 풀렸다.

임진년(1592년) 사월 스무날께, 왜병이 추풍령, 충주, 새재, 장호원, 용인, 여주를 거쳐 한양으로 한달음에 쳐들어온 상황일 때, 임금은 긴급 비밀회의를 소집했다. 골방 같은 어두침침한 방에 신료들이 숨듯이 찾아들어와 회의를 가졌다.

이런 회의일수록 중요 안건이 비밀리에 처리되기 때문에 혹시 자리에 빠지면 정보를 놓쳐 졸지에 불이익을 당하지 않을까 하여 예조 이조 병조판서들 이외에도 눈치 빠른 신료들이 모두 입궐했다. 그들은 누구나없이 내시나 궁녀들을 구워삶아 비선을 놓아두고 있었으니 이런 비상회의에는 빠짐없이 참석할 수 있었고, 임금으로부터 성실하다는 평가를 받을 수 있었다.

그러나 회의는 정작 한가로웠다. 도망을 가야 한다는 것이 일관된 결론이었다. 신료들은 자신들의 안위를 보장받는 것이 우선이기 때문에 다른 생각을 할 겨를이 없었다.

"야반도주하자는 것인가?"

그때 예판이 길게 아뢰었다.

"전하, 옥체를 보존하소서. 당장 소신의 목을 쳐도 분통이 머물지 않을 것이온 바, 그런 신이 무슨 말씀으로 상감마마께 우러러 위로의 말씀을 올리겠습니까마는, 보시다시피 종사가 참으로 위태로운 지경에 이르렀사오니 저희 신료들이 바라는 바는 무너지는 종묘사직을 감안하시어 지금은 변을 감당하기가 어려운 바, 실로 종사가 무너지는 것이 두렵사오니 우선 진중하고도 신속하게 행동에 옮기시는 것이 지극히 마땅한 처사라고 사료되지 않는다고 말할 수 없나이다. 상감마마를 떠나보냄이 저희 살을 떼어내는 것만큼이나 아프고 고통스럽습니다마는, 그리하여 슬픔이 누대에 걸쳐 도달할 지경이오나, 오직 상감마마의 옥체를 보존하시기를 바라는 마음으로 이궁(離宮)이 마땅하다는 진언을 드리온 바이오니 수결하심이 어떠하시겠나이까. 통촉하여 주시옵소서."

결론으로 말하면 빨리 궁을 떠나야 한다는 것인데, 숨넘어갈 지경으로 온갖 사설을 동원한 언설에 왕은 좀 신경질이 났다. 이 바쁜 와중에 긴 사설은 뭐며, '진중하고도 신속하게'라는 어법 또한 앞뒤가 맞지 않아서 화가 날 판이었다. 그러나 중신들의 진의를 안 이상 그는 이렇게 말했다.

"가더라도 함께, 더불어, 같이 모여서 가야 하지 않겠소?"

"성은이 망극하옵니다."

떼창하듯 중신들이 외쳤다.

사실 선조는 무엇을 결정하는 데 있어 눈치를 많이 보았다. 혹 사태를 그르치면 어쩌나, 조바심을 쳤고, 그래서 적당히 책임을 회피하고, 누군가에게 책임을 뒤집어 씌울 대상을 골라야 하기 때문에 눈치를 살피지 않을 수 없었다. 애초에 그는 소신이란 게 없었다. 성장기부터 그랬다.

선조는 중종의 서자인 덕흥군의 3남이었다. 중종, 인종에 이어 왕위에 오른 명종은 병이 잦고 왕위를 이을 왕자가 일찍 죽어 계승자가 없었다. 다른 왕자들은 각종 사화로 사약을 받거나 일부는 조사(早死)해 마땅한 승계자가 없었다.

명종이 여러 손자 중 서손인 덕흥군의 3남 하성군을 유독 귀여워해 이를 눈치챈 명종의 비 인순왕후 심씨와 영의정 이준경이 하성군을 명종 승하후 임금으로 삼도록 손을 쓰니 그가 선조였다.

말하자면 서자도 아닌 서손이 보위를 이으니 말발이 잘 서지 않았고, 게다가 새 왕의 보령이 열여섯이니 정사를 제대로 끌어갈 수 없었다.

정통성 빈약한 서손이 왕좌에 오르니 신하들이 기고만장했다. 당사자는 유약해서 눈치만 열심히 살피는데, 이때 터득한 것이 난처하거나 심란한 문제가 생길 때는 신하에게 책임을 돌리는 것이었다. "네가 그때 그렇게 하자고 했지 않았느냐", 또는 "접때 너의 말을 들었던 것이 망책이었구나" 따위로 빠져나오거나 뒤로 숨어버렸다. 이것이 시일이 지나자 습관이 되고, 왕권이 점차 강화되어서도 마찬가지였다. 문제가 생기면 아랫것에게 독박을 씌워버렸다. 그런데도 신하들은 아첨하고 머리를 조아렸다. 오히려 더 간사스럽게 굴었다. 권력의 맛은 참으로 신묘한 것이었다.

그렇게 지난 일을 뒤돌아보며 회한에 젖어 있는데 호판인지 이판인지 모를 신료가 나섰다.

"전하, 지금 우리 삼천리 금수강토를 짓밟은 풍신수길이라는 자, 왜놈 이름으로는 도요토미 히데요시라고 하는 자인 바, 그 자는 핏줄도 형편없고, 천자문도 제대로 읽어보지 못한 무식한 축생 같은 종자라고 하옵니다. 아니 원숭이 종자 같다고 하옵니다. 그의 무식을 고백하듯이 문과 무의 구별도 못 하는 자이오니 괘념할 상대는 아니되시는 것 같사옵니다. 자리를 지키고 계심이 지당하다고 사료되옵니다. 윤허하여 주시옵소서."

"맞사옵니다. 적괴(敵魁) 도요토미 히데요시에게는 후사가 없어서 제 누이의 자식을 데려다가 양자로 삼았다고 합니다. 왜놈이라는 상것들은 누이와도 붙고, 사촌간에도 붙으므로 진짜 자식인지도 모르옵지요. 그런 불상놈 따위에게 괘념치 마시고 보위를 보존하시옵소서."

"신도 한 말씀 올리겠나이다. 히데요시는 엽색가로 널리 알려져 있고, 후사를 얻고자 애를 썼지마는 자식을 얻지 못하였사옵니다. 불임증상을 의심해볼만한 자이옵니다. 고자라는 풍설이 파다하옵나이다. 허면, 실로 괘념할 일이 아닌 것으로 사료되옵니다."

"신 또한 소문을 들었사옵니다. 풍문에는 임진년 초기에 히데요시의 어여쁜 첩의 몸에서 옥동자 한 놈을 얻으니 그 놈이 히데요리(나가마쓰 마루/수뢰)라는 놈입니다. 그러나 어느 사람의 말을 들어보면 대야수리대부(大野修理大夫)란 자가 히데요시의 총애를 받는 것을 기화로 몰래 히데요시의 안집을 무상 출입하였고, 그래서 히데요시의 애첩과 놀아난 결과 그놈을 낳았다는 풍설이 있습니다. 그런 식으로 자식을 얻었다 하옵니다. 이렇게 그자들은 위아래 없이 붙는 금수와 같은 분별없는 자들이옵니다."

출생을 의심하자는 말에 왕은 흠칫 놀라는 눈치를 보였다. 가족사에 관한 한 그 역시 자유롭지 못하다. 그래서 출신 성분 따위로 자존심을 건드리는 경우에 한해서는 어떻게든 내쳐버리는 좀 복잡한 성격을 갖고 있었다.

"왜란과 히데요시의 가족사와는 무슨 상관이오? 그 점은 그만둡시다."

"지당하신 말씀이시옵니다."

선조는 여러모로 심란해 있었다. 마음은 부모국인 명의 품에 어서 빨리 안겨 편안히 심신을 녹이고 싶었다. 이때 다른 자가 엉뚱하게 말했다.

"대마도주 귤강련이란 자가 참 가상하옵니다. 우리 조선국에 들어오면 초량 왜관에서부터 갓을 쓰고 정삼품 첨지중추부사의 관복을 입는 자이옵니다. 그가 충직한 조선의 신하로서 존재하는데 잘 활용하면 될 것 같사옵니다."

"그렇사옵니다. 그 자는 우리 조선에 우호적인 자로서 통신사로 올 적마다 수하 십여 명과 함께 조선 복색을 하고 들어오는 자이옵니다. 아주 순진하며 조선국의 신하라는 자긍심이 대단하옵니다. 귤강련·귤강광 형제가 대마도를 좌지우지하는 바, 이 자들을 통해 우리가 항차 싸우지 말자고 다리를 놓도록 하면 좋을 것입니다. 물론 그동안 잘해주었지만 이번에는 더 좋은 비단을 내려서 큰 활약을 하도록 하는 것이 온당한 줄로 아뢰옵니다."

"부산포 앞바다에 왜군선이 들어왔을 때, 신료들은 왜가 조공품을 가져왔다고 좋아했지 않았는가. 그런데 대포가 들어왔단 말이다. 그런 안목으로 뭘 말한다고… 함부로 말하지 말렸다."

"한시가 급하옵니다. 지금 당장 떠나셔야 하옵니다. 종묘사직은 추후의 일입니다. 윤허하여 주시옵소서."

신료들 간에 다시 몽진을 떠나야 한다느니 말아야 한다느니로 토론이 벌어졌다. 그리고 절차처럼 자기 주장이 옳다고 침이 튀기는 싸움으로 변질되었다.

"역대 선왕들께 예를 올리는 것은 예를 중시하는 조선왕조의 기본 틀이거늘, 천종들과 똑같이 인사도 없이 떠나야 한다는 저 한심한 언설을 감히 어느 안전이라고 읊고 있는가."

선조는 이 위급한 때에 신료들 사이에서 벌어지는 토론 때문에 한동안 머리가 지끈거렸다.

솔직히 말하면 빨리 떠나고 싶었다. 살아있기만 하다면야 후에 종묘사직에 예를 올리는 것은 얼마든지 가능하다. 우선 옥체부터 보전해야 하는 것이 옳은 일이라는 신료의 간언이 가슴에 와닿는다. 그렇다고 재빨리 결정한다는 것은 국왕의 체통도 체통이려니와 효를 방치한다는 무례한 군주로 치부될 수 있다. 교활하고 노회한 신료들은 언제 어느때 이것을 가지고 물고 늘어질지 모른다.

힘 떨어지고 세 떨어지면 개떼처럼 달려들어 물어뜯는 것이 권력의 속성임을 그는 그동안의 궁궐생활을 통해 익히 알고 있었다. 틈만 보이면 불에 데고 칼에 찔리는 것이다.

그들은 대개는 선왕으로부터 임명장을 받은 노회한 간부들이다. 그러므로 함부로 대할 수가 없다. 그들을 함부로 내치면 선왕을 내치는 것과 다름없고, 그것은 대왕대비의 심기를 심히 건드리는 우를 범하는 일이 된다. 대왕대비로 인하여 출세한 자가 어디 한둘인가.

"주상은 언교(諺敎) 안의 백성을 내 살붙이같이 사랑하고 절검하라는 말씀과, 경사를 토론하여 부지런히 본받으라 하신 선왕의 지침, 알고 계시겠지요? 주상께서 명심하고 보전하고 행할 바는 지나온 명승지들이 일찍이 남긴 금과옥조, 즉 사람이란 상하 귀천을 막론하고 각자 부성(賦性)이 있으므로 비록 미천한 사람이라 할지라도 충직스런 사람이 있을 것이니 널리 보살펴야 한다는 것이오. 하물며 사대부 조신(朝臣)들이야 두말 할 나위가 있겠는가. 그들의 언설을 묵살하고 억압하면 정사를 꾸려나가기가 쉽지 않을 것이오. 그들이 주상의 옥좌를 위해 목을 걸고 충성하는데 멋모르고 내친다면 배신 때리는 건과 무에가 다르겠소?"

이렇게 위아래 간섭하는 자가 많으니 왕이라 해봤자 야밤 후궁 상대하는 것 말고는 자유로운 것이 없었다.

토론에는 필시 파벌의 이해가 있었고, 그것에 따라 의사가 결정되었다. 옳은 것도 내 편의 주장이 아니면 그른 것으로 비판되고 단죄되었다. 가치에 따라 움직이는 것이 아니라 이익에 따라 편이 갈렸다.

"전하, 종묘사직에 예를 다하자는 것을 묵살하겠다니요? 역대 왕을 모욕하다니요. 선왕 앞에 얼굴을 들 수가 없나이다."

"그만들 두시오."

왕은 이미 내뺄 작정을 하고 있었기 때문에 신료들의 다툼도 의미가 없었다. 다만 그는 그렇게 논쟁이 불붙기를 기다렸을 뿐이다. 회의의 결정에 따라 결론을 내렸다는 민주적 절차를 남겨둠으로써 그자신 책임을 모면할 수 있는 구실을 찾아내는 것이다. 도망자라는 나쁜 선례를 남겨선 안 된다. 책잡힐 일을 해서는 안 된다. 아무리 급해도 허리띠를 맨 뒤 달려야 하지 않는가.

"전하, 한마디만 올리겠습니다. 역대 왕의 영혼이 묻혀있는 종묘를 잊으시면 사후에 두고두고 책잡힐 일이 생깁니다."

선조는 결론을 내렸다. 역대 왕의 육골과 혼이 머문 종묘와 사당을 돌아보지 않고 떠난다는 것은 불효막심한 짓이고 불충이며, 자기부정이라고 생각해 다음과 같이 명했다.

"과인이 종묘사직에 이별을 고하는 제를 지내고 떠나기로 하겠소. 떠나면 언제 돌아올지 모르고, 명에 의지해서 그곳에서 생을 마칠지도 모르는 상황 아닌가."

그러자 다투던 신료들이 하나같이 엎드려 울음을 터뜨렸다.

그때 궁관이 헐레벌떡 달려와서 고했다.

"상감마마, 적들이 도성으로 들어와서 궁으로 쳐들어오고 있습니다!"

그러자 문무백관들이 언제 그랬더냐 싶게 혼비백산해 튀어버리고, 선조는 버선발을 찾아 신는 둥 마는 둥 궁을 나서 뜰로 달음박질쳤다. 근정전에서 광화문에 이르는 길이 이삼백 보쯤 되었지만, 수백 리 길이나 되는 것처럼 멀어보였다.

신하들은 실로 위기에 목숨부터 부지하자는 생물학적 본능이 자리잡아 용수철처럼 튀어 나갔다. 이런 위기에 격식 따위가 무슨 상관인가. 긴박한 상황에서 살고자 발버둥치는 자는 살 것이요, 빈충맞게 망설인 자는 죽을 것이다. 그래서 본능은 이성보다 앞선다.

불안한 가운데 왕이 행차 준비를 하자 내관이 준비한 봉영교자가 광화문 담장 안에 도착했다. 선조는 봉영교자에 올라타면서 잠시 고민에 빠졌다. 이렇게 내 땅, 내 궁궐인데 도둑처럼 황망히 도망가는 것이 옳은가… 괜찮은 일인가. 종묘사직에 제사를 지내지 못하더라도 행차의식은 갖추어야 한다. 왕으로서 최소한의 체통은 지켜야 한다.

"간소하게 행차를 준비하라. 간소하게 하되 백성들이 우러러보고 눈물짓도록 절통하게 꾸미라."

무장한 대여섯 명의 호위병졸들이 어가 앞에 섰다. 평상시 같으면 수백 명이 도열하는데 비상시국인지라 구할 이상의 호위병이 떨어져 나갔다. 본시 왕의 행차 때 갑옷과 무기를 갖춰 입고 행진하면서 국왕의 위세를 과시하는 위용을 보이는데, 지금은 그들도 도망가다 왔는지 복식도 제대로 갖추지 못했다.

행차를 지켜보던 백성들이 길가에 나와 두 손을 모아 엎드리더니 일어날 줄 모르고 하염없이 눈물지었다.

"전하, 어디로 가시나이까."

"가시더라도 부디 평강하소서."

모든 격식이 생략되고 떠나는 길이 초라하니 백성들이 더 목이 메었다. 나랏님을 잃으면 나라가 없어지는데 그들은 나랏님의 안위부터 걱정하였다.

그런데 왜군이 쳐들어온다는 첩보가 들어와 행차는 경희궁 담벼락 밑에 한동안 숨었다. 밤이 되자 폭우가 쏟아졌다.

"가자, 이렇게 비가 내리는 밤에 떠나는게 상책이다."

왕조는 무슨 세상을 꿈꾸고, 무슨 미래를 설계하는지 알 수 없었다.

왕은 이런 저런 상념에 젖어 꾸물거리며 흐르는 압록강물을 하염없이 바라보았다. 그는 이윽고 울음을 터뜨렸다. 모든 것이 억울하였다. 울음을 타는 가을 강물은 바람소리에 젖어 웅웅거리며 흐르고 있었다. 강물도 우는 것 같았다.

3장 의주로 가는 길

황룡강에 이르자 바람이 소소했다. 황룡강은 영산강 수계에 속하며, 영산강의 상류쪽 지류다. 장성군 북하면에서 시작되고, 광주로 흘러들어 광산군의 동남부를 관통한 다음 평림천과 합류하면서 영산강으로 흘러들어 간다.

가을의 기운이 강물에 어리고 있었다. 주름을 잡고 밀려가는 강물이 벌써 차갑게 느껴졌다. 들판에서는 추수가 한창이었다.

1592년 가을, 정충신이 빠른 걸음으로 북을 향해 달리고 있었다. 신새벽에 길을 나서 낮 무렵에 갈재에 이르렀으니 한달음에 내쳐 팔십 리 길을 달려온 셈이다. 멜빵을 한 망태기를 짊어져서 편한 차림이었다. 망태기는 배가 불룩했다. 장로(長路)인데 준비없이 떠난다고 해도 갈아입을 옷나부랑이, 침구류와 짚신을 갖추었으니 북더기가 컸다.

정읍 태인 김제 부안 여산을 지나자 큰 벌판이 나타났다. 행인들이라곤 눈에 보이지 않아 그의 모습이 더 도드라져보였다. 그래서 낮에는 산으로 숨어들고 밤에는 길로 내려와 걷거나 뛰었다. 종일 걷는 만큼 며칠 후부터는 다리가 아프고, 그보다는 허기가 졌다.

왜의 병력은 여산 북부에서부터 진을 치고 있었다. 정충신은 그들 동태를 파악할 겸 밥도 얻어먹을 겸사로 왜의 진중으로 들어갔으나 그를 눈여겨 보는 사람은 없었다. 진중에는 사역꾼으로 징발된 조선인들이 각종 노동에 동원되고 있었는데, 그들 역시 정충신과 행색이 다르지 않았기 때문에 그를 의심하는 사람은 없었다. 같은 사역꾼으로 보는 것이다.

병영 주변으로 해자를 파는 농민, 겨울을 나기 위해 짚으로 야영을 설치하고, 한쪽에선 장작을 패고, 수백 명이 밥 먹을 수 있는 가마에 불을 지피고 있었다. 그런 중에 왜군은 절도있게 대오를 갖춰 진중을 행군했다. 조선인은 그들에게 얼씬도 못했다. 그렇게 통제되고, 차별화되었다.

누룽지 한 주먹을 얻어서 길을 재촉하니 드넓은 논산벌이었다. 논산벌 끝자락의 왼편으로는 부여, 송간, 이인, 홍성, 예산이 이어지고, 오른쪽으로는 월암, 계룡, 공암, 종촌, 용포, 부강이었다. 그 사이를 지나자 긴 띠처럼 풀어진 금강이 나타났다. 물은 맑고 푸르고 풍부했다. 피비린내 나는 세상과는 상관이 없다는 듯 강은 무심하게 흐르고 있었다. 강을 건너면 공주 북편이고, 한 쪽은 정안이었다.

금강 유역의 들판은 텅 비어 있었다. 농부들을 찾아볼 수 없었다. 남부여대(男負女戴), 피란을 떠났거나 남은 자는 붙잡혀 왜군의 무구(武具)와 군량미 짐꾼으로 징발되었다. 전라도 땅과는 완연히 다른 풍경이었다.

나루에 이르자 강 둔덕에 왜의 병사들이 진지를 구축하고 있었고, 그 한편에선 도강자를 검문하는 초소가 있었다.

"야! 넌 누구냐?"

정충신이 주위를 두리번거리자 초소 쪽에서 왜군 병사가 나타나 그를 불러세웠다. 왜의 초소 장이었다. 그가 서투른 조선말로 물었다.

"나는 나루터 초소장이다. 어딜 가는 거냐?"

정충신이 머뭇거리자 그가 정충신을 훑듯이 살피더니 다시 물었다.

"난리에 거지새끼만 자유롭게 이동하나? 그게 수상하단 말이다. 동냥이라도 할 곳이 있느냐?"

헤진 옷으로 변복을 했으니 영락없는 거렁뱅이 꼴이고, 얼굴과 몸에는 생 옻나무진을 발랐으니 토인 그대로였다. 게다가 몸에서 역한 냄새가 났으니 고약한 들짐승이 움직이는 꼴이었다. 초소장은 검문 기술자답게 그를 수상하게 보고 있었다. 그가 초소 옆 평상에 앉아 있는 중년남자를 불렀다.

"역관, 이리 오라."

역관을 곁에 세워놓고 심문할 모양이었다.

"도강패(渡江牌)나 신표(信標)를 보이거라."

정충신이 답했다.

"얻어먹는 꼴에 무슨 신표가 있다고요?"

"보아하니 넌 수상한 놈이다. 결코 거지가 아니다."

"그럼 정삼품이라도 된단 말이오?"

"이놈 보게. 너는 천 것이 아니란 말이다. 인간의 행위는 언어에서 자유롭지 못한 법이거늘, 니 입에서 정삼품 얘기 나오는 것 보니 넌 위장을 한 세작이거나 정찰병이다."

"우리 장타령도 모르시오?"

그러자 그가 역관에게 물었다.

"장타령이 무엇인가."

"벼슬아치를 풍자하는 서민들의 타령이요. 그중에 탐악질에 계집질한 타락한 벼슬아치들을 풍자하는 노래입니다. 그래서 이 자가 정삼품 얘기를 하는 것 같습니다."

정충신이 얼씨구 절씨구 저절씨구, 배포있게 타령을 읊조렸다. 가볍게 춤까지 추었다.

"저 자의 언어는 거지의 언어가 아니다."

초소장은 여전히 의심하며 초소 주변에서 창을 들고 얼쩡거리는 초병들을 다가오라고 불렀다.

"이 자를 샅샅이 뒤져라. 옷을 뒤지고 소지품을 살펴라."

"남의 귀한 물건을 그렇게 다루면 안 돼불지요. 초소장에겐 하찮은 것일지 모르지만 나에게는 귀한 물건이오. 나를 천하게 보지 않는 것은 고맙지만, 그런 만큼 내 몸을 함부로 뒤지는 건 받아들일 수 없소."

"개수작 말아."

"날 벼슬아치로 발령냈으면 탕건이나 하나 주쇼."

"이새끼 봐라. 괴춤을 뒤지면 알아,"

초병들이 그에게 다가들어 바랑을 빼앗고 옷을 벗겼다.

정충신이 먼저 뒤지기 좋게 훌러덩 옷을 벗었다. 단단한 근육질의 체구가 드러났다. 그의 체구를 보고 초병들이 놀란 얼굴을 했다.

"뭘 봐? 편하게 뒤지쇼."

"운동으로 다진 몸매를 보니 군병 같다. 사루마다는 벗지 말라!"

"고맙다."

초병들이 옷을 뒤진 끝에 말했다.

"아시가루(조장 계급)상! 아무것도 없습니다."

"조센징들 하는 수작 몰라? 설렁설렁 조사하면 나오겠냐? 변복 속에 소지품을 넣고 바느질로 꼬매면 감쪽같이 속지. 다시 뒤져봐."

초소병들이 재차 달려들어 정충신의 옷을 아예 찢어발기기 시작했다.

"이래 입으나 저래 입으나 거지 옷은 마찬가지니 마음대로 해라. 그러면 새 옷을 사주겠지?"

"아시가루 상, 아무것도 없습니다."

아무렇게나 찢어진 옷을 내려다 보더니 초소장이 말했다.

"옷 돌려줘라."

병졸이 찢어진 옷을 건넸다. 정충신의 주먹이 갑자기 허공을 가르더니 초병의 눈텡이에 꽂혔다. 그가 눈을 싸안고 자리에 주저앉았다.

"옷을 찢었으면 새 옷을 주든가 옷값을 내놔야지, 이게 무슨 꼴이여? 이걸 옷이라고 주냐? 이런 걸레는 누구도 안 입는다."

초소장의 기다란 칼이 그의 턱밑에 바짝 겨누어졌다. 칼날이 햇빛의 반사를 받아 반짝 빛났다.

"꼼짝 말고 꿰입어라!"

"어허 참, 거지라고 함부로 대하는군."

정충신이 투덜거리며 너덜너덜해진 옷을 꿰어입자 더 사나운 꼴이 되었다.

"너에게 어울리는 옷이다. 마지막으로 저 바랑인지 망태기를 뒤져라."

초소장이 다시 명령했다. 초병들이 달려들어 망태기를 뒤지기 시작했다. 조선인 역관이란 자는 재미가 없다는 듯 주춤주춤 뒤로 물러서더니 평상으로 가 벌러덩 누웠다.

초병이 망태기 깊숙이에서 두루마리 종이를 끄집어냈다.

"너의 정체가 드디어 들통났군."

마침내 찾아냈다는 듯이 초소장이 정충신을 노려보았다. 언어, 행동, 눈빛으로 보아 결코 거지가 아니며, 거지로 변장한 다른 존재로 보인다는 자기 확신이 맞아떨어졌다는 자부심이 그 표정에는 역력했다.

"한지에 한문자라… 너는 결단코 후방에서 활약하는 첩보원이다."

초소장이 두루마리 종이를 들어 허공에 펴보이며 가소롭다는 듯이 웃었다. 정충신이 의연한 모습을 보이려고 강 어귀의 마른 억새 풀밭에 눈을 돌렸다. 억새풀밭 사이로 사람의 시체들이 나뒹굴고 있었다. 엎어져 있거나 하늘을 쳐다본 채 죽은 시체였다. 그중 몇몇은 몸뚱이는 사라지고 두상만 나뒹굴거나, 두상이 없는 대신에 몸뚱이만 나뒹구는 것들도 있었다.

"당신들 수작이 아닌가?"

"너도 여차하면 저 꼴 당한다는 걸 알아두어라. 이것이 무엇이냐."

초소장이 두루마리 종이를 흔들어보였다.

"공부하는 잡록장(雜錄帳)이요. 조선은 신분의 귀천(貴賤)에 상관없이 공자왈맹자왈 한다는 소문 못 들었나? 나가 이래 봬도 정승판서 자제요."

"농담하지 말라. 정승판서 자제가 그 모양이냐? 그래, 거렁뱅이가 공자왈맹자왈 한다고 해서 밥이 나오냐, 떡이 나오냐? 한심한 새끼들이야. 이 두루마리는 무엇이냐고?"

"서찰이오."

"서찰? 무슨 서찰?"

"부상(負商)의 벌목(罰目)이다. 조원이 잘못을 저질렀을 경우 징치

한다는 조문(條文)이야."

"조문?"

"저지른 죄의 경중에 따라서 죄가 가벼우면 태형으로 다스리고, 무거우면 멍석으로 말아서 물미장으로 팬다는 조문이지. 동료 부상들이 죽고, 나 혼자 거지꼴로 다니고 있다. 밥이 있으면 좀 주시오."

충신은 가는 도중 감시병들에게 문초를 당할 것에 대비해 부상의 벌목을 구비했다. 필요하면 부상으로 위장할 작정이었다.

초소장이 벌목을 찬찬히 뜯어보기 시작했다.

"부상들에게 조목과 강령이 있단 말이냐."

"그렇소. 훈장을 주는 장려패도 있소. 옳고 그른 것을 따지고, 좋은 일을 하면 주는 상이오."

그제서야 초소장이 희미하게 웃더니 고개를 주억거렸다.

"너는 거지래도 예사로운 거지가 아니다."

정충신이 아홉 살 되던 해였다. 목영관 아궁이에 불을 지피며 혼잣소리로 중얼거리고 있었다.

"무명 한 필만 있었으면…."

몰락한 집안, 밥먹기가 힘들 정도로 어려운 가정 형편 때문에 여덟 살 때부터 광주 목영 동헌에서 아궁이에 불을 때거나 잔심부름을 했다. 목사관의 거실에 앉아 책을 펼쳐들었던 목사는 부엌에서 흘러나온 흥얼거림을 처음엔 무심히 들었으나 장단이 섞인 그 가락이 사연이 있는 듯해서 귀를 기울였다.

부지깽이로 바닥을 치면서 한탄하는 식으로 '무명 한 필 있었으면' 하는 가락이 무언가 사연이 있는 것 같았다. 목사는 부엌으로 난 쪽문을 열었다. 추운 겨울인데 의복이 남루한 소년이 아궁이 앞에서 장작불을 넣는 사이사이 무명 타령을 하고 있는 것이었다. 목사가 물었다.

"무명 한 필만 있으면 어쩌겠다는 것이냐."

충신이 얼굴을 들고 잠시 망설이더니 말했다.

"그러면 두루마기 저고리 바지 토시 이불과 요를 만들 수 있지라우."

"버선 행전까지 만들 수 있는가?"

겨울을 나려면 발 회목에서 장딴지까지 둘러치는 행전이 아랫 것들일수록 필요하다고 생각돼서 그것까지 물어본 것이었다. 번듯한 헝겊으로 소맷부리처럼 만들고 위쪽에 끈 둘을 달아서 돌려 맨 각반이지만 위 아래가 치수가 다르니 만들기가 까다로웠다.

"물론이지라우. 무명 한 필만 있으면 다 만들 수 있습니다요."

"그렇다면 한 필을 내어 줄 테니 네가 말한대로 해보겠느냐."

"네. 하고 말고요."

그러나 무명 한 필을 내어준다 한들 어린 아이가 어떻게 한 마장이나 떨어져 있는 그의 집으로 가지고 갈 것인가. 그래서 사또가 다시 물었다.

"네 힘으로 무명 한 필을 메고 가겠느냐?"

"내어만 주시면 가지고 가지라우."

"토막을 내서 가지고 가면 무효니라."

"물론입지요."

사또는 무명 한 필을 내놓게 하여 툇마루에 올려놓았다. 넉히 열댓 근은 되어 보였다. 어린 아홉 살 아이가 메고 가기엔 무거운 짐이었다. 정충신은 광목을 풀더니 상단 끝머리를 몸에 감아 묶고 앞으로 나아갔다. 광목이 풀리는데 더 이상 나가지 않으면 광목을 놓고 되돌아와서 다시 나머지 광목을 몸에 두르고 앞으로 나아갔다. 이렇게 해서 모두 집으로 나르는 것이었다. 이 모습을 지켜보던 목사는 무릎을 쳤다.

"무엇인가 될 아이로다."

며칠이 지나자 정충신의 행색이 달라져 있었다. 깔끔하게 차려입은 옷이 어울렸다. 목사가 물었다.

"이 옷이 무명베렸다?"

"네. 그 무명 한 필로 지은 것입니다."

"두루마기 저고리 바지 토시 행전까지 만든다고 했지 않았느냐? 이불과 요도 만들었단 말이냐?"

무명 한 필로 이불과 요를 만들고 두루마기를 만든다는 것은 베한 필로는 어림없는 일이다.

"두루마기를 덮으면 이불이 되고, 바닥에 깔면 요가 되지라우."

"과연 영특한 녀석이로군."

사또는 크게 웃으며 충신의 머리를 쓰다듬었다. 이런 기지와 지혜를 가지고 있는 그로서는 이따위 왜놈 감시병 따돌리는 데는 문제가 아니었다.

"저 놈은 누구냐? 같은 패냐?"

나루터에서 강을 건너갈 배를 기다리는데 초소장이 다시 정충신을 불러세워 물었다. 나루터 한쪽에서 계속 이쪽을 훔쳐보는 한 장정을 보고 따져물은 것이었다. 건장한 청년이었다. 검은 구레나룻이 턱을 감싼 데다 눈빛이 날카로워 범상한 모습이 아니었다.

초소장이 장정에게 손을 까딱해 보이며 자기 쪽으로 오라는 손짓을 했다. 장정이 오지 않고 한바탕 크게 웃었다.

"아시가루(싸움이 허락된 전투요원)상인가, 아니면 코모노(小者·잡병)인가."

"나한테 묻는 건가?"

"그렇다."

초소장은 생판 모로는 자가 배짱좋게 서서 그의 신분과 계급을 따지는 것이 뭔가 격이 다르다는 것을 직감적으로 느꼈다. 신통찮은 계급장으로 설치고 있다는 것을 보여준 것 같아서 초소장은 조금은 뻘쭘 했다. 장정이 버티고 선 채 물었다.

"죽 지켜보았다. 저런 조무래기에게서 무엇이 나온다고 옷을 벗기고 난리인가."

"말하는 자는 누군가."

"나는 추겐(中間)이다. 마침 바조(기마 무사 계급)의 무구(武具)를 끌어줄 조선인 호코닌(잡병 중 하나)을 징발하러 나선 길이다. 그런데 사고가 생겼다."

"사고?"

"그렇다. 적정을 살피는 아시가루 한 명이 사라졌다. 아마도 길을 잘못들어 산중으로 빠졌거나 원주민에게 납치되었을 것이다. 그 자가 죽지 않고 사라지면 적에게 생포돼 기밀을 누설할 우려가 있다. 그래서 진지의 명에 따라 가까운 병력을 조달해 아시가루를 찾으라는 명령이 떨어졌다. 한두 놈 챙겨서 나를 따르라. 산마을로 들어가 수색작전을 벌인다."

"어느 군대인가."

"나는 현지 용병이다. 현지 사정을 모르면 어떻게 전쟁을 수행할 수 있는가. 3번대 참모다. 나를 따르라."

"여자가 있는가."

산마을로 들어간다니 그가 호기심을 보였다. 왜군 종자들은 유독 여자를 밝혔다. 굶주린 만큼 그것부터 해결하고자 하는 욕망을 보였다.

"그렇다."

"어린 처자들인가."

"일본 여자와 격이 다른 여자들이야. 이쪽 마을은 끝났고, 산마을로 들어가 징발해야 한다. 너희도 위안부가 필요하냐?"

"물론이다."

초소장이 흡족하게 웃었다.

"마을 사람들이 산으로 숨어들고 있다. 들어가버리면 솜이불에 이 박히듯 찾기 힘들다."

"알았다. 서두르겠다. 카세모노 한 놈을 추가하겠다."

여자가 있다는 데야 지남철처럼 마음이 당겨들지 않을 수 없었다. 고향에선 마음만 먹으면 들판이나 갯가로 나가 떠도는 여자를 만나 마음껏 욕망을 채우고 씨를 뿌렸는데, 조선 여자들은 건드리기가 쉽지 않을 뿐더러 욕망을 채우고 다시 다음날 찾아가면 여자가 대청마루 들보에 목을 맨 상태로 축 늘어져 있는 경우가 많았다. 다른 여자들은 숨어버렸다. 그래서 여자 꼴을 보기가 힘들었다.

"너도 따르라."

장정이 정충신을 향해 명령했다. 어느새 그가 주장(主將)이 되었다.

"요긴하게 써먹을 방도가 있다."

장정이 지시하자 초소장도 정충신에게 따르라고 시늉을 했다. 왜병은 상대방에게 승복하겠다고 여기면 군말없이 밑으로 기는 기질이 있다.

"니가 정찰병이다."

장정이 정충신에게 명령했다.

"나는 한양을 가야 하는디요?"

"어차피 올라가는 길이다."

"명령을 어길 시는 이 총알이 용서치 않을 것이다. 총알은 이백 보를 날아간다."

초소장이 총을 흔들어 보이며 너스레를 떨었다. 청년이 의미 모를 웃음을 충신에게 보낸 뒤 앞서 산속으로 들어갔다. 그 뒤를 정충신, 초소장, 카세모노가 차례로 따랐다. 나뭇잎이 저서 산의 골격이 훤히 드러났으나 잡목과 소나무가 울창한 쪽은 어두컴컴했다.

장정이 갑자기 초소장과 카세모노를 앞질러 따돌리더니 바위를 타고 뛰어넘었다. 정충신도 바짝 그를 따라붙었다. 장정이 품에서 단검을 빼내 정충신에게 던져주었다. 충신이 그것을 집어 들자 장정이 빠른 목소리로 낮게 말했다.

"품에 품어라. 날 따라 행동해라. 나루터에서 많은 시체들을 보았겠지? 본때를 보여줄 차례다. 알겠느냐?"

정충신이 고개를 끄덕였다.

"천천히 가야 하무니다."

바위 뒤쪽에서 초소장이 뒤따르며 외쳤으나 장정은 무시하고 걸음을 빨리하며 정충신에게 다시 일렀다.

"내가 하는대로 따르라. 저놈들이 나루터에서 양민을 많이 죽인 것에 대한 복수다."

"알겠습니다."

그는 상황을 알아차렸다. 이치전투에서 정찰병으로 활동할 때도 그랬다. 산속에서 양민을 학살한 왜병을 맞닥뜨렸을 때 먼저 죽이지 않으면 자신이 당한다는 것을 그는 알고 있었다.

초소장과 졸개가 바위를 타고 내려오자 밑에서 숨듯이 기다리고 있던 장정이 순식간에 초소장에게 달려들어 그의 옆구리를 칼로 찌르고 바위 아래로 굴렀다. 반격의 기미를 주지 않는 기민한 급습이었다. 뒤따르는 카세모노가 조총으로 격발 자세를 취했으나 정충신이 달려들어 그의 배를 단검으로 찔렀다. 카세모노가 고꾸라지면서 격발자세를 취하자 정충신이 재차 달려들어 그의 목에 칼을 찔러넣었다. 카세모노가 피를 쏟으며 떨더니 곧 조용해졌다.

"저 자 소지품을 챙기라."

장정이 지시하고 바위 아래 굴러 떨어져서 아직 숨통이 끊어지지 않은 뒤척거리고 있는 초소장에게 달려들어 돌멩이로 두상을 내려쳐 박살내고, 장검과 조총과 소지품을 수습한 뒤 낙엽으로 덮었다. 정충신도 장정이 하는대로 카세모노의 제복을 뒤져 소지품을 챙기고, 총을 수습한 뒤 낙엽으로 덮었다.

"따르라."

두 사람은 말없이 산을 타고 넘었다. 그들은 산 밑으로 흐르는 강의 상류 쪽으로 거슬러 올라갔다.

"저 자들이 무기 운반 햐쿠쇼(백성)를 징발하는 과정에서 마을을 쓸었다. 반항하는 남정네들을 모두 죽였다. 이 정도는 저들에 비하면 어린애 소꿉놀이다. 두려워 말아라."

"저는 이치재 전투에서도 왜군 목을 베었습니다."

정충신이 당당하게 응수했다. 자신도 그만한 담력이 있다는 표시였다.

"이치재 전투? 거긴 권율장군이지?"

"그렇습니다."

"여수 앞바다는 이순신 장군의 수군이고, 육지에선 권율 장군이지. 호남은 끄떡없다."

"군인인가요?"

"군인이 아니어도 알고 있지. 임금이 흙먼지 휘날리며 도망을 갔다는데 알고 있느냐? 몽진(蒙塵; 임금이 피란하여 딴 곳으로 옮겨 감) 말이다."

승전보를 알리는 장계를 품고 길을 나선 정충신은 놀랐으나 다르게 말했다.

"성님은 어디로 가십니까."

"어른이 말하면 그에 대한 대답을 하고 다른 말을 해야지, 말을 자르고 바꾸어 말하면 좋은 태도가 아니다. 왕이 도망간 것은 사실 아니냐?"

정충신은 대답하지 않았다. 그는 자세한 내용은 잘 모른다.

선조실록 133권 18장엔 '壬辰年 賊虜充斥 君父蒙塵 國勢 汲汲 危如一髮(임진년에 왜적이 만연하여 왕은 몽진하고 나라 형세는 급급하여 위태롭기가 실낱 같았다)'라고 몽진을 공식화하고 있다.

"잘 모릅니다. 다만 성님이 어디로 가시는지를 알아야 따를지 말지를 내가 결정해야 할 것 같습니다. 나는 한양으로 가야 항게요."

"따라오면 된다."

산속을 더듬어 강 상류 쪽으로 올라가자 작은 나루터가 나타났다. 억새가 우거진 습지가 끝없이 이어지고, 수변 건너편에 강물이 숨듯이 흐르고 있었다. 그 한쪽에 배가 두 척 떠 있는데 비어 있었고, 주변은 쓸쓸했다. 그가 말없이 배 한 척을 뒤집어 물속에 가라앉힌 뒤 다른 배에 오르자 정충신도 훌쩍 배에 올랐다. 능숙하게 노를 젓던 장정이 말했다.

"다른 놈이 쫓아오면 안 된다." 배 하나를 가라앉힌 이유를 이렇게 설명하고 덧붙였다. "이쪽은 원수산이고 강 건너엔 전월산이다. 너는 내가 두렵지 않느냐."

정충신은 그런 그를 홀린 듯이 바라보기만 했다.

"보아하니 원족(遠足) 가는 것 같은데 그럴 만한 이유가 있느냐."

"어떻게 멀리 간다는 것을 아십니까."

"망태기에 달아맨 짚신 다발은 무엇이냐. 거렁뱅이가 짚신 다발을 메고 다니는 것 보았느냐?"

"그래서 왜병이 나를 의심했군요."

"하지만 너의 눈이 또한 그들을 의심케 했다. 넌 거렁뱅이 눈이 아니다. 또 침구류는 무에냐. 떠도는 걸인이 깨끗한 침구류라니. 거지로 변장하고 변복을 하고 변신을 하려면 철저히 해야 한다… 어쨌건 짚신 몇 켤레는 나를 다오."

충신은 짚신 켤레들을 버려야겠다고 생각했다.

"나는 한양 갑니다요. 짐꾼이라도 해얍지요."

"한양은 더 꼴이 험하다."

강을 건너 전월산을 벗어나 한참 걸으니 종촌이었다. 가는 길목마다 사람들의 시체가 널부러져 있었다. 젊은 아낙네가 아이를 끌어안은 채 숨져 있는데, 아이는 엄마의 젖을 물고 잠든 듯이 죽어 있었다.

"전쟁은 이렇게 여자와 어린아이가 먼저 희생된다."

그가 주변을 둘러보며 탄식했다. 그들은 다시 산속으로 들어갔다. 소나무가 빽빽했고, 산은 소백산맥으로 이어져 멀리는 마곡사, 지근간에는 계룡산과 잇닿아 있었다. 연봉들이 아스라했다. 종촌의 외곽 시냇가에 조그만 주막이 하나 있었다.

골방으로 들어가 자리를 잡자 그가 농주를 한 말 시켰다. 정충신은 그를 제대로 바라보았다. 봉두난발한 머리지만 이마에 주름살이 굵게 패이고 이목구비가 번듯한 미남자였다. 골상 또한 커서 통이 커보였다. 검은 구레나룻이 힘깨나 쓰는 장사 꼴이 났다.

"이름이 무에냐."

술 한 바가지를 퍼 마시고 나서 그가 물었다.

"인사가 늦었습니다. 광주에서 왔습니다. 성님은 함자가 어떻게 되시요."

"나는 최영경이고, 이계삼이고, 길삼봉이다. 하루에도 이름이 자주 바뀐다."

"왜 그렇습니까?"

"난세엔 이름이 여러 가지일 수밖에 없다. 그중 네가 편리한 대로 하나를 골라서 받아들이면 된다."

"길자, 삼자, 봉자가 마음에 듭니다."

"그러면 그렇게 해라. 어차피 남을 속이는 이름이니까."

"속이다니요? 사기꾼이 사기친다고 말하고 다니는 사람은 없지라우."

그가 대꾸 없이 다시 바가지로 술을 가득 퍼서 마시기 시작했다. 목이 탄 듯 단숨에 숨차게 마시고 난 뒤 정충신을 뚫어져라 바라보았다.

"이곳이 범지기마을이란 곳이다. 산골인 듯 산골 아닌 산골 같은 골짜기다. 은근히 깊은 산이지. 밤이면 범이 내려와서 가축을 잡아 먹고 산으로 돌아가는 곳이라고 해서 범지기마을이다. 내가 요근래 여기서 범 대신 멧돼지를 몇 마리 잡았다. 그것으로 먹을거리로 하고 일삭을 보냈다. 나루를 지켰으나 무망한 일이어서 곧 떠날 것이다."

"무망한 일이라니요?"

"지금 나라는 왜놈 천지가 되었지 않느냐."

"그렇지요."

그는 다시 항아리를 바가지로 휘저어 술을 뜨더니 벌컥벌컥 마셨다.

"몸을 덥힐려면 먹어두는 것이 좋아."

정충신은 홀린 듯이 그를 바라보았다. 왜군을 곤충 잡듯 가볍게 해치우고, 저렇게 아무렇지 않게 술 바가지를 기울이는 모습이 신비스러웠다.

"놀라운가."

"네."

"이건 아무것도 아니다. 다만 이것으로 마을 사람들이 보복당할까 걱정스러운데, 다행히도 마을은 비어있고, 사람들은 떠나고 없다."

"완력이 대단하구만이요."

정충신도 군졸의 복부에 칼을 꽂아 목숨을 끊어놓긴 했지만, 길삼봉은 늘 해왔던 것처럼 능숙하게 해치운 모습이 황홀할 지경이었다. 그런데 지금은 천연덕스러운 얼굴이다. 그런 양면의 얼굴이 낯설다.

"성님은 산적 비스무리한 분 아니십니까?"

그가 껄껄 웃더니 말했다.

"내 정체를 알고 싶으냐?"

"알고 싶제라우."

"아까 말하지 않았더냐. 길삼봉이나 최영경, 이계삼이 싫다면 금성 성님이라고 불러라."

"금성 성님이요?"

"그렇다. 나주가 고향이다. 나는 네가 한양이 아니라 의주로 가는 것을 알고 있다."

어떻게 그가 자신의 비밀 행선지를 알고 있단 말인가. 조금은 두려워서 정충신은 말을 바꾸었다.

"나도 금성 정씨입니다. 나주가 본이지라우요."

"금성 정씨, 알고 있다. 하지만 의주 가는 길이 보통 어려운 길이 아니다."

"내가 의주로 간다는 걸 어떻게 아시고, 의주 의주 하십니까. 사실은 한양 갑니다."

그러나 그는 빙그레 웃기만 했다.

"저를 아시는 분입니까."

"넌 질문이 많다. 그러려니 알고 술이나 마셔라."

그가 또다시 바가지에 술을 가득 떠서 마신 뒤 총각무를 으적으적 씹었다.

정충신도 술을 들이켰다. 그 역시 몸이 달아올랐다.

"먹어본 솜씨구나."

"대장부가 주독에 빠져선 안 된다고 해서 멀리하고 있을 뿐입니다. 사서삼경 뗄 때까정은 입에 대지 않기로 속으로 약조했지요. 하지만 열다섯 때부터 술을 댔지라우. 지금은 쓴 약처럼 여기고 있습니다."

"허허허, 너는 자기 절제가 분명한 소년이군. 의절있는 남자로 자랄 것이다."

"의절있는 남자요?"

"그렇다. 요즘 사나이들 계획도 없이 마구잡이로 살고 있는데 넌 달라보인다. 젊은이들 내일에 대한 희망도 기대도 없이 막가는 인생처럼 세월을 죽이고 있어. 그런데 넌 행색이 초라하지만 너의 눈은 다르다. 괜찮은 관상이다. 장차 무엇이 되려고 하느냐."

"저는 금성 성님 정체를 알기 전에는 무슨 말도 하지 안할라요."

정충신은 그의 깊은 눈동자에는 어떤 피치못할 사연이 있을 것이라고 여겼다. 우뚝 솟은 코가 고집스럽고 외로워 보였다. 눈엔 우수와 조금은 슬픔이 배어 있었다. 그가 엉뚱하게 물었다.

"나랏님에 대해서 너는 어떻게 생각하느냐."

"하늘같은 분이시니, 하늘같이 모셔야 할 분이지요. 그것이 백성의 본분잉게요. 그게 바로 충(忠)이고요."

"수신서와 같은 얘길 하는구나. 꼭 하늘같이 모실 필요는 없다."

"네?"

"너는 하사비군(何使非君)이란 뜻을 아느냐?"

"하사비군? 무슨 뜻입니까?"

"그건 누구를 섬긴들 임금이 아니겠는가, 라는 뜻이다. 임금을 다르게 받들 수도 있다는 뜻이다. 그러니 바꿀 수도 있다는 뜻이다. 비약해서 말하면 백성이 왕이라는 뜻이지. 백성이 임금을 갈아치울 수도 있으니 말이다. 백성이 왕이 될 수 있다."

"어찌 그런 역모의 말씀을… 금성 성님은 역모꾼 아니요? 나를 어떻게 믿고 그런 무서운 말씀을 하십니까?"

정충신이 놀란 눈으로 묻자 그가 너털웃음을 웃었다.

"네가 어떻게 생각해도 좋다. 다만 나는 역모꾼도 아니고, 반역자도 아니다."

등잔불에 어리는 그의 이마에 허허롭고 쓸쓸한 바람이 스쳐 지나가는 듯했다.

"그래도 그런 말씀은 당최 아니지라우. 제가 밀고라도 하면 어떡하실려고 그러십니까."

"나는 사람 됨됨이를 안다. 너는 밀고질이나 남 해코지해서 밥벌어먹고 살 상이 아니다. 왜병들과 대거리할 때 이미 알아보았느니라. 넌 거지로 변장한 의인이다."

"아무렇게나 생각해도 좋소. 하지만 천지분간이 안 되는 얘기는 안 되지요. 도대체 금성 성님 정체가 무엇입니까."

"알고 싶으냐?"

그러면서 그가 자리를 고쳐 앉더니 말했다.

"나는 계룡산에서 세상의 이치를 익히고 천리, 만상을 깨우쳤다. 그래서 단박에 너를 알아보았던 것이지. 함께 왜놈의 목을 쳤으니 우리는 같은 전우고, 동지가 아니냐."

"그 점 나도 그렇게 생각합니다."

"그럼 됐다. 우리는 형제다. 형제란 꼭 혈연으로만 이루어지는 관계가 아니다. 의리로 만들어진 형제도 있고, 세상이 만들어준 가족도 있느니라. 우리는 같이 왜놈 목을 땄으니 의리로 뭉친 형제다."

"당연히 그러하지요."

"이제부터 너는 내 동생이다."

"광영입니다."

"그럼 천하공물(天下公物)이 무슨 뜻인 줄 알겠느냐."

"천하공물, 그건 세상 천지의 물건은 공공의 것이다, 그런 뜻이겠구먼요."

그는 목영에서 일하며 한서를 꽤 읽었기 때문에 그런 정도는 해석할 수 있었다.

"과연 본대로군. 그렇다. 세상의 만물은 특정 개인의 것이 아니다. 사대부의 것도 아니고 왕의 것도 아니다. 어떤 누구나의 것도 아니면서 동시에 모든 누구나의 것이다. 모든 백성의 것이다. 우리 산천 같은 만물은 공공재니 우리 모두의 것이다."

"세상의 만물은 공공의 것이다…."

"그렇다. 그런데 누군가가 권력을 이용해 자기 것으로 만들고, 그것을 사적으로 사용하고 있다. 세상의 산천을 어느 날 문서로 자기 앞으로 등재하고 사유물로 삼았다. 그것을 백성을 부려서, 노동의 대가 없이 착취해 이문을 취하니 빈부가 생겼다. 무지한 백성은 허리 펼 날이 없다. 그들이 그렇게 착취당하는 줄도 모르고 뼈 빠지게 일하면서 못 먹고 못 입고 가냘프게 숨쉬면서 살면서도 당연히 그러려니 여기며 여기까지 당하며 살아온 것이다. 무지몽매하니 그런 것이다. 무지몽매한 값을 그렇게 치르고 있는 것이다. 그것을 흔히 타성이라고 한다. 무지의 값을 무망하게 지불하는 것이다."

"본래 하늘 아래 땅은 모든 이의 것이란 말씀이지라우?"

"그렇지. 그것을 못배운 사람들은 깨우치지 못하고 있단 말이다. 그런 사이 지배층의 것이 되었다. 온갖 산천, 남정네 아낙네, 들짐승까지 모두 그들의 소유가 되었다. 노비가 무엇이냐."

"천 것이지요."

"하늘 아래 천 것은 없다. 어머니 뱃속에서 태어나면 모두 똑같은 하늘의 자식인데 노비라니. 배운 자들이 그렇게 나쁘게 사용하면서 노비가 만들어지고, 가진 자 못가진 자로 구분되었다. 그런 그들이 모든 것을 취하면서 백성은 끝없이 가난하고, 그들은 끝없이 이익을 챙겼다."

뜯어보니 맞는 말인 것 같았다. 조상 대대로 거슬러 올라가면 그것은 누구의 것도 아니면서 동시에 어떤 누구나의 것도 되는 것이었다. 그런데 언제부터인지 모르지만 가진 자와 못가진 자로 구분되고, 힘있는 자와 힘없는 자로 나뉘고, 어떤 사람은 농토에서 실컷 일하고도 허덕이고, 또 누구는 놀면서 부유하다. 그 땅은 자연의 것이고, 하늘의 것인데, 불공평하게 나뉘어져버렸다.

"이게 금성 성님 생각인가요?"

"내 생각이기도 하지만 스승님의 철학이지."

"스승님이라뇨?"

"조정은 역적으로 몰지만 나는 훌륭한 어르신으로 모시지."

"그가 도사님인가요?"

"난세에 낳은 선각자시다."

"그분 저도 만나볼 수 있나요."

그가 대답 대신 동이에서 바가지째 술을 퍼서 다시 벌컥벌컥 마셨다. 대답하기 답답하면 그렇게 바가지 술부터 떠마시는 모양이었다. 그는 갈수록 신비스러웠다. 그가 엉뚱하게 말했다.

"우리 고을에 오래 전에 장군이 한 분 계셨다. 나는 그를 흠모했다. 그래서 얼마 전엔 대마도도 다녀왔다. 그의 세계관이 완성되었더라면 이런 세상이 오지 않았으리라고 생각한다."

"이런 세상이라니요?"

"너는 잘 모를 것이다."

"그러니까 가르쳐 주셔야지라우. 어느 장군을 말씀하십니까?"

"지 장군이다."

"지 장군?"

"정 지라는 장군이시다."

바로 충신의 9대조 할아버지를 말하는 것이 아닌가. 충신은 저도 모르게 가슴 밑바닥으로부터 전율이 왔다. 생면부지의 사람이 자신의 할아버지를 거론하다니. 그는 길삼봉의 다음 말을 기다렸다.

"그분의 선견지명을 따랐다면 우리가 이런 모욕을 당하지 않아도 되었을 것이다. 귀양살이 끝에 비참하게 가대가 몰락하여서 그 어른의 치적이 감추어져서 그렇지, 여말선초(麗末鮮初), 그분의 이상을 따랐다면 우린 지금 왜로부터 조공을 받고 사는 나라가 되었을 것이다."

"조공을 받고 산다고요?"

"그렇지. 역사란 선반에 올려진 궤짝 문서가 아니다. 오늘날 재해석하고 재구성해야 하는 것이다. 고리짝의 문서가 아니라 우리가 살아가는 지표로 삼는 안내서다. 지 장군 얘기를 들으면 너무 아쉬워서 분통을 터뜨린 때도 있다. 그의 길은 옳았다."

충신은 아버지로부터 지 할아버지의 얘기를 들었으나, 상세한 얘기를 하려 하지 않아 늘 채워지지 않는 무엇이 있었다.

"금성 성님, 그분은 저의 9대조 할아버지이십니다."

"그런데도 가대의 영광을 몰라?"

"누구도 말해주지 않았습니다."

"그럴 것이다. 태조 임금을 도왔으나 추후 지향하는 길이 달랐으니 역모로 몰렸고, 후손들이 핍박을 받으며 숨죽이며 살았을 테니까 말이다. 지 장군은 태조 임금을 추종하는 세력들에게 역모로 몰려서 투옥생활을 거듭한 끝에 병사하셨다. 역사는 늘 힘을 가진 자들에 의해 유린되고, 진실은 묻혔다."

충신은 아버지가 할아버지 이야기를 하다 말고 감춘 것의 내막을 이제야 조금은 알 것 같았다. 아직도 세상을 지배하는 것은 조선왕조 아닌가.

"지 할아버지가 꿈꾼 이상이 무엇인가요."

"잘 들어라. 지 장군은 왜구 격퇴를 위해 일생을 바친 수군사령관이시다. 왜구가 쳐들어오는 전초기지가 대마도인데, 이 땅을 우리 땅으로 확실하게 명토 박고, 항차 우리의 해양진출의 교두보로 삼아야 한다고 주창하셨지. 그곳은 명나라로 가는 길목이고, 북방을 치러 가는 해상교통로이며, 대양으로 진출하는 초입이다. 우리의 중요한 군사요충지이자 우리 꿈을 세계로 펼쳐나가는 관문이라는 것이다. 그런데 조정 신료들은 그 땅은 곡식도 제대로 재배되지 않는 척박한 섬인데 우리 것으로 만들어서 뭐하냐고 묵살했지. 섬사람 먹여 살리느라 국고를 축낸다고 우리 섬이 되기를 반대했다. 노략질하는 그들을 콩 이백 석, 쌀 이백 섬 따위로 달래면서 그작저작 살아도 충분하다고 생각했어. 하지만 지 장군은 대마도의 중요성을 아셨다."

정충신은 침을 삼키며 그의 다음 말을 기다렸다.

"대마도주란 자는 일본 왕에게도 '신하 아무개 아뢰오' 하고, 우리 왕에게도 '신(臣) 아무개 문안 올리옵니다' 하고 간사스런 태도를 보였지. 곡식이 생산되지 않는 척박한 땅에서 살자면 끼니를 굶든가 해적질을 해서 먹고 살아야 하는데, 그것도 여의치 못하니 그들은 이쪽저쪽 눈치를 살피면서 연명하는 간나구들이었어."

"간나구들이요?"

"그렇지. 쥐새끼 같은 놈들이었어. 그런데 조정에서는 그자들이 우리 벼슬을 받고 우리 복색에 갓을 쓰고 부산포와 초량에 들어와 조선인 행세를 하는 것에 대단히 만족해했던 게지. 그래서 대마주도절제사(對馬州都節制使)란 직함을 주었으나 그자들은 또 일본왕으로부터도 대마수(對馬守)라는 직함을 받아 일본 왕에게도 복종하고 살았어. 조선에 들어오면 조선인 행세를 하고, 일본 왕이 있는 곳에 가서는 왜의 신하임을 고했단 말이다. 이런 놈들에게 조정신료들이 넋이 나간 것이지. 조선복색을 했다고 조선놈이냐. 그런데 가상히 여긴 것이었어. 별 병신 뻘짓을 다하다가 이 지경이 되어버렸어. 지금 대마도가 왜병의 전진기지가 되어서 우리의 온 산하가 왜의 지배하에 놓이게 됐지 않느냐."

정충신도 화가 치밀었다.

"나의 스승도 그 뜻을 높이 샀다. 그분의 지향을 따르겠다고 젊은 제자들도 나섰지. 나는 그때 훈련대장이었다. 스승이 대동계를 조직하여 힘을 기른 것은 십만양병설에 호응하였기 때문이야."

"대동계? 역모를 꾸미려고 그런 것이 아니고요?"

정충신은 얼핏 그 이야기를 들었다.

"잡스런 얘기 하지를 말아라. 당쟁의 희생자였을 뿐이야. 스승이 주도했다는 역모는 조작된 것이야. 역모를 꾸몄다면 왜 왜적을 물리치러 갔겠나. 역모를 생각했다면 그때가 나라를 뒤집는 절호의 기회인데 말이다. 태조 이성계는 나라를 뒤집으려고 궁궐로 쳐들어갔지만, 내 스승은 나라를 구하려고 왜군 진지로 쳐들어가셨어."

"왜군 진지로요?"

"그렇지. 왜적이 남해안 선죽도에 쳐들어 왔을 때 대동계 조직원들을 이끌고 가서 적들을 싸그리 몰아냈다니까. 나라를 구하는 데는 당쟁이 무슨 의미가 있는가. 그런데도 그 사이에 사대부들은 서로 모략하고 배신 때리면서 피를 흘렸지. 왜적의 공격에는 숨기만 하다가 기회만 있으면 튀어나와서 다른 세력들을 음해하고 병신 만드는 데 온 힘을 쏟았어. 한마디로 죽탕들이고, 한심한 자식들이지."

술동이가 바닥이 났다. 그는 술로 치미는 화를 끄는 것 같았다.

"다시 말한다만 스승은 특정 누구에게 이익을 주기 위해 출병한 것이 아니고, 오직 나라를 살리겠다는 사명감으로 나가신 거야. 그런데 이런 선구자가 역모로 몰려 죽는단 말이다. 지 장군도 그랬어. 좋은 세상을 열어가려고 분투하다 주류세력에게 모함을 받아 무너지신 거야. 이러니 나라가 되겠냐? 그래서 개같은 세상이라고 한다. 이런 나라는 쓸어버려야 하는데, 그러지 못하니 통탄스럽다. 전쟁이 나도 그들에겐 털끝 하나 다친 것이 없다."

"틀린 말은 아닌 것 같습니다만 듣기 민망하구만이요."

"내 말 잘들어라. 전쟁에 희생되는 사람은 백성들이고, 그 중에서도 힘없는 부녀자와 아이들이다. 그럼에도 불구하고 양반층은 터럭 하나 다친 것 없고, 쌀 한톨 빼앗긴 것 없다. 오히려 재산 비축하는 기회로 삼지. 지네들 자제는 모두 숨겨두고, 백성들만 전쟁터에 내보내고 있다. 그 중에서도 여자, 어린아이들부터 죽지. 그런 약한 사람들을 지켜주지 못한 나라가 나라냐. 사람들은 조선을 예의바른 도덕국가로 규정하는데 불상놈의 나라다. 삶은 도덕적이지 못하면서 도덕으로 세상을 지배하려 한다? 한마디로 개새끼들이지."

"욕은 하지 말고 말해야지라우. 아랫것들이 배웁니다."

"그 새끼들 생각하면 욕밖에 나오는 것이 없다. 온갖 협잡, 부정, 반칙, 탈법, 불법에 매관매직, 기녀(妓女) 치맛자락에 묻혀 살면서도 도덕군자연 한단 말이다. 조선이라는 나라는 도덕쟁탈전을 벌이는 하나의 극장이 되었지만, 이런 삿된 도덕 때문에 쪽바리 영주놈 하나 당해내지 못하고 나라를 빼앗길 위기에 있는 거야. 도덕의 잣대로 반대파를 청산 대상으로 제거한 뒤 수염 쓱싹 문지르며 어른행세하는 위선자들이란 말이다. 도덕 우위로 권력을 선점하고 상대를 악으로 규정하면서 취하는 권력이 이렇게 타락해버렸는데 욕 안 나오겠냐? 그런 새끼들을 누가 따르겠냐. 겁주고 밟고 공포스러우니까 약한 백성들이 따를 뿐이지. 우매한 것이 죄가 되어버렸다."

"우매하니까 죄인이다…."

"그렇다."

"그래도 도덕과 층위 없이 나라의 질서가 잡히겠습니까."

"한심한 놈, 어떤 틀 안에 갇혀 있으면 아무것도 얻는 것이 없다. 수구의 틀 안에서 안주하는 것은 사람다운 삶이 아니다. 짐승을 길들이는 것과 같다."

"역모라도 꾸미라고요?"

"이상을 꿈꾸고 실용을 개발해야지. 실용을 강조할 때 공동체는
건강하고 부유해진다. 실용을 높이 여긴 임금은 번영했지만, 되도
않는 도덕을 명분으로 삼아 쩌누르는 자는 망한다. 사실은 가장 부
도덕한 자다. 생각들이 교조화되면 나라가 병든다. 굳은 생각에 매
달리지 말고 실용과 정의의 기준에 매달려야지."

"나는 잘 모르겠습니다. 충실히 임금을 따르는 것만이 나라를 지
탱하는 힘이라고 생각하고 있지라우. 역모로 몰리면 모가지가 달아
납니다."

"어떻게든 살고 싶으냐?"

"네. 최후의 승리자는 장수자잉게요. 오래 살면 어떤 일도 도모할
기회가 있잖습니까."

"젊은 놈이 살고는 싶은 모양인데 생각은 있군. 자, 보자. 소금 만
드는 염부는 소금 잘 만드는 게 도덕이고, 그릇 만드는 장인은 그릇
잘 만드는 게 도덕이야. 예법은 짐승과 구분되는 정도면 되는 거야.
사대부가 말하는 예법을 따르지 않는다고 불상놈이냐? 가장 부도덕
한 새끼들인데… 그런 것 배워서 어디에 쓰게?"

길삼봉은 꿈을 꾸는 사람 같았다. 그는 왜군에게 조선 육군이 단
숨에 무너지는 이유도 지적했다.

"왜놈의 침략을 받은 오늘의 사태를 보자. 조선의 장수는 목사, 현
감 등 지방의 수령들이 맡는다. 그들이 언제 군사학을 배웠는가. 수
령들이 자기 고을 사람들을 편성해 병력을 이끌었으나 지휘 체계를
갖추지 못하니 우왕좌왕 개판이지. 직업적인 군관들이 배치되긴 했
지. 하지만 수령들의 보좌나 호위하는 정도다. 전령, 정찰병, 돌격장

이 체계적으로 전투를 해야 하는데, 지휘할 능력있는 지휘관이란 게 사서삼경을 옆구리에 끼고 수염이나 매만지며 행세하는 지방 수령들이란 말이다. 이 자들이 조상의 제문에는 능통하지만 병법을 제대로 익혔겠나, 화약과 총통의 성질을 알았겠나. 도덕적 의분은 살 수 있지만 활 한번, 칼 한번 휘두른 적이 없으니 나가면 죽는 것이지. 본인 죽는 것은 그렇다 쳐도 병졸들을 다 죽이니 문제다. 지휘부가 이 모양이니 부산포, 동래포, 진주, 상주, 탄금대 장호원, 여주, 용인을 무인지경으로 내주었지 않았느냐. 우리 꼴이 이 모양이니 왜군은 겨드랑이에 날개를 달았다고 하지 않았더냐. 이 지경이라면 귀신 잡는 신립이라도 어림없지."

길삼봉은 허리가 없는 지휘체계를 보고 서울 함락은 단 며칠 만에 이루어질 것이라고 내다보았는데, 불행히도 그것은 적중되고 말았다.

개전이 되고 아군은 수만의 왜병을 만나 야전을 치렀지만 접전 한번 제대로 치르지 못하고 궤멸되었다. 정규군이라는 신립 장군 부대도 탄금대에서 전멸했다. 이때 잔병들이 정신줄 놓고 도주하기 시작했고, 살아남은 부대 지휘관도 도망가기 바빴다.

전열을 가다듬어 싸우는 병사가 의병과 승군들이었다. 농군과 절간에서 무도를 닦은 승군들이 물러서지 않고 싸워서 진격을 그나마 저지했던 것이다.

"성님은 왜 그렇게 아는 것이 많습니까. 성님 같은 분이 일선에 나가셔야 하는디, 왜 안 나가시오?"

그가 물끄러미 정충신을 바라보더니 말했다.

"나가면 잡힐 것이고, 잡히면 죽는데 그런 개죽음을 왜 자청하느냐. 싹수가 노란데 나가 싸우고 싶은 충심이 생기겠느냐. 지금은 쓸모 있다고 그냥 넘어갈지 몰라도 종당에는 붙잡아서 목을 칠 것이다. 이용해 먹고는 어느 순간에 목을 칠 것이다. 내가 한두 번 속았냐? 내가 왜 병신짓 하냐?"

"후환이 두려워서 그러겠지요."

"그러니 비열한 놈들이지. 그런 야만에 나는 말려들고 싶지 않다."

"내가 나중 군사 중심부에 들어가면 성님을 꼭 부르겠습니다. 불러내서 성님을 활용하겠습니다."

"틀렸어."

그가 절망적인 어조로 말했다.

"왜 그렇습니까."

"네가 장성했을 때는 나는 이 세상 사람이 아닐 것이니까."

"왜 그런 섭섭한 말씀을…."

"나는 지금 뜬구름처럼 살고 있다. 내 한 목숨 버린 지 오래다."

그리고 다시 말했다.

"삼 년 전 난이 있었다. 스승은 병사를 모아 새로운 세상을 도모하다 쫓기다가 자결했고, 스승을 따르는 수백 명의 제자들은 도망가거나 잡혀서 죽었다."

그래서 그는 깊은 산속으로 숨어들었다. 길삼봉인지 최영경인지, 이계삼인지 신분을 감춘 것도 그때부터였다.

길삼봉은 고향 금성산에 숨어들어가 한동안 지내다가 지리산, 계룡산으로 옮겨 천리를 익혔다. 답답할 때는 부산포로 나가고, 대마도까지 진출했다. 난이 터졌다. 난리가 역설적으로 그에게는 활동하기 좋은 환경이었다. 난이 그의 삶의 방패막이가 되어준 것이었다.

"성님 스승이 누구라는 것이지요?"

"정씨다."

"정자, 여자, 립자입니까?"

정충신이 알아차리고 이름자를 댔다. 길삼봉은 대답하지 않았다. 정충신은 몇 년 전의 인간사냥을 잘 알고 있었다. 터무니없는 살육이 고을 곳곳에서 벌어졌다. 수천 명이 체포되고, 그중 수백 명이 참수되고, 국문을 견디지 못하고 죽어나간 자가 기백 명이었다. 그 가족들도 쫓기거나 죽임을 당했으니 그 인원이 수천 명을 헤아렸다.

"왜 참극이 벌어졌다고 생각하느냐."

길삼봉이 물었다.

"역당을 만들어 역모를 꾸몄다는 것 아닙니까."

"못된 녀석, 모르면 함부로 씨부리는 것이 아니다."

"성님이 화나라고 말씀드린 것은 아니고요, 저잣거리에서 떠도는 이야기를 전했을 뿐이요."

그가 충혈된 눈을 부라리며 설명하기 시작했다.

"이놈아, 사리분별은 하고 살아야지. 시중의 유언비어에 놀아나서 말을 옮기면 안 되지. 인물들을 이런 식으로 청소를 해버리니 나라가 개꼴이지. 사람을 널리 구해 써도 부족할 판에 모략으로, 음해로, 배신으로, 이간질로 잡아다 죽이니 나라가 제대로 굴러 가겠느냐 말이다."

"붕당의 폐습이지요?"

"붕당의 폐습이라고 말하지만, 사실은 이익의 문제다. 이 상황에서 이익을 본 사람이 누군지 알겠냐?"

"그야 정적이겠죠."

"아니다. 동인 세력도 아니고 서인 세력도 아니다. 이익을 챙긴 사람은 오직 왕 뿐이다."

"왕이 이익을 본다고요? 왕은 모든 것을 차지했잖아요. 백성들도 그의 것이잖아요. 욕심낼 것이 없는데요?"

"나는 이렇게 본다. 다투다가 머리 큰 자들이 쓰러지면 왕권을 강화하기가 용이하거든. 따지고 보면 조선의 인물들의 면면은 명나라 석학들에 비해 뒤지지 않는다. 그게 우리의 자산이야. 우리가 땅이 넓냐, 그렇다고 그 땅이 기름지냐. 가물면 천수답이고, 장마들면 물바다가 되는 땅이다. 가진 것이라곤 인적 자원 뿐인데, 뭘 좀 생각하는 사람은 다 잡아다 죽이고, 고뇌하는 사람도 패죽인다. 그러니 좋은 세상을 만들겠느냐."

그가 말을 이었다.

"경쟁을 시켜서 좋은 정책을 개발하도록 독려하는 것이 왕이 할 도리인데, 이게 못마땅하다고 쳐내고, 저게 싸가지 없다고 밟아버린단 말이다. 그러면서 어려운 한문자 달달 외는 자들을 기용해 권위를 세울 뿐. 사는 데 도움이 안 되는 것으로 으시댄단 말이다."

"이래봬도 나도 녹봉을 먹고 있는 공직자요."

"녹봉 같은 소리 하지 말고 내 말 잘 들어. 너도 똑똑하면 장차 당할지 모른다. 정의로우면 골로 가는 거야. 내시 같은 놈들한테 당하게 돼있어. 그들이 권력을 쥔 기득권 세력이 되어있지."

"기득권이라니요?"

"나라를 흔드는 세력이다. 이 자들은 변화가 두려워서 누구든지 가만 있으라고 협박하고, 대들면 쳐버린다. 내 스승과 추종자들이 그렇게 당했어. 나라를 변화시켜서 살자는 사람들인데, 반역으로 몰렸어. 군주가 혼주(昏主)가 되니 난을 이겨낼 방도가 없지."

"상감마마가 혼주입니까? 그건 역모요."

"너는 내 손 안에 든 조약돌이다. 함부로 뭘 씨부렸다간 내가 어떠리라는 것을 알겠지?"

그가 칼을 꺼내 한 손으로 날을 쓸었다.

"겁나냐?"

"겁나요."

"하지만 겁날 것 없다. 우리는 형제의 연을 맺었지 않았느냐. 형제가 되었다면 우리는 서로 진실을 말하는 것이다. 진실에는 위악이 존재하지 않는다. 진실은 사나이 정신이야. 진실은 만인에게 친하지."

"성님 말씀은 어렵습니다."

"그럴 것이다. 마저 내 말 들거라."

그가 벽에 몸을 기대어 한동안 눈을 감고 생각에 잠기더니 천천히 입을 열었다.

"제자들은 불공평한 세상을 바로잡고 싶어했어. 어떤 사람은 임금이 시기심이 많고 교활하다면서 백성을 적으로 돌리는 왕을 쳐내야 한다고 했지. 백성없는 왕이 무슨 존재이유가 있냐?"

길삼봉이 임금 모가지를 칠 것 같은 험상궂은 얼굴로 정충신을 노려보았다.

"나는 맨정신이다. 그 자는 지금 강을 건너 명으로 도망가겠다고 한다. 그런 놈 배때지에 칼을 꽂아버려야 하는데…."

"네?"

"니가 당도했을 때는 명으로 튀었을 것이다. 백성을 버리고 저만 살겠다고 도망가는 자한테 무얼 기대한단 말이냐. 백성을 버리니 백성들이 궁을 다 태워버렸지 않느냐. 그런 자에게 진상품을 올린다고?"

"진상품이 아닙니다."

"지니고 있는 것이 무엇이냐?"

"출세하러 올라갑니다."

"풍진 세상에는 오직 너만 믿어라. 누구도 믿지 말거라. 나쁜 지도 자는 따르지 않는 것이 좋다. 따르다보면 종당에는 니 모가지도 수 수모가지처럼 잘려나갈 수 있으니까."

"누우십시오. 잘라니께요."

"몇 놈 죽이고 떠날 것이다."

그리고 벌러덩 자리에 눕더니 그대로 코를 곯았다. 먼 길을 달려 온 데다 대취했기 때문인지, 그는 천지분간을 못 하고 드르렁드르렁 코를 곯았다.

햇살이 창문에 어른거렸다. 깨어보니 늦은 아침이었다. 곁에 누웠 던 길삼봉은 자리에 없었다. 윗목을 살폈으나 그의 짐이 없어지고, 정충신의 망태기에 달아맨 짚신도 몇 켤레 없어졌다.

머리맡엔 편지쪽지가 하나 놓여 있었다.

— 소년 병사 보거라. 나는 뜻한 바 있어 먼저 떠난다. 왜놈 초병 을 죽이고, 조선 여자를 겁탈하는 왜놈 병사들을 처치했으니 쫓기는 몸이다. 운수 생활은 언젠가 또 인연이 닿을 것이니 안심하고 떠나 라.

정충신이 바랑을 챙겨 신흥, 풍서, 배방, 목천을 지나 산골짜기를 타고 올라가니 천안이었다. 천안에서 다시 쉴 틈 없이 북으로 치고 올라가자 직산, 성환, 공도, 안성이 나타났다. 용인의 턱밑이었다. 조 금만 더 가면 화성, 과천에 이를 것이고, 곧 도성에 도착할 것이다.

위로 올라갈수록 가는 곳마다 왜의 부대 깃발이 나부끼는데, 왜 장졸들의 위세가 대단했다. 왜병들은 군량미 확보를 위해 칼을 차고 조를 짜 마을마다 뒤지고 있었다.

4장 전주를 치러 온 일본 6군단

고바야카와 다카카게(小早川隆景)는 6번대(군단)를 출진시켜 영동
—무주를 거쳐 임진년 6월 23일, 전라도 금산(오늘의 충남 금산)의 금
산성을 함락시키고, 제6군사령부를 설치했다. 전주성(全州城) 점령
에는 지형지세로 보아 양동 작전을 쓸 필요가 있었다.

제1대는 승려 출신 부장(副將) 안코쿠지 에케이가 2천 병력을 지
휘하도록 하고, 제2대는 고바야카와 자신이 직접 병력 2천을 차출해
진격작전을 펼치기로 했다. 남은 1만 병력은 금산성 본대에 배치했
다.

6번대 대병력이 북상과 남하를 거듭하며 얻은 것이 있다면, 승전
보다 더 절박한 후방 병참선 확보였다. 본국에서 군량을 수송해오는
것이 군사들의 진격 속도만큼 빠르지 못해서 병사들이 굶고, 그에
따라 사기가 떨어졌다. 현지 조달이라도 해야 하는데 가는 곳마다
곡간이 비어 있었다. 약탈한 뒤끝인데다 주민들이 미리 식량을 지고
깊은 산으로 숨어버린 것이었다.

육로, 수로와 각종 재원을 확보하려면 인력 징발이 필요하고, 작전 중인 부대와 기지를 연결하여 보급품과 병력이 이동하는 수송로 확충에 현지 주민이 필요했으나 대부분 도망을 가버렸다.

전투요원을 병참단으로 꾸려서 각 마을로 내려보내는데 주민을 거칠게 다루다 보니 대부분 죽여버린 경우가 많아 징발 인력이 절대적으로 부족했다. 원동까지 진출했지만 헌 짚신짝 하나도 가져오지 못했다. 그럼에도 불구하고 왜병들은 후방 지대에서의 전투식량과 노무자 확보를 위해 눈에 쌍불을 켜고 마을을 뒤졌다.

정충신은 적병의 이동 경로를 세밀히 탐지했다. 적은 한 군데 집결해 공략한 것이 아니라 산개되어 움직이고 있었다. 고바야카와 사령관이 작전 명령을 내린 것은 그때였다.

"안코쿠지 부장(副將)의 제1대는 금산—무주—진안—웅치—전주 방향을 타격하라. 제2대는 금산—진산—이치—전주 방향으로 진격할 것이다."

정충신은 사동 행색으로 왜의 장수 지휘부에 숨어들어가 진격 계획표를 확보해 품에 넣고 튀었다. 정충신은 계획표를 보고 놀랐다. 아군 병력 수준을 하찮게 본 기색이 역력했다. 간단없이 밀어붙이면 된다고 본 것이다. 본진까지 동원하지 않아도 된다고 판단한 모양이다.

"쉽게 보는 전쟁. 이것을 역으로 이용하는 거다. 얕잡아 보는 것을 역이용한다."

고바야카와는 전주로 진입하려면 웅치와 이치의 두 험준한 고갯길을 타고 넘으면 된다고 보고, 2개 부대를 편성해 투입하면 쉽게 승리하리라 단정했다.

"조선 육군은 두 곳을 다 수비하지 못할 것이다. 한 곳을 지키기도 어려운데, 두 군데로 나뉘어서 싸울 힘이 못 된다. 그들 병력이 분산 되면 우리의 진격은 쉽고, 전주성은 수월하게 함락될 것이다. 아침 에 출진해 점심밥상을 전주성에서 받기로 하자."

고바야카와는 진물이 아물지 않은 눈을 껌벅이며 막료장에게 명 령했다. 그는 육십 가까운 노장수였다.

"네가 광주 사는 정충신이렸다?"

정충신이 고경명 앞에서 예를 차리고 권율이 써준 밀서를 내밀자 그가 물었다.

"그렇습니다."

고경명이 밀서를 읽고 나서 말없이 고개를 끄덕였다.

"합류해달라는 요청서인 줄 알았는데 그것이 아니로군."

"건의드릴 것이 있습니다."

"무엇이냐."

"유격전이 필요합니다."

그에 대답은 하지 않고 고경명이 되물었다.

"왜 유격전이냐."

"우리가 적병들보다 지형지세에 밝기 때문입니다. 적은 중과부적 입니다. 정면대결로는 이기기 힘듭니다. 적을 부수려면 유격전으로 대비해야 합니다."

"어른스럽구나. 통인의 벼슬인데 녹봉을 받아먹을 만하다. 하지 만 걱정하덜 말어라. 다 준비가 됐으니 너는 너의 진지로 돌아가라. 너희 부대가 잘 싸우면 나를 돕는 것이다."

고경명 부대는 적병의 진격로를 꿰뚫고 있었다. 고경명은 김제군 수 정담, 의병장 황박, 나주판관 이복남이 인솔해온 의병 2천을 규합해 영(嶺)의 요소요소에 배치했다. 종후·인후, 두 아들을 그의 곁에 막료로 두었으니 마음 든든했다.

"적이 동시에 쳐들어올 것입니다. 병력을 분산하려는 계략입니다. 놈들은 우세한 병력으로 밀어붙이려는 것입니다요."

"나 역시 그렇게 생각한다. 그러니 어서 떠나거라. 권율 사또 어른께 밝은 세상에서 만나자고 전해라."

정충신은 고경명의 진영을 떠나 다람쥐처럼 산을 탔다.

"편지는 잘 전달됐느냐?"

권율이 돌아온 정충신을 보며 물었다. 산을 타고 오느라 그의 짚신은 너덜너덜했고, 발도 까어 있었다.

"제가 밀서를 드리기 전에 고 의병장이 먼저 대비하고 계셨습니다."

"그랬을 것이다. 선견지명이 있는 분이다."

이치령 골짜기 이곳저곳에 병졸들이 배치돼 함정을 파고 목책을 두르고, 투석전을 대비하는 돌을 쌓고, 독화살을 준비했다. 진지는 하루이틀 지나자 꼴을 갖추었다.

권율도 백병전이나 정공법으로는 적을 당해낼 수 없다고 생각했다. 정충신의 제안은 지형지세에 맞는 전술이었다. 아군이 지세에 밝은 조건을 최대한 이용하는 것이었다. 민첩하게 산을 타는 젊은 군졸들이 유격대로 활약하는 것이 수월하다. 그러기 위해서는 적의 보급대, 수비대, 전투대, 포대의 동태를 살피는 척후 특수임무가 중요하다. 그 역할을 정충신이 수행하고 있었다.

왜병들은 골짜기 이곳 저곳에 진을 치고 흡사 끈처럼 엮어서 군관의 명령에 따라 움직이는데, 얼핏 보면 개미떼처럼 정연하게 움직이는 것 같았다. 일정 간격을 두고 움직이는 행렬들이 규율이 잡혀 있었다. 오랜 세월 훈련을 통해 얻은 체계적인 군사조직임을 알 수 있었다.

골짜기마다 수천 명이 진을 치고 있는데 다른 쪽 골짜기 요소요소엔 화포부대를 갖추었다. 이곳 저곳 군영지에서 구령과 군호가 쩌렁쩌렁 골짜기를 울렸다. 그것만으로도 상대방을 제압하고도 남아보였다.

적들은 노획한 군량미를 쌓아놓고, 소를 잡아 구워먹고 있었다. 지글지글 고기 타는 냄새가 골짜기에 퍼졌다. 그래서인지 적병들의 얼굴은 하나같이 기름칠을 한 듯 번지르르했다. 군량은 민가 마을에서 훑어 우마차에 실어 날라 온 것들이었다. 우마차를 끌고 온 소와 말은 그 자리에서 도살해 살과 뼈를 갈라 먹었다. 먹는 것은 장수와 부장과 병관과 병졸간에 차이가 없었다.

"우리가 가진 것이라고는 용기밖에 없다."

권율이 읊조렸다. 그렇다. 저 농투사니의 농민군을 보라. 그들이 여기 모인 뜻이 무엇이겠는가. 의기만을 생각하고 모였을 뿐이다. 숫자도 적고 행색이 꾀죄죄한 오합지졸이지만 눈이 파랗게 살아있다. 관병은 눈에 띄지 않았고, 보이더라도 헛간에 짚을 깔고 낮잠을 즐기고 있었다. 그중에 도망가는 관졸이 많았다. 그는 도망가는 두 관졸을 체포해 즉결처분했다. 그래도 도망을 갔다. 그는 깊은 절망에 빠졌다. 그런데 백성들이 모여들고 있었다. 낫과 쇠스랑, 도끼를 메고 왔다. 주력은 황토 흙이 묻은 농투사니의 농민복 차림의 의병들이었다.

임진년 6월 말(음력)이었다. 여름의 복판으로 달려와서인지 무더

위가 기승을 부리고, 숲과 골짜기에는 깔따구와 모기, 파리 등 물것들이 들끓어 귀찮은 존재가 되었다. 모기가 얼마나 독이 올랐는지 한번 물리면 혹처럼 피부가 부풀어올라 미친 듯이 가렵고 따가웠다. 몇 방 맞은 몸 약한 병졸은 장질부사에 걸려 시름시름 앓다가 어렵게 낫는 자도 있었으나 자고 나니 시체로 변한 자도 있었다.

권율은 왜의 육군이 전라도를 함락하기 위해 이치와 웅치에 병력을 집결한 것을 잘 알았다. 병참선 확보인 것이다.

조정은 권율을 전라도 임시절제사로 현지 임관시켰다. 용인전투에서 왜에 패배한 전라도관찰사(감사) 이광과 삼도방어사 곽영도 잔병들을 이끌고 이치로 내려왔다. 그러나 군사력은 현저히 떨어져 있었다.

돌이켜보니 지난 몇 달 사이 숨가쁘게 달려왔다. 북으로 올라갔다가 남으로 내려왔다가, 그리고 비상대기했다. 그런데 장수들끼리 호흡을 맞추지 못한 것이 더 큰 문제였다.

왜의 군단이 북상하며 주요 고을을 함락시킬 때, 권율은 관병과 농민군을 모아 이들의 뒤를 추격했다. 천안 안성을 거쳐 오산쯤에 이르러 왜군과 맞닥뜨렸다. 이광과 방어사 곽영이 이들을 공격할 것을 명령하자 권율은 반대했다.

"적의 대군이 용인에 진을 치고 있는 상황에서 소수 잡병들과 싸워서 병력의 기운을 소진할 것 없습니다. 병력을 보강해 북으로 가서 방어선을 쳐야지요."

"눈앞에 적병이 보이는데 그냥 두고 가자는 것이오?"

"보인다고 다 칠 수 없지요. 쳐야 할 것과 치지 말아야 할 것을 구분해야 합니다. 적의 주력을 맞아 타격해야 합니다. 우회해서 화성의 광교산이나 과천의 관악산, 청계산에 이르러 적병 주력의 북상을 저지해야 합니다. 후방을 치는 것보다 전방에서 저지하는 것이 효율적입니다."

방어사 곽영도 이광을 따르는데 권율이 항명하는 듯하자 징계할 것을 염두에 두었다.

— 이 자가 누구 빽을 믿고 대드는 거야?

세 다툼으로 전선이 변질되어가고 있었다. 권율이 한양 사직동 사대부의 뼈대있는 집안 출신이라고 했지만, 이광 역시 덕수이씨 성골이었다. 서울 태생으로 청년기까지 사대문 안에서만 활약해온 사대부 자제였다. 좌의정 이행(李荇)의 손자이며, 도사(都事) 이원상의 아들이다.

그 개인으로 보아도 일찍이 문과에 급제하여 함경도 암행어사로 나가 관북지방민들의 구호실태를 살피고 돌아와 영흥부사에 임명되었다. 뒤이어 함경도관찰사가 되었으며, 임진왜란이 일어나자 전라도관찰사로 발탁되었다. 그는 경상도관찰사 김수, 충청도관찰사 윤선각(윤국형)과 함께 최고의 지방 수령이었다.

그런데 벼슬이 한참 아래인 광주목사 권율이 대놓고 대들고 있는 것이다. 지위상 머리를 들 수 없는 자가 전쟁 났다고 고개를 발딱 쳐들고 대드는 것이 항명처럼 보이는 것이다.

"저들은 병참선이 길어졌으니 지금이 치는 적기요."

"정반대요. 적들은 지금 도성 함락에 사기가 하늘을 찌르고 있소이다. 그런 그들에게 소소한 싸움으로 우리 힘을 소진시키는 것은 군력의 낭비요. 한군데로 모아서 써야 하오이다."

"그건 싸우지 말자는 것과 같소."

"《제승방략》 등 여러 병략에서 말하기를, 나에게 유리한 지형지세를 활용하라고 했소. 우리의 지형상 평지전보다 산과 강을 이용한 군사전략이 필요하오이다. 저들은 우리 지형에 어둡소. 그러나 평지는 누구에게나 쉽소이다. 탄금대전투 대패도 늪지대와 논바닥에서 싸웠기 때문이오."

그러자 이광이 발끈했다.

"귀하는 싸우자는 거요 놀자는 거요? 한시가 바쁜 마당에 평지전, 진지전, 유격전, 구분할 필요가 있소?"

"그중 유격전이오이다. 산골짜기로 유인해야 합니다. 간사한 도적을 무찌르려면 그보다 더 신묘한 병략을 내야 하오이다. 적도에게 허를 찌르는 날카로운 병법이 필요하오이다."

권율은 척후부사령 정충신이 내놓은 기지를 생각하고 있었다. 나이는 어리지만 그의 병법에는 통찰력이 있었다.

전라도관찰사 이광, 경상도관찰사 김수, 충청도관찰사 윤선각(윤국형)이 군사 8만을 이끌고 용인전투를 벌인 과정을 여러 자료를 통해 살펴보면 다음과 같다.

임진전쟁이 발발한 날로부터 보름 후인 4월 28일 신립의 관군이 충주 탄금대전투에서 대패한 후 전라관찰사(감사) 이광의 4만과 방어사 곽영의 2만, 충청도순찰사 윤선각의 1만 5천, 경상도관찰사 김수의 1천 등 약 8만의 병마(兵馬)가 6월초 용인에 집결했다. 이광은 이를 일러 10만 남도근왕군이라 칭했다. 이일 장군이 쓴《장양공 전서》엔 승병까지 합쳐 10만이라 기록했으니 어림수로 수치를 잡는 당시 풍조에서 지나친 과장이라고 볼 수 없었다. 이때 이광은 군왕군 총사령관이 되었다. 숫자는 갖췄지만 훈련도 뭣도 갖출 시간이 없었던 탓에 병의 질은 잡병 수준이었다.

충청도관찰사 윤선각이 거느리고 온 1만 5천, 경상도관찰사 김수가 이끈 패잔병 1천 역시 오합지졸이었다. 칼 한번 휘둘러본 자는 1할도 못 되었다. 굳이 말한다면 밥만 축내는 무지렁이들이었다. 관군은 도망가버려서 그나마 숫자를 채운다는 것으로 위안을 삼았고, 창 휘두르는 법, 육박전법 따위 실전법은 행군 중 연마했다.

평택 진위에 도착한 이광 윤선각 김수는 작전회의를 여는데, 이때 경기도 피란민과 충청도 피란민이 모여들어서 13만의 군세를 이루었다. 수가 불어난 것에 의기양양해진 이광은 그들을 양떼 몰듯이 몰고 가다가 배고프면 군량을 풀어 먹었다. 군량 운반은 오십여 리에 뻗치고 펄럭이는 깃발은 하늘을 가릴 정도였다. 꼴은 천지를 진동시킬 위세였다.

6월 3일 오산 독산성과 세마지(洗馬地)에 이르니 인근에 주둔한 왜군은 대병력에 놀라 퇴각해 용인 벌판으로 빠져나갔다. 그것은 후퇴가 아니라 조선군을 유인하는 일종의 계략이었다. 윤선각은 공격하지 않았는데도 그들이 달아나는 것을 보고 수상히 여겼다.

"저것들이 싸우지도 않고 내빼는 것 보니 수상하지 않소?"

"수에 밀려서 겁먹고 있소이다. 당장 쓸어버려야지."

이광은 들떠 있었다. 윤선각과도 죽이 맞았다. 그러나 중위장 권율 생각은 달랐다.

"적도들이 선점한 곳에는 계략이 있을 것입니다. 무시하고 올라갑시다. 임진강과 한강이 만나는 하류 지점에 방어선을 치고 대전을 도모하기 위해 군량을 확보하는 것이 필요하오이다."

이광은 이를 묵살하고 용인으로 부대 이동을 명령했다. 근왕군의 숫자만 보면 왜군 1천600은 간단없이 해치우리라 장담했다.

부사 출신 선봉장 백광언과 이지시는 계략에 빠진 것을 의심하고 이광에게 고했다.

"우리 군사는 비록 많다 하나 여러 고을에서 모은 오합지졸이니 병력의 많음과 적음을 논하지 말고 훈련을 시켜서 하루라도 병법을 익히도록 합시다."

"저놈들이 후퇴할 때 밀어버려야 한다."

"아닙니다. 계략일 수 있습니다. 그러니 고을의 수령을 장수로 삼아 어느 고을은 선봉을 하고, 어느 고을은 중군을 시켜 한곳에 모이지 말고 10여 둔으로 나누어 있게 하면, 한 진이 패하더라도 곁에 있는 진이 계속해 들어가서 차례차례 서로 구원하게 되니 이긴다면 완전히 이길 것이고, 패하더라도 전부가 패하지 않을 것이오."

"그런 병법은 나에게는 없다."

이광은 단칼에 묵살했다.

6월 5일 이광이 용인현 남쪽 벌판에 나아가 진을 치고 선봉장 백광언을 시켜 정탐하도록 했는데 용인현 북쪽 문소산에 진을 치고 있던 왜군의 기세가 보기에 약해 보였다. 섬멸할 기회였다. 백광언이 이광에게 다시 말했다.

"적도들이 먼저 들어와 산골에 잠복해 있소이다. 길이 좁고 나무가 빽빽해서 진격이 쉽지 않소이다. 진격을 재고해야 합니다."

"이것은 이래서 안 된다, 저것은 저래서 안 된다. 명색이 장수란 자가 왜 그렇게 용렬하오? 지금에 와서 그런 헛소리하면 처결할 것이다. 이의를 달았으면 진작에 하던지…."

"지금 보고 느낀 바를 말하는 것입니다. 진작에 알았으면 진작에 말씀드렸지요. 진중에서는 상황에 따라 진퇴 판단을 해야 하는 것이 원칙입니다. 전쟁은 고정된 물체가 아닙니다."

"뭐야? 대드나?"

완고한 이광은 군령을 어겼다는 죄목을 씌워 백광언을 형구에 눕혀 곤장을 쳤다. 백광언은 거의 죽게 되었다. 이광은 대들면 이렇게 된다는 것을 다른 졸개들도 알아야 한다는 듯 그를 더 엄하게 다스렸다.

"못된놈, 이런 식으로 대한다면 누가 싸우겠나. 차라리 적에게 죽겠다."

백광언이 분하여 이를 부드득 갈았다. 그는 곤장으로 상처 부위를 싸매고 일어난 지 하루 만에 동료 이지시를 불러내 군사를 이끌고 적진으로 파고들었다. 그것은 어떤 분풀이 같은 진격이었다. 세밀한 작전이라도 힘겨운 판에 홧김에 서방질하는 꼴이었으니 자기 파괴의 결정판이었다.

진중에는 때마침 짙은 안개가 끼어서 지척을 분간하기 어려웠다. 산속에 잠복해 있던 적이 안개를 이용해 총을 쏘고 돌격해왔다. 그들이 반대로 유격전을 쓰는 셈이었다. 앞뒤, 옆에서 기습하고, 기동부대가 출격해서 전후좌우에서 베고 조총을 쏘니, 군사 대부분이 쓰러졌다.

짙은 안개 속에서 적들이 군마와 함께 날뛰니 수만 군사가 기습해오는 것과도 같았다. 근왕병은 방향을 잃고 이리 밀리고 저리 쫓기면서 깨졌다. 제대로 훈련을 받지 못한 병사들인지라 안개 속에서 허깨비 춤을 추는 꼴이었다. 백광언과 이지시, 뒤따른 고부군수 이윤인, 함열현감 정연이 전사했다. 지휘관부터 쓰러지니 아군의 기세는 속절없이 무너졌다. (조경남의《난중잡록 임진년 상》일부 인용).

아군이 궤멸되자 이광은 후퇴 명령을 내렸다. 근왕병을 수습해 인근 기슭에 이르러 진을 치고 아침밥을 먹고 있을 때였다. 와키자카 야스하루 기마부대가 기습했다. 갑옷에 철갑 탈을 쓴 왜 군사가 백마를 타고 칼을 휘두르며 돌진하는데 부장 신익의 목이 먼저 날아갔다. 일본군 응원부대가 산골짜기 이곳저곳에서 깃발들을 펼쳐들고 군사의 숫자가 많은 것처럼 위장을 하며 콩볶듯 조총을 쐈다. 완전 유격전이었다. 아군이 써야 할 전술을 왜군이 쓴 것이다.

병사들이 흩어지는 소리가 마치 산 무너지는 소리 같았다. 이광은 장군복을 벗고 평민인 것처럼 흰옷으로 갈아입고 달아나고, 김수 역시 경상도에서 도망친 것과 마찬가지로 또 부하들을 내버리고 줄행랑을 쳤다. 지휘자를 잃은 수만 군사는 졸지에 천지사방으로 흩어졌다. 일본 기병 두어 명이 10리나 이들을 쫓다가 고립됐는데도 저격하는 자가 없었다.

근왕병 부대가 버린 교서·인부(印符)·군기·군량 등이 여기저기 널부러져서 길이 막힐 정도였는데 적이 수습하다가 귀찮아 불태우고 돌아갔다. 근왕병이 버리고 간 궁시(弓矢)·도창(刀槍)·양자(糧資)·기계(器械)·의복(衣服)·장식(裝飾)도 버려져서 개울을 메우고 골짜기에 가득하여 산골짜기에 숨었던 피란민과 촌민들이 기어나와 그것을 주워 모아 한동안 연명했다.

용인전투의 패배가 안겨준 상처는 컸다. 조선군의 군세가 현저히 위축되었다. 그리고 백성들에게 뼛속까지 패배감과 절망감과 상실감을 안겨주었다. 더 치욕스러운 것은 5만의 병력이 단 1천600의 왜군사에게 무참하게 무너졌다는 사실이다. 기록에는 용인전투에서 조선군은 5만 명 중 3만 2천명이 전사했고, 부상자, 도망병까지 포함하면 전멸이나 다름없다고 기록되어 있다. 반면 왜군은 1천600명의 군사 중 전사자는 단 5명 뿐이었다. 신화와 같은 전승 기록이었다.

이런 참혹한 패배는 왜의 군대가 삼천리강토를 마음놓고 유린하는 단초가 되었다. 왜군은 더욱 위세를 떨치면서 무인지경을 달리듯 사방팔로(四方八路)를 활보했다. 왜의 두목들은 각 도에 분산 배치되었다. 이중 우키다 히데이에 왜장은 점령한 한양을 수비했는데, 그는 도요토미 히데요시의 총애를 받은 핵심 막료였다.

히데이에는 왜군 제8군단 1만의 병력으로 고니시와 가토 군의 뒤를 이어 고바야가와 6군단과 함께 한양에 입경했는데 왜군이 북진한 후 그는 히데요시의 후광으로 한양 점령 사령관이 된 것이다. 말하자면 조선 총독인 셈이었다.

그는 전국시대 기슈 정벌, 시코쿠 정벌, 규슈 정벌 등 히데요시가 벌인 대부분의 전투에 참여해 뒷수습을 한 경력이 있었으니 한양 관리도 적임자인 셈이었다. 히데이에는 점령한 조선을 원대하게 설계할 총독으로 변신할 생각이었다.

늙은 백성들까지 끌어모아 부산에서 평양에 이르기까지 각 사(舍)마다 보루를 쌓도록 지시하고, 해자를 만들고, 한양을 교토에 못지않게 건설하는 꿈을 꾸었다. 이제 조선반도는 대간바쿠(大關白) 도요토미 히데요시의 나라가 되어가고 있는 것이다.

이때 쥐새끼처럼 재빨리 달라붙어 왜의 비서, 첩자, 집사, 서기로 변신한 조선인 숫자도 늘어났다. 어느 세상이나 눈치 빠른 자가 먹고 사는 데는 힘을 받았다. 친일과 아첨은 살아가는 힘이었다. 그들에게는 가혹한 무단통치와 백성을 유린하고 착취하는 것은 남의 일이었다. 그래서 왜 병사에게 대드는 자나, 왜군 동태를 살피는 자를 밀고해 포상을 받는 일은 당연한 일상사였다. 그들은 어느새 왜의 군사에 머리를 수그리면서 세상의 기득권 세력으로 자리를 잡아나갔다.

왜의 치하에 들어간 동래포, 부산포, 초량엔 왜관이 들어서고, 왜

상가가 즐비했다. 왜인은 조선의 여자를 처첩으로 삼아 종자들까지 널리 퍼뜨렸다. 조선에 상륙한 왜의 병력은 20여 만이었지만 투항한 조선 백성은 몇 배가 많았다. 그 세력은 점차 뿌리를 내렸으니 그들은 언제나 강자의 품안에서 호의호식하는 눈치 빠른 무리가 되었다.

충청도관찰사 윤선각은 추후 자신의 저서 〈문수만록〉에 용인전투를 이렇게 회상했다.

"우리들은 백면서생으로 병가(兵家)의 일을 잘 알지 못하여 규모와 계획이 용렬해서 연전연패를 거듭했으니 원통하도다. 그러나 어찌하랴."

그러나 어찌하랴? 이런 변명이 어디 있나? 그러나 다른 한편으로 생각하면, 그는 종군이라도 해서 지도층의 사회적 책무를 다했다. 그래서 이런 자기 변명도 일정 부분 용납될 수 있는 것이다.

백성들이 양곡을 빼앗기건, 몽둥이로 맞아서 안구가 빠지고 팔이 부러지고 온몸이 난자당하건, 어린 소녀가 왜의 병사들에게 끌려가 집단 강간을 당하건, 아랑곳없이 자기 가족의 안위만 걱정하며 사는 지도층에 비하면 그는 괜찮은 사람인 것이다.

류성룡은 이런 분위기 아래 패한 용인전투를 보고 '용인전투는 흡사 봄놀이 같았다'라고 《징비록》에 기록했다.

한편 이광은 패전 책임을 지고 선조에게 끌려가 죽을 만큼 매를 맞고 장독에 시달린 가운데 유배를 떠났으나 얼마 후 복권되었다.

용인전투는 고니시 유키나가가 이끈 1군단에 궤멸된 탄금대전투, 1637년 1월 2일 벌어진 청군과의 전투에서 병졸, 장수 모두 전멸해 버린 경기도 광주의 쌍령전투에 이은 3대 대패의 기록이었다. 쌍령전투는 전사자 숫자는 많지 않았지만 병졸과 장수 전원이 전사했다는 치욕적인 기록을 갖고 있다.

　권율은 귀로에 정충신의 진언이 생각났다.

　"우리는 평지전에 능한 왜군을 당해낼 방법이 없승게요, 다른 방도를 취해야 합니다. 바위 하나, 나무 하나, 강물의 물줄기 하나가 모두 우리의 부족한 군력을 보태준다는 전력 자산이 됩니다. 은폐물과 엄폐물의 전략이지요."

　그것은 약한 군세를 만회할 만고의 지략이었다. 그것을 활용하지 못해 두 전투에서 당한 것이 두고두고 가슴 아팠다.

　"뭘 모르고 날뛰면 못난 것이고, 알고도 행하지 않으면 더 크게 못난 것이요, 장수를 잘못 만나 허둥대는 것이 그중 못난 것이다."

　권율은 인솔한 광주 부대를 수습하여 임지로 귀환한 뒤 보름 만에 다시 이치령에 이르렀다. 왜의 6군단은 한양—용인—죽령—상주—금산 방향으로 내려와 금산성에 진을 치고 있었다.

　왜군은 애초 한양 함락을 목표로 했기 때문에 전라도는 왜군의 공격 대상에서 일단 제외되었다. 다대포, 부산포에 상륙한 왜 병력은 1,2,3진으로 나누어 서로 경쟁하듯 경부 축선을 타고 북진했는데 고바야카와 다카카게 6군단도 그중 하나였다. 그런데 전주성 공략 명령을 받고 왜의 6군단이 남하했다.

　"싸움 한 번 못 해보고 한양까지 올라갔으니 내 칼이 울었다. 바윗돌도 두 쪽내는 보도(寶刀)인데 제대로 써먹지를 못했으니 명도(名刀)가 미안하다."

　제6군단 고바야카와 다카카게 휘하의 막료장 다카하시 나오지가 허튼 소리를 했다. 그는 부하들을 산그늘에 앉혀놓고 노닥거렸다.

"한양이 너무 쉽게 무너지더만. 사대부란 놈들, 좆빠지게 도망가는데, 그 틈에 백성들이 사대부 집안을 털어서 재물을 가지고 나오는데, 그것을 우리가 가로챘지, 하하하."

그는 800명의 부하를 거느리고 한양을 진격했는데 도성이 너무도 허망하게 무너진 것이 아쉬웠다. 전공 세울 기회조차 주지 않은 것이 떨떠름했다. 대신 왕을 생포하려고 했는데 그는 벌써 의주로 튀었다.

조선 침략 왜군은 1~16군단으로 편성했는데 실질적으로 조선반도에 투입된 병력은 1~8군단이었다. 9군단은 대마도에 예비 병력으로 대기중이었고, 10군단은 이키 섬에 추가 병력으로 남아 있었다.

실질적으로 전쟁에 나선 병력은 1~8군단 13만 7천900명(이 수치는 정유재란 때 투입된 일본군 병력이 포함되지 않은 숫자이며, 정유재란 시 파견된 군인까지 포함하면 약 23만 명으로 추산)이었다. 조선 군사력이 초라해 4만~5만 가지고도 능히 점령할 수 있었는데, 많은 병력이 상륙하니 이들을 먹여살릴 군량이 부족해 더 힘들게 되었다.

나오지 막료장은 조선반도를 보며 이렇게 쉽게 점령할 수 있는 것을, 파리 잡기 위해 대포를 쏜 격으로 병력을 대폭 강화한 것이 오판이라고 생각했다. 내전으로 전쟁경험이 많은 데다 조총까지 가지고 있으니 국궁, 삼지창, 농기구가 주무기인 조선군은 상대가 되지 않았다.

"조국의 방어를 책임진 장수란 자들은 하나같이 겁쟁이고, 내빼는 기술은 일품이더만, 하하하. 그놈들 좆빠지게 도망가는 것 볼 때 얼마나 불쌍하던지… 눈물이 나올 지경이더라니까."

나오지 막료장은 군졸들을 나무 그늘에 모아놓고 계속 뻐기는 자세로 말하며 껄껄껄 웃었다.

"관리들은 우리를 보면 사시나무 떨듯 하면서 마누라, 자식들만 살려달라고, 대신 여자 종들을 내놓더군. 불타는 욕정을 태우라는 것이지. 그런 것들이 어떻게 백성들을 다스린다고 할 수 있나. 자기 살겠다고 미친 듯이 달아나는 모습 보면 가련하고 측은해 보이기까지 했어. 우린 항복하면 그 자리에서 할복하잖아. 헌데 그 새끼들은 그런 용기도 없어. 하여간에 양아치도 그런 양아치들이 없더라니까, 하하하."

군졸들도 따라서 와크르 그릇 깨지는 소리로 웃었다. 남을 모욕하는 것으로 즐거움을 찾는 것은 고금을 통해 있는 일이다. 사실 모욕을 당할 일을 했고, 그런 비겁한 행동들을 보면 비웃어주면서 승리감을 맛보는 것이다.

왜군이 침략하자 경상좌도 병마절도사 이각, 경상좌수사 박홍, 밀양부사 박진, 김해부사 서예원, 경상관찰사 김수(그는 용인전투에 나타났지만 또 도망갔다)는 적이 들이닥친다는 소문을 미리 듣고는 숨어버렸다. 그중 일부는 애첩을 데리고 사라졌는데, 숨은 곳에서도 욕정을 달랜 것이다.

왜의 나오지 막료장의 힐난은 이어졌다.

"그 뿐인가. 경상우수사 원균은 그 많은 전선(戰船)을 갖고 있었음에도, 우리 군이 부산포에 상륙하자마자 얼음이 되어버리고, 부산포 첨사라는 자는 태종대에서 사냥을 하다가 우리 6군단이 상륙하자 총을 버리고 도망가버렸는데, 절벽 위 나무에 옷이 걸려 대롱거린 것을 하인들이 구출해 도망가는데 하인들은 왜병 방향으로 도망가게 해 잡히게 하고, 그 대신 도주하는 데 시간을 벌었다는 거야. 총을 가지고 있어야 할 자가 버리고, 구출해준 하인들도 시간벌이용으로 써먹었으니 벼슬아치의 의식구조가 문제지 않나. 상대 같아야 싸울 힘이 생기는데 도대체가 이 모양이니 맥이 빠지더라구. 그놈들 도망가는 모습 볼 때 내가 도리어 기운이 빠져버렸다니까."

나오지의 휘하는 장창병과 조총병, 방패병들이었다.

"장수와 장창병과 방패병들이 도망가버리면 그 군사가 어떻게 되겠나. 제군들이 명심하라고 이런 말을 하는 거다. 알갔나?"

"알겠습니다."

왜의 군사들이 복창했다.

"그런데 다대포 첨사인 윤흥신은 다르더군. 내 부장(副將)의 총을 맞고 전사했는데, 노비 출신이더라고. 배운 놈은 비겁하게 숨고, 미천한 자가 나라를 위해 장렬하게 전사하는 모습을 보니 존경스럽더라고. 적이지만 존경할 만해. 그래서 묘를 써주었지. 부대가 빨리 북상해서 평장만 했는데, 나중 찾을지 모르겠다. 동래부사 송상현도 1군단 부장의 칼에 죽었어. 고작 반나절 성루에서 버티다가 가버리더군."

한 이시가루(직업군인) 군병이 받았다.

"어느 고을 현감 우복룡이란 자는 병마절도사 소속의 군사 수십 명을 반란군이라고 몰아세워서 참수했다고 해요. 군사들은 병마절도사 소속 군인들이라고 패를 보여주었지만, 위조라면서 모두 죽였다는 거요. 그는 그렇게 해놓고 반란군을 처단했다고 조정에 상신해서 훈장을 받고 안동부사로까지 승진해 갔다는 거요, 하하하."

"정말 웃기는 새끼들이로군. 안 망한다는 게 이상하지."

"비난만 할 건 아니죠. 우리에겐 그지없이 고마운 일이니까요. 우리 대신 자체적으로 군사를 청소해주니 우리의 북진 길이 비단길이 아닌가, 하하하."

"그 가족들이 억울해서 관아 앞에서 울부짖으면서 항의하니까 죽은 자들을 대신해 다시 반란을 도모한다고 그자들까지 잡아가두고 팼다는 거야."

"정말 우리가 할 일을 그자들이 대신 따까리해주니까 고마운 일이군. 그자들에게 훈장을 주어야 하지 않을까? 하하하…."

"훈장 줄 놈은 또 있소. 경상순변사 이일은 상주에서, 그리고 조선 육군 총사령관 신립은 충주에서 적군이 근접해오고 있다고 보고하는 척후 군관을 '군을 동요시킨다'고 목을 베어버렸다고 하더군요."

"신립은 전사했잖나. 군졸들도 다 전사하거나 도망가버렸구. 비유를 해도 왜 꼭 추접스러운 것만 골라서 하나."

그들의 농담은 계속 이어졌다. 다른 부장이 나섰다.

"조센징을 포섭해 첩자로 활용하는데 잘 먹힌다는군. 대구 인근에서의 일이야. 첩자 중에는 병사, 관리들도 포함돼 있었다는 거야. 마을에서 소 한 마리를 잡아먹은 김순량이란 자를 관아에서 잡아서 국문했는데, 그자가 중요한 기밀문서를 우리 일본군에게 제공한 대가로 소를 포상금으로 받았다는 거야. 이때 김순량이 불기를, 첩자가 자기 혼자만이 아니며, 마흔 명이 훨씬 넘으며, 고을마다 첩자가 없는 곳이 없다는 거야. 무슨 일이 나면 우리 일본군 장교에게 먼저 보고된다는 거야. 이자들이 우리 장수로부터 받은 포상금을 관아에 또 뇌물로 제공하니 모두 구제되더라는 거야."(배한철의〈임진왜란 시 조선 장수는 겁쟁이에 무능력자였다〉중 일부 인용).

"그런 자들 때문에 우린 땅짚고 헤엄치기로 조선땅을 먹었구만."

"우린 그래도 동방예의지국이라고 해서 한때는 조선을 존경하며 주눅들어 살았잖아."

"그게 기분나쁘다는 거지. 왜 우리가 그동안 몰랐느냐 말이야. 진작에 처들어왔어야지. 조선 왕이란 자 말이야. 본래 이름은 균(鈞)이었으나 내내 운이 안좋게 들어서 연으로 개명했다는 거야. 그 자가 줄행랑을 놓는 것이 세계신기록감이라고 하더군. 도둑 도망가는 것은 저리 가라였다는 거야. 비 한 방울 안 맞고 빗속을 뚫고 내달리는데 볼 만한 장면이었다는구만. 그걸 생포해서 상투 자르고, 부랄 잡고 한번 흔들어주는 건데 우리도 게으른 편이었지?"

"우리가 늦은 게 아니라 그자가 빨랐다니까."

"그만 야지 놓아. 그래도 임금인데, 예는 차려야지"

"예? 그 예 차리다 망한 나라가 예는 무슨 예? 백성들도 그런 예는 쌀 한 됫박 값도 못 된다고 몰려가 경복궁 창덕궁 창경궁을 모두 불태워버렸지. 태워버리니 별게 아니더라고. 으리으리 위압적으로 우뚝 선 권위의 상징이 불쏘시개 하나로 타버리는데 막상 보니 막대기 하나만도 못해. 이런 상놈의 상징은 필요없다고 태워버리잖아. 백성 하나 지켜주지 못하는 상놈의 나라에 무슨 권위가 있냐고 태워버리잖아. 양반, 상놈 찾지만 그자들이 더 상놈 짓을 한다고 말이야. 우리도 출신성분에 따라 계급이 있지만 조선은 그 정도가 심하대."

"자, 그만하고. 우리가 의주가 아니라 전라도로 내려온 것을 생각해. 지휘부의 뜻이 뭔 줄 아나?"

"알지. 하지만 이곳도 빤한 곳 아니겠나. 한 볼테기 깜도 안 되니 낮잠이나 자자구."

"아니지. 만만치 않으니까 여지껏 공략이 안 되었다는 걸 알아야해."

"모두 일어섯!"

나오지의 명령에 병사들이 자리를 박차고 일어났다.

"우리가 호남 진격을 택한 이유가 무엇인지 모르나?"

나오지 막료장이 병졸을 향해 소리쳤다.

"양곡을 차지해야지요."

"차지하려면 빠릿빠릿해야지. 행군 시작이다."

그들은 이치령을 향해 행군을 시작했다. 전쟁은 지구전으로 바뀌는 양상이었다. 장기전에 대비하기 위해서는 병사들 먹일 군량이 절대적으로 필요하다. 이를 확보하기 위해서는 전라도를 침략해야 한다.

그동안 본토에서 군량을 지속적으로 운송해 왔지만, 바다를 지키고 있는 전라좌수영의 감시망을 벗어나기가 어려웠다. 어찌어찌 부산포에 군량을 하역했다 하더라도 다시 육로 이천 리를 옮겨야 했으니 힘겨운 일이었다. 주공(主攻) 전선이 조선 관군이 아니라 현지 군량 확보가 되는 판이었다.

왜군이 북상 중 만난 백성들은 대부분 풀뿌리를 캐먹고 연명하고 있었다. 경상도는 산이 깊으니 평야다운 평야가 없고, 천수답이나 화전을 갈아서 간신히 연명하는 형편인지라 그들이 먼저 굶는 형편이었다. 전쟁으로 농사를 짓지 못할 뿐더러 흉년까지 들어 백성들은 만성적 식량부족에 시달리고 있었다. 여기에 관아의 세수 할당량은 에누리가 없었다. 관아의 양곡창고는 왜군이 털어갔으니 지방 수령은 책임을 면하기 위해 백성들을 쥐어짜는데, 할당량이 터무니없이 높았다. 할당량을 채워넣지 못하면 지아비는 끌려가 곤장을 맞고 아이들은 노비로 끌려갔다.

왜 병사들에게 빼앗기고, 지방 관리에게 빼앗기니 민심은 사나워졌고, 왜놈이든 되놈이든 무슨 상관이냐며 주민들은 될대로 되라는 식으로 인생 포기하며 사는 자가 많았다.

왜군은 식량 징발을 거부하는 자를 잡아 목을 치는데, 목을 쳐도 나오는 것이 없고, 반응도 없었다.

도요토미 히데요시는 출병을 앞둔 군사들에게 호언장담했다.

"모든 군사들이 조선반도에 들어가면 흰 쌀밥에 고깃국을 먹으며 대명(大明)의 대로로 진입하게 될 것이다. 대명에는 비단옷과 기와집들이 즐비해 있다. 그것들을 병사들에게 나눠줄 것이다. 그러니 조선 정벌은 군사들의 꿈이자 이상이다."

연병장에 모인 병졸들이 각기 든 무기를 하늘 높이 처들어 요란하게 함성을 질렀다. 지독한 내전의 시선을 돌리고자 조선 정벌에 나선 히데요시지만, 군사들이 잘 먹는다는 현실적 명분이 주어지자 저렇게 좋아라 날뛰는 것이다. 그러나 한달음에 한양에 진입했으나 백성들은 굶주리고 죽은 시체를 거둬다 삶아먹는 광경도 목격했다.

이런 소식을 접한 히데요시는 땅을 쳤다.

"내가 오판했다. 나이 탓인가. 곡창 호남을 먼저 쳐야 하는데, 순서가 잘못되었다. 그것이 실책 중에 상실책이다. 지금이라도 전라도를 확보하지 못하면 지는 전쟁이다. 병사들 먹일 곡창지대가 절대로 필요하니, 지금이라도 출병하라!"

그래서 6군단 사령관 고바야카와 다카카게가 나섰다.

"6군단이 전주성을 공략해 김만(김제 만경)평야를 접수한 뒤 남하하여 황룡강의 광산 들판, 더들강의 남평 들판, 영산강의 나주, 함평 들을 확보하면 군량 걱정은 없을 것이다. 내륙의 산골 마을에서 거둬들인 한 쪽박의 군량보다 수십만 석의 군량을 확보할 수 있을 것이다."

군사들이 와—, 함성을 질렀다. 히데요시가 여세를 몰아 다시 명령을 내렸다.

"진주에서 북상중인 별군 안코쿠지 엔케이 부대와 일정 지역에서 합류해 곧바로 전주성을 함락하라."

히데요시는 지도에 선을 그으며 진격선을 가리켰다. 신뢰하는 친구이자 막료인 고바야카와 다카카게가 전라도 공략에 나서면 확실한 전과를 올릴 것이다. 고바야카와는 고다이묘(전국시대 5대 다이묘 중 하나)에, 다이료(大老) 칭호를 받고 있는 명장이었다. 히데요시가 그에게 특명을 내린 것은 그 나름의 뜻이 있었다. 센고쿠 시대부터 활동한 뼈대있는 가문의 무장이자, 문장의 수준도 높은 장수여서 문예를 즐긴다는 전라도 출병은 그의 취향에도 맞는 것이었다.

고바야카와는 전라도 점령은 정종 한 도쿠리 먹는 시간이면 충분하다고 장담했다. 전라도 감사 이광이 동원한 대규모 근왕병이 용인 전투에서 패배해 군 병력이 태부족하고, 병사(兵使) 최원이 병사를 끌어모아 북상하니 호남에는 싸울 만한 병력이 남아있지 않았다.

그런데 권율이란 자가 있었다. 그가 대단한 것이 아니라 호남 백성들과 의병들이 그를 절대적으로 신임하고 따른다고 하는 것이 문제였다.

6군단 정탐병의 문건 보고에 따르면, 권율의 조부는 강화부사(정3품) 권적이고, 아버지는 영의정 권철, 어머니는 적순부위(迪順副尉) 조승현의 딸이다. 말 그대로 명문 출신이었다. 그의 사위가 이항복이란 점도 신경을 거슬리게 했다. '오성과 한음'으로 알려진 이항복은 조선의 대표적인 명신이었다.

권율은 이런 명문가정 출신에 초연했고, 평범을 좌우명으로 살아온 사람이었다. 그래서 출세에도 연연하지 않았다. 왜란이 발발하기 10년 전, 45세의 늦은 나이로 문과에 급제했다. 당시 평균 수명과

30세 전후 문과에 급제했다는 통계에 비추어보면 늦은 출세였다. 급제한 나이로 보나 관력으로 보나 출세에 조급해할 수 있는데 사대부 집안의 여유자적이 몸에 배어 있었다. 그리고 백성과 함께 하는 삶을 살았다.

직업의 귀천과 빈부의 나뉨이 없고, 사는 방식이 백성들과 다르지 않다는 인간적 품성이 친근감을 안겨주었다. 그런 그가 국가의 운명을 건 이치전에 투입되었으니 전라도 백성들이 한결같이 나서지 않은 자가 없었다. (《인물 한국사》 일부 인용).

고바야카와 다카카게는 금산성에 주둔하면서 선제공격이 적을 무력화시키는 첩경이라고 판단했다. 한양—용인—죽령—상주—금산 방향으로 내려와 금산성을 치니 임진년 6월 23일이었다. 6월 29일에는 용담과 진안을 손에 넣었다.

금산성을 거점으로 하여 용담—진안—장수를 거쳐 전주성을 공격하면 호남 곡창지대는 손아귀에 들어온다. 벌써 그의 시야에 만경강의 김만(김제·만경)평야와 영산강의 나주 들판이 시리게 눈에 잡혀왔다. 조선반도를 휩쓰는 십수만의 일본군 먹일 일은 걱정이 없게 됐다.

고바야카와는 금산성 산마루에 올라 진지를 구축하는 부대원들을 보고 흡족한 나머지 오늘은 모처럼 술 한잔 해야겠다고 마음 먹었다. 근동의 장터에서 끌고온 주막의 어여쁜 주모와 기녀들이 있다고 하니 기분을 내고 싶었다. 웅치와 이치를 넘기 전에 출정연을 여는 것이다.

왜의 병졸들은 사기가 충천해 있었다. 병졸들이 나무 그늘에 앉아 농담들을 주고받는데, 쌍검을 찬 한 이시가루가 조총병에게 물었다.

"조선 여자들을 아무데서나 가질 수 있다고?"

"그래, 마을에 들어가면 지천에 깔려있어, 맘대로 고를 수가 있다구. 하하하."

"그래서 나카무라 이 자식이 탈영해버렸군. 다른 부대에서도 탈영자가 속출해서 막영지마다 조사에 나섰다고 하는데, 도망간 자가 천명을 넘는다는 거 아닌가. 사랑이 나라보다 우선한가?"

"그렇다면 조선 애국자는 조선 여자들이네? 막강 일본군을 투항시키니 말이야."

전쟁에 염증을 느끼는 자도 있었다. 전쟁이 지구전으로 흘러가니 지친 나머지 탈주하는 왜병이 늘어났다. 귀국해봐야 또 싸우러 나갈 테니 조선 여자 만나서 어디 깊숙이 박혀서 편안하게 살고 싶다는 군졸들이 있었다.

"이 새끼들, 사무라이 정신을 뭘로 보는 거야? 사무라이의 기상을 그따위 시시한 욕정 하나로 엿바꿔 먹겠다니, 정신이 썩었군. 우리의 신앙은 일본도일 뿐이야!"

한 장창병이 창을 하늘높이 쳐들며 소리쳤다. 왜병은 조총병, 궁기병, 장창병, 마상병, 도검병, 방패병 등 갖출 것은 모두 체계적이고 조직적으로 갖추었다.

5장 정충신의 지략

전라도 금산군 진산면(행정구역 변경에 따라 1963년 충청남도로 편입)에서 완주군 운주면으로 향하는 길. 청주, 옥천, 영동, 금산의 동북부 사람들이 호남으로 들어가는 길목이자, 조선 왕조의 혼백(魂魄)이 담겨있는 전주성에 도달하는 길이다. 그러나 높고 험한 영(嶺)이 가슴을 누르듯 앞을 가로막고 있으니, 바로 배티재(梨峙)다. 이치령이라 불리는 이 재는 금산과 완주 사이의 경계를 이루는 대둔산 남쪽 사면에 위치해 있다.

산골짜기가 길고 깊고 험하지만, 해마다 봄철이면 접동새 우는 소리와 골짜기에 산배나무꽃이 흐드러지게 피어서 산골이 온통 배나무꽃향이 가득하다. 산배나무가 많아서 배티재라 이름 붙여진 이 재는 험한 지형인지라 넘기가 어려운데, 그러나 이 고개를 넘어야 조선왕조의 모태이자 나라의 혼백이 스며있는 전주에 이르고, 드넓은 호남평야를 만나게 되니 누구나 희망을 품고 넘게 된다. 이곳을 차지해야 조선반도를 장악한다는 상징적 의미도 있다.

험한 이치령의 사면, 조그만 분지에 막영지가 차려졌다. 막영은 분지의 골짜기에 숨어있는 듯 차려진 데다 녹음이 짙은 숲에 가려져 있어 쉽게 찾아낼 수 없었다. 전라도 절제사로 긴급 발령된 광주목사 권율이 며칠 전 당도해 진을 치고, 오늘 마침내 관병장·의병장 합동회의를 소집했다. 동복현감(화순군수) 황진(黃進)이 벌써 도착했고, 장교(將校) 공시억도 막 막영지로 들어섰다. 권율의 조카이자 조전장(助戰將)인 권승경, 척후(斥候)사령이자 상황병인 정충신이 부지런히 움직이는 가운데 영광인 김율 김여건, 순천인 김복흥도 찾아들었다. 그들은 권율을 중심으로 둘러앉았다.

권율이 황진을 불러 물었다.

"일 년여 전, 황윤길 대감이 왜국에 다녀왔는데 왜군 동태를 그렇게 몰랐다던가?"

동태 파악차 도일(度日)했으면 적정 파악을 제대로 했어야 하는데, 어느 날 갑자기 왜군이 파죽지세로 조선반도를 침탈하니 권율은 통신사들이 도대체 무슨 일을 했길래 이 모양이냐고 분개하고 있었다. 황진은 조선통신사로 일본에 파견되어 도요토미 히데요시를 접견하고 귀국한 황윤길의 조카였다. 문과에 급제한 뒤 몇 군데를 돌다 동복현감으로 왔는데, 왜란이 나자 재빨리 화순, 동복, 곡성, 보성의 젊은이들을 모아 의병을 일으켜 이치령으로 달려온 것이었다.

"통신사 부사(副使) 김성일 대감의 보고와 달리 왜국의 내침(來侵)이 있을 것이라고 숙부께서 엄중히 보고했는데도 조정에서 김 대감의 말을 따르다 보니 이 지경이 되었습니다."

권율이 혀를 찼다. 둘러앉은 장수들이 동요하듯 소란해졌다.

"자, 냉정해집시다. 왜적의 무리가 침략했으니 제대로 방비하지 못한 전국의 진지는 순식간에 풍비박산되고 황망한 조정은 의주로 피란 갔소. 이런 일이 왜 일어났겠소."

권율이 말하자 모두들 숙연해졌다. 그가 말을 이었다.

"당쟁 때문이오. 겉으로는 동인 세력 때문이라고 보겠지. 동인이 강성하니 동인 출신 김성일의 의견을 좇다 보니 그리 된 것이라고 말이오. 일견 맞소. 사태 판단을 파벌의 위세로 결정하니 이 지경이 되었소이다. 의견 하나가 얼마나 위중한가를 모르고, 섣부른 판단을 하니 이런 결과를 가져왔소이다. 그러나 본질은 동인 서인 구분할 것 없소. 서로 싸우다 그리 된 거요. 서인이 강했대도 그들 유리한대로 상황을 이끌어갔을 거요. 판단을 잘못해서가 아니라 싸우니까 나라 꼴이 이 모양이 됐다는 거요. 그러니 우리가 어떠해야 한다는 것을 잘 알겠지요? 사사로운 대립은 금물이오. 위기에선 더 단단히 결속하고 연대해야 하오."

좌중을 둘러보았다. 모두들 긴장된 모습일 뿐, 이의를 단 장수는 없었다.

황윤길의 의견이 묵살된 것은 그가 서인이었기 때문이지만, 조정의 파쟁은 일상화되고 있었으니 새삼스러울 것도 없었다. 권율은 어느 파벌에도 끼어선 안 된다고 마음속으로 다졌다. 휘하 장수들에게 그런 파벌을 용납하지 않으리라 생각했다.

"다시 한 번 말합니다. 단결된 강철대오라야만이 왜적을 물리칠 수 있소."

장수들 중 낯선 사람도 있었는데 이를 알아차리고 권율이 말했다.

"낯선 장수도 눈에 보이나 모두가 하나된 마음으로 모여든 것으로 알겠소. 저들은 군사가 2만이라고 하나 우리는 천사오백이오. 조족지혈이니, 다르게 말하면 우리가 일당백으로 맞서야 한다는 뜻이오. 그러기 위해서는 우리가 하나로 똘똘 뭉쳐야 하는 것이오. 조선군 하나는 왜군 열을 당하지만, 조선군 열이 왜군 하나를 당하지 못한다는 말이 있소이다. 그것은 우리가 그만큼 단결하지 못하고 분열하기 때문이라는 거요. 호남 병사들은 그러지 않는다는 모범을 보입시다. 정신은 저들의 열배, 백배가 되어야 할 것이오."

"그런데 관병들이 도망치고 있소이다. 도망치는 관병은 즉결처분해야 합니다. 의병들 사기를 죽이는 그런 자는 단호히 처단해야 하오."

누군가가 말했다. 의병이 의분이 나서 스스로 일어났다면 관병은 직업군인이다. 그런데 직업군인의 정신이 의병보다 못하다는 것을 의병장들은 도처에서 목격하고 있었다.

"잘 알겠소. 그런 일이 두 번 다시 없도록 하겠소."

그때 막영의 천막을 제치고 급히 뛰어들어온 사람이 있었다.

"장성 의병장 김보원 아뢰오. 청년 이백을 모아왔소이다."

장수들이 모두 일어나 그를 맞았다. 응원부대가 들이닥치니 막영지는 사기가 올랐다.

"권 장군의 창의를 권면하는 격문을 보고 형님 김찬원께 아뢰고 출병했소이다. 저의 가대는 대대로 국은을 입은 집안으로서 어찌 국가의 위기를 앉아서 보고 있겠습니까. 형님은 고향에 남아 계속 의병을 모으고 군량미를 보내주기로 했소. 그래서 소인이 권 장군께서 분기하신 이치령을 향해 줄곧 달려왔나이다."

"잘 왔소. 여기 모인 장수들 모두 똑같은 생각이오. 헌데 웅치 쪽에 고경명 장군 휘하로 가지 않고 왜 이리로 왔습니까. 이웃 아니오?"

공시억이 물었다.

"이웃입니다. 허나 웅치에는 지금 김제군수 정담, 나주판관 이복남, 의병장 황박, 해남현감 변응정, 의병장 조경남이 진지를 구축하고, 금산과 진산 후방에 고경명 군이 진주했습니다. 그 정도면 완벽한 대오입니다. 그래서 왜의 정예부대가 포진했다는 이치령으로 달려온 것이외다."

"잘 왔소. 상세한 전략 상황은 척후사령 정충신이 보고하겠소. 척후사령은 척후병으로서 역할을 다하도록 내가 특별히 보직을 붙인 것이오. 정충신 일어나 보고하라."

일제히 장수들의 시선이 정충신에게 쏟아졌다. 그런데 한결같이 놀라는 눈빛이었다. 새파란 떠거머리 총각인데, 장수 모임에 나섰다는 것이 좀 의아스러운 것이다. 정충신이 이를 의식하고 정중히 예를 취한 뒤 보고했다.

"고경명 장군께 다녀왔습니다. 그곳은 진영이 잘 짜여졌습니다. 황박 의병장이 맡은 1군은 웅치 아래에 진을 치고, 이복남 2군은 중간 계곡, 정담 변응정 장군의 관군은 정상에 매복했습니다. 고경명 장군께서는 왜군 사단 병력 뒤쪽에서 가두리 대형으로 왜군 병력을 가둬놓는 진용을 갖추었습니다. 웅치 전투대는 사천, 진주, 함양 방향에서 올라오는 안코쿠지 에케이 군단을 맞아 싸울 것입니다. 대신 우리 군대는 고바야카와 다카카게 6군단 주력과 부딪칠 것입니다. 이들은 왜의 출정병력 중 최정예부대입니다. 안코쿠지 에케이 부대가 먼저 웅치를 칠 것으로 예상되는 바, 우리 부대는 그 여력의 시간을 아껴서 대비를 해야 합니다. 그 기간은 닷새입니다."

"지휘부의 전법 전수가 필요합니다. 총체적인 상황판단 하에 전술 지침을 내려주기 바랍니다."

김보원 의병장이었다.

"그 말 잘했소. 정충신은 광주목사관의 통인으로서 이치전의 내
연락병이자 전선의 동태를 파악하는 상황병이고, 적정을 탐색하는
척후사령이오. 조카 권승경은 부전장이오. 장수들은 이 두 사람과
긴밀히 연락해야 할 것이오. 지리적 여건상 이치전은 유격전이고 위
장전이니, 상황병과 연락병의 역할이 막중하오."

"그렇지요. 횡선 종선이 원활하게 연결되어야 하지요."

"김보원 대장에게 임무를 부여하겠소. 김 대장을 주장(主將)을 보
좌하는 종사관 겸 최일선 전투대장으로 임명하오."

김보원은 장성군 삼서면의 낭월산에서 손자병법과 제갈량의 팔진
도법을 익히며 무술을 다져온 유생이었다. 제봉 고경명, 건제 김천
일, 수은 강항, 심우신과 의기가 투합했으니 난을 극복할 숨은 영웅
이었다.

"웅치 쪽이 좀더 버텨주어야 하는데… 그래야 우리가 고바야카와
적병들을 부술 수 있을 텐데…."

"응원부대를 파견해야 하는 것 아닌가?"

한 장수가 말했다. 정충신이 대답했다.

"아닙니다. 저들의 힘을 분산시키려면 진영이 나누어져야 합니
다. 저들은 2만 군사인데 우리는 1천600입니다."

"2만에 1천600이라?"

"물론 절대열세입니다. 우리가 유리한 것은 저들보다 이곳 지형을
잘 안다는 사실입니다. 지형상 평지전이 아니니 견뎌볼만 합니다.
평지전엔 보병이 우세하지만 유격전과 복병전은 누가 우세하다고
할 수 없습니다. 거기에 위장전과 둔갑술을 펴면 금상첨화지요."

장수들이 고개를 끄덕였으나 한 장수가 물었다.

"병력을 쉽게 발설할 수 있는가. 이 안에 어떤 무리가 있는 줄도

모르고…."

그러자 권율이 나섰다.

"지금 이곳에 와서까지 서로를 의심하는 것은 군력을 떨어뜨리는 일이오. 어차피 지휘부끼리는 전략을 공유해서 대처해야 할 것이오."

위대기가 나섰다.

"우리는 직업군인이 아니라 유생들로서 나라가 백척간두에 서자 의분을 참지 못하고 일어선 사람들이오. 권위만 앞세우고 일을 그르칠 수 있는데, 이런 때일수록 권율 절제사를 따라 움직여야 하오. 나는 이순신 장군 휘하지만 권 장군께 왔으니 권 장군의 부하가 됐으므로 권 장군의 뜻을 따르겠소."

공시억이 나섰다.

"이치전투의 이치(理致)를 알아야 합니다. 왜 이 전투에 왜군이나 우리나 목을 매느냐. 왜장이 대군을 출동시켜 전주성을 함락하려는 것은, 조선을 다 내주어도 전라도를 빼앗지 않으면 안 된다고 보기 때문이오."

다른 장수가 받았다.

"왜군은 곽재우, 김면, 정인홍이 이끄는 경상도 의병을 제압하고 부산진—한양 축선을 타고 북상하고, 또 해상로를 열어 호남을 공략하려다가 이순신 장군에게 막히자 육로를 뚫어 전라도를 뚫으려는 것이오."

"전라도를 치려는 것은 그들의 전략자산을 놓쳐서는 안 된다는 절박한 사정이 있기 때문이오. 병사들을 배불리 먹여야 싸울 힘이 생기고, 제대로 먹이지 못하면 이 전쟁은 패배한다고 보기 때문에 공략을 서두르고 있는 것이오. 곡창 호남으로 진출하여 군량미를 조달하려는 저들의 계획을 수포로 만들어야 우리가 전쟁에서 이기는 길이요."

"왜의 보군(步軍)은 싸움 잘하는 강군이오. 민병대가 주축인 우리로서는 애초에 힘든 싸움이 되는 것 아니겠소?"

"숫자를 따지는 것이 중요한 일이 아닙니다. 전라도를 지키는 일은 지상명령입니다."

권승경이 단호히 말하고 이었다.

"필승 전법이 있습니다. 소인과 정충신 척후사령이 고안해낸 전술입니다."

"상세하게 말해보시오."

"백령부대(白領部隊) 운영입니다. 기습전투력을 발휘하는 전법입니다. 소수의 병력으로 다수의 병력을 격퇴하는 침투타격과 기동력을 최우선시한 병법입니다."

"정충신 척후사령이 상세히 설명하도록 하라."

권율이 정충신에게 지시했다.

"네. 말씀 올리겠습니다. 백령부대는 특수 임무요원들로 구성된 부대입니다. 정보 수집과 후방 교란 임무를 수행하는 특수 임무요원이지요. 거기엔 위장술과 둔갑술이 포함됩니다. 적정탐지를 위한 척후활동입니다. 얻은 첩보를 제공하면 각 장수들은 휘하 부대와 종적 횡적 접선을 통해 임무를 수행합니다. 각 부대 병졸들 중 민첩한 젊은 병사 쉰 명을 선발하겠습니다. 이들을 5인 1조로 10개조를 편성해 운영할 것입니다. 이들이 독자적 작전을 펴지만 때로는 의병대와 합세해 합동작전을 펴는데, 두 개 부대가 동원되기도 하고, 세 개 부대가 합세하기도 합니다. 관군부대든 의병부대든 상황병의 첩보를 받아서 기민하게 움직여야 합니다. 밀림이 우거져서 기습전을 펴기가 대단히 좋은즉, 기습 속도전으로 나가면 전과를 올릴 수 있을 것입니다."

　정충신이 한 산골마을에 이르자 산 귀퉁이에 옹기 굽는 집과 규모를 갖춘 대장간이 나타났다. 옹기 굽는 집은 기다란 봉분 같은 흙집 한 끝에 연통이 솟아 있는데 하얀 연기가 피어오르고 있었다. 그릇 굽는 작업이 진행중인 것 같았으나 사람은 보이지 않았다. 대장간은 시커먼 벽에 낫과 쇠스랑, 호미가 줄줄이 걸려있고, 그 한켠에 장군칼, 청룡도, 언월도, 창검, 쇠도끼가 세워져 있었다. 뒤켠으로 가니 풀무 앞에서 대장장이가 삼지창을 만들고 있었다. 삼지창의 형태가 낯설었다. 긴 손잡이 끝에 창 모양의 날이 세 개 붙어있긴 한데 가운데 것이 유독 뾰족했다.

　"무슨 창이오"

　대장장이는 대답하지 않고 하던 일을 계속했다. 정충신이 대장장이를 가운데 두고 한 바퀴 돌자 쇠를 두들기던 그가 눈으로 정충신의 동작을 따르더니 화를 냈다.

　"뭔 느자구여? 뭣 땜시 그러는겨?"

　"왜놈 병기 만드는 것 아니요?"

　"왜놈 병기 만들면 어떻고, 안 만들면 어때?"

　"왜놈 병기 만들면 좋들 않지요."

　"어허, 나가 뭘 만드는 것 가지고 게찌 붙는 거구마이."

　어이가 없다는 투다.

　"그러니까 왜 고걸 만드냐고요?"

　"나가 뭘 만들건 말건 뭔 시비여? 쓸만한 게 만들제 내버릴라고 만들겠는가. 요 삼지창으로 말할 것 같으면 한번 꽂으면 어떤 누구도 살아나들 못 혀. 산다고 한들 병신돼버리게. 꽉 찔러가지고 한번 홰도리치면 살이 한 주먹 도려지고, 배 창시가 다 빠져나와분 게."

"왜놈 무기 만들면 역적이요."

그가 정충신을 쏘아보았다.

"나한티 시방 협박하는 것이여? 맬겁시 대들면 몸이 상하니께 돌아가. 왜놈 것 만든 것이 기분 나쁘면 보들 말고 가."

그는 왜병이 뒤에서 봐주고 있다는 걸 과시하는 듯 뻐기면서 거만하게 소리쳤다. 텁수룩한 털이 얼굴을 덮고 있어서 흡사 산짐승 같았다. 나이로는 삼십 가까이 되어보였다.

"성님이 그런 짓 하는 거 아니요. 그리고 초면인 사람한티 함부로 말하면 안 되지요."

"심문관처럼 따져 물웅게 나가 기분이 안 좋당게. 나가 누구것 만들어줘도 시비붙들 말어. 왜놈 것 만들어줘도 나는 암시랑도 안항게."

"성님이 암시랑 안 해도 내가 암시랑 하요. 왜놈 무기 만들어주면 고걸로 우리 백성들 죽일 텐디 괜찮겠소?"

"나는 내 성질 꼴리는 대로 살랑게 시비 붙들 말어. 꺼떡하면 여기 쇠창이 날아가붕게 조심하고. 나 성질 나면 상당히 무섭다마시. 상대방이 누구라도 뽀사부링게. 고냥 아작내부러. 쇠를 두들기면서 사는 사람한티 잘못 얼쩡거리면 면상이 죽탱이가 돼분당게. 그랑께 누구 무기 만든다고 시비붙들 말고 어서 가란 말이시."

"정신 있는 사람이라면 그냥 갈 수가 없지요. 잘못된 일잉게요."

정충신이 그의 소매를 잡아 연기에 그을린 옆 봉당으로 이끌었다.

"통성명이나 합시다. 정충신이오."

"이름까정 충신이라고? 환장해불겠네. 나는 박대출이여. 박대장이라고도 하제."

"성님은 의병 나가셨던개비지요? 대장이란 말이 거저 나온 말이
아닝게요."

"나도 쪼까 나가던 사람이었어. 선죽도에서 왜놈 다섯을 배창시를
뽑아내버린 사람이여."

"선죽도요?"

"그려. 왜놈 새끼들이 쳐들어와서 난리칭게 우리가 정 장군 모시
고 가서 싹 쓸어버렸제. 그놈들 좆빠지게 도망가는 것 봉게 나 맘이
얼음 삼키는 것 맹키로 시원하더라고. 그란디 3년 만에 또 그 느자구
들이 쳐들어와서 우리 강토를 밟아버리구마이. 하지만 나는 시원하
네. 내 대신 복수해주는 것 같아서 부글부글 끓던 속이 개운하단 말
이시."

"그게 무슨 말이오?"

심뽀가 뒤틀려도 크게 뒤틀렸다는 것을 정충신은 알았다.

"한이 맺혀서 내 사연을 다 말하들 못혀. 자네 기축년 난리 아는
가?"

"사람들이 무자게 다쳤담서요?"

"무자게 다친 정도가 아녀. 쓸 만한 사람들을 쓸어부렀제. 그란디
왜놈들이 쳐들어와서 국토를 아작내버린 것 아닌가. 고것이 나한티
는 콩볶아 먹는 것처럼 고소하고 개운하더란 말이시. 조정 놈들이
우리를 개잡듯이 쪼사버리니 왜란이 오든, 호란이 오든 무슨 상관이
여? 그래서 왜 군사가 만들어달라는 무기 다 맹글어줘버리제."

"그것은 잘못 생각했소. 생각을 곧게 잡아야 합니다. 임금을 위해
서가 아니라 백성을 위해서요. 백성들 왜놈들에게 당한 것 보시오.
곡식 빼앗고, 집에 불을 놓고, 젊은 장정은 대들깡시 미리 목을 자르

고, 여자들은 겁탈하고 있소. 어제도 왜 군졸에게 겁탈당한 여자가 소나무에 목을 매 죽은 것을 보았소. 그런 것 보면 눈이 안 뒤집히요? 그런디도 시원하다고요? 백성들 눈물이 안 보이오? 성님 같은 분이 나서면 백성들이 정말로 고마워할 것이요. 그럴 때 누가 성님같은 우국지사를 내버려둘랍디여. 조정에서도 공을 인정해서 예전 일은 불문에 붙일 것이오."

"나가 잘못이 없는디 누가 불문에 붙인다는 것이여? 그자들이 나쁜 놈들이제, 좋은 세상 만들어보자는 것이 우리가 개창나부렀을 뿐이여."

"어쨌든 일어나야 합니다. 뿔뿔이 흩어진 동무들을 규합해야지요. 동무들 다시 만나면 좋은 세상 만들 수 있웅게요"

"그러면 호다. 나는 길삼봉 성님을 꼭 만나야 한다고. 우리는 야망이 있는 사람들잉게."

"그분이 누군지는 모르겠지만 꼭 만나게 될 것이요. 뜻을 세우면 길이 있고, 길이 있으면 인물을 찾게 될 것인게요."

"옳은 말이네."

그가 동의했다. 단순한 사람이다.

"저 삼지창이랑 쇠도끼를 왜놈 병사들한티 납품할 것이요?"

"주문받았웅게. 하지만 동상 말 들웅게 생각 좀 해봐야겠구만."

그러더니 곧이어 스스로 답했다.

"안 줘도 될 성 불러."

"잘 생각했소. 저것 가지고 산으로 올라갑시다. 시방 한 사람이 아쉽소. 대장간을 산으로 옮깁시다. 성님이 검을 만들고, 화살을 만들고, 탄환을 만들고, 쇠침과 쇠창을 만들어야지요."

"그것은 어려워." 그가 잘랐다.

"워낙에 무겁고 힘을 쓰는 장비들잉게."

"우리 의병들이 밤에 실어가면 되지요. 왜놈 새끼들 눈치채지만 않게 해봐요. 야밤에 쥐도새도 모르게 옮겨놓을 팅게요."

"대둔산 골짝에 동지들이 이 박히듯 박혀 있제. 무장하고 있어. 독화살, 쇠도끼, 철질려, 쇠도리깨, 쇠창을 갖고 있어."

"성님이 그들을 앞세워야지요. 그들 대장이람서요. 성님이 의병장이요."

"나가 나가서 싸우면 허벌나게 싸우제. 나가 금산사 허봉 스님의 수제자여. 스님이 검을 휘두르면 검날이 안 보여부러. 축지법도 쓰는 분이네. 금산사에서 조반 자신 분이 지리산 천은사에서 점심을 드신 분이랑게. 나는 허풍을 칠 줄 모르는 사람이여."

"장합니다. 성님 덕분에 지원군이 저절로 생겼네요."

"더 모아야 써."

두 사람은 어느새 의기가 투합했다.

"성님 동무들은 이곳 지리에 능한 사람들잉게 써먹기 좋은 병사들이겠구마요."

"두말 하면 개소리제. 이곳 산세는 모두들 빠삭하당게. 고향땅잉게. 나가 대장이라고 안 했간디? 호출하면 다 나와부러. 동상들은 신원리, 세동리에 숨어들어가 있고, 운주 소양 부귀 산골짜기, 금산 산골에도 박혀있어. 대둔산 골짜기는 물론이고, 대성산, 서대산, 국사봉, 천태산, 월양봉, 성주산, 양각산, 베틀봉, 소로봉, 덕기봉, 서쪽에 오대산, 진악산, 마이산, 망월산에 박혀 살어. 나가 호출하면 다 나와부러."

단순한 사람은 세워주면 오장육부까지 꺼내주는 순박성이 있었다.

"그럼 대출 성님이 대장을 하고 병을 일으키쇼. 그게 창의라는 거요. 저 자들이 공격해오기 전에 우리가 역습을 해야 합니다."

"그래서 왜군 놈들이 삼지창, 쇠침을 빨리 맹글어달라고 방정 떨었구만? 그놈들이 내일 중으로 주문한 물건 찾으러 올 것인디?"

"그렁게 서둘러야지요. 그놈들이 남의 나라 도둑질했는디, 이것 가지고 사라진다고 시비 붙겠소?"

"개차분한 말이여. 나는 누구 소속으로 할 것인가."

"성님 부대는 독립 의병부대라니까요. 자발적으로 일어나서 군사를 일으킹게 창의라고 하지요. 성님하고 성님 동상들은 이곳 지리에 빠삭항게 별군으로 편성해서 기습전에 나가도록 하시오."

"자네가 작전가인가? 너무 안 척 해부러."

"나만 작전가가 아니라 일어난 모든 의병들이 작전가요. 너도나도 일어나고 있소."

"그놈들 다 디졌네. 이쪽 사람들이 보통 용맹하들 안항게. 보통 머리간디? 왜적들은 뼈도 못추리겠고만. 그란디 진용은 갖추었는가? 구슬이 서말이라도 꿰어야 보물이여."

"우리 이치전 부대 진용을 말씀드릴 것 같으면, 대장 권율, 선봉장 황진 김보원, 후군장 김율 김여건 김복흥, 기병장 겸 부전장 권승경, 제1편비장 공시억, 제2편비장 위대기 장수로 구성되어 있소. 또 선거이 고성후 김팽수 이대유 등 의병장 수급(首級)만도 스무 명이나 됩니다. 나는 첩보임무를 수행하는 척후사령이고요. 여기에 성님이 별군 유격대장을 맡으면 천군만마를 얻은 것이 되지요. 보다시피 우리는 관병보다 의병의 기세가 더 높소. 다들 나라 걱정해서 일어난 것이요. 다른 고장 놈들은 난리낭게 도망가뿔지만 이쪽 사람들은 낫이건 쇠스랑이건 도끼건 들고 전장으로 뛰어든 것이요. 성님조차 그동안 나라에 불만을 품고 왜놈들 무기 만들어주었지만, 농사짓고 나무하던 사람들마저 너도나도 들고 일어난 것이란 말이요. 성님이 제정신이 돌아옹게 내가 기쁘요."

"나가 쪼까 생각이 짧았네. 자네가 나를 일깨워주어서 고맙네. 한디 험산준령 이용하는 것도 좋지만 강물도 이용할 줄 알아야제. 장수, 진안, 무주에서 발원하는 금강의 상류와 지류를 이용해야제. 부리면 방우리와 제원면 천내리, 용화리를 지나 영동으로 빠져나가는 봉황천과 기시천, 금산천, 조정천을 배수지로 삼아서 한꺼번에 몰아불면 고것들 그물에 걸린 물고기여. 완주 동상면에서 발원하는 만경강 지류로 몰아붙여도 괜찮제. 호남평야의 젖줄인 만경강의 고산천, 소양천으로 몰아서 미리 파놓은 모래구덩이에 생매장해버려도 된당게. 용담 쪽으로 밀어붙여서 수장시켜버려도 돼. 나가 선죽도에서 그런 전략으로 한 오십 명 왜 수군놈들 물고랑에 묻어버렸제. 속이 개차분하더라고."

"지금 말 사치할 때가 아닙니다. 행동으로 옮겨야지요."

"그럼 내 생각을 말하겠네. 마을 사람들더러 마을을 비우도록 해야 써. 주민들을 산으로 피신하도록 하고, 그들을 전력 자원으로 써야 혀. 마을의 곡식은 모두 숨겨버려야 써. 저놈들은 군량을 현지조달하니게 감춰버려야제. 다람쥐처럼 어디다 파묻어버려야 써. 그런 다음 작전명령에 따라 이 마을, 저 골짜기에서 꽹과리를 치고 북을 치고, 징을 쳐야 써. 저 새끼들 정신줄 놓아버리게. 어디서 적군이 나타날지 모르도록 칭게 우왕좌왕 개판일 거로구만. 혼이 나가버릴 것이여. 그때 기습작전으로 뽀사부러야제."

"나하고 성님 뜻이 맞아떨어지요. 어째 한 배에서 나온 형제 같소."

"고것이 이심전심이란 거이고, 의기투합이라는 것이네."

"성님 전략은 손자병법에 나오는 것이요. 나도 그 병법을 써먹으려고 노력하는디, 성님이 먼저 꿰고 계시구마요."

"나하고 통항게 기분이 무자게 좋네. 뭔가 될 성 불러."

"그렇지요. 우리는 형제요. 피붙이라만이 꼭 형제간이간디요? 전선(戰線)이 만들어준 형제도 있고, 세상이 만들어준 형제도 있지요."

"아따, 자네는 말하는 것이 깊이가 있단 말이여. 선각자 같어."

"말을 알아듣는 성님이 훨씬 우월허요. 어쨌거나 우리가 이치재 꼭대기에서 나팔을 불 때 성님이 휘하 대원들을 시켜 이 산 저 산에서 불을 피우는 것이요. 생나무를 때서 연기를 피워올리면 왜군들, 군사들이 허벌나게 많은 것으로 알 것잉마요. 그것이 바로 허수(虛數)의 전략이라는 거요."

"허수의 전략, 자네도 《명심보감》 쫌 읽었던가? 갈수록 문자가 고상하네."

그러나 정충신은 사서삼경까지 뗐다는 말은 하지 않았다. 그에게 지적 열등감을 안겨주면 될 일도 안 된다고 보았다.

"낮에는 연기를 피워올리고, 밤에는 불을 올리고, 그러면 저 새끼들 어떻게 이 난관을 뚫고 나갈지 정신없을 거로구만요. 성동격서란 것이 그것이요."

"그때 잘근잘근 조사버리자 그 말이제? 하지만 저놈들 병력이 보통 적은 수가 아니여. 밥해 먹는 쌀뜨물이 강을 이루더랑게. 내 대장간에서 가마솥을 수십 개 가져갔어. 지금도 열댓 개 더 주문을 했네."

"지금 쇠붙이는 모두 산으로 가져가야 하고, 성님은 산에서 무기를 만들어야 합니다. 저놈들은 수가 많지만 우리는 두뇌밖에 없잖아요. 다만 지형지세가 빠삭하지요. 우리가 유리한 것이 있으니 꼭 불리하다고 볼 수가 없지요. 절망하는 것은 내 사전에는 없지라우."

"참, 하는 말 한마디 한마디가 금언이여. 뱀골에도 동상들이 있승게 델꼬 가자고. 옹기쟁이, 목수, 장사, 역사들도 모두 출동시켜야제. 그중 한양 군기사(軍器寺)에서 무기를 만든 방가라는 자도 있네. 그 사람은 쇠도리깨, 부(도끼), 요구창, 운검, 마상쌍검, 마상편곤, 기창을 전문으로 만든 군기 장인이여. 쇠만 있으면 조총, 연좌총, 호준포, 쌍포도 만들 수 있댜. 무서운 사람이여. 목수들은 육모방망이를 만들고, 산에서 목축하는 자들은 쇠좆매도 갖고 있을 것이구마. 황소 좆 말린 것 한번 맞으면 그냥 가부러."

"그것 잘됐소. 말로만 해도 벌써 이겼소. 하지만 겉으로 내세우덜 말고 행동으로 옮깁시다."

"옳은 말이네. 수천 마디의 말이 아니라 단 한 자루의 삽이 산을 움직인다 이 말이제? 알아묵었네. 한디 자네가 내 신원보증을 선다고 하지 않았던가? 나가 이대로 나가면 포졸들한티 체포되어서 한양으로 압송될지 모릉게 자네가 나 신원보증 단단히 서야만 써. 그놈들은 한 입으로 두말 하는 자들인지라 책임있는 보증이 필요하다마시. 날 뭘로 보증할 것인가?"

"이것으로 보증할 게요."

정충신은 안주머니에서 조그만 숟가락 대가리만한 패를 끄집어내 그에게 내밀었다. 못 미더워하는 그를 안심시키는 것으로는 안성맞춤이었다.

"부모에 효도하고 나라에 충성한 충효행 패올시다. 마패는 아니지만, 이것이 나를 지탱해준 힘이었지요."

대장장이가 놀라는 눈으로 정충신을 바라보았다.

"엄청난 팰세. 우러를 만하고만. 나는 이런 패를 만들 줄은 알제만, 가져본 적은 없어서 위조해서 하나 차고 다닐라고도 했당게. 상놈의 탈을 벗을라면 이런 것도 필요할 것이라고 생각했당게. 사대부 새끼들은 매관매직으로 관직 하나씩 꿰차고 행세하는디 나라고 못 찰 이유가 뭐가 있간디? 상놈의 새끼들이 누구냐고? 다 같은 인간인디. 그래서 정 장군 모시고 엎어버릴라고 했던 것이었어."

"이걸 성님께 엄숙히 수여합니다."

충효패를 주니 그가 감격했다.

"동상, 고맙네."

그가 패를 받아 숯검정이 얼룩진 고의적삼 안주머니에 소중하게 집어넣었다.

"웅치 쪽에서 붙을 때까정 움직이지 말고 청년들을 규합해주시오. 잡병 수준이라도 써먹을 수가 있소. 수가 많을수록 좋아요. 웅치 쪽에서 왜군이 공격하면 황박, 변응정 군이 그들 힘을 뺄 것이요. 그 뒤에 고경명 의병군이 부술 거고요. 그렇게 힘을 빼면 우리한티 덤벼들 적에는 왜군놈들 지쳐있을 것이요. 고때 조사버립시다."

"시체 치울 일이 힘들겠고마잉. 산 놈은 정신없이 도망갈 것이고…. 좌우지간 잘근잘근 씹어먹든지 조사뿔세. 이건 자네 생각인가, 도절제사 생각인가."

"이건 절제사 생각이고, 내 생각이고, 부전장 생각이기도 하요."

"나가 사실은 세상에 원한도 많고 할 말도 많은디 동상 앞에 서니 작아져버리네야. 자네 명령대로 싸울 것이네."

"고맙습니다. 지금은 서두릅시다. 내 지시를 잘 따라야 합니다."

"나는 인자부텀 자네를 따르는 어린 양이여. 나이가 벼슬이 아니란 말을 실감했네야. 자네는 참으로 능력자여."

대둔산의 인근 깔딱재에서 완만한 남으로 내려가 안심골 상아골에 이르자 조그만 평야가 나타났다. 평야의 한 끝에는 규모를 갖춘 마을이 있었는데 50여 호쯤 되었다. 동구 앞에서 마을 사람들이 웅성거리고 있었다. 땡여름에 사람들이 때깔있는 옷을 차려입고 있는 모습이 조금은 수상했다. 마을에는 때아닌 잔치가 벌어지고 있었다. 정충신이 다가갔을 때는 잔치가 끝물인 듯 어수선했다.

"성님, 어째 수상합니다."

이 난리 속에 잔치라니, 정충신은 당산나무 옆 정자에 앉아있는 남자에게 다가가 물었다.

"무슨 잔치입니까?"

대답 대신 남자가 정충신 옆의 박대출을 보더니 놀라는 빛을 보였다.

"아니 성냥간의 박씨 아녀? 자네가 여기 웬일이여. 자네는 간에 붙고 쓸개에 붙는 간나구 새끼 아녀?"

"지금은 생각이 달라졌소. 의병대 척후병이요."

"환장해불겄네. 왜놈 부랄잡고 행세한다고 완장차고 거들먹대더니 인자는 나라의 군사가 된다고? 무슨 변고여?"

"인간이란 것이 개과천선이란 것이 없지 않던가요. 인간이란 때로는 새롭게도 변신한다 말이요. 사람잉게요."

"정신 못 차리고 왜놈 완장차고 나댕길 때는 저것이 인간인가 했디말로 아니었구마. 지켜볼라네."

"그런데 무슨 잔치가 났습니까."

"난리에 무슨 잔치겠나. 알고 싶거들랑 안으로 들어가 봐."

그는 말을 마치자마자 장죽 담뱃대에 엽연초를 재어 넣어 불을 붙인 뒤 뻑뻑 빨기 시작했다.

"잔치 같지도 않고 말어."

박대출도 이상한 낌새를 눈치챈 모양이었다. 큰 기와집에서 사람들이 부산나게 움직이고 있었다. 은옥색 모시옷을 입은 영감이 마루를 왔다갔다 하고 있었다.

"어르신, 무슨 잔치입니까."

마당으로 들어선 정충신이 물었다. 영감은 "어허, 이런 재변(災變)이 있는가. 재변이…" 하고 탄식하고 있었다. 정충신이 마당 곁 채마밭에 앉아있는 아낙에게 다가가서 물었다.

"무슨 일이 있습니까."

"있지라우. 이런 날벼락이 없지라우."

아낙이 말하기를 옥과현감 출신의 딸이 출가한 날이었다. 왜 군사들이 마을 처녀들을 잡아가고 있어서 이를 막기 위해 서두른 결혼식이었다.

"그란디 왜군들이 그 처녀를 잡아가부렀당게요. 어르신이 이러지도 저러지도 못하고 쩔쩔매고 있는 것이지라우. 어떻게 다시 찾아올 것인가 생각하는디, 암것도 생각나는 것이 없다 안 하요? 이것을 어째야 쓸게라우."

정충신이 툇마루를 서성거리는 주인장에게 다가가 물었다.

"광주에서 올라온 관병들입니다. 장병 모집 때문에 마을을 돌고 있습니다. 따님이 언제 잡혀갔습니까."

영감이 꺼지듯 한숨을 내쉰 뒤 말했다.

"그 잡놈들이 어짠 놈들인디 내버려둘 것잉가."

"손을 써야 하니 말씀해주십시오. 뒤쫓아가서 요절을 낼 것잉게요."

"그럼사 좋제. 한 두어식 경쯤 될 것잉마."

"어느 방향입니까."

"숙영지로 끌고 갔겄지. 손가락 하나 다칠까비 곱게 키운 외동딸이여. 누군가에게는 흔한 딸인디, 나한티는 금지옥엽이랑게. 살아봐야 힘없으면 헛것인 가비여."

"나라 잘못 만난 탓이지 뭣이겠습니까요."

박대출이 짚신발로 땅을 찼다. 정충신이 나섰다.

"사위는 어떻게 됐습니까?"

"멧골로 끌고 가더니 죽였다고 안 하는가. 힘 좀 쓰는디 대항하들 못했어. 총검을 찬 자들한티는 무용지물이여."

"성님, 뒤쫓읍시다. 어르신은 대신 마을 사람들을 수습해서 이치재로 올라가시오. 우리가 따님을 구해서 산으로 가면 그놈들이 필시 보복하러 오니께요. 옆 마을에도 피신하라고 알리시오. 소개시켜야 합니다."

어느 새 모여든 동네 사람들 중 하나가 말했다.

"아랫 마을도 왜군놈들이 사람이건 양곡이건 훑어가부렀소."

"별도로 지침을 줄 것잉게 시키는 대로 따라야 합니다."

모여든 사람들이 뿔뿔이 흩어지기 시작했다. 전쟁을 치러야 한다는 것을 그들은 비로소 깨달은 듯했다.

정충신이 마을의 장정 넷을 인솔하고 동구 밖으로 나오자 길 한쪽에서 흰 천을 덮은 거적 앞에서 한 노파가 소리죽여 울고 있었다. 자식이거나 남편의 시체를 천으로 덮은 모양인데, 노파는 소리내 울지도 못하고 있었다. 정충신은 노파 곁에 서있는 젊은이에게 말했다.

"근동 사람들 모두 숨으라고 하시오. 식량은 종자까지도 숨겨야 하고요. 일모까지 이치재로 올라오시오."

마을 청년들이 그의 뒤를 따랐다.

이십 리쯤 갔을 때, 꿩 꽁지털을 군모에 꽂은 왜군 무리를 발견했다. 꿩 꽁지털은 조선군의 계급장 표시의 하나인데 그들을 처치한 뒤 전리품으로 자기 군모에 꽂고 걷는 모양이었다. 왜 병사 둘이 창검한 채 앞서고, 교군(轎軍)이 맨 가마가 뒤따르고, 그 뒤에 흰옷을 입은 아낙 둘이 묶인 채로 끌려가고, 맨 뒤에 왜 병사 둘이 창검을 한 채 뒤따르고 있었다. 백성을 납치해가는 전형적인 대형이었다.

정충신이 박대출과 두 청년에게 말했다.

"앞지릅시다. 저놈들은 사람들을 끌고 강게 걸음이 느리요. 우리가 신속하게 움직이면 고개 마루턱에 이르기 전에 추월할 수 있소. 고개에서 놈들을 아작내버립시다."

박대출이 알아차리고 청년들은 향해 손짓으로 뒤따르라고 명령했다. 고개에 이르러 매복해 있을 때, 왜의 병사들이 쇠창을 땅바닥에 구르며 재를 오르는 소리가 들려왔다. 조련을 받은 듯 언덕을 오르는데도 발걸음이 규칙적이었다.

"빨리 따르라우! 조센징은 느린 게 탈이다."

끌려가는 사람보다 끌고 가는 사람이 더 지치게 마련이다. 언덕길을 오르느라 숨을 헐떡이며 땀을 쏟고 있었다. 고개 마루턱에서 정충신이 손을 들어 힘껏 허공을 가르자 박대출과 마을 청년들이 박차고 나갔다. 왜 병사가 창검을 겨루었으나 정충신의 동작이 빨랐다. 그를 제압하며 "찔러라!" 하고 외쳤다.

박대출의 번뜩이는 칼이 왜 병사의 목에 꽂혔다. 마을 청년이 허리에서 채찍을 뽑아들어 왜 병사의 면상을 갈겼다. 얼굴이 좌악 찢어지면서 피가 주루룩 흘러내렸다. 박대출이 다가가 철곤으로 왜 병사의 두상을 내려치자 머리가 으깨졌다.

정충신이 왜 병졸들의 옷과 무기들을 수습하고 구덩이를 파 묻었다. 묶인 채로 끌려가던 아낙네들이 포승줄을 풀어주자 땅바닥에 쓰러지더니 울음을 터뜨렸다.

"죽는 줄만 알았는디말로 살았네. 이것이 무슨 난리일께라우."

산 너머에서 나팔소리가 들려왔다.

"왜군 진지가 멀리 있지 않습니다. 이치령으로 올라가시오. 청년들은 마을로 들어가 사람들을 산으로 올려보내시오. 이제는 전사요. 전쟁터가 정해져 있는 것이 아니라 처한 모든 곳이 전쟁터요."

정충신이 가마 안을 들여다 보며 젊은 신부에게 말했다.

"알만 하요. 가마꾼들이 모시고 갈팅게 함께 산으로 가야 합니다."

신부가 몸을 빼더니 가마를 벗어났다. 수줍음을 잊고 그녀가 말했다.

"걸어갈 것이구마요. 우리 아버님 모셔다 줘요."

"모시고 올라가겠습니다."

"서방님도요."

마을 청년이 나서서 말했다.

"저놈들이 패죽였소. 멧골에 끌고가서 죽였소."

신부가 쓰러져 통곡했다.

"이럴 상황이 아니오. 저놈들 나팔소리가 지금 공격한다는 신호요. 마을마다 쳐들어갈 거요."

그들이 숲속으로 사라지자 주변 산야는 고요해졌다. 정충신과 박대출이 인근 마을을 돌고 이치재 진영으로 올라갔을 때는 깊은 밤이었다. 그때까지 권율은 침소에 들지 않고 정충신을 기다리고 있었다.

그때 횃불이 올랐다. 뒤이어 함성이 일었다. 산 아래 이 골짜기, 저 골짜기에서 농악소리가 울려퍼졌다. 자지러진 꽹과리 소리에 징이 징징 이어지고, 숨가쁘게 장구와 북이 둥둥둥 울렸다. 권율이 귀를 기울이더니 물었다.

"무엇이냐."

정충신이 저간의 사정을 말하고 덧붙였다.

"대장장이를 데려왔습니다."

박대출이 권율 앞에 무릎을 꿇더니 외쳤다.

"장군, 소인을 죽여주십시오. 왜놈들 앞잡이를 했당게요."

"돌아왔으면 되었다. 죽을 힘으로 나서야지."

"정 척후사령을 따라 이 한 몸 바치겠습니다."

멀고 가까운 곳에서 농악소리가 울려퍼지고 있었다. 구슬픈 곡소리와도 같았고, 애절한 호소와도 같았다.

진산의 진지에 머물러 기생을 끼고 전독(戰毒)을 풀고 있던 고바야카와 다카카게가 귀를 세웠다. 갓 잡아온 사슴피에 독주를 섞어 마신 뒤끝인지라 몸이 노곤해져 있었으나 전선을 누빈 노장(老將)답게 이상한 소리에 본능적으로 방어자세를 취한 것이다. 월향이라는 기생이 그의 긴장된 모습에 아양을 섞어 말했다.

"왜 그러서요. 어서 드시와요."

술상에 차려진 안주는 사슴 안창살을 삶은 것이었고, 가슴 부위는 생고기였다. 삶은 새끼 사슴이 통째로 상에 올라있었다. 해산을 앞둔 암사슴을 잡은 것이었다. 월향이 사슴 새끼 다리를 뜯어 권하는데, 고바야카와는 기분이 찜찜하였다. 그 찜찜한 기분이 현실이 된 듯 이 산골 저 산골에서 농악소리가 울려퍼지고 있었다. 봉화도 여러 군데서 올랐다. 참모장이 헐레벌떡 장수 막사로 뛰어들었다.

"장군, 지금 완전 포위되었습니다."

고바야카와가 술상을 걷어차고 막사 밖으로 뛰쳐나갔다. 주변 산의 정상마다 봉화가 오르고 있었다. 완전 포위되고 있는 형국이었다.

"마을마다 농민군이 쳐들어온다는 위협 신호입니다."

"마을은 소탕되었다고 하지 않았느냐."

"산으로 은신했던 자들입니다."

숲이 우거진 계절에 골짜기로 들어오는 것이 아니라는 뒤늦은 후회가 가슴을 쳤다. 숲은 철두철미 적들의 은폐물이 되고 매복의 근거지가 된다. 일본군은 이곳 지리에 익숙하지 못하다.

"적병의 규모는?"

"열 명이 되기도 하고 수백, 수천, 수만 명이 되기도 합니다."

"그게 무슨 뜻이냐?"

"적들의 규모를 확인할 수 없습니다."

— 전라도는 다른 지역과는 완연히 다르군. 백성놈들이 살아있어.

지금까지 그가 조선반도를 진격하는 동안 한 번도 장애물을 만난 적이 없었다. 그의 군대가 지나가면 바람보다 먼저 쓰러지는 것이 조선 관아 사람들이고 백성들인데 이건 뭐냐. 경상도건 경기도건, 황해도건, 평안도건, 한양이건 일본군이 쳐들어가면 어이없을 정도로 엎드려서 무너져버린 것이다. 그런데 천부당만부당한 사단이 지금 눈앞에 펼쳐지고 있다.

그는 딱 잡아 무엇이라고 할 수 없지만 무언가에 짓눌리고 포박당하는 느낌이었다. 저항의 불길 같은 것이 그의 가슴을 짓눌렀다. 대일본의 무패 수군이 전라도 해상을 뚫으려 했지만 막혔다. 전라도 남해안 어민들이 벌떼같이 달려들어 공격했기 때문이었다. 이순신 수병의 주력은 자원한 전라도 어민과 주민들이었다. 그들 벽을 넘을 수가 없었다. 그래서 퇴로를 찾아 육로를 택해 전주성을 공략하려는

데 여기서도 덫에 걸렸다.

전주성과 김제만경 평야를 점령하지 못하면 지는 전쟁이다. 수만 병력의 병사들 식량보급이 차단되고, 병사들에게 먹이지 못하면 전쟁에서 이길 수가 없다. 병참선과 군량미를 확보해야 하는 이유다. 그러므로 물러설 수가 없다. 도요토미 히데요시로부터 신임받고, 그래서 영광스럽게 전라도 진격명령을 부여받았지 않았는가. 전라도 공략은 고바야카와의 은퇴전이었다. 산전수전 다 겪은 무훈을 마무리하는 회갑전이 되는 것인데, 돌아가는 전황이 영 마뜩치 않다. 고바야카와가 부관에게 명령했다.

"본전에 대비해 부대편성을 다시 한다. 경사면을 넘을 때 기갑부대와 화포부대의 지원을 받는다. 최전방에 포진한 1중대와 2중대는 전투대형을 갖추라."

그는 전라도 진격을 위해서 특별히 기갑부대도 편성했다. 화력의 증대를 꾀하기 위해 화포를 이용해 진격과 이동속도를 최대한 확보하고자 편성한 부대였다.

"총포부대는 사격명령이 떨어질 때까지 총포 점검을 하라. 군마부대는 절벽에선 무용지물이니, 화포운반에만 사용하라. 모두 각자의 부서로 돌아가 공격전에 대비하라."

부관과 참모장이 경례를 붙이고 물러났다. 전주성 방향 산과 남쪽 능선에선 불꽃 수십 개와 함께 함성이 들려오고 있었다. 진산 방향에서도 봉화가 올랐는데, 고경명 의병사단이 진을 친 곳이었다. 멀고 가까운 곳에서 농악소리가 들려왔다. 그것은 비수처럼 그의 가슴에 와 박혔다. 왠지 모르게 농악소리는 두려움의 대상이었다.

— 전라도를 쉽게 보았는데, 이것이 무엇이냐. 내가 꿈을 꾸고 있는 것이냐. 암사슴을 잡고, 그 새끼를 먹은 것이 동티가 난 것인가.

그의 백발이 허허롭게 흩날렸다.

"웅치에서 붙었다 하구만이요."

첩보사항을 가지고 정충신이 권율의 막영지를 찾았다.

"간밤에 행한 전술은 십만 보병전보다 효과가 있다. 연막전은 어떤 강군의 기세보다 좋았다. 연막의 기세로 적의 의기를 누를 수 있으니 경제적인 전술이구나."

그리고 덧붙였다.

"어제 안심골에서 부순 왜병은 고바야카와 제1대 부대원 중에서도 정예다. 그것들을 부쉈으니 대단한 전과다. 보복이 따를 것이니 각 마을 경계를 소홀히 해선 안 된다. 황진 의병대장 휘하의 병사들을 서게 했으니 정 사령은 중간점검하고, 첩보사항을 꾸준히 수집하라."

"봉화 올리고, 연기를 올리는 사람들이 마을 사람들입니다. 박대출 휘하도 산으로 들어왔습니다."

"정충신 척후사령이 한 건 했다."

정충신의 유격전법은 깊은 산에 들어맞는 것이어서 그의 지략이 돋보였다.

"절제사 나리, 고바야카와 군대를 묶어두어야 합니다. 저놈들이 웅치의 안코쿠지 군대와 합류하면 불리해집니다."

"내가 고을 의병장들에게 지침을 내렸다. 박대출은 어디에 있느냐."

박대출은 정충신의 요청으로 군기사령 발령을 받아 복무하고 있었다.

"대장간을 관리중입니다. 아침부터 전촉(箭鏃)과 철우를 뽑고, 쇠

도리깨 부(도끼) 요구창 운검 마상편곤 쌍검을 뽑아냈습니다. 시간이
모자라서 연좌총 조총 탄환을 만들진 못하고 철질려 쇠창 독화살을
마저 뽑아낸다고 하능마요. 웅치전에서 버텨주니 우리가 전력보강
하는 데 유리하겠습니다."

"무기를 생산해야 한다. 쇠침과 화살촉이 이삼만 개 필요하다. 그
것을 댈 수 있겠느냐?"

"해내야지요."

"사람을 다 믿는 것은 아니니 박대출을 잘 살펴라. 목책 세우는 지
점도 살펴라."

산 능선 이곳저곳에 병사들이 나무를 베어 목책을 세우고 있었다.
적의 예상 진출로에 쇠마름쇠, 철질려를 깔고, 돌과 화살 등을 확보
해 은신처에 비축했다. 아군의 병력과 움직임을 적이 파악하지 못하
도록 그들은 숲속에서 움직였다. 밖에서 보면 누구도 움직이는 것
같지 않았다. 정충신이 깔딱고개 쪽으로 올라가자 대장간이 나타났
는데, 박대출이 막장 안에서 풀무질하고 있었다.

"왼종일 돌렸더니 까탈을 부리네이. 이렇게 무작스럽게 굴리면 무
쇠도 남아나들 못하지."

"불을 붙이시오."

"또 붙이자고?"

대장간 밖에는 생솔가지와 잡목 가지들이 집채만큼 쌓여 있었다.

"불을 댕기시오."

정충신이 거듭 말하자 박대출이 낙엽송과 마른 잡초에 부싯돌을
부딪쳐 불을 댕겼다. 일시에 불이 붙고 생나무가 타는 연기가 하늘
높이 치솟아 올랐다.

이것을 신호로 이곳 저곳 산봉우리에서 연기가 피어오르기 시작

했다. 어젯밤 봉화를 올린 그 장소들이었다.

"소연 색시 안 만날겨?" 갑자기 박대출이 물었다.

"소연 색시라뇨?"

"델꼬 온 안심골 색시 말여."

생각지도 않는 것을 박대출이 끄집어내자 정충신은 그제서야 그녀의 존재감을 알고 얼굴을 붉혔다.

고갯마루에 뙤약볕이 폭포수처럼 쏟아지고 있었다. 전라도 침공군의 주공부대인 승병장 안코쿠지 에케이가 이끄는 1만 군대가 깃발 나부끼며 무주에서 진안을 거쳐 부귀면 세동리의 웅치, 속칭 곰티재(웅치) 턱밑끼지 진입했다. 백두대간(白頭大幹) 중 금남정맥(錦南正脈) 구간이 통과하는 산악지대다.

전주성(全州城)을 진격하려면 세동리에서 완주군 소양면 신원리로 넘어가는 곰티재를 타고 넘어야 한다. 산은 해발 500m 정도로 높지 않으나 외가닥 새끼줄처럼 구불구불 하늘을 향해 난 고갯길이 험난하기 그지없다.

세동리 산밑에 진을 친 안코쿠지는 곰티재의 울창하게 우거진 숲을 바라보며 상쾌한 기분에 젖었다. 이것이 내 땅이 되고, 풀포기 하나, 나뭇잎 하나, 물고기 하나, 하다 못해 처녀들까지 내 소유가 된다는 것이 그지없이 기쁜 것이다. 지배자의 욕망은 끝없이 부풀어 올랐다.

웅치재를 넘는 것은 그닥 어려워 보이지 않았다. 이 정도의 산을 넘기란 조반(朝飯) 먹을 시간도 되지 않을 성싶었다. 숲에 가려져 있어 조선군의 병력을 헤아릴 수는 없지만, 자신의 공격군 1만 대군이 바람처럼 쓸어버리면 그대로 잠잠해질 것이다.

안코쿠지는 조선군의 전력을 잘 알고 있었다. 이건 군대가 아니었다. 오합지졸 그대로였다. 그는 어깨가 으쓱한 나머지 참모장과 정탐병을 불러들였다. 참모장은 고니시 유키나가 사령부 참모로 있다가 지원 참모로 안코쿠지 부대로 배속돼온 이시하라였다.

"조선이란 나라는 학문과 예법만 숭상할 줄 알았지 전쟁이 뭐고, 군사학이 뭔지도 모르는 새끼들이야. 농사짓는 사람, 살림하는 부녀자들을 끌어모아 군대라고 만들어놓고 대비한다고 하는데, 한심해서 헛웃음이 나온다니까. 부산포에 상륙해 진주— 사천— 함양— 산청을 진격하는 동안 관군이란 것들은 도망가버리니 내가 맥이 빠져버렸어. 전라도 것들도 잡병 수준이야, 애초에 농사짓는 놈들을 데려와 병정이라고 부리고 있으니 전쟁을 한다고 할 것도 없어. 전쟁 시늉만 하겠다는 놈들한테 창검에 피를 묻히는 자체가 창피할 지경이야. 우린 치밀하게 군사훈련을 했고, 일본 내 영지탈환전을 위해 실전 경험도 풍부하게 쌓은 정예병들이야. 알겠나?"

"이것들 불쌍한 것들이오."

참모장 이시하라가 응수했다.

"조선군 진용을 알아봤나?"

"네. 김제군수 정담과 나주판관 이복남, 의병장 황박, 해남현감 변응정이 천여 명의 병력으로 방어진을 구축하고 있습니다. 정탐한 결과, 곰티재 아래 황박의 1진, 이복남의 2진, 정담의 3진으로 편성되어 있습니다. 험한 산세를 이용하여 포진한 가운데 목책을 세우고 방어태세를 취하고 있는 바, 돌격 선발부대가 먼저 나가 한번 간을 본 뒤 후발부대를 투입하면 끝날 것 같습니다. 산세가 험하니 기병은 전주성에 입성하여 공성전(攻城戰) 벌일 때 투입하기로 하고, 일단 총포부대와 궁수부대와 창검부대 중심으로 공격하겠습니다."

"좋아. 진격에 만전을 기하도록 하라! 알겠나?"

"하이, 와카리마시다! 무슨 말인지 알겠습니다."

"좋아. 요까이 꺼, 한번에 발라버리자. 우리가 부산포에 상륙해서 한양을 점령할 때까지 보름밖에 걸리지 않았다. 그것도 조선군 총사령관이라는 신립 삼도순변사 군대와 전쟁을 치르고도 쉽게 진격했단 말이다. 괴나리 봇짐 매고 한양으로 과거시험 보러 가려면 한 달 이상이 걸리는데 우리 군은 전쟁을 하면서도 보름 만에 한양을 점령했단 말이다. 우리가 용맹해서가 아니라 조선군이 한결같이 도망가버리고, 백성들은 우리 군의 안내자가 되었으니 무혈입성이지."

"맞스무니다. 훌륭한 분석이무니다."

실제로 초량, 동래포, 왜관에서는 주민들이 무리를 지어 머리를 깎고 왜옷을 입고 왜군을 앞장서서 안내하고, 왜병에 삐딱한 집을 손가락으로 가리켰다. 그러면 그 집은 영락없이 불타버렸다. 개인적 원한 관계로 지목된 경우도 있었지만 대든다는 이유 하나로 예외가 될 수 없었다. 어린이와 병약한 장정의 머리를 베어 와 왜의 장수에게 갖다 바치기도 했다.

"아무리 그런다고 그렇게까지? 참모장, 너 나한테 아부하느라고 그런 말 하는 것 아니가?"

"아닙니다, 각하."

참모장은 자기 말의 신빙성을 얻기 위해 더 보태기 시작했다. 상관의 마음에 가닿으려면 과장해서 구구절절 읊는 것도 그동안의 체험에서 얻은 지혜였다.

"조선군은 하루에 한 놈씩 군졸 목을 쳐야 군율이 선다고 합니다. 여차하면 도망가니까요. 경부 축선을 타고 오르는 내내 그랬습니다.

고니시 장군도 그들은 권세 가진 자를 추종하고 아부하므로 능히 밑에 두고 부릴 만하다고 했습니다. 권세를 쥐면 그 힘을 휘둘러 무릇 뭇사람을 고통받게 한다고 했습니다. 입으로는 대의와 도리를 부르짖지만 뒷전으로는 사사로운 이득과 탐욕 챙길 궁리를 다한다는 것으로, 그러니 백성이 따르지 않는다고 했습니다. 지들끼리 배신 때리는 놈들 몇만 골라내면 우리는 칼에 피묻히지 않고도 능히 이길 수 있다고 했습니다."

"그렇지. 죽이지 않고도 이겨야지. 나는 살생을 금하는 불승 아닌가, 하하하."

"불도 정신에 충실하도록 장군 칼에 피가 묻히지 않게 하겠습니다."

그가 대신 도륙하면 된다고 보는 것이었다. 이 무렵 동래포 가덕도 거제도 고성 사천 일부 해안지역에서는 왜인으로 변복한 가왜(假倭)나 부역자들이 속출했다. 함경도에서는 조선의 왕자를 잡아 일본군에 넘겨주기까지 했다. 이순신이 장계 등을 통해 이같은 부역자 문제를 거론했으나 묵살되었다.

"하긴 임금이란 자가 좆빠지게 도망가는데 백성들이라고 온전하겠나. 일본국 같으면 할복 자결할 테지만 말이다."

"당연히 그렇지요. 우리 같으면 백성들이 군주 목을 치거나, 군주 스스로 할복을 했겠지요. 그러고 보면 조선 백성들은 온순한 편입니다."

"아니다. 그렇지도 않다. 고니시(小西行長) 선봉 사령관이 한양을 점령할 때 보니 왕이 피란 간 경복궁을 백성들이 낫과 도끼와 곡괭이를 들고 달려가 왕의 집무실, 처첩을 데리고 잠자던 침소를 마구 부수고 불을 질렀잖나. 스스로 무장해 우리에게 대거리했지. 이걸 보고 고니시 선봉 사령관이 놀랐대. 왕은 도성을 버리고 도망가는데 백성들이 대신 의병이 되어서 고니시 부대 진군을 위협했다는 거지. 가토 기요마사(加藤淸正) 사령관도 놀라자빠졌다는 거 아닌가. 그래서 이 전쟁이 길어지겠구나, 했다는 거야. 전쟁이 길어지면 어떻게 되겠나. 군량을 현지 조달해야 하는데, 복잡해지지. 곡창지대 전라도 의병들이 병참선을 차단하고 있으니 말이야. 귀찮은 새끼들이네."

"일본군이 북진할 때, 일본군에 협조한 백성들 있잖습니까. 노비들이거나 착취를 당하던 사람들. 이들은 조선놈에게 당하나 왜인에게 당하나 매일반이니, 승자 편에 서겠다고 하는 자들입니다. 그들을 우리 편으로 끌어내 선무하면 우린 손 안 대고 코를 풉니다."

"그러나 여긴 달라. 이곳은 송곳 하나 들어가지 않아. 몸을 빼려고하는데 만만치 않단 말이다."

안코쿠지가 걱정했다.

"저는 이곳 백성들 심리파악을 해야 심리 전단을 운영하는 데도 도움이 될 것이다 해서 말씀드린 것입니다."

참모장이 말하고 다시 이었다.

"다시 말씀드리거니와 조선군은 내빼는 데는 명수이니 걱정할 것 없습니다. 문약(文弱)이라 전쟁을 모르는 족속이고, 깜냥으로는 평화를 사랑한다고 하지만, 갖춘 것없이 평화를 사랑하니 얼병신들입니다. 관병이란 것은 훈련 부족에다가 병력도 갖추지 않았으니 꼭 허깨비 장난 같습니다. 군사 숫자를 부풀리고 있지만, 군량을 받아서 축재에 이용하는 수치에 불과합니다. 무기도 농기구로 채워놓고 조정 예산 따먹는다는 새끼들입니다. 그러니 관병들 도망치는 것이 놀랍지도 않지요. 한양에서 제승방략이라는 체제로 군대를 편성해 경상도 방어를 위해 지휘관이 내려가서 보니 관병들이 후퇴를 하는데 바람보다 먼저 도주하더라는 것입니다. 그래서 '바람의 아들들'이라고 했다지 않습니까요. 지휘관이 그런 자를 잡아 참수를 하는데 너무 숫자가 많으니 칼이 무뎌질 정도였다고 하는군요. 참 쉬운 전쟁입니다."

"그러고 보니 우리가 너무 많이 군사를 데리고 온 것 같다. 그 많은 수가 상륙하다 보니 군량보급이 원활하지 못하다. 조선의 겨울이 오기 전에 전쟁을 끝내야 하는데 그동안 뭘 먹이느냐 말이다. 조선의 추위에 앞서 굶어죽게 생겼다. 이순신이 해상 보급로를 차단하여 우리 보급선의 발목을 잡고 있다. 우리가 지게 되면 보급전의 패배로 지는 것이다. 전라도가 보급선의 보고다. 그런데 천둥벌거숭이 같은 의병들이 버티고 있다. 이런 개새끼들이 우리의 진로를 막고 있단 말이다. 무슨 말인지 알겠나?"

"알다 마다요. 전라도 곡창지대를 차지해 가을을 추수해야 하는데 의병 나부랭이들이 버티고 있으니 영 지랄 같다, 이 말씀 아닌가요?"

"나부랭이가 아니니까 하는 말이다. 악종들이야. 그러니 우리 역시 나부랭이라도 혼신을 다해야 한다고 했어 안 했어?"

"하이, 소우데스. 명심하겠습니다."

"전라도가 왜 중요하다는 것도 무슨 말인지 알겠나?"

안코쿠지가 다시 명토박듯 물었다.

"압니다. 이름없는 의병들도 병사라고 한 목숨 한다는 것 아닙니까."

그는 기왕이면 현학적으로 말했다.

"조선 의병은 야산대처럼 후방 지원 없이도 공격을 해온단 말이다. 지형지세에 밝으니 우리가 작전수행하는 데 힘들다. 그러면 어떻게 해야 하는지 알겠나?"

"초전박살입니다."

"그래, 번개작전이다. 지금 농담 따먹기할 때가 아니다. 예하부대 점검하고, 오시에 출동명령을 내려라."

"하이, 소우데스, 와카리 마시다!"

참모장이 각도있게 예를 취한 뒤 물러났다.

6장 웅치 전투

1592년 7월 7일(선조 25년 양력 8월 13일), 마침내 일합이 시작되었다. 활시위처럼 팽팽한 긴장감이 감돌더니 곰티재(웅치재)로 왜병 사단이 진격해 들어왔다. 바로 칠월칠석날이다.

전투는 안코쿠지 군 선발부대가 웅치 골짜기를 에워싸며 시작되었다.

아군도 외곽 제1전선에는 의병장 황박, 산 중턱의 제2전선은 나주판관 이복남, 그리고 최후 저지선인 고갯마루 제3전선은 김제군수 정담이 진을 쳤다.

조선군은 첫날은 잘 막았으나 다음날 적의 파상공세에 제2전선이 무너질 위기에 처했다.

황박의 1진이 적을 맞아 싸우는데 지리멸렬했다. 실전 경험이 없는지라 갈팡질팡하고 있었다. 가진 것이라곤 악밖에 없었다.

왜군은 포부대가 지원사격을 하고, 보병부대가 골짜기를 타고 재를 오르는데 화력에서 완전히 압도했다. 결국 1진이 무너지고 2진도 화살이 떨어져 패퇴할 위기에 처했다. 다행히도 어둠이 내려 전투가 중단되었다. 일몰이 아군 병사들을 살려준 셈이었다.

다음날 해가 뜨자 왜군은 다시 기세좋게 공격해오기 시작했다. 금방이라도 곰티재를 집어먹을 것 같았다. 아군은 전날 무너진 1,2군의 잔병들이 3군에 합류하고, 진용을 갖추자 일진일퇴할 정도가 되었다. 한 번의 실전 경험이 소중한 전력자산이 되었다.

왜군 부대는 전날 전투를 한 수성군의 무력한 방어를 업신여긴 나머지 이시하라 참모장이 마음놓고 험한 산지형을 말을 타고 진두지휘해 오르고 있었다. 황박의 활 표적이 되었다. 황박이 나무 뒤에 숨어서 활을 당기자 군마의 눈에 정통으로 화살이 박혔다. 군마가 흰 이를 드러내며 발작하듯 날뛰더니 나뒹굴고, 왜 지휘관이 말에서 떨어져 비명을 지르며 낭떠러지로 굴러 떨어졌다. 일시에 수성군의 함성이 일었다.

수성군은 정상에 매복한 상태에서 아래를 내려다 보며 적병을 맞았는데, 본시 공격조는 방어군의 세 배 이상 전력이 필요했다. 왜군은 해가 뜬 이른 아침부터 탐색공격과 교란공격을 펼쳤지만, 조선군은 전날의 수세와는 다르게 진용을 갖춰 치고 빠지는 배합전으로 응전했다.

오시(午時)까지 다섯 차례나 일진일퇴가 벌어졌다. 왜 장수가 지휘봉을 휘두르며 바위를 타고 오르자 황박이 활을 쏘는데 또 명중했다. 왜 병사들이 급경사를 오르느라 헐떡이자 과녁들이 고정되어 있는 듯해서 맞추기가 안성맞춤이었다. 황박의 활사위가 계속 당겨질 때마다 올라오는 왜 병사들이 바위 밑으로 굴러떨어졌다. 다른 궁수들도 신나게 활시위를 당기는데 날아가는 족족 왜 군사의 눈알에 박히거나 머리를 뚫었다.

"내 팔뚝 힘이 좋응게 왜 병사 머리를 관통해버리구마잉."

다른 한쪽에선 마을 사람들로 편성된 의병군들이 바위를 굴려 떨어뜨리자 다섯 명씩, 열 명씩 기어오르던 왜 병사들이 바위덩어리에 부숴져 낭떠러지로 떨어졌다. 그러나 워낙에 중과부적인지라 금방 화살과 총알이 떨어졌다. 돌덩이도 바닥이 났다.

"진용을 갖춰라!"

황박이 명하는데 왜 사수의 조총 탄환이 그의 가슴을 관통했다. 그는 산 아래로 굴러 떨어졌다. 그런 중에도 전투는 계속되었다. 황박이 전사한 줄도 몰랐다.

다시 일몰이 되자 왜군은 지구전을 펼칠 계획으로 일단 물러났다. 황박 군은 그 사이 무기를 충당했다.

다음날, 왜의 정탐병이 쏜살같이 산을 타고 내려가더니 안코쿠지 장수 앞에 섰다. 그가 숨을 몰아쉬며 외쳤다.

"안코쿠지 장수 나리, 웅치재에 있는 조선군의 무기가 다 떨어졌습니다. 화살과 총알이 바닥이 나서 손을 놓고 있습니다. 지금 저놈들 두 손 묶고 격투기하는 격입니다. 그러니 지금이 기회입니다. 저들을 당장 부숴야 합니다. 몰아붙여 먹통을 꺾어놔야 합니다."

"요씨, 잘 되었다. 전 병력 돌격하라!"

안코쿠지가 즉각 명령했다. 3진으로 나누어진 왜 병사들이 함성을 지르며 웅치재 골짜기를 치고 올라갔다. 그 함성이 삼십 리 밖까지 들렸다. 정담이 놀란 나머지 골짝을 뛰어다녔다.

"무기 보급이 안 되는가?"

"이것이 전부입니다! 장군!"

후군장이 울부짖었다. 정담이 다른 지휘관들에게 알렸다.

"내 부대가 맞설 테니 나머지 병력은 후퇴하라!"

"아닙니다. 끝까지 싸우겠습니다."

"안 된다. 무기없이 어떻게 싸운단 말이냐. 후퇴하라."

"맞서겠습니다."

의병들이 물러가지 않고 하나같이 뭉쳐서 개미떼처럼 치올라오는 적군에 맞섰다. 마을에서 올라온 늙은이, 부녀자, 어린 소년들도 죽창과 낫을 들고 합류했다. 정담이 적탄을 맞고 쓰러졌다. 변응정, 종사관 이봉, 강운도 방어전을 펼치는 사이 전사했다. 왜의 화포가 집중적으로 정상을 때리자 관병, 의병, 부녀자, 소년 할 것 없이 쓰러졌다. 열 배 이상의 압도적인 군사의 진격에는 방법이 없었다. 조선군은 전멸했다.

한 척후병이 이치재로 달려가 권율에게 울부짖으며 보고했다.

"장군! 척후병 김막돌 아뢰옵니다. 황박 장군, 정담 장군, 변응정 장군, 이봉 장군, 강운 장군이 전사했습니다. 웅치가 함락되었습니다. 일천여 병사들이 전멸했습니다. 지휘관 모두 전사했으며, 웅치를 빼앗겼습니다. 으흐흐흐"

척후병은 엉엉 울면서 몸부림을 쳤다. 그가 다시 외쳤다.

"장군! 다행인 것은 적의 피해가 아군보다 서너 배 많다고 합니다. 한 사람이 네 놈을 죽이고 패배한 것입니다. 적은 일만이고, 웅치군은 일천 명입니다."

"진 것은 진 것이다. 그러나 이것이 기회다. 패배를 승리를 몰아가는 것이 전법이다."

권율이 차고 있던 검을 만지며 한동안 웅치재 쪽을 바라보았다. 웅치를 끝까지 사수하지 못했다는 점에서는 패배다. 그러나 그렇게 꼭 패배라고 단정할 수 없다. 그는 장졸들을 모아놓고 훈시했다.

"일천의 병력으로 일만의 적군을 이틀이나 막아내었다면 당연히 승전이다. 적병에게 피해를 입혀서 전주성 공격에 힘을 뺐으니, 우리가 작전을 펼치는 데 수월할 것이다. 병사들에게 패배를 알리지 말고, 각 군 지휘부는 정충신 척후사령의 지침을 따르라. 그 지침은 내가 내리는 것이다!"

권율이 이동 천막 안에서 무기를 수습하고 있던 정충신을 불렀다.

"저 척후병을 수행토록 하고, 중요한 임무를 부여하라. 똑똑한 병사다."

권율은 눈물을 머금고 보고한 정탐병 김막돌을 정충신에게 인계했다. 웅치 패전을 기밀에 붙여야 한다는 것을 권율은 염두에 두고 있었다.

웅치 패전은 이치전에 대비하는 병사들의 사기에 적지 않은 영향을 줄 것이다. 그래서 이치 전투가 끝날 때까지 패배 기밀이 새나가지 않도록 정탐병을 묶어두어야 한다.

"상을 내려야 합니다. 훌륭한 임무를 수행했습니다."

척후병이 죽음을 무릅쓰고 적정 상황을 탐지해왔다면 당연히 그에 상응하는 상이 주어져야 한다. 박대출에게 사명감을 부여하기 위해 상을 내린 것도 그런 연유였다.

"웅치전 전황을 좀더 상세히 보고하라."

"네. 웅치는 함락되었으나 전주성 초입에서 의병장 이정란 군이 방어태세를 갖추고 안코쿠지 군을 맞닥뜨리고 있습니다. 적들도 인명 피해가 막대한 데다 피로도가 겹쳐서 이정란 의병군 앞에서는 지지부진해 있습니다."

"그러면 되었다. 그 전투를 활용해야 한다. 우리가 그걸 기화로 선공하면 웅치전이 배수진이 되는 것이다. 패배한 전투라서 잊혀지고,

또 그 중요성이 저평가될 수 없다. 무슨 뜻인 줄 알겠느냐?"

"알겠습니다. 승리해도 패배나 다름없는 전쟁이 있고, 패배해도 이긴 전쟁이나 진배없는 전투가 있다는 뜻입니다."

"그렇다. 웅치전은 참으로 가치있는 전투다. 우리가 배수진을 칠 수 있는 전투다."

"잔여 병력이 안덕원에서 버티고 있습니다. 그 사이 고을 백성들이 산으로 계속 올라오고 있습니다. 보충병이 늘고 있습니다."

"장하다. 웅치전 장졸들의 충의정신에 보답하기 위해서도 우리가 고바야카와군을 대적해 승리해야 한다. 단연코 적병들을 격퇴해야 한다."

"그렇습니다. 웅치전에서 버텨주니 우리가 방어 대오를 철저히 갖추게 된 것입니다."

"각 군에 비상을 걸라. 정충신 척후사령은 권승경 부전장과 함께 지금부터 각 부대의 전투상황을 점검하라. 전군에 비상을 걸어라! 고바야카와 군을 섬멸할 것이다."

정충신이 권율 코 앞으로 바짝 다가가 외쳤다.

"장군, 지금은 때가 아니옵니다. 선제공격은 아니 되옵니다. 우리의 전략자산을 노출시킬 수 없습니다."

"무슨 말이냐."

"미리 나서면 전력이 노출됩니다. 모두들 골짜기에 숨어있다가 적병들이 올라올 때 박살내야 합니다. 지금은 준비를 해야 할 때입니다."

"그들이 공격할 시간을 알아왔는가."

"내일 진시에 공격을 시작해 오시에 배티재(이치재)에서 점심식사를 한다고 합니다."

권율이 그제서야 웃으며, 또박또박 말했다.

"웅치전의 여세를 몰아 공격해오는 저놈들 전력의 응집력을 떨어뜨려야 한다. 적들도 전략을 세운 것인만큼 우리가 선제적으로 타격해야 한다. 우리 군 전투상황을 점검하라. 내일 진시에 적이 진격해온다면 우리는 묘시까지는 전력자산을 완비해야 하느니라. 예하부대에 알리라."

권율의 군사들이 소리없는 가운데 움직이기 시작했다. 서쪽편 하늘이 붉게 물들었다. 노을이 슬프도록 아름다웠다.

여기저기 산에서 하얀 연기들이 피어오르고, 동시에 골짜기 능선마다 숨가쁜 농악소리가 울려퍼졌다. 자지러지게 치는 꽹과리와 장구소리, 그리고 뒤이어 징징 울리는 징소리가 장엄하면서도 슬프게 황혼이 물든 이치재의 골짜기로 스며들었다.

7장 이치 전투

전라도(현재 충남) 금산군 진산면과 완주군 운주면 경계의 이치재.

날이 밝자 묘시부터 진시 사이 왜장 고바야카와가 직접 대군을 출진시켰다. 제1대, 2대, 3대가 골짜기로 들어오는데, 규모로 보아 당장 이치재를 집어삼킬 것 같았다. 그는 안코쿠지 에케이 부대의 전령으로부터 웅치전투의 승전보를 전해듣고 여세를 몰아 이치재를 공격하기로 결정했다.

권율 역시 화순 동복의 관병·의병의 혼합군사를 거느린 황진을 독려해 배티재 오른쪽 바위섶에 매복시키고, 제1편비장 위대기, 제2편비장 공시억에게는 동서쪽 능선에 부대원을 배치해 적의 이동경로를 감시토록 지시했다.

선봉장 황진, 후군장 김보원, 기병장 겸 부전장 권승경에겐 독립전선을 펼치되 연합사령부의 지시를 따라 합동공격전에 따르도록 지시했다. 권승경은 정충신과 함께 별동특수부대인 백령부대를 편성해 운영하고 있었다.

숲에는 인근 마을에서 올라온 민간인들이 배치되어 있었다. 그 수가 칠백을 넘었다. 그들은 낫과 쇠스랑, 도끼, 죽창으로 무장했다.

햇빛을 등에 지고 올라오는 적을 맞아 싸우기에는 어려움이 많았다. 적들을 맞은 아군 병사들은 눈부신 아침 햇살의 반사를 받아 눈살을 찌푸렸는데, 햇빛 때문에 여러모로 불리한 전황이었다. 적들이 이른 아침을 택해 공격한 이유를 알 수 있었다.

"철두철미 숲속에 숨어서 대처하라! 햇빛을 피하라!"

권율이 명령하고, 정충신이 복창했다. 얼굴을 내밀었던 모든 병사들이 머리를 감추었다.

왜군은 속속 계곡 깊숙이 들어오고 있었다. 첩첩산중인데 길은 능선으로 연결되지 않고 골짜기를 따라 길게 이어졌다. 능선의 계곡마다 조선군의 관병과 의병군이 매복하고 있다는 것을 알았겠지만 적들은 무시했다. 그만큼 하찮게 여기고 있었다. 적들은 유리한 지형을 이용한 매복전 따위를 거들떠 보지 않았다. 막강한 군세를 믿는 것이었다.

험준한 능선을 타고 올랐다가 내렸다가 하면 체력이 떨어지니, 적군은 일단 골짜기를 타고 깔딱고개에 이르러 단숨에 올라챌 요량이었다.

"장군, 깔딱고개 골짜기에 적병들이 이르면 뒤편에서 우리의 병력이 가두리처럼 가둘 것입니다. 그러면 적은 그물에 걸린 물고기 신세가 됩니다. 그때 일제히 공격해야 합니다."

정충신이 보고했다. 권율은 아직도 이마에 잔털이 보송보송한 소년 정충신을 바라보며 고개를 끄덕였다. 티없이 맑은 영혼인지라 거리낌없이 장수에게 자기 의사를 표출한 것이 대견스러워 보였다. 참모장, 부장들은 실수가 두려워 함부로 의견을 내지 못하는데 반해

열일곱 살의 어린 총각 정충신은 스스럼없이 말하고, 소신에 따라 움직인다. 그런 모습이 듬직한 아들을 본 기분이었다.

"후방부대를 돌아보겠습니다. 군령이 있으면 주십시오."

"대오를 갖췄으니 됐다. 꽹과리 징소리에 사기가 오르고, 적들은 겁에 떨었을 것이다. 여기저기 산꼭대기에서 오른 봉화에 정신줄 놓았을 것이니라. 가 보거라."

정충신은 능선을 타고 다람쥐처럼 재빠르게 움직였다.

계곡 아래 골짜기에 왜병들이 점차 늘어나더니 사시가 될 무렵 왜군 주력이 꽉 들어찼다. 이윽고 적들이 함성을 지르며 경사를 타고 오르기 시작했다. 후방 병목처럼 좁아진 골짜기에 갑자기 바윗덩어리가 굴러 떨어지기 시작했다. 그와 동시에 숲에 가려졌던 습사수들이 일제히 얼굴을 내밀고 계곡을 향해 활을 쏘기 시작했다.

갑작스런 기습전인지라 왜군 후방이 흔들리기 시작했다. 대오가 긴 타액처럼 흐느적거렸다. 깔딱고개 전면에서 맞부딪칠 줄 알았는데 후방이 기습을 당하니 전열이 흐트러지고 갈팡질팡하였다. 깔딱고개 쪽에서 화염에 싸인 짚더니와 목책과 바윗덩어리가 굴러떨어졌다. 뒤이어 화살이 집중적으로 쏟아져 날아갔다.

"피하랏!"

왜군 지휘관이 소리치기도 전에 그가 바윗덩어리에 깔려 즉사했다. 뒤따르는 부전장도 심장에 꽂힌 화살을 잡으며 쓰러졌다. 군마가 요란하게 울면서 쓰러지고 야포가 망가져 튕겨져 올랐다.

간밤 적진에서 노획한 야포를 쏜 사람은 간창골, 창골에서 온 젊은이들이었다. 그들은 대장장이 박대출과 쇠돌이로부터 야포 다루는 법을 배운 뒤, 탄두를 집어넣어 펑펑 쏘아대고 있었다.

"졸고 있던 왜 포병한티 몰래 개비했던 것이여. 요것이 요렇게 요긴하게 쓰일 줄 몰랐네이!"

"좁만한 것들 꼬장부려 봐야 암껏도 아니당개!"

"그래. 저 놈들 창사를 뽑아부러야제!"

"쪽발이 새끼덜 개피보는구마, 하하하!"

"태어나서 요렇게 기분좋은 날은 처음이여! 살다 봉게 이런 날도 다 있구마이!"

모두들 한마디씩 했다.

병사들이 졸지에 당하니 왜 병력이 앞으로 나아가지 못하고, 그렇다고 뒤로 후퇴하기도 어려워 골짜기 안에 갇혀 맴도는 형국이었다. 계속 불붙은 짚덤불이 떨어지고, 우박같이 돌멩이가 날아갔다. 거기에 화살이 쏟아져내리고, 간간이 화약을 장치한 대기전을 쏘아 적의 포를 파괴하고, 마른 갈대에 화약을 싸서 던지는 사이 수천 왜군의 공세는 무력해졌다. 사이사이 아군의 병력 손실도 있었지만 전세는 기울어가고 있었다.

"조사부러! 깨끗하니 분쇄해버리자고!"

"못된놈들, 개창나게 조사뿔자고!"

아군 병사가 쓰러지면 더 악에 받치는 듯 병사들이 목울대를 세워 외치며 연방 화살을 쏘아댔다.

"백병전은 안 된다. 일정 거리를 두어라."

황진이 지시했다. 맞붙으면 숫적 열세인 아군의 타격이 클 것이었다. 다만 유리한 지형지세를 이용해 기습전으로 적을 타격해야 했다.

골짜기로 들어온 왜 병력은 궤멸되었다. 이경 무렵 전투가 끝났는데 삼경이 지나자 전선은 연기만 피어올랐다. 새벽 동이 틀 무렵 진산에 대기해 있던 고바야카와의 별부대가 가세했다. 그러나 이때는 아군이 왜군들로부터 무기를 노획해 군력이 보강되어 있었다. 왜군은 귀갑차 등 특수한 병기로 파상공격을 퍼부었지만 일진일퇴에 머물렀다. 그 사이 아군은 완산, 무주, 진안의 백성들이 속속 합류했다.

"니 새끼덜은 다 디졌어!"

솔재에서 박대출이 갓 뽑아낸 창검을 살수(창검 다루는 병졸)들에게 내주며 소리쳤다. 이들은 인근 경천과 화산, 고산, 봉동, 운곡에서 모여든 민간인들이었고, 멀리 전주, 태인, 김제, 장성, 담양, 영광, 고창, 대덕과 골령골 범골 토끼골에서 온 사람들이었다. 이들은 금방 사격술을 익히고, 실전에 투입되었다. 그 중 화암사 떠꺼머리 중들이 한몫했다. 그들은 화포와 총기를 능숙하게 다룰 줄 알았다. 승병 교육을 받은 승군들이었다.

"어저께 대둔산, 오대산에 숨어있던 몽치, 돌석이가 나한티 가세했단 말이네. 우덜이 밤새 불을 당겨서 창검 뽑고, 화살촉을 뽑아냈제. 허벌나게 뽑아냈고만. 고것을 재미나게 쏘아댕게 재미지네잉!"

"어젯밤 불이 올랐던 것이 다 그것이었던가비지요?"

정충신이 대장간 옆 분지에서 무기를 나눠주는 박대출에게 다가가 물었다.

"그라제. 그러니 저 새끼들도 다 디져불제. 올라오는 족족 뽀사불면 끝나는 것이여. 그냐 안 그냐?"

그가 대장간의 부하들을 향해 소리치자 그들이 응수했다.

"두말 하면 개소리지라우."

"그렇게 무작스럽게는 말하들 마. 점잖게 옳은 말이지요, 요렇게 말해야제. 그란디 정충신 척후사령 기다리는 사람이 있다 말이지. 저쪽 구렁창으로 가봐. 전선이 긴급해도 만나야 할 사람은 만나야 항게."

박대출이 앞의 능선 쪽으로 시선을 주자 정충신은 분지를 벗어났다.

쏴아— 하니 바람이 한바탕 지나가자 골짜기의 숲들이 한껏 한 쪽으로 쏠리며 잎들이 싱그럽게 하늘거렸다. 잎의 밑바닥이 드러나며 하얀 물살을 일으키는 것 같았다.

골짜기 숲에는 안심골에서 들어온 사람들이 돌덩어리를 모으고 있는 중이었다. 아마도 돌멩이를 쌓아놓는 역할을 맡은 모양이었다. 그것을 젊은 병사들이 골짜기 아래로 집어던지면 왜병사들은 박살 나는 것이었다.

"정 총각 아닌거?"

정충신을 발견한 아낙이 물었다.

"고생들 많으시지요?"

"이런 고상은 고상도 아녀. 정 총각 생각하면 참말로 고맙당게. 어떻게 그런 용기가 나왔을까이. 우덜은 무서워서 떨기만 했는디. 왜놈 병사들을 한순간에 손톱으로 이 까죽이듯이 해버링게 놀라뿌렀당개. 우덜은 다 디지는 줄 알고 도살장 끌려가는 소맹키로 눈물만 흘림서 끌려갔디말로 요렇게 구세주가 나타나서 살아부렀당게. 고마운 일이여. 복받을 것이시. 정 총각 말 듣고 요 며칠새 안심골, 범실 사람들이 다 욜로 들어왔고마. 우리도 뭔가 해야 항게 호미랑 쇠스랑이랑 농구를 챙겨왔당게. 저 육시럴 놈들을 보는 족족 호미로 면상을 찍어버릴라고 왔당게. 가만 놔두어선 절대로 안 된게. 도끼로 가슴을 찍어부러야제."

"그라제 그라제. 저것들이 우리 소도 잡아가부렀어. 못된 새끼들이여."

"성님, 고만네 어무이 잡혀간 것 보쇼. 얼굴이 반반한 것이 죄라고, 고 잡놈에 새끼들이 잡아가부렀당게요. 사람들이 쫓아가봉게 고만네 어무이를 왜놈 상급부대로 보냈다고 안 허요. 왜장한티 상납한다고요."

"고런 개새끼들이 하는 짓이 고래라우. 고만네 아버지가 뒤쫓아갔는디 어찌 되었는가 몰겄소."

그렇게 대화들을 나누고 있는데 다른 막사에서 여인네들이 나와 곁에 붙었다.

"왔다, 우리덜 살려준 정 총각 왔네 그랴. 세세히 본게 인물도 훤하고마이. 한 인물이여."

그리고 아낙이 막사 안에다 대고 누군가에게 소리쳤다.

"정 총각 오셨다. 나와보그라이."

"아니당게. 고운네는 나갔당게."

"고운네라니요?"

정충신이 물었다.

"아따 요며칠 전에 혼사 치르던 처녀 말이여. 김소연이라고, 우덜은 기양 어렸을 적 이름을 고대로 부르는거. 고운네라고. 아매 지금 치성 드리러 산배나무골로 들어갔을 것이로구만."

그는 산배나무가 군집한 건너편 골짜기로 갔다. 창포물을 들인 잠자리 날개 같은 화사한 모시옷을 입은 김소연이 산배나무 아래 바위 섶에 앉아 있었다. 기도하는 것 같기도 하고, 명상에 잠겨있는 것 같기도 했다. 입술이 도톰하고 이마가 넓고, 코가 오똑해서 흡사 인형 같았다. 정맥이 내비친 창백한 목선이 가련해보였다. 소연이 정충신을 발견하고 쑥스러운 듯 일어서서 귓밥을 만졌다가 코를 만졌다가 하며 머리를 숙였다. 한참만에 소연이 말했다.

"고마워요."

목소리는 가늘었으나 생기가 돌았다.

"식사 잘 하고 있지요? 찬도 없을 틴디…."

"네. 잘 먹어요."

"무엇이든지 잘 먹어야 합니다."

그가 산을 타는 중 비상식으로 간직한 더덕뿌리와 도라지 뿌리를 괴춤에서 꺼내 그녀에게 내밀었다.

정충신이 내민 더덕뿌리를 받은 그녀 눈에 눈물이 어렸다.

"나는 막영을 돌아봐야 항게 자주 보들 못합니다."

그가 몸을 돌려 숲으로 사라지려 하자 소연이 급하게 말했다.

"잠깐만 제 말씀 들어보세요. 아버님이 절더러 관기로 가라고 하셨어요."

"네?"

뚱딴지 같은 말이었다.

"옛 사람들이 일찍이 '여무이부(女無二夫)하고, 신무이주(臣無二主)'라고 하였다고, 아버님께서 남편을 잃었으니 관기로 가라고 하셨어요."

"안 됩니다."

정충신은 일단 저지했는데, 막상 말해놓고 보니 쑥스러웠다. 그런 말할 자격이 있는가.

"아버님은 한 여인네에게 두 남편이 있을 수 없고, 한 신하에게 두 임금을 섬길 수 없다고 했어요. 남편을 잃은 여인네는 평생 수절해야 한다는 것이어요. 아버님께서는 제 나이가 아깝고, 육체가 무르익어가니 수절하기가 어려울 것이다. 그러니 관기로 가라고 하셨습니다. 인근의 주달문의 딸 논개도 아비가 지병으로 가산이 몰락하자 진주목 관기로 갔다고 합니다."

"안 됩니다."

정충신이 단호히 말했다.

마음이 끌리는 여자가 관기로 끌려가는 것을 방관해야 하는가. 소
연, 가면 안 된다.

"기방으로 가는 것은 반대요."

"정 총각을 못 만나면 그렇게 해서라도 만나고 싶다면요?"

"그런 길이 아니라도 얼마든지 만날 수 있는디요?"

"어떻게요?"

"나한티는 용기라는 것이 있승게요. 나가 소연씨 집으로 부지런히
찾아갈랑마요. 소연씨 아버님께 넙죽 인사하고, 소연씨를 저에게 주
십시오, 그렇게 할 용기가 있지요."

"춘향가 한 대목 같군요. 하지만 난 출가외인이어요. 친정이 아니
라 시가에 가서 살아야 해요. 신랑과 하룻밤 자지도 않았는데 시가
에 가서 청상과부로 수절해야 해요. 그걸 아버지가 괴로워하신 거여
요."

"그건 말도 안 되지요."

"그런데 그렇게 해야 한다고 하네요? 아버님이나 동네 어르신들
이나 시가 어르신들이 그 길을 가야 한다고요. 하지만 그건 죽기보
다 싫어요. 얼굴 한번 못 보고 죽은 신랑 영혼하고 평생 살라고요?
마음에도 없는 혼례였는데두요? 왜놈들이 쳐들어오고, 처녀들을 잡
아간다고 하니까 아버님이 서둘러서 혼인을 시킨 거여요. 남자가 병
골인데, 그래서 집안에 있었는데, 그런 남자라도 남아있을 때 혼인
해야 한다고 부랴부랴 결혼식을 올린 것이어요. 난 그런 남자보다
낭군같이 당당하고 다부진 남자를 좋아해요. 날 데리고 가요."

그녀가 정충신에게 안겼다.

깔딱재를 돌파한 왜의 제6군단 4대가 이치재 마루턱까지 치고 올라왔다. 나무를 베어 목책을 세우고 적의 예상 진출로에 쇠마름쇠, 철질려를 깔아놓았으나 허사였다. 그런 장애물을 무시하고 적병들이 올라왔다.

"화살과 탄약을 비축해놓은 은신처를 급습하라."

왜 야전장이 소리쳤다. 그는 조선 방어군의 허수(虛數) 전략에 농락당한 것이 불쾌했다. 몇 개의 능선을 점령하면서 연기를 피워 올린 봉화터를 발견하고 조선군의 위장술에 속은 것에 화가 치밀었던 것이다. 왜의 제5대는 별도로 대장간을 향해 오르기 시작했다.

"조선군 병기창과 탄약고를 부수고 무기를 노획하라!"

박대출도 왜병들의 전략을 꿰뚫고 왜병들이 올라오기를 기다리고 있었다.

"저것들 기언시 올라온다. 우덜도 시작해보는 것이여!"

대장간 아래에는 크게 돌출한 바위가 있었다. 그것을 흔들어 밀어 떨어뜨리면 적병들이 깔릴 것이다. 적병들은 바위에 은신처를 만들 요량으로 바위 쪽을 향해 기어오르고 있었다. 박대출, 김막돌, 쇠골이 등 10여 명의 대장간 장졸들이 바위로 달려들었다. 바위를 밀었으나 끄떡하지 않았다.

"쇠골아, 삽 가지고 오니라."

박대출이 앞서 내려가 바위 뿌리가 박혀있는 밑을 파기 시작했다. 쇠골이도 뒤따라 삽질을 했다.

"밑둥이 깊이 박혀부렀다. 윗채가 흔들릴 때까정 파란 말이다."

이윽고 바위 사면이 드러났다. 위에서 흔들자 바위가 움직이기 시작했다.

"성님, 위험하요!"

위에서 김막돌이 소리쳤지만 박대출은 땅파는 일을 계속했다. 왜 병들이 가까이 다가오고 있었다. 들이닥치면 끝장이다. 시간을 지체할 수가 없었다. 대장간이 함락되면 아군이 갖고 있는 절대량의 무기를 털리게 된다.

"쇠골아, 조금만 더 파자. 조금만 더."

"대출 성님, 위험하요. 피하시오."

위에서 다시 김막돌이 외쳤다. 바위는 상당히 흔들리고 있었다.

"나 날쌘돌이여. 신경쓰들 말고 밀어라! 허벌나게 밀어부러!"

박대출이 소리치자 바위가 더 크게 움직였다.

"조금 더 세게 밀어부러! 나는 옆으로 구르면 되게 걱정하덜 말고 당차게 밀어부러!"

바위덩어리가 움직이는가 하는 때에 순식간에 와르르 무너지더니 그대로 박대출과 쇠골이가 깔리고 바위는 밑으로 굴렀다.

"으아악…."

왜병 수백 명이 바위에 깔리고 치이면서 바윗덩어리가 백여 길 낭떠러지로 떨어져 박살이 났다.

"성님, 이게 무슨 일이요!"

김막돌이 절규했지만 그도 적의 총탄을 맞고 쓰러졌다. 박대출과 김막돌의 신체는 어디서도 흔적을 찾을 수가 없었다.

대둔산 동부 능선 자락에서 발원하는 물이 풍부해서인지 골짜기로 제법 큰 개천이 흐르고, 그 개천을 따라 펼쳐진 조그만 평야에 여름 햇살을 받은 벼포기들이 싱그럽게 자라고 있었다. 수천의 왜 병사들이 벼포기들을 밟고 물을 철벅거리며 산쪽으로 올랐다. 또 다른 대오의 적들은 영정골—살구쟁이를 지나 능선을 오르는데, 건너편

도롱골—바랑산—월성골에도 다른 왜병부대가 오르고 있었다. 이치령 함락을 위해 총공격을 퍼붓는 형세였다. 능선의 바위 틈에서 이들을 정탐하고 있던 정충신이 권승경 부전장에게 달려가 보고했다.

"적장 목을 따오는 방법밖에 없을 것 같습니다."

"알았다. 백령부대원들을 풀겠다. 후방부대에서 우리 군이 지원사격을 해주고 있으니 다행이다."

권승경 부전장은 적정 상황을 꿰뚫고 있었다. 백령부대는 침투타격을 주임무로 하는 특수부대였다. 적진의 정보 수집과 후방 교란임무를 수행하는데, 매복전과 기습전에 능했다. 대원들은 하룻밤에 백리를 달리는 주력을 갖고 있었으니 둔갑술을 한다고 소문이 났다. 이 부대를 권승경이 자신의 호를 따 특별관리하고 있었다.

정충신이 지금이 출진의 적시라고 본 것도 기습적으로 적장의 목을 따오면 적진을 교란시킬 수 있다고 보았기 때문이다.

유격조가 왜군 복색과 왜군 총검을 하고 적진으로 잠입했다. 적병이 혼재되어 있을수록 활동하기에 유리했다. 조선군이 산꼭대기에서 활을 쏘고, 비거(飛車)를 쏘아올리고, 화포와 철질려탄, 노획한 조총으로 엄호사격을 해주었다. 비거는 김제 출신 정평구(鄭平九)가 발명한 것인데, 적진의 상공을 날아다니는 비행물체다 보니 왜병들이 새 무기를 보고 겁을 먹고 있었다.

한식경이 지나자 왜의 선두부대가 방향을 바꾸더니 후퇴하기 시작했다. 건너편 능선도 같은 상황이 벌어지고 있었다. 백령부대원 둘이 목이 잘려 핏물이 뚝뚝 떨어지는 왜군 두상을 들고 권승경 진지로 돌아왔다.

"부전장 나으리! 왜의 야포 두령 목입니다."

"이놈은 보병 지휘관 두상입니다."

다른 부대원이 왜군 두상을 양손에 들고 달려들었다. 두 놈 다 눈을 감은 채 쌍통을 잔뜩 찡그리고 있는데 콧등과 이마가 으깨져 있었다.

"수급(首級)을 베었습니다. 저희 유격대원들이 격살했습니다."

"왜의 지휘관이 관측병과 매복병을 앞세우고 기세좋게 골짜기를 올라오고 있었습니다. 산꼭대기에서 적병들의 이동 경로를 파악한 우리가 매복해 있다가 한달음에 기습 공격을 감행하여 몰살시키고 목을 따온 것입니다."

"우리는 여장한 대원이 야전장을 유인해서 처치했습니다."

"그래서 공격하던 적들이 일시에 무너진 것이냐?"

"그렇습니다. 야포장과 돌격장 야전장 등 수급을 잃으니 정신 줄 놓고 흩어진 것입니다."

백령 권승경이 후에 쓴 '만취당(권율의 호) 둔갑술'에는 다음과 같이 기록되어 있다(한문 원문을 안동 권씨 종친회에서 한글로 옮긴 것임).

— 왜적은 재 위를 향해 올라온다. 마루턱 몇십 보 지점에 돌격명령은 내렸다. 한참 열전 도중에 선봉장 황진이 적탄에 맞아 물러선다. 위하 장병도 따라서 후퇴하기 시작이다. 이때에 충장공(권율)은 칼을 빼어들어 몇 놈 (도망가는) 후퇴병을 입참하고, 최전방에서 추상 같은 군령으로 독전하시었다. 사기는 회복되어 적군이 함성을 높이고 진격하는데 한 사람이 넉넉 백 명을 당하는 형세다. 왜적은 당황하여 뒤로 돌아선다. 패주하는 놈들을 추격하여 삼십리 산골에 적시는 (피가) 늘비하였다. 적의 총대장 고바야카와(小早川隆景)는 황혼의 산길에 갈 바를 잃고 으슥한 영천골로 들었다. 미리 복병해 있던 권승경 부대가 나서니 적장은 혼비백산하여 퇴로구멍을 찾았다. 이 싸

움에서 경상도를 점거하고 있던 왜군 주력부대인 융경 부대는 참패 당하고, 다시는 호남을 엿보지 못하였으며, 우리나라에서 물산이 제일 풍부한 호남지방을 보유했으므로 전시 군량·군자를 끊임없이 공급하게 되었다. 이것이 우리 육군의 최초의 승전보였다(이하 생략).

배티재(이치재)는 금산과 전주성을 재로 차단한 천험준령(天險峻嶺)이며 영남 호남간의 큰 관문이다. 임진년 7월에 충장공께서 왜적 4만을 섬멸한 곳으로 육전에 최초 승전한 곳이니 패주 왜적은 근처 영정골로 들었다가 백령공 복병부대를 만나 적장 융경 이하 큰 피를 흘렸으니 지금도 배티재 아래 시내를 피내(血川)라고 부른다. 통쾌한 승전을 하고서 의주에 파천한 선조대왕께 첩보를 올리는데 지모출중한 정금남(鄭錦南)이 그 사명을 이루었다. 만산평야 왜적 소굴을 치고서 어떻게 첩보를 휴대하고 의주 천리를 갔겠는가. 정금남은 첩보 쓴 종이를 줄줄이 오려서 신을 삼았다. 왜적이 볼 적에는 신고, 안 볼 적에는 꿰어차고 유유히 난관을 돌파하였다(이하 생략).

8장 고경명 의병장과 두 아들

"고경명 장군이 이끄는 의병군 7천여 명이 지금 고바야카와 주력 부대 후방을 치고 있습니다. 대격전을 벌이고 있습니다."

정탐병이 달려와 권승경에게 보고했다. 이 말을 듣고 권승경이 정충신에게 명령했다.

"재 뒤쪽에 살수부대와 습사수부대를 포진시켜라. 지원 작전이다. 이를 의병장들에게 각기 알리라."

정충신이 능선에 포진한 황진, 김보원 의병장에게 달려가 알리고, 권율 도절제사에게 달려갔다.

"장군, 고경명 부대가 금산성에서 고바야카와 후방부대를 치고 있습니다."

"때가 왔구나."

권율은 비로소 자기 전략이 맞아 떨어져가고 있는 것에 마음 속으로 흡족해했다. 정충신을 시켜 고경명에게 보낸 밀서의 전략대로 전투가 전개되고 있는 것이다. 적의 침투로 양측방을 공격하면 왜군의 전세는 분산되고, 위축된다. 왜군은 호남 병력이 지리멸렬할 것으로 업신여긴 나머지 속도전을 감행했는데, 이격이 커서 허점을 노출하고 있었다. 이 사이를 뚫고 권율 부대와 고경명 부대가 양측방에서 공격해 들어간 것이다.

대둔산 오대산—바랑산—화암사로 이어진 연봉에서 뜻밖에 운주와 고산 주민들이 북과 꽹과리를 치고 나팔을 불며 나타났다. 숨어 있던 의병군들이 죽창과 검을 하늘로 치켜들며 함성을 질렀다. 관병들은 눈에 보이지 않았다.

"씨바, 관군이 강하다고 어떤 새끼가 허튼 소리 한 거여? 우덜 하는 것 보라고!"

관병들은 패주하고, 도망가기에 바빴다. 직업군인인 관병들보다 의병들이 더 끈질기고 집요했다. 권율도 그 점을 알고 있었다. 그래서 그의 군대는 주로 의병들로 편성되었다. 급조된 병력이었지만 머리가 희끗희끗한 노년층까지 합세하니 사기가 올랐다.

진산 인근에 이른 고경명 의병군은 허약한 관군의 위세를 메우고 금산성을 에워쌌다. 금산성 안에는 고바야카와 6군단 주력 1만여 병사들이 대기하고 있었다. 고경명 의병부대는 백 필의 군마도 갖추었는데, 제주도와 전라도 무안군 망운의 목동리에서 조련하던 말들을 끌고 온 것이었다.

왜군의 포병대가 화포를 쏘아대며 고경명 기병부대를 묶어두고, 한편으로 보병부대가 성문을 박차고 뛰쳐나왔다. 전라도 방어사 곽영의 관군은 미처 진용을 갖추지 못하고 쉽게 무너졌다. 평지전은 전투력이 강한 왜병을 당해낼 수가 없었다. 곽영이 도망치자 관군은 지리멸렬해지고, 진지는 곧 함락되었다.

"돌격하라."

왜의 6군 별부대(別部隊)가 창검을 앞세워 단번에 고경명 기병부대를 공격하기 시작했다. 마상에서 진두지휘하던 고경명이 편곤(鞭棍)을 휘둘러 왜 병사들을 쓰러뜨리고 적진을 종횡무진 누볐다. 용기는 하늘을 찌르되, 그러나 그는 환갑 나이의 노전사였다.

"저 군마의 발목을 부러뜨려라!"

왜군 지휘관이 명령하자 일시에 고경명의 흑갈색 군마에 집중적으로 창검이 날아왔다. 말의 옆구리와 눈에 창이 꽂혔다. 말의 울음소리가 천지를 진동하더니 그대로 고꾸라졌다. 마상의 고경명이 땅바닥에 굴러 떨어졌다. 왜 병사들이 달려들어 그의 가슴을 창으로 찔렀다.

"아버지!"

왜병과 육박전을 벌이던 그의 장남 고인후가 이 광경을 보고 뛰어들었으나 그 역시 창검을 맞고 쓰러졌다.

"형님!"

이번에는 그의 동생 고종후가 뛰어들었으나 적의 화살이 그의 어깨를 관통했다. 유팽로와 안영이 뛰어들어 그를 끌어냈다. 고종후의 나이 열아홉이었다.

"저 원수들을 죽여야 합니다."

고종후가 절규했다.

"너는 부상했다. 쉬어라. 대신 우리가 나가마."

"아니지라우. 내가 나서야지라우. 아버지 형님 원수를 갚아야지라우."

고경명의 가솔 중 머슴 김돌쇠도 죽창을 들고 나섰다. 주인 삼부자가 의병을 일으켜 금산성에 이를 때 함께 따라나선 머슴들이었다. 마름, 머슴, 찬모, 부엌데기까지 구분이 없었다. 그들 역시 왜병의 창과 칼에 무참히 쓰러졌다. 고종후가 다시 앞으로 뛰쳐나갔으나 유 팽로가 한사코 그를 막더니, 포승줄로 묶어 후방으로 빼돌렸다.

"너마저 죽으면 아버지 제사를 누가 지낼 것이냐."

유팽로, 안영 역시 적의 칼에 목이 달아났다. 응원군으로 나선 의 병장 조헌, 조완기 부자가 이끈 700여 의병들과 승려 영규가 이끈 600여 승군들도 전멸했다. 부상에서 회복한 고종후는 다음해 6월 김 천일과 함께 2차 진주성 싸움에 의병을 모아 출진했으나 진주성 사 당 앞에서 전사했다.

먹구름이 하늘을 덮더니 장대비가 쏟아지기 시작했다. 금방 물이 불어 이치의 계곡은 격한 급류가 되어 흘렀다. 왜군들의 무기들이 급류에 휩쓸려 떠내려가고 있었다. 산을 오르던 적들도 줄곧 밑으로 미끄러져 내렸다.

왜군은 보병의 후방에서 조총병과 화승병들이 총을 쏘며 지원했 으나 빗물에 젖어 피식피식 불꽃이 일다 말고 총알이 발사되지 못했 다. 화포도 무용지물이었다.

아군 편대에서는 굳이 방패병이 전면에 나서지 않아도 되었다.

권율은 방패병들을 후방으로 물리고 습사수와 살수, 조총수, 포수 를 전면에 배치했다.

"습사수와 살수, 창병, 조총수, 포수들 모두 힘껏 당겨라!"

그와 함께 화살과 창이 일제히 적병을 향해 날아갔다. 경사면으 로 기어오르는 왜병들이 화살을 맞고 수십 길 낭떠러지로 굴러 떨어 졌다. 적군 수의 위력으로 보아 전세가 불리해질 것이 염려되었으나 몰아치는 비바람과 아군의 역공에 전선은 역전의 기운이 감돌았다. 적정을 살피고 돌아온 정충신 척후사령이 권율에게 달려가 보고했다.

"장군, 적의 보병 주력이 무너지고 있습니다. 골짜기 아래 왜 병력이 비가 그치기를 기다리고 있지만 야전장, 야포장을 잃은 뒤 겁을 먹고 있습니다. 날씨도 큰 전력 자산이 되었습니다."

"됐다. 이 틈을 노려서 가열차게 공격을 퍼부어야 한다. 목책과 철질려와 거마창을 던질 때가 되었다. 준비되었느냐?"

"네. 박대출 대장장이 일행이 밤을 새워 만든 철환과 마름쇠가 수천 개 됩니다. 목책들도 갖추었습니다."

"박대출은 어디에 있느냐?"

그러나 정충신은 얼른 대답하지 못했다. 바위에 깔려죽었다는 소식을 차마 전할 수가 없었다. 그래서 대신 이렇게 말했다.

"하늘이 이 땅을 지켜주고 있습니다. 날씨가 큰 무기가 되었습니다. 조금만 더 밀어붙이면 군악병의 승전 나팔소리가 울릴 것 같습니다."

"그렇다. 모두들 목숨을 내놓고 분투하니 하늘도 돕는 것이다. 전심전력을 다하면 운도 따르는 법이다. 목책과 철질려, 철환을 몽땅 쏟아붓도록 하라."

정충신이 목책이 세워진 쪽으로 가니 잡병들이 기다리고 있었다.

"목책을 잘라 내리고, 철질려를 던져라!"

잡병들은 정충신에게 며칠 훈련받은 농사꾼들이었다. 겹겹이 묶인 목책들이 차례로 골짜기로 굴러 떨어지자 경사면에 붙어있는 왜병들이 목책에 부딪혀 낭떠러지로 나가떨어졌다. 으아악! 으아악! 하는 비명소리가 빗소리에 먹혔지만, 일부는 건너편 산에 부딪혀 메아리가 되어 돌아왔다.

"저자식들 한 방 쌔래붕게 면도로 머리 밀어버리듯이 중대 소대

병력이 고대로 뭉개져 버리고마이. 이런 것 보는 것도 모처럼만에 재미지고 오지다야. 에라이 개새끼덜 다 디져부러라."

잡병이 거마창을 냅다 던지니 또다시 십여 명의 왜병이 거마창에 부딪쳐 굴러떨어졌다. 건너편 골짜기에서는 집채 만한 바위들이 연신 굴러내리는데 왜병들이 비명을 지르며 깔려죽거나 머리가 박살이 났다. 계곡의 급류에는 벌써 왜병들의 시체가 둥둥 떠내려가고 있었다. 어느 순간 왜병들이 후퇴하기 시작했다.

"모든 병력은 골짜기 밖으로 물러나라."

날씨까지 장애가 되니 고바야카와 다카카게 6군단은 철수하기 시작했다.

왜군들이 물러나자 햇빛이 났다. 이상한 자연의 조화였다. 햇살은 숲의 잎들에서 반짝거렸다. 빗물 머금은 숲을 헤치고 병사들이 권율의 군영지로 몰려들어 와— 함성을 질렀다. 산의 능선 이곳 저곳에서 북소리와 함께 승리의 나팔소리가 울렸다. 입산한 마을의 주민들도 젖은 옷을 짜내며 찾아들었다. 그중에는 치마에 핏물이 든 아낙도 있었고, 깨진 머리를 동여맨 젊은이도 있었으나 모두들 만면에 웃음을 짓고 있었다.

"이런 일도 있고만이라이. 살다 봉게 이기는 일도 있어라우!"

"장하다."

이들을 보고 권율이 격려했다. 권승경 부전장이 달려와 보고했다.

"고경명 의병부대가 전멸했다고 합니다."

"그럴 것이다."

권율이 이미 알고 있다는 듯이 조카의 보고를 받아들였다.

"거룩한 죽음이다. 고 장군의 협공이 아니었다면 우리가 당했을 것이다. 고경명 의병군이 고바야카와 6군단 주력을 묶어두었기 때문에 우리가 수월하게 전쟁을 치렀다. 그러니 이건 우리 승리라기보다 고 장군의 승리다."

"그렇습니다."

"그것만이 아니다. 웅치전에서 싸운 정담, 변응정, 이복남, 황박 장군의 힘도 컸다."

그들이 안코쿠지 군이 진안을 거쳐 웅치를 넘어 전주성으로 들어가는 길목을 지키지 않았더라면 더 큰 낭패를 보았을 것이라고 권율은 생각했다. 그래서 이치전의 승리는 웅치전투의 영웅들에게도 돌아가야 한다고 믿었다. 권율이 말을 이었다.

"이곳을 지켰으니 조선 땅이 전세 역전의 불씨가 살아날 것이다. 다른 지역의 패배를 만회할 것이다."

권율은 그간 연전연패하던 조선군의 전황을 헤아려보았다. 한마디로 수치스럽고 망신스러웠다.

1592년 4월 14일 고니시 유키나가(小西行長) 1군단이 부산진을 함락한 이래 15일 동래성, 18일 밀양성 함락, 19일 구로다 3군단이 김해성을 함락하고, 21일 가토 기요마사(加藤清正) 2군단이 경주성을 함락했다.

고니시 부대가 다시 상주성·문경·탄금대를 함락했다.

구로다 군은 추풍령, 가토군은 한강, 임진강으로 진격했다.

6월 5일엔 왜의 수군이 용인을 함락시켰고, 4, 5군단은 강원 화양성, 경상도 무계, 철령, 왕성탄을 함락했다.

경북 예천, 경기 마탄, 강원 금화, 전라 운암, 경상 초계에 이어 승병장 안코쿠지 부대가 7월 7일과 10일 사이 전라도 웅치에서 승리를 거두고 남진했다. 조선군은 50전 50패나 다름없었다.

그런데 육전(陸戰)에서 단 하나 승리를 거둔 전쟁이 있었으니 바

로 이치전투다. 권율 고경명 황진 권승경, 정충신과 관·의병 및 진
산·완주·진안·장수 백성들이 뭉친 관·의병 혼성부대가 유일하게
1만 5천여 고바야카와 다카카게 6군단 병력을 패퇴시킨 것이다.

이 소식을 알리기 위해 권율은 광주 관아로 돌아와 장계를 작성해
정충신 밀사 손에 들려서 의주로 보낸 것이다. 지금 임금이 압록강
을 건너면 조선은 없어진다. 전라도가 굳건히 지키고 있으니 나라를
지킬 근간이 될 것이다. 그러니 도망가지 말라. 장계엔 이런 내용이
담겨 있었다.

9장 폐허가 된 한양

왜의 고니시 유키나가 제1군단은 침략군의 선봉대가 되어 부산포—밀양—대구—상주—문경—한양을 거쳐 서북 육로를 진격해 의주로 몽진(蒙塵)한 선조의 뒤를 쫓아 평양성에 이르렀다.

가토 기요마사가 이끄는 제2군단은 부산포—울산—영천을 거쳐 평양성에서 회령까지 피란 간 선조의 두 아들 순화군과 임해군을 붙잡기 위해 함경도로 진격했다.

구로다 나가마사와 시마즈 요시히로의 3군단은 부산포—진해—추풍령—한양을 거쳐 황주와 개성에 포진했다.

왜군은 가는 곳마다 연전연승을 거듭했다. 장수들은 작전개념이라는 것이 없었으니 전투에 나서면 병사들을 죽음으로 내몰고 마는 꼴이었다. 이러니 병졸들은 개죽음을 피하려고 도망가고 보는데, 그 중에는 왜군 앞잡이로 변신해 활약하는 자도 있었다.

추풍령 영동 김천 봉산 일원에서 벌어진 전투에서 관·의병이 전멸했다. 군사적으로 중요한 요충지인 추풍령에서 의병장 장지현이 의병 2천을 이끌고 왜군을 맞아 전투를 벌였으나 아군의 진지를 첩자들이 왜에게 밀고한 바람에 소탕되고 말았다.

왜란이 터지자 조정은 다급한 나머지 각 지방의 수령들을 장수로 임명해 전선에 투입했으나, 이들은 주구장창 문장만 외는 사람들이었으니 철환이 무엇이고, 마름쇠, 거마창, 전차, 진천뢰 따위가 무엇에 쓰는지도 잘 몰랐다. 갑옷을 갖춰 입고 투구만 썼지 행동은 철 지난 들판의 허수아비 꼴이었다.

왜군이 볼 때 도대체 군대랄 것이 없었다. 장수든 병졸이든 하나같이 숨거나 도망가니 맥이 빠질 지경이었다. 싸우지 않고도 이기는데, 그중 일부 관병과 백성들은 왜군의 앞잡이가 되어 동족의 목을 잘라 왜장에게 바치기까지 하였다. 두상 하나에 엽전 쉰 냥이라는 말이 유포될 정도였다. 세상에 이런 웃기는 전쟁도 있었다. 부산포 동래포 가덕도 거제도 사천 일대는 벌써 왜의 점령지가 되어 왜군의 세상이었다.

왜군의 조선 정벌 중 유일하게 육전에서 패배한 고바야카와 다카카게 6군단은 패잔병을 수습해 한양으로 진격했다. 다른 부대보다 먼저 의주에 당도해 조선왕의 목을 따는 것으로 이치전의 패배를 만회할 요량이었다.

그러나 고니시 유키나가 군대와 가토 기요마사 군단에게 선수를 빼앗겼다. 고니시와 가토 군단은 거의 동시에 피 한방울 흘리지 않고 동대문과 남대문에 입성했는데, 왕이 도망갔다는 소식을 듣고 낙심천만이었다. 조선 왕이 평양성으로 피신했다는 말을 듣고 서로 먼저 치겠다고 나서다가 결국 제비뽑기로 결정하기로 했다. 두 사람은 한치 양보 없는 경쟁자였다. 고니시가 제비뽑기에 이기고, 대신 가토는 임해군과 순화군 두 왕자가 숨은 함경도로 진격하기로 계획을 바꾸었다.

이 북상 대오에 고바야카와 6군단도 합류했다. 그와 함께 정충신도 장계를 꾸려서 북행길에 올랐다. 서찰을 잘게 잘라 꼬아서 망으로 삼으니 감쪽같이 숨길 수 있었지만, 가는 곳마다 왜 군대와 맞닥뜨렸다. 그들은 재물 약탈과 부녀자 강간으로 한창 재미를 붙이고 있었다.

정충신이 한양에 이르러 남산에 올라 바라보니 도성은 조선의 수도라고 할 수 없을 정도로 파괴되어 있었다. 건물들은 불에 타거나 허물어졌고, 경복궁 창덕궁 창경궁도 불에 타버렸다. 청계천, 명륜천, 홍제천, 장안천을 건너는 삽교·잔교는 끊어지고, 식량과 보급품을 얻지 못한 백성들은 들에 자라난 풀을 뜯어 소처럼 연해 씹는 모습들이었다.

왜군 선봉이 한양에 입성한 며칠 후 제8군 사령관 우키타 히데이에가 남산 밑에 진을 쳤다. 그는 도요토미 히데요시의 양자로서 히데요시의 양녀 고히메와 결혼한 사람이었다. 히데요시의 처조카인 가토 기요마사, 맨먼저 입성한 고니시 유키나가도 제치고 히데요시는 그를 조선점령군 총사령관에 임명했다.

그런데 히데이에는 열아홉 살의 나이였다. 30대의 두 장수를 제낄 힘이 없었으나 다행히 두 사령관이 피터지게 싸우니 중간에서 어부지리를 하고 있는 셈이었다. 인물값 하느라고 그는 비교적 인품이 있었다.

그는 한양을 두루 돌아보며 민심을 살폈다. 일본군이 나서지 않아도 벌써 나라는 쑥대밭이 되었다. 많은 군대를 동원하지 않아도 저절로 자빠질 나라라는 것을 알았다. 칼에 많은 피를 묻혔으나 그는 힘없는 백성들을 보자 불쌍한 마음이 들었다. 죽은 쥐는 물론 길바닥에 숨겨있는 사람의 시체도 거둬다 삶아먹는 꼴을 보고 그는 민심을 수습하기로 마음 먹었다.

"백성들 패지 마라. 저절로 무너지고 있으니 휘하 부대는 자중하라. 점령군의 채찍이 아니라도 스스로 망해가고 있다."

그가 선정을 베풀자 곧바로 여론이 바뀌었다. 점령군이 들어오니 살았다 할 것이 없다고 생각했는데, 의외로 백성들을 괴롭히지 않으니 민심이 바뀐 것이다. 혼란은 내부인끼리 다투는 데서 비롯되고 있었다.

"얼굴도 미남인 총사령관이 나랏님보다 낫다."

"우와, 왜나라에 저런 훤출한 키에, 저런 미남이 있다니 놀랍다."

여염집 여자들까지도 이렇게 선망했다.

"반안 같은 저 사람과 한번만 동침해봤으면…."

반안은 중국 서진(西秦)시대의 문학가인데, 얼마나 깎아놓은 듯한 미남이었던지 한번 외출하면 여성들이 바치는 과일과 꽃이 그 앞에 가득하다 하여 척과영거(擲果盈車)라는 말을 들었던 사람이다. 그래서 반안은 미남의 대명사가 되어 모사반안(貌似潘安), 즉 '용모가 반안과도 같구나'라는 한자 숙어가 나왔다.

"나는 그의 얼굴 한번 바라본 것만으로도 이렇게 인생으로 태어난 것이 보람이 있누나, 할 정돌세. 남자인 나도 반할 판인데 여자들은 어쩌겠나. 그냥 자지러지지. 게다가 선정까지 베푸니, 정말 우리의 위대한 지도자감이야."

"야, 이 짜식아, 정신 차려. 쪽바리는 쪽바리지 뭐가 영명한 지도자야. 그 선정이란 것도 지네들 전략중의 하나인데 벌써 헤롱헤롱

사지 늘어뜨리고 자빠져 있냐? 그렇게 헤까닥 가버리면 우리 임금님 이 어떻게 되느냐 말이야?"

"임금님? 암껏도 아녀. 도망자가 무슨 개뼉다구여?"

"그래도 지엄하시다고! 백성들 족치는 거 봐라. 돌아오시면 너는 살았다 할 것이 없어!"

이렇게 반박하는 사람도 있었는데, 삶이 팍팍할수록 생각을 달리 가진 자가 적지 않았다.

거적대기 같은 것으로 간신히 아랫도리만 가린 한 사내가 소나무 밑에 웅크리고 앉아 행색이 같은 또래와 이야기를 나누고 있었다. 행색이 이상해서 정충신은 나무 뒤에 숨어서 그들의 동태를 살폈다. 그는 광주를 떠난 지 열흘 만에 한양에 당도했다.

"광화문 앞 형조와 장례원에 들어가서 노비문서를 끌어내 찢고 불태워도 노비 꼴을 못 면하는군."

"지금은 죄다 거렁뱅이에 노비 신세니까 그렇지. 태워봐야 암것두 아닐세. 사대부 자제들이라고 해서 별게 있나? 낙오되니 똑같이 되잖아."

여자 목소리였다. 머리가 산발한데다 때가 전 흙투성이 옷을 입어서 외관상으로는 남녀 구분이 안 되었다. 그녀는 윤원형이 사랑한 정난정의 딸이라고 우기다가 정철, 윤두수, 황혁, 이양원, 이산해 등 닥치는대로 이름을 대며 그들의 딸이라고 히히덕거리는 반은 머리가 돈 여자였다. 때로는 승려 보우와 정난정 사이에서 태어난 종자라고도 했다. 절간에서 한동안 자랐다고 해서 그렇게 볼 수도 있었고, 곧잘 염불도 외어서 그렇게 생각할 수도 있었다.

그녀가 그렇게 말한다고 해서 틀렸다고 말할 것도 없었고, 맞다고 믿는 사람도 없었다. 다만 그녀를 찬찬히 뜯어보면 콧날이 선명하고 입술이 앵두처럼 오도독하니 앙징맞은 이목구비가 분명히 아리따운 여자였다. 나이는 이십이 넘어보였으나 하는 꼬라지는 영락없는 광녀였다.

그들은 거리에서 어찌어찌 만나 부부도 아니고, 남매도 아니고, 그렇다고 동지도 아닌 상태로 임금님이 사라진 한양을 떠돌며 자유롭게 살고 있었다. 이런 세상도 다 있다는 것을 느끼고 두 사람은 그날그날을 히히덕거리며 그들 행색만큼이나 지저분한 거리를 쏘다니다 지금 남산의 소나무 밑에 자리잡고 앉아있는 것이다.

그들은 상전도, 포졸의 육모방망이도, 순라꾼의 위협도, 지엄한 나라의 임금 행차 때마다 무릎 꿇고 엎드릴 일도 사라진 자유만개의 나날을 사는 형국이었다. 넘어지건 깨지건, 나자빠지건 나무라는 사람이 없었다. 자유롭게 만나 나눠먹고, 좁쌀이나 생쌀을 훔쳐서 씹으며 지내니 한양이 흡사 낙원 같았다. 무정부 상태가 이렇게 좋은 점도 있었다.

남자가 여자를 끌어안았다. 여자의 배는 제법 불러있었다.

"신료 딸이라고 별게 있나? 첩의 딸은 이렇게 버림받고 말이야. 이건 누구 씨야? 첩년 딸이 또 첩이 되어서 아이를 뱄군."

"임금은 첩놈 자식 아닌가?"

여자는 스스럼없이 말하고 히히덕거렸다.

"하긴 그렇군. 그런데도 차별한단 말이야. 지도 첩자식이면서 우덜을 개상놈 취급한단 말이야."

선조(1552~1608)는 조선 왕의 직계가 아닌 왕실의 방계에서 왕위를 계승한 사람이었다. 그는 중종의 서자였던 덕흥군의 셋째 아들이었으니 태어나는 순간부터 왕이 될 운명이라고는 눈곱만큼도 찾기 힘든 신분이었다.

친부인 덕흥군은 중종의 열 번째인가 열한 번째 후궁에게서 태어난 왕의 일곱번째 아들이다. 따지고 보면 후궁의 서열도 분명치 않지만, 어쨌든 그는 중종의 여러 후궁 중 하나인 창빈안씨의 소생이고, 그럼에도 불구하고 지금은 어엿한 왕이다. 정말 운 치고는 대운을 타고 난 사람이다.

선조가 왕위에 오를 수 있었던 것은 명종(1534~1567)이 젊은 나이로 후사 없이 세상을 떠났기 때문이다. 막강한 권력을 무지막지하게 휘둘러 '종묘사직의 죄인'(《명종실록 31권》)이라 불렸던 문정왕후 윤씨와 그의 동생 윤원형 일파의 득세로 왕다운 왕 노릇 한번 제대로 행사하지 못했던 명종에게는 친자 순회세자가 있었지만, 그가 어린 나이로 죽자 후계자가 없어 더욱 쓸쓸했다.

명종의 단명은 모후인 문정왕후의 모진 수렴청정으로 불안과 위협을 많이 받았기 때문이란 소문도 있었다.

《선조실록》과《연려실기술》에 따르면, 선조의 아명 하성군은 명종의 총애를 받은 것으로 나와있다.

명종은 여러 왕손들 가운데서 자신의 후계자를 걱정했다. 병석의 그 앞에 어린 왕손들이 놀고 있었다. 하루는 "너희들의 머리가 누구 것이 큰가 알아보려고 하니 익선관(왕이 쓰는 정식 관모)을 써보라"고 했다. 그런데 가장 나이 어린 하성군이 익선관을 받아들고는 옆으로 제꼈다.

"이게 내 머리에 맞겠나이까? 좀더 작은 것 주소."

하, 이것봐라. 병으로 빌빌하던 명종이 자리에서 일어나 앉았다. 가장 어린이다운 말을 한 하성군의 순수한 영혼을 보고 그는 그가 커서도 저렇게 맑은 인물이 될 것이라고 여겼다. 그리고 병중에도 늘 그를 곁에 끼고 살았다. 몇 년 후 의식이 없어지고 숨이 넘어갈 즈음, 부랴부랴 달려온 영의정 이준경과 조정 신료들이 다급하게 물었다.

"후사를 어떡하실려고 그러십니까."

가는 것은 가더라도 후사 결정이 중요했다. 그러자 명종은 누운 채로 한 손으로 희미하게 병풍 안쪽을 가리키고는 숨을 거두었다. 하성군의 나이 14세때였다. 영의정 이준경은 명종의 손가락질이 병풍 안의 중전 인순왕후에게 물으라는 뜻으로 해석했고, 중전도 남편이 병중인 내내 하성군을 곁에 두었음을 알고 그의 뜻이 무엇이라는 것을 알았다.

중전은 후궁 중 드세지 않고 고분고분하고 착한 하성군의 모친을 생각했다. 친정도 보잘 것이 없어서 친정 식구들이 설치지 않을 것이라고 여기고 하성군을 후계자로 지목했고, 그 점은 조정 신료들과도 이해가 맞아 떨어졌다. 인순왕후는 시어머니 문정왕후 등쌀에 숨도 제대로 못 쉬고 살아왔던 왕비였다. 외척의 군림과 교만에 치를 떨었다. 일부 조정신료들도 마찬가지였다.

중전의 권한 행사로 풍산도정 이종린, 하원군 이정, 하릉군 이인 등 왕자와 왕손 등 후보들이 즐비했지만, 하성군이 드디어 어린 나이임에도 왕위에 올랐다. 겉으로는 명종의 총애를 받았다고 하지만, 하성군을 진짜로 총애한 사람은 명종의 비인 인순왕후였다. 인순왕후에게 고분고분한 하성군의 어머니와의 사적인 인연도 그가 왕위에 오른 데 큰 힘이 되었다.

직계에서도 내놓을 만한 군번이 아니고, 외척은 더더군다나 별 볼일 없으니 선조는 그 배경으로 엉뚱하게 왕위에 올랐지만 내내 주눅

들어 살았고, 결단성이 부족해 무엇을 결정해도 주저하고 망설였다. 피해의식이 많았다. 자기 생존을 위해 어려서부터 의심이 많고 주위를 경계하며 살았다.

이런 것을 저잣거리의 거렁뱅이들도 꿰뚫고 있는 것이다. 여자는 궁궐의 정보에 꽤 근접해 있는 것으로 보아 어쩌면 윤원형이 외도한 종자, 윤두수나 이산해가 밖에서 뿌려놓은 씨라는 말도 틀린 말이 아닌 것 같았다.

"이봐 지금 세상이 극락이지 않냐. 들짐승처럼 아무데서나 남녀간에 교미하고, 먹고 싶은 것 남의 집에 들어가 실컷 훔쳐먹고, 입을 것도 신경쓸 것 없고, 자는 것은 하늘이 이불이니 이게 무릉도원 아니냐구?"

"니가 좋으면 나도 좋아."

"사대부들 물건도 동이 나는데, 그러면 우리의 재산이 줄어드니 그것이 걱정이라면 걱정이다야."

"상관하지마. 아무렇게나 살아도 좋아. 너만 내 곁에 있으면."

"별 미친년 다 보네. 물건 떨어지면 어떻게 입성을 하고 사냐."

이런 난리에는 행세하던 자나 거렁뱅이나 누리는 것은 다를 것이 없었다. 재물과 보물을 쌓아둔 것으로 소문난 한성판윤 홍여순의 집에 들어가 물건을 빼돌린 다음 질탕하게 먹고 마시는데, 그것이 떨어지면 다른 사대부 집을 터는 것이다. 다른 건달들은 영의정 좌의정 집에 들이닥쳐서 값나가는 물건을 빼내 기생집에 갖다 바치고 욕망을 채우며 세월을 보냈다. 그것을 사람들은 무위도식이라고도 하고, 문자를 쓰는 사람들은 유유자적이라고 의미를 붙여주었으나 한양 도성을 감도는 것은 극도의 허무주의와 패배주의가 만연했다. 이를 두고 먼 훗날 사람들은 '성은 허물어져 빈터인데 방초만 푸르러 세상이 허무한 것을 말하여 주노라' 어쩌고 노래했는지 모른다.

이들 남녀와 같은 무리들이 남산골, 사직골, 삼청골, 시구문, 청계천 주변에 득시글거렸다. 도성은 쥐떼와 거지떼들의 왕국이 된 것이다.

"잠이 온다. 힘들다야."

여자가 볼록해진 자기 배를 어루만지며 소나무 그늘에 누웠다. 눈도 게슴츠레해졌다. 배부른 상태에서 그녀는 밤새 이 남자에게 시달렸던 것이다.

"힘이 없으면 늘어진다. 내 밥 한 주먹 얻어오마."

젊은 거렁뱅이가 일어서자 그녀가 말렸다.

"가지 마. 넌 가면 안 올 놈이야."

"그럼 함께 살 남자로 알았냐? 뜨내기들이 붙박고 살 처지냐고?"

"헤어질 땐 헤어지더라도 지금은 내 곁에 있어 줘. 그리고 아까 하던 얘기나 해 줘. 왜군사령관이 어떻다고?"

젊은 거렁뱅이가 그녀 곁에 풀석 주저앉더니 말했다.

"왜군 놈들이 계속 북상하면서 힘들다고 한다. 지루한 강행군이니 지쳐있을 것 아니냐. 그런데도 우리 군사들이 뭐하자는 짓인지 꼼짝하지 않는다. 저 새끼들이 지쳐 있으니 이때가 기회다 하고 쳐부숴야 하는데, 어디에 숨었는지 나타나지 않고 있어. 왜놈들도 힘드니까 한양 점령군 총사령관이 휴전을 선포한 건데 말이다."

"그 잘생겼다는 우키다 히데이에?"

"화냥년은 하여간에 남자라면 환장해, 쯧쯧…. 그 자는 지금 한양 백성들 민심을 산다고 선한 정치를 한다고 공포했단다. 그것이 선무공작이라나 뭐라나…. 그래서 지금 우리가 이렇게 편한 거야. 순라꾼도 없고, 포졸도 없고, 거들먹거리는 선비 나부랭이도 없으니 좋은 세상 아니냐."

그러나 그녀는 다른 데 관심이 쏠려있다.

"멋지게 생겼다는데 그 사람 한번 안고 싶다야."

"미친년. 새파란 왜장에게 붙겠다고? 열아홉 살이란다. 그게 뭘 알겠냐. 정말 너 정신있냐?"

"사랑에 나이가 무슨 상관이고? 국경이 또 무슨 상관이야? 자유롭게 살자고 했잖아? 어차피 글러버린 거, 안 그러냐?"

"인간이 고상할 때는 고상해져야지. 밤낮없이 암내 풍긴 고양이처럼 입이 헤벌래해서 요사떨면 되냐? 그자들은 지금 내분이 생겼다. 1군사령관 고니시 유키나가와 2군사령관 가토 기요마사 간에 맞짱 뜨고 있단 말이다. 서로 조선의 임금을 잡아 공을 세우겠다고 경쟁이 붙고, 그래서 대립하고 있어. 이렇게 분열해있을 때가 우리에겐 기회인데 말이다. 왜군 후방부대가 올라오지 못하고, 병참선도 끊기고, 전라도에선 남해안엔 이순신, 육상에선 권율·고경명 두 노장군과 귀신잡는 정탐병이라는 권승경, 정충신 군관들이 단번에 고바야카와 다카카게 6군단을 잡아버렸다잖아. 이때 우리 군이 한양을 탈환해야 하는데 한결같이 숨어버렸거나, 임금님 호종하는 데만 신경쓰고 물러나 있으니 웃기는 놈들이지."

"한양이 무법천지가 되는 게 너는 되게 좋다며?"

"그래도 인간이라면 나라 걱정은 해야지. 이래뵈도 난 신립 부대의 군관 출신이야. 지금 이 바닥에서 굴러먹는다고 우습게 보지 마라. 한번 군관은 영원한 군관이야. 넌 남자에게 암내 풍겼지만 난 조국을 위해 이 한몸 던지는 건아란 말이다."

"미친놈. 실컷 놀다가 무슨 자다가 봉창 두들기는 소리야?"

그녀가 어이없다는 듯 킬킬대었다. 그들의 수작을 엿보고 있던 정충신은 앞으로 나설까 말까 망설였다. 그런데 그들이 서로 끌어안기 시작했다. 누가 보거나 말거나 상관하지 않았다. 정충신은 때와 장소를 가리지 않고 엉겨붙는 그들을 보고 침을 칵 뱉고는 그곳을 벗어났다. 하긴 발길이 바쁜 몸이었다.

도성의 반이 불에 타 폐허가 되고, 쓰러져가는 집들의 지붕에는 잡초가 무성했다. 양반과 세도가들이 비운 한양을 건달과 거렁뱅이들이 지키고 있었다. 거렁뱅이들이 빈 집을 들락거리며 대문간 앞에서 밥을 떠먹는 모습이 자주 목격되었다. 도둑질한 것을 나눠먹거나 나눠갖고, 또 아무렇게나 몸을 섞고 사는 무리들이었다.

10장 다시 의주로

정충신은 걸망을 단단히 매고 빠른 걸음으로 인왕골로 접어들었다. 세상의 풍경이 어수선해서 의주행재소로 달려갈 일을 잠시 잊었으나 생각을 곧추 먹고 길을 재촉했다. 불광산으로 들어서는데 숲한 켠에서 여인이 앉아 울고 있었다. 여인은 오래 울었던지 목이 쉬고 소리도 메말라 있었다. 얼핏 보기에는 노파처럼 보였으나 얼굴에는 주름살이 없었다.

"아주머니 왜 그렇게 슬피 우십니까."

정충신은 묻다 말고 놀라고 말았다. 아낙네 앞에 목이 달아난 시체 두 구가 놓여 있었다. 시체의 옷은 시커멓게 그을려 있고, 옆구리에서 핏물이 흘러내렸으며, 허벅지살이 드러나고, 짚신짝은 황토흙이 묻어 있었다.

"애비가 한 해 전에 떠나가고, 두 아들마저 이렇게 가버렸소. 나쁜 놈들, 못된 놈들, 천하에 죽일 놈들….."

여인은 넋잃은 듯 계속 주술처럼 외었는데, 사연은 이러했다.

열아홉, 열일곱 두 아들이 있었다. 두 아들은 인왕산 삼각산 세검정 골짜기를 더듬으며 약초를 캐 집안 살림을 꾸렸다. 전날에도 두 형제는 약초를 캐러 삼각산 능선을 탔다. 밤이 지나도 돌아오지 않아 기다리던 여인이 다음날 일찍 두 아들이 다니는 산길을 더듬었더니 이렇게 머리가 잘려나간 시신을 발견했다.

이 무렵 지방의 관아와 의주 행재소에서는 왜놈의 두상을 가지고 오면 상을 내렸다. 머리 하나에 쌀 한 섬이 내리고, 두 개면 배가 되고, 세 개 이상이면 벼슬을 내렸다. 이 소식을 들은 건달들이 몸 약한 남자들을 미행하다가 도창으로 찌르고 목을 잘라 두상을 소금에 절인 뒤 관아로 가져가고, 의기있는 자는 평양이나 의주로 달려갔다.

"나으리, 왜군 병사 목을 따왔습니다."

"장한 일이다."

개인행동을 하는 왜 병사 목을 우연찮게 따서 고을 두령에게 가지고 가니, 두령은 상을 내리고, 이것을 또 의주 행재소로 보내니 더큰 상과 치하가 내렸다. 그래서 이런 일이 벌어지고 있었다. 왜군은 어쩌다 개인행동을 하는 자가 있었을 뿐, 대체로 세력으로 움직인 데다가 무장을 했기 때문에 좀처럼 목을 딸 수가 없었다. 그래서 대신 얕잡아 볼만한 남자의 목을 쳐서 한 이틀 피를 뽑아낸 다음 소금에 절여서 관아와 행재소로 가지고 달려갔던 것이다.

"그것이 언제 일입니까."

"어제 일이요. 천벌을 받을 놈들. 내 그놈들 다 알아요. 도망병들이 이 산에 진을 치고 있다우."

"알겠습니다. 시신 잘 거두십시오."

정충신은 여인을 뒤로 하고 고개를 넘었다. 멀리 가지 않았을 것이다. 핏물을 빼려면 하루이틀 시간도 요할 것이다. 계곡으로 들어서니 개를 때려잡아 털을 불에 그슬리는 일당을 발견했다. 전립에 꾀죄죄한 군복을 걸친 것으로 보아 도망병임에 틀림없었다. 그들의 한 켠엔 목이 잘린 두상 예닐곱 개가 가지런히 놓여 있었다. 말하자면 포상 증거물인 것이다.

"저 두상은 무엇이오?"

정충신이 다가가 물었다.

"왜놈 병사 두상이다."

"왜놈 두상이 아닌데? 왜놈 상투는 저런 것이 아니잖나. 왜인은 이마가 좁고, 이빨이 안 좋아서 뻐드렁니가 많은데 저 두상들은 한결같이 이마가 넓고 이가 고르다."

그가 단번에 지적하자 일당이 벌떡 일어났다. 한인과 왜인을 이렇게 단적으로 구분하는 경우는 처음 보는지라 한 놈이 버럭 소리질렀다.

"니놈이 알아버렸으니 너도 오늘이 마지막이다. 포상물이 하나 더 늘었군."

그리고 도창을 들고 정충신에게 달려들었다. 그들은 숫자가 네 놈이나 되었으므로 정충신은 꼼짝없이 두상이 달아날 판이었다. 정충신이 몸을 숨기고 골짜기로 내달리기 시작했다. 한참을 달리자 그들은 따라오지 않았다.

박석고개, 홍제골, 우물골, 제각말, 상림을 지나니 구파발의 마고정(馬雇亭)이었다. 이곳에서 북으로 달리면 삼송이 나오고 벽제역에 이른다. 벽제역의 객관(客館)에는 중국 사신들이 유숙하며 궁궐 들어갈 차비를 하는 곳인데, 정충신이 당도했을 때는 잡인들로 들끓었다. 이곳에는 다른 세상이 펼쳐지고 있었다.

벽제관 객사에는 갓바치, 보상, 부상, 엿장수, 새우젓장수, 포목장
수, 걸인 할 것 없이 행로객들이 제 집인 양 죽치고 있었다. 밑바닥
인생들이 모처럼 객관을 차지해 사신 흉내를 내니 지저분한 대로 그
럴싸했다. 객관의 상석에 자리잡은 어떤 자가 문자를 써가며 떠들기
시작했다.

"벽제역은 고려시대 역도(驛道)인 벽지역(碧池驛)이었으나 조선시
대에 벽제역으로 바뀌었네. 여기 벽제관은 우도정역찰방(右道程驛察
訪), 영서도(迎曙道) 찰방의 관리 아래 있었는데 중국사신을 영송하는
중요한 역로상에 위치한 객사인지라 관기도 꽤 있었지. 지금 우리에
게도 그런 관기가 하나 붙으면 제대론데 없군. 얘들아, 어서 기녀 하
나 잡아들이렸다?"

"술이 있어야 기녀 붙들고 기분 내지. 술은 있나?"

"있지. 세도가 집에서 가져온 농주가 그럴싸하지."

그가 허리춤을 까 호로병을 꺼내더니 입으로 가져가 벌컥벌컥 마
셨다.

"카, 좋다. 난리는 좋은 세상이여. 천한 놈들이 한 세상 사는 좋은
세상이여. 자, 들어봐라. 이곳은 의주 방향의 서북대로와 연결되는
데, 횃불에 의존하는 봉수제(烽燧制)가 사라지면서, 이것을 대신한
것이 파발제란 말이다. 파발은 화급을 다투는 공문서의 전달에 있
지. 방법은 사람의 속보에 의존하는 보발(步撥), 말의 등에 의존하는
기발(騎撥)로 나누는데, 변방의 위급한 상황을 알리는 길은 말에 의
존하는 방법이 최고지. 마침 말 네 필이 있으니 있다가 기발 시합 한
번 해볼까."

"좋지."

건달들이 그렇잖아도 소일거리가 없어서 심심하던 차에 잘됐다면

서 호들갑을 떨었다. 말은 기마부대에서 도망친 군마 두 필이고, 다른 두 마리는 남산 밑 회현골에 주둔한 조선침공군 총사령관이자 제8군 사령관 우키타 히데이에의 기병대에서 훔쳐온 군마였다. 이들 말은 벽제관 마방에 들어가 눈을 껌벅이며 여물을 오물거리고 있었다. 마방을 들여다보던 정충신은 놀랐다. 한마디로 준마였다. 털이 반지르르 윤이 나고, 눈은 호수같이 맑았다. 정충신은 광주 목사관에서 권율 목사의 말들을 건사한 경험이 있었으므로 서로 교신이 될 정도로 말의 성질을 잘 알았다.

객관으로 나오자 건달들이 말 고삐를 끌고 풀밭으로 나왔다.

"왜군 기마부대 놈들이 한양을 접수하니 이젠 욕정을 푸는 일만 남은 모양이야. 한 작자가 나를 부르더니 여자들이 많이 있는 곳을 알려달라는 거야."

"기생집을 알려달라는 거야?"

"그렇지. 왜 그러냐니까 객고를 풀겠다는 거지. 왜나라는 별점(別店)에서 여자를 마음껏 골라잡는데 한양은 다르대냐 어쩌대냐. 별점이란 여자들이 남자를 만나 몸을 푸는 곳이랴. 왜나라는 여자가 남자보다 숫자가 배가 많으니 여자 태반은 남자를 보면 환장을 해가지구 길을 막고 한번 눌러달라고 청하는데, 그래서 속곳을 안 입고 다닌댜. 우리의 고쟁이라는 것이 없다는겨. 우리 같은 자에게는 환장할 일이여."

"거, 불상년들일세."

"그렇게 볼 것이 아니여. 어느 나라나 풍속이 다르니까 그런 것도 있구나 해야지, 우리와 다르다고 불상놈, 불상년이라고 하면 무식하단 말을 듣지. 그들은 절에서 도 닦는 열서너 살 안팎의 동승(童僧) 눈썹을 깎고 먹으로 눈썹을 그리고, 입술에 붉은 칠을 하고, 볼에는 연지를 찍고 난초꽃분을 바르고 채색옷을 입히고, 이렇게 여인의 태를 만들어서 거느리고 다니길 좋아한다는구라. 왕도 그렇고, 태합도 그렇고, 관백도 그렇고, 제후들도 그렇다는 거야. 마치 가진 자들의 장식품처럼… 왕이나 귀족들은 미소년을 궁중에 뽑아들여 궁첩이 많아도 그를 더 사랑하므로 여인네들이 질투심으로 죽이기도 하고, 혹 미소년들이 다른 여자와 놀아나면 데리고 노는 자들이 죽여버린다고 하더군."

"죽여? 고 새끼들은 툭하면 사람 목을 치는 데는 도가 트였어."

"본래 성질 급하기로 소문났지. 칼을 옆에 끼고 사니 여차하면 사람 두상을 열매 따듯 쳐버리는 습성이 있지. 그런 놈들하고 우리가 준비없이 붙었으니 연쌍으로 깨지는 거야. 하지만 그것들이 좋아하는 것이 음행이야. 조선에 쳐들어와서 아녀자를 겁탈하는데 꼭 금수(禽獸)들이더구만. 하지만 조선의 여자들이 그걸 용인하나? 당한 여자들이 칼을 물고 죽거나, 대들보에 목을 매어버리잖아. 고걸 그자들은 이해하지 못한다는 거야. 사용하라고 있는 몸뚱이를 왜 이렇게 자기를 학대하며 나뭇잎처럼 목숨을 떨구느냐는 것이지. 자기들은 남색까지 즐기는데, 음양의 교접을 금기시하는 게 이상하다는 것이야."

"색이라면 남녀 구분없이 환장하는 놈들이라 새삼 놀랄 것도 없지만, 아마도 문장이 짧으니 축생(畜生)처럼 사는 것이겠지. 순결은 목숨보다 강하다는 것을 몰라."

"그게 실은 위선이다야. 왜놈들이 더 진실한지도 몰라."

"그래. 그자들은 음행을 예술로 승화시킨대나 어쩐대나. 통신사로 왜에 들어간 어느 학자에 따르면, 남창의 곱기가 여색보다 배나 되고, 그것을 사랑하니 혹하는 것이 또 여색보다 몇 배나 되도다. 사내 나이 13,4세로 용모가 어여쁜 자를 골라 머리에 기름발라 양쪽으로 땋아 늘이고, 연지분을 바르고 채색 비단옷을 입히고, 향사와 진기한 패물로 꾸미니 온 몸이 오싹하도다. 그러니 앉으나 서나 누우나 추행으로 염병지랄을 하고, 그런데 만일 그것들이 밖의 사람과 통정하는 기미라도 보이면 죽여버린다… 남의 처나 첩을 몰래 통하는 것은 쉬운 일로 알아도(도요토미 히데요시도 54세때 아들을 얻고자 애첩 요도 도노를 젊은 군관에게 붙여 아들 히데요리를 낳았다는 설이 있음), 주인있는 남창에게는 어느 누구도 말을 함부로 못 붙인다는 것이야. 돈많은 부호나 무사들, 지체있는 사람들이 남첩을 가까이 하니 남색 풍습은 왜에서 가장 고상한 귀족풍속이라는 것이야. 그래서 조선국 통신사가 귀국의 풍속이 괴이하다면서 그대들은 어찌 양만 좇고 음은 없나 하고 물으니, 일본 접대사가 하는 말이 '학사는 그 즐거움을 알지 못하는 모양입니다. 알면 밤낮을 모르고, 식음도 전폐할 것이외다. 그 오묘한 진미를 모르다니요' 했다는 것이야. 동승들이 독특한 복색으로 왜의 전통 악기를 연주하며 노래와 춤과 연기로 교태를 부리면 귀족놈들 뻑 간다는 것이지. 이 맛을 조선 귀족들은 모른다고 야지놓는다는 것이야."

"통신사는 그 재미를 모른다?"

"그렇지. 음양의 조화만 아니 모를 만하다는 것이지. 양양끼리, 음음끼리도 쾌락을 즐길 수 있다는 것이지."

"옛기 상놈의 새끼들. 개돼지도 암수를 가리는데 그렇게 말이 되느냐고?"

"그래서 그 자들이 길을 가는 나를 불러서 그러더라니까. 몸을 깨끗이 씻으면 모양이 날 거라면서 한번 놀아주겠냐는 거야. 그래서 그 자들을 아는 기생집으로 안내해주었지. 그놈들이 음양으로도 얼마나 수작을 부리는지 밤새는 줄 모르고 자빠져 있는 거야. 밤이 깊자 동무들을 데리고 가서 몰래 말을 가져와버린 거지. 이걸 타고 다니다가 배고프면 잡아먹자고. 한 달 먹성은 될 것이로고만."

정충신이 놀라서 말했다.

"잡아먹다니요. 아까 말한 달리기 시합을 해야잖소."

"너 돈 있어? 내기를 하려면 쩐을 걸어야지."

"이래뵈도 정승판서 자제고요, 의주로 가는 길이요. 내가 돈이 없을 것 같소?"

"의주는 왜?"

"상감마마 뵈려구요. 주상전하가 집안 할아버지요."

"글문깨나 읽었는지 꼴은 유식하게 보이는군. 그래 좋다. 스무 냥씩 걸기다."

말을 훔쳐온 자가 정충신을 내기에 넣고 달리기를 시작하는데 다행히도 판문골 방향으로 달리는 마상경기였다.

"요이 땅!"

신호가 떨어지자 정충신이 미친 듯이 고삐를 당겼다. 말은 거의 날아가고 있었다. 얼마나 달렸는지 한참 가다 보니 뒤따르는 자가 없었다. 내친 김에 정충신은 판문골을 지나 임진강 중류에 이르렀다. 그는 숲속에 말을 숨기고 한 숨 쉬었다. 저절로 말이 한 필 생긴 셈이었다. 의주로 가는 길이 한결 수월해질 것이다.

"그자들도 말을 훔쳤고, 나도 훔쳤으니 고것이 고것이다. 경주를 마치고 배고프면 말을 잡아먹기로 했으니 이 말에겐 행운이지."

그는 말의 시원한 눈을 바라보며 중얼거렸다.

임진강은 방어군 군관들이 싸워볼 요량도 없이 휘하 부대를 이끌고 북으로 달아나버려서 강 유역은 벌써 왜의 수중에 떨어져 있었다. 나루터엔 왜군 초병과 감시병들이 무리지어 드나드는 사람들을 감시하고 있었다. 정충신은 그들을 피해 다시 숲속으로 들어갔다. 검문에 걸리면 준마도 빼앗기고 시달릴 것 같았다. 골짜기 물 흐르는 곳에 한 떼의 남자들이 모여 있었다.

"너 이 자식, 도망병이지?"

그들이 다가와 정충신을 에워싸고 말고삐를 잡아챘다.

장정들은 구멍난 전립에 남루한 군복 차림이었다. 도망병들임에 틀림없어 보였다. 우군을 때려잡아 왜의 수급 두상이라고 조정에 올리고 현상금을 받아먹는 자들이다.

"당신들 도망병 아닌가? 살인자들 아닌가?"

정충신이 당당하게 선수를 쳤다. 그들이 꼬리를 내렸다. 정충신이 타고 온 말이 털이 반지르르한 준마여서 그들은 말의 위세에 먼저 압도당하고 있었다. 숲 한켠에 정충신의 군대조직이 있는 것으로 보고 있었다.

"우린 민간인 목을 따는 사람들이 아니다."

한 놈이 변명했다.

"그렇다면 그런 못된 자들을 추격해야지. 안 그런가."

"맞는 말이다. 벽제관 안에도 몇 놈이 있다. 어떤 놈은 왜군 앞잡이를 하며 먹고 산다. 물건 있는 곳, 양곡 있는 곳을 안내하면서 연명하는 놈들이다. 여자들도 잡아다 주고 있다. 그놈들 중 상당수는 왜 군관으로부터 벼슬을 받아 현감, 군수 노릇하는 놈도 있다. 우리가 죽 관찰하면서 왔다."

"어디서 오는 길인가."

"의령, 왜관, 대구, 상주, 새재, 충주, 이천, 곤지암에서 올라온 병사들이다. 죽은 자를 제외하고 모두 도망나왔다. 당초 싸움이 안 된다. 보아하니 귀하는 무술깨나 하는 것 같은데 그대 군사들이 우리 편에 서면 어떤가."

"나는 의주로 간다."

"궁중 병사인가?"

정충신은 긍정도 부정도 하지 않았다.

"우리는 조정에 원한이 많다. 군량도 부족하고 무기도 없이 싸우라고만 한다. 나가면 다 죽는다. 그래서 조정에 복수심을 갖고 있다. 귀하도 건달들에게 돈 털리고 목숨 날아갈지 모른다. 조심해라."

"왜 나한테 친절한가."

"행재소에 가면 꼭 말해달라고 해서다. 성상께서 한양으로 돌아오셔서 나라의 기틀을 바로잡아야 한다고 진언해라."

그러자 다른 장정이 목소리를 높였다. 그는 얼굴이 온통 검은 수염으로 뒤덮여 있었다.

"말해봐야 쓸데없어. 비겁하게 도망갔는데 쉽게 돌아오겠냐. 오더라도 백성들 다 죽은 뒤 올 텐데, 오면 뭘하나. 고따구 용렬한 자는 우리의 주군이 될 수 없어. 그래, 니놈이 조정에 줄을 댄 놈이라면 행재소에 가서 꼭 이렇게 전해라. 왕이란 자는 개상놈의 새끼라고. 우리가 상놈이 아니라고. 상놈 짓하는 놈이 상놈이라고. 이젠 노비문서도 불태웠으니 어떤 노비도 노비가 아니라 자유인이다. 알았나? 도대체 왕이 뭐냐? 백성을 발라먹는 왕이 왕이냐?"

— 막가자는 것인가?

아무리 무정부 상황이라고 해도 이렇게까지 왕을 모욕하는 것이 충격적이어서 정충신은 한동안 말문을 잃었다.

한양 천리를 지나 임진강까지 오는 사이 보도 듣도 못한 일들을 너무 많이 겪어서 웬만한 것은 면역이 되어버렸지만, 임금에게까지 이런 식으로 욕을 퍼붓자 나라가 절망의 끝에 와 있다고 느꼈다.

팔에 붕대를 감은 장정이 나섰다. 붕대에는 핏물이 얼룩져 있어서 부상병임을 말해주고 있었다.

"왕이 임진강을 도강하고는 배를 모두 불사르고, 이쪽 마을까지 태워버렸댄다. 왜군이 뒤쫓을까봐 그렇게 한 것이라고 한다. 마을 사람들이 적에게 협력하거나 곡식을 바칠까 싶어서 모두 태워버렸다는 것이야. 그런 개새끼가 왕이라고? 지 혼자 살겠다고 백성들 먹을 것, 입을 것, 집까지 불싸지르고 도망갔다고? 백성은 디지거나 말거나 지만 살겠다고 좆뱅이치면서 백성들 재산 다 태워없애도 발뻗고 잔다고? 먼 훗날 이런 놈이 나올까 두렵다. 도대체 지는 누구 때문에 있는데? 백성이 없는 왕이 왕인가?"

그러자 다른 자가 받았다.

"우리가 왜군에게 협력해도 개소리할 수 없게 돼 있어. 패잔병 상당수가 왜군에 투항했지만 꼭 그들만 탓할 수 없다니까. 왜군놈들 앞잡이가 되어서 우리 군사 있는 곳 알려주고, 장수 거처지 밀고하고, 예쁜 여자도 물어다 주는 자들이 있다. 민심이 이렇게 돌아서버렸다. 왕이 도망가 명나라 땅뙈기 좀 불하받아서 여생을 편안하게 보낸다고 하니 우리가 뭐냐 말이다. 조선반도는 왜나라가 되라는 것 아닌가? 그래서 눈치 빠른 자들이 풀잎보다 먼저 누워서 별 간나짓을 다하잖아. 이걸 꼭 그들 탓만 할 수 없다니까. 그것도 그들이 사는 방법 중의 하나야."

정충신은 왕실의 권위도 나라의 기강도 무너진 것을 새삼 확인하였다. 구레나룻이 덥수룩한 자가 투덜대었다.

"인근 평산에 서인인 우계 성혼 선생이 살고 있다. 선생이 동인 세력에 밀린 뒤 평산 자택에서 요양하고 있다는 거야. 평산은 파주 큰 길에서 삼십 리 떨어진 산중이랴. 임금이 피란 중이라는 소식을 듣고 아들을 큰 길로 보냈다는 거야. 자기를 돼지 오줌보 차듯 차버린 분이라도 나랏님은 나랏님이니까 문안인사 드리도록 보냈다는 것이지."

　그런데 임금은 벌써 파주를 지나 임진강변에 이르렀다. 임진강 가에서 선조는 성혼의 고향이 파주 평산이라는 것을 알고 혼잣소리로 중얼거렸다.

11장 비겁한 군주

"성혼의 집이 이 근처라는데, 내가 좀 심했었나? 미리 연락이 됐으면 마중 나올 법도 한데 얼굴을 안 비치는 것 보니 그동안 섭섭했던 모양이군. 학문이 깊어서 내 일찍이 그에게 공조좌랑, 사헌부 지평을 제수했었지. 사양해도 불러내 기어이 직책을 주고, 그 후에도 주요 직책을 주었어. 율곡과 작당해 서인의 우두머리가 되니 눈 밖에 났지만, 그래도 병이 났을 때 의원을 보내 치료하도록 해주었단 말이다. 그랬거늘 안 나온다?"

뒤따르던 병조좌랑 이홍로가 이 말을 듣고 재빨리 나서서 강가에 있는 집을 가리키며 말했다.

"바로 저 집이 성혼의 집입니다, 마마"

선조의 눈썹이 일순 뒤틀어지기 시작했다.

"집이 바로 코 앞이고, 왕이 여기까지 왔는데도 코빼기도 비치지 않는다 이 말이지?"

선조는 서인의 대표격인 성혼이 기축옥사 때 정철 등 서인을 이용해먹고 배격하자 화를 내고 나타나지 않은 것으로 판단했다. 지금 왕은 동인 편에 서 있었다. 그런 그의 내심을 꿰뚫기라도 하듯 이홍로가 왕의 가슴에 불을 질렀다. 동인인 그로서는 서인 대표를 확실하게 밟아버려야 했다.

"그런 자가 어찌 상감마마를 모셨다고 할 수 있겠나이까. 밴댕이 속이지요."

"학문하는 사람들이 대개 그러하지 않은가."

"성은을 받은 자가 배신하는 것 같아서 신이 고통스럽사옵니다. 전하께옵서 이렇게 처량하게 몽진을 떠나시는데, 늙다리까지 괄시한다 싶으니 통곡뿐이옵니다. 한마디로 우습다는 것이지요. 인간사의 비정함을 이 자리에서까지 보게 되니 가슴이 무너지나이다."

그러나 성혼은 아들로부터 만나지 못했다는 말을 듣고 병든 몸을 이끌고 임진강으로 달려갔다. 왕은 벌써 강을 건넌 뒤였고, 나룻배도, 주변의 집도 모두 불에 타 없어진 뒤였다.

며칠 후 세자 광해군이 임진강에 도착한다는 소식이 날아들었다. 이번에는 실수를 하지 말자고 여긴 성혼은 미리 임진강가에 나가 기다렸다가 광해를 만났다. 광해는 성혼을 보자 몹시 반겼다. 동인에게 당한 구원(舊怨)을 씻고 나라를 위해 나서주는 것이 고마웠다. 성혼은 개성유수 이정형과 함께 광해를 수행해, 평양을 거쳐 의주 행재소까지 동행했다. 의주 행재소에 가면 임금을 배알할 것이었다. 이 사실을 접한 이홍로가 성혼의 동태를 파악한 뒤 헛소문을 퍼뜨렸다.

"성혼이 국왕이 임진강을 건널 때는 코빼기도 비치지 않더니 세자가 나타나자 여우처럼 따라붙고, 행재소 별궁까지 따라왔다. 군사

일을 맡기로 했다는데, 난세를 틈타 군사를 일으켜 왕을 물리치고 세자 즉위를 도모하는 모의를 꾸미는 것이 아닐까…."

정적의 빈틈을 파고드는 데는 놀라운 천재성을 발휘한 이홍로의 흑색선전은 그런 쪽에 귀가 밝은 임금에게 딱 걸리기 좋은 구실이 되었다.

"대간(大奸) 성혼을 잡아들여라."

"벌써 잡아들였나이다."

이홍로는 성혼이 임금의 거소인 행재소는 오지 않고 광해군의 처소인 별궁부터 찾은 것을 증거로 제시했다. 그러잖아도 도성을 버리고 단숨에 피란 온 자격지심에 사로잡혀 있는 선조가 이를 선의로 봐줄 리 만무했다. 성혼은 안 죽을 만큼 두들겨 맞고, 그러나 인품 때문에 죽임은 간신히 면하고 쫓겨났다. 이렇게 피란 임시정부는 한양의 조정과 마찬가지로 시끄럽고 어지러웠다. 그렇다고 한쪽이 영원히 밀리는 것은 아니었다. 임금은 한 세력이 비대해졌다 싶으면 경쟁 세력을 견인했다. 새로운 파벌을 등장시키는데, 즉 북인과 남인이었다. 북인도 소북과 대북으로 갈랐다. 그런 용인술은 자리였다. 요직에 있는 자를 쫓아내고 경쟁자를 등용하면 한여름 술국 끓듯 그들끼리 요란했다. 환란 속에서도 모함과 배신과 다툼은 조정의 일상사였다.

"이렇게 나라 꼴이 우습게 되어버렸단 말이다. 이런 나라에 누가 충성하고, 누가 목숨을 걸겠는가."

사내가 정충신을 노려보았다. 그의 눈이 이글거렸다.

정충신은 입을 다물었다. 모략과 중상의 가운데 끼여있으면 그도 종국에는 누구의 편이 되어야 한다. 누구의 편이 된다는 것은 역학 관계상 세가 약한 곳에 가면 밟히고, 강한 쪽에 가면 승리감에 도취

돼 오만하게 된다. 도취된 순간 반대로 판이 뒤집혀지고, 그때 한 방에 훅 갈 수 있다. 그것이 조정의 문화다. 그래서 침묵은 눈치보는 것이 아니라 그를 지켜주는 무기가 되었다. 일행 중 하나가 물었다.

"이 자가 어떤 놈인 줄도 모르고 우리가 함부로 입 놀리지 않았나? 시끄럽게 생겼는데?"

"그렇다면 이놈 목을 따버리면 그만 아닌가. 별 거 있어?"

"내가 형씨들 배신 때릴 인간으로 보이오?"

정충신이 눈에 힘을 주며 말했다. 그리고 말 없이 말 잔등에 안장을 얹은 뒤 올라타자 힘껏 내달렸다. 그들은 쫓아올 엄두를 내지 못했다.

"네가 이천오백 리를 달려온 소년 병사 정충신이란 말이냐?"

어좌에 앉은 왕이 놀랍다는 듯이 물었다.

"네. 이천오백 리 길을 한달음에 달려와서 장계를 올립니다, 전하."

도승지 이항복이 고개를 들어 곁에 엎드린 정충신을 내려다보며 대신 아뢰었다. 정충신은 이항복이 취한 자세와 똑같이 납작 엎드려 있었다.

"직접 상감마마께 장계를 올리렸다."

이항복이 지시하자 정충신이 일어나 모듬발로 왕 앞으로 나아가 장계를 올렸다. 이항복이 말했다.

"상감마마, 정충신은 먼저 소신의 집을 찾았습니다. 권율 장군의 지시로 신의 집을 찾았나이다. 장계를 숨겨오느라고 종이를 찢어서 삼태기를 만들어 메고 왔나이다. 도중에 삼태기를 분실한 경우도 있었고, 나루터 초병에게 빼앗기기도 하였습니다. 하지만 끝까지 잘 간직하여서 가지고 왔나이다."

"삼태기는 무슨 상관?"

"천천히 아뢰겠습니다."

"왜 몇 날을 묵혔는가. 장계란 속보성(速報性)이 생명 아닌가."

"장계 종잇장으로 삼태기를 삼았기 때문에 그것을 풀어서 맞추고, 다림질해서 이어 붙이다 보니 날짜가 경과한 것이옵니다. 왜놈에게 빼앗기지 않으려면 그 방법이 가장 유효한 방법이었습니다."

"일견 지혜이긴 하다."

왕이 장계를 받아 읽다 말고 놀라기도 하고, 혀를 차기도 하고, 짜증을 내기도 했다. 무슨 흥미나는 이야기책을 읽는 모습이었다.

왕이 장계를 읽는 동안 정충신은 자리로 돌아와 눈을 돌려 주변을 둘러보았다. 명색 왕의 집무실이라는 것이 황량하고 쓸쓸했다. 전란 중이라도 왕의 권위는 확보되어야 하고, 그것이 백성의 자존심이 된다. 단 위에 용상이 있고, 뒤로는 일월오봉도(日月五峯圖)가 펼쳐져 있어야 한다. 붉은 해(양)와 하얀 보름달(음), 다섯 봉우리(오행)가 담긴 그림은 우주만물을 편안하게 하면서 왕의 안녕을 기원하는 상징 부적이나 다름없다.

예쁜 궁녀가 술을 단 문장을 부채처럼 치켜들고 서서 왕에게 살랑살랑 부쳐드리고, 그 앞에 내시가 읍하고 서서 보좌하고, 어전에는 직책과 나이에 따라 조정 신료들이 관복과 복대 차림으로 엎드려 "성은이 망극하옵니다", "주청 드리옵니다" 따위로 주상의 권위를 한껏 세워주어야 하는데, 그런 분위기를 찾아볼 수 없다. 사방의 벽은 벽지 대신 갈대를 베어와 막아서 찬바람이 송송 들어왔다. 의주는 한대지방인지라 벌써 몸이 오소소 떨리는 추위가 감돌고 있었다.

왕이 장계를 읽다 말고 무릎을 쳤다.

"옳거니, 권율이 마침내 승리로 이끌었다 이 말이지? 전세를 역전시켰다 이 말이지? 백성들이 한결같이 일어나 무찔렀다 이 말이지? 호남의 곡창지대가 지켜지고, 왜군을 물리칠 기반이 다져졌다 이 말이지? 놀라운 일이로다."

그는 주먹을 모아 쥐고 몸을 부르르 떨었다. 장계는 이렇게 시작되었다.

— 전하, 하늘이 비색한 운을 내려 국가가 불행한 때를 만나 관문과 요새를 지키지 못하고, 한 사람도 성을 보호하지 못하여 전 국토가 흉적의 소굴이 되었나이다. 전국이 곳곳마다 유린되고 우리의 모든 군사는 어디서나 불리하였습니다.

여기까지 읽다 말고 선조가 의문을 표시했다.
"호남은 보전했다고 하지 않았는가?"
"네, 호남도 유린당했지만 권율 장군이 물리쳤다는 말씀을 하시고자 하는 대전제에서 출발하는 문장이옵니다. 경상도, 충청도, 경기도, 강원도, 평안도, 함경도가 다 초토화되었지요."
왕이 고개를 끄덕이고 다시 장계에 눈을 주었다.

— 호남은 국가 보위의 근본이며 왕실의 발상지입니다. 선조대왕께서 남쪽을 염려하시어 광주 목사를 신에게 제수하시었습니다. 신의 천한 발자취가 서쪽에 이르러 뼈를 갈고 피가 마르도록 국가에 헌신할 것을 다짐하고, 부임하는 날 광주 사람들 중에서 오백 명을 모병하였으며, 정사(政事)의 여가에 노인들을 찾아본 것이 하나 둘이 아닙니다. 이에 단에 올라 약속을 맹세하고 용만(龍彎:왕이 몽진한 의

주 지방)을 향하여 통곡하니 눈물이 흘러 냇물이 되었사옵나이다.

읽어내려가던 선조가 말했다.
"그렇지. 도승지 말대로 지켜내지 못할 뻔했던 호남을 지켜냈다고 말하는군."
"그렇사옵니다, 전하."

— 왜적은 금산을 침범하여 권종을 죽이고, 의병은 진산에 이르러 조헌이 죽었습니다. 고바야카와(다카카게)는 수만 명을 이끌고 정탐하여 승려 영규가 거느린 칠백 용사가 전멸하였는데, 이때에 신이 진영에 앉아서 논리만 내세우고 왜적을 규탄하며 탄식만 하고 있어서야 되겠습니까.

"옳거니. 당연히 그래야지. 분연히 일어서야지."
선조는 어느새 글에 깊숙이 빠져들었다. 10월이지만 삭풍이 몰아치고, 갈대로 엮인 벽 사이로 찬바람이 송송 들어왔지만 한기도 잊은 것이었다.

— 신은 말머리를 남으로 돌려 도내(道內)의 여러 신하들과 의논하고, 막료들과 숙의를 거듭하였습니다. 동복(화순)현감 황진은 그 용맹함이 능히 군을 통솔하여 선봉이 되고, 권승경(권율의 조카)은 울분하여 몸을 돌보지 않고 기병(騎兵)을 인솔하기를 자원하고, 이렇게 하여 이치재(梨峙嶺)에서 마침내 적을 만나 죽도록 싸웠습니다.

선조는 그 자신 전투현장에 있는 듯한 표정이었다. 그가 읽기를 계속했다.

— 이때 신의 병졸은 불과 천여 명이오나 의로써 북을 울리니 적은 만 명이 넘어 용맹함을 믿고 돌진하여 왔으나, 묘시(오전 5~7시 사이)에서 유시(오후 5~7시 사이)까지 세 번을 막아 승리하였습니다. 선봉 황진이 탄환을 맞고 물러서자 신이 돌진하여(적을 죽이고), 뒤따라 의사들이 용감하게 나아갔습니다.

"황진이 죽었단 말인가? 황진은 황희 정승, 황윤길 통신사의 직손이 아니던가."

선조가 낙심천만한 표정을 지었다. 이항복이 말했다.

"죽었다는 내용은 없는 것 같사옵니다. 아마도 부상을 당했을 것이옵니다. 전투에 참가한 정충신이 그 내막을 알 것이온 바, 소년이 직접 진언토록 하심이 어떠하시겠습니까."

"저 젊은 사람이 직접 전투에 참가했다고?"

"그렇사옵니다. 정충신은 이치전투에서 유격전을 벌여서 적을 교란시키고, 적의 수급을 베어와 아군의 사기를 올렸나이다. 정탐병과 척후병, 연락병 역할을 수행하면서 승전을 이끈 숨은 주역입니다. 별호가 '무등산 비호'라고 합니다. 그런 민첩함으로 장계를 들고 스무나흘날 만에 신의 사가(私家)를 찾았나이다. 그리고 첫말이 '이치전투와 웅치전투에서 승리하였습니다' 하고 외쳤사옵니다. 소인은 감격하여서 눈물을 흘렸나이다."

"그럼 말해 보거라."

"승전 이야기가 2박 3일이라도 끝나지 않을 터인즉 늦게까지 청취하시기에는 상감마마의 옥체가 염려되옵니다."

"아니다. 쓰잘데기 없는 신료들 이야기보다 수십 배 재미나고, 힘이 나는 얘기 아니겠냐. 신료들 물리치고 이렇게 사사롭게 얘기 나누니 더없이 흡족하다. 사초 기록자가 따라붙으면 사사로운 이야기를 할 수가 없지. 꼭 감시받는 것 같아서 기분 나쁠 때가 있느니라. 법으로 보호하고 있다고 해서 내버려두지만, 때로 사초 기록자들을 없애버리고 싶은 마음도 있었느니라. 기록을 의식하다 보니 쉬운 말도 어렵고 고상하게 해야 하고, 사사로운 농담도 못 하니 답답하였도다. 왕조실록이 조선왕조의 정통성을 입증하는 역사교과서라고 해서 묵인하지만, 사실 위선의 서책이다. 진실을 감춘 것이 한두 가지냐. 실록을 의식하고 예와 법도를 갖추고 말한다는 것이 얼마나 힘들고 고달픈 일인 줄 아는가. 꼭 고문당한 기분이다. 그런데 이렇게 이것들을 따돌리고 얘기 나누니 꼭 어린 시절 골방에서 장난치는 것마냥 재미있구나."

"성은이 망극하옵니다."

"성은이 망극한 것이 아니지. 그냥 동의하면 되는 것이야."

"축수드리옵니다."

"우리끼린 문자 안 넣어도 된다니까."

왕은 이항복 도승지와 죽이 잘 맞았다. 그와 허물없이 농담 따먹기하는 것은 유쾌한 일이었다. 이렇게 지혜와 학문과 해학을 나누니 부담이 없었다.

"충신이 연락병 자격으로 이치전투 작전회의에 참가하여 전략을 소상히 익혔다고 하옵니다. 권율 도절제사의 명을 충실히 따르면서 주어진 역을 수행했다고 하옵니다."

"임무를 충실하게 수행했다고 해도 공은 감추는 것, 그리고 그 공은 지휘관의 몫이니, 내세우지 말거라. 일찍 핀 꽃은 조락하기 쉽다."

칭찬도 왕 자신이 해야 한다. 주제넘게 왕 앞에서 신하가 이러니 저러니 평가하는 것은 보아줄 수 없다. 평가는 왕에게 위임해야 하는 것이다. 왕이 다시 말했다.

"승전담을 계속하라."

정충신이 아랫배에 두 손을 모두어 안고 왕의 용포 자락에 시선을 주고 말하기 시작했다.

"황진 동복현감은 부상을 당하고 후방으로 후송됐습니다. 황진 영감과 성함이 비슷한 황박 의병장은 웅치전에서 전사하셨습니다. 잘못 알려진 것입니다."

"웅치전투?"

"네. 전라도 진안에서 전주성으로 들어가는 웅치재에서 싸웠습니다. 웅치전투에는 김제군수 정담과 나주판관 이복남, 의병장 황박, 해남현감 변응정 나리께옵서 천여 명의 관·의병으로 방어진을 구축하였습니다. 군대는 황박의 1진, 이복남의 2진, 정담의 3진으로 편성되어 있었습니다. 험한 산세를 이용하여 포진한 가운데 목책을 세우고 방어태세를 취하였습니다. 돌격 선발부대가 나가 한 번 치면 뒤이어 후발 부대가 또 치니 웅치 골짜기가 쩌렁쩌렁 울렸습니다. 남쪽에서 올라온 왜의 별동부대 안코쿠지 군 6천은 산세가 험하니 기병 출병이 어렵고, 그래서 우리 군의 신출귀몰전에 무장해제된 꼴이 되었습니다. 그런데 아군에 화살이 바닥나고, 탄환이 떨어져서 무기 자산이 동이 났습니다. 이 사실을 안 왜군이 총포부대와 궁수부대와 창검부대와 포부대 진용을 갖춰 폭풍처럼 덮쳐와서 아군이 전멸했습니다. 황박 의병장이 먼저 전사했습니다. 이것이 패전의 원인이 되었습니다. 하지만 이렇게 웅치전에서 안코쿠지 부대와 싸워 힘을 분산시키니 권율 장군의 이치전이 수월해졌습니다. 이치전은 이치령에서 고바야카와 다카카게 2천여 정예군대와 대적하고, 고경명 고인후 고종후 3부자가 수 천의 의병을 일으켜 진산성을 점령한 고바야카와 본진 1만 5천여 부대와 싸우는 합동작전을 벌였습니다. 이때 고경명 고인후 부자가 전사했습니다. 아들 하나만 간신히 살아남았습니다. 고경명 의병부대가 고바야카와 본진과 맞닥뜨리니 권율 도절제사 부대가 고바야카와 정예부대를 부순 것입니다. 저희가 이긴 것은 고경명 부대가 진산성에서 고바야카와 본진을 묶어두었기 때문에 가능하였습니다. 권율 부대와 고경명 부대의 연락병 역할을 소인이 수행했나이다."

"눈앞에서 보는 것같이 실감이 나는구나. 고경명 3부자의 공을 새겨야겠다. 용감하고 위대하도다. 그를 잃으니 애석하고 슬픔을 감당하기 어렵구나."

선조가 일순 슬픔에 젖었다가 자세를 곧추 세우더니 장계를 다시 들여다보기 시작했다.

— (이치전에서) 한 사람이 백 명을 당해내니 적은 패하여 퇴각하였는데 적은 열 중 한 사람도 살아남지 못했으며, 적의 시체는 팔십 리까지 쓰러져 있었으나 우리 군사의 죽은 자는 단지 열한 명 뿐이었습니다. 기병은 요충지에서 적의 퇴로를 차단하여 적장의 머리를 베었습니다.

이번에 조그마한 승리를 거두었다는 것이 어찌 신의 공이라 하겠습니까. 진실로 우연한 것이며, 성상의 영험이 베풀어진 영광입니다.

호남에서 진을 치면서 적을 새재(鳥嶺)에서 억제하지 못한 죄 죽더라도 아까울 것이 없습니다마는, 북쪽을 우러러 바라보며 용만의 말고삐를 잡지 못하니 마음이 아프며 가슴이 찢어지는 것 같사옵니다.

선조는 권율의 자신을 향한 충성심에 가슴이 벅차오르고 있었다.
"조령과 상주를 지키지 못한 것은 순변사 이일의 작전실패 때문인데, 권율이 그것까지 책임을 지겠다고 나서고 있구나. 장수로서 책임감을 갖는다는 뜻이니, 칭찬할 만하다."

고니시 유키나가, 가토 기요마사, 구로다 나가마사 1,2,3군단(사령부/군단을 번대로도 혼용함)이 부산에 들어온 것은 4월 13일, 그리고 계속 북으로 진격하자 단 이틀 만에 조선군 제1방어선이 무너졌다. 17일에는 낙동강에 방어선을 친 밀양부사 박진의 군대가 붕괴되고, 수령과 고을을 지키고 있던 관군들이 모조리 도망을 갔다.
조정은 급히 이일을 순변사로 임명해 상주전선에 투입했는데 왜군의 진격을 감당하지 못하고 문경, 새재로 밀렸다.
4월 24일, 고을의 백성이 이일에게 달려와 왜군이 코앞에 진격해 왔다고 정보를 물어다 주었다. 이일은 비상을 걸어 대기하고 있었는데 왜적이 나타나지 않자 신고한 농민을 유언비어를 퍼뜨렸다고 잡아들여 참수했다.
그러나 다음날 왜군이 쳐들어와 군관을 죽이고 다른 수급(首級)을 베어갔다. 조선군은 전투를 시작하기도 전에 궤멸되었다. 미리 정보를 물어다 준 백성을 병사들 사기 떨어뜨린다고 참수하니 사기는 더 떨어지고, 백성 된 것이 수치스럽다고 궁수들의 화살이 도리어 되돌아오는 상황이었다. 왜군이 사면에서 포위하여 압박해오자 이일도 결국 도망쳤고, 남아있던 군사들은 모두 전사했다. 싸움 한 번 해보지 못하고 패주하니 상주 문경 새재가 무너지는 것은 당연한 수순이었다.

장계엔 간단히 언급했지만 상주 문경 새재 패배의 쓰라림까지 권율이 책임을 진다는 것이니, 왕은 감격하였다. 선조는 그의 애틋한 애국충정이 떠올라서 한동안 묵상에 잠겼다. 한참 만에 현실로 돌아온 뒤 정충신에게 말했다.

"네가 나머지를 읽어보아라."

그러자 도승지 이항복이 나섰다.

"한문자를 다 읽을 수 있겠는가?"

얕잡아보는 어투였다. 사서삼경을 뗀 사람을 업신여긴다 싶어서 정충신은 왕 앞으로 나아가 장계를 받아 또박또박 읽기 시작했다. 그는 광주에서 장계를 찢어 새끼를 꼬아 망태기를 만들 때 이미 내용을 읽었고, 만약을 대비해 여벌로 다른 종이에 베껴놓았다. 그러니 왕보다 읽는 속도가 빠르고 더듬거리지 않았다.

— 조그만 적을 섬멸하고 어찌 첩서로 소식을 다 드릴 수 있사오리까마는, 저희 생각은 성상께옵서 호남을 염려하시는 근심을 조금이라도 덜어드리려는 작은 충정일 뿐입니다. 첩서를 바치는 것이 본의가 아니옵고, 모든 사람들의 재촉과 또한 감사(監司)께서 속히 전달하라는 명령 때문에 전하옵니다. (이상 '장계' 부분은 사단법인 충무공 정충신유적현창사업회 간행, 정환호 편저 《충무공 정충신 전기》 56~58페이지 일부 각색 인용)

정충신이 다 읽자 선조는 끝내 눈물을 보였다. 명나라로 가는 일도 풀리지 않고, 가더라도 고작 배 두세 척만 보내준다고 하니 속이

상해 있는데, 소년병 정충신이 장계를 또박또박 읽자 저절로 힘이 솟는 것이다.

태줄 끊은 뒤 처음으로 도성을 빠져나와 산 설고 물 설고, 날씨마저 음산한 북녘 국경선에 와 있으니 마음이 슬프고 위축되고, 거기에 남모르는 향수병까지 앓고 있었는데, 이런 때 승전소식을 접하니 감격의 눈물을 흘리지 않을 수 없었다. 그러면서도 미련을 버리지 않았다.

"권율 장군이 그렇게 왜놈들을 까부숴야 내가 명으로 건너가는 데 차질이 없을 것이다."

정충신이 놀랐다. 호남이 일어나서 영토를 회복하는데, 그것이 왕이 도망가는 데 도움이 된다고? 이게 무슨 역설인가. 이 양반이 과연 조선을 이끄는 영도자인가? 호남이 없으면 나라가 없는 것이라는 것은 나중 나온 말이라고 하더라도, 지금 왕이 없으면 조선도 없는 것 아닌가. 정충신이 놀란 가슴을 진정하며 아뢰었다.

"상감마마, 권율 장군께옵서는 성상께서 명으로 가실 것이 아니라 한양으로 다시 돌아오시라는 장계이옵니다."

"장계엔 그런 내용이 없지 않느냐."

"직접 쓰시진 않으셨지만 호남을 지키고 병참선이 확보되고, 전력자산을 비축하게 되었으니 조국이 일어설 일이 남았으며, 그래서 패주할 이유가 없다는 진언이시옵니다. 성상께서 대궐로 복귀하셔서 종묘사직의 대통을 이으시면 나라의 기강이 바로 서고, 또 성상의 용안이 백성의 얼굴이 되며, 나라의 기둥이 된다는 뜻이 장계의 행간에 모두 담겨 있습니다."

"너 몇 살이냐?"

"우리 나이로 열일곱이옵니다."

"그래, 너의 나이에 무슨 일인들 못 하겠느냐. 나는 열다섯에 왕위에 올랐느니라."

선조가 정충신 앞으로 다가오더니 그의 머리를 쓰다듬었다.

"외로운 때에 너는 진정으로 과인을 생각하는 충신이로다."

그래서 이름까지 충신인가? 선조는 뚱딴지 같은 생각을 했지만, 사사로운 생각을 하는 것은 왕의 체통이 아니라 여기고, 다시 돌아가 앉아 장계의 두루마리를 펴들었다. 그가 고개를 끄덕거리더니 말했다.

"이치전 생각만 해도 힘이 솟는구나."

지금까지 줄곧 들어온 이야기는 연전연패 소식 뿐이었다. 나갔다 하면 도망가거나 항복하고, 일부는 투항해서 적의 안내자가 되었다는 첩보였다. 분개했을망정 그는 어쩌지 못했다. 그 역시 도망자인데, 그들을 나무랄 수가 없었다.

그런데 불한당 놈들이 대궐에 침입하여 불을 놓아 궁궐을 모조리 태웠다고 했다. 왜군보다 백성들이 더 날뛴다는 소식을 듣고 그는 화가 치밀었다. 감히 무지랭이 백성이 종묘사직의 권위에 도전한다? 그것들이 대궐을 짓밟아?

또 엎친 데 덮친 격으로 고을을 점령한 왜의 주둔군 주장(主將)들이 목사, 군수, 현감직을 발령내어 행정권을 행사했다고 한다. 조선 반도에 왕이 두 사람이 탄생한 셈이다. 새 고을 두령에게 백성들이 서로 접촉하고 아부하고, 그 사이 서로 이간질과 분열로 혼란이 거듭되었다. 그는 왜도 야속하지만 백성들이 더 야속해서 낮잠 한번 잘 수가 없었다.

"마마, 걱정 마시옵소서. 호남이 횃불이 되고, 깃발이 되고 있사옵니다."

이항복이 말했다."

"그래, 그런 와중에 전라도가 온전하다. 이건 신의 한수가 아닌가. 전 국토가 왜적의 점령하에 있는데, 한줄기 빛살처럼 전라도가 온전하다. 막강한 왜 제6군사령부를 격퇴하고, 조선에 상륙한 20만 왜군을 섬멸할 근거를 마련했다니…. 그래서 내가 위로를 받는다. 과인의 복이로다."

호남이 온전함으로 해서 군량미 공급과 전력자산을 확보하게 되었다. 절망 뒤에 피는 꽃은 더 아름답다. 행재소의 신하들도 희망을 보고 있었다. 그러나 왕의 도강 문제는 여전히 논쟁거리였다. 명으로 가야 한다는 주장과, 한양으로 복귀해야 한다는 주장이 맞섰다. 우환이 겹친 상태에서는 이론이 분분하다. 각자 자기 존재감을 과시하느라 모두들 한마디씩 하는데, 모아 보면 배가 산으로 가야 한다.

다음날도 일모에 왕이 이항복과 정충신을 불렀다.
"이치전 이야기는 마음의 풍요를 주는구나. 같은 말을 들어도 물리지 않는구나. 다시 얘기해보렸다. 외워버려야겠다."

정충신이 이치전투 상황을 다시 상세히 설명하기 시작했다.
"전라도 육병은 광주와 화순, 함평, 나주, 장성에서 온 의병들이 주력입니다. 젊은 농군들로 편성된 의병들 중에는 불랑기 자포, 영자총통을 다룰 줄 아는 병사도 있습니다."

"불랑기 자포, 영자총통을 다룰 줄 안다고?"

"네. 도성 안에 있는 군기시에서 무기를 제조하다 온 장정들이 있습니다. 이들이 가지고 온 헌 불랑기 자포를 가지고 조립을 하는데, 자포에 심지를 꽂고 화약을 채운 후 격목을 넣어 심지에 불을 붙여 폭약을 폭발시키는 포였습니다."

"그래서?"

"휴대용 화기인 승자총통도 있었사옵니다. 승자총통에서 발사하는 철우와 장군전촉, 화살촉을 날리면 적들이 골짜기로 낙엽처럼 떨어졌습니다."

"사실이냐?"

"사실입니다. 이때 적이 우리 진지에 들이닥쳤사옵니다. 권율 장군이 선봉에 서서 독전하는데, 나무 위에서 활을 쏘던 황진 장군이 적탄을 맞고 쓰러졌습니다. 장수가 총상을 입으니 조선군의 사기가 떨어지고, 대신 고바야카와 다카카게 군대가 기회다 하고 아군 방어선을 돌파했습니다."

"모두 붙잡혔단 말이냐?"

"성 구축병들이 방어선 안쪽에 함정을 파놓았습니다. 그리로 그들을 유인한 것이지요."

"잡았더냐?"

"함정 하나에 적의 분대병력이 빠져서 허우적거렸습니다. 전라도 말로 허벌나게 조사부렀지요. 아작을 내버린 것이옵니다."

"그래서?"

"산으로 들어온 인근 마을 사람들이 이 골짜기 저 골짜기에서 징과 꽹과리를 치며 함성을 질렀습니다. 적들이 혼비백산하였사온데 볼만한 광경이었사옵니다. 농악놀이는 우리 군의 사기를 올리고, 우리의 병력이 그만큼 많다는 위장술이옵니다. 적들의 혼을 싹 빼버렸지요."

이항복이 나서서 말했다.

"전하, 각 마을에서 들어온 부녀자들이 날라온 돌멩이로 적들에게 던지니 고꾸라진 자가 눈발처럼 떨어져 내렸다고 하옵니다. 모두들 머리통이 깨지거나 다리 병신이 되어서 골짜기를 기어나가지도 못했다고 하옵니다. 이때 우리 병사들이 창으로 찔러죽였다고 하옵니다."

일본군의 임진란 전사(戰史)에는 조선의 3대 전투 중 이치전을 첫째로 꼽고 있다. 병력 손실이 가장 많고, 결정적으로 전술 실패를 인정한 전쟁이라고 기록했다.

유격장 조경남이 쓴 《난중잡록》(임진년 7월 10일~7월 20일)에는 다음과 같은 기록이 있다.

― 금산의 적 수천여 명이 진산(珍山)에 들어와 불을 지르고 약탈하니 이현(梨峴: 배티재 또는 이치재)의 복병장(伏兵將)인 광주목사(光州牧使) 권율(權慄), 동복현감 황진 등이 군사를 독려하여 막아 싸웠다. 황진이 탄환에 맞아 쓰러지는 바람에 적병이 진채(陣寨)로 뛰어드니 우리 군사들이 무너지는지라, 권율이 칼을 뽑아들고 후퇴하는 군병 목을 베며 죽음을 무릅쓰고 먼저 오르고, 황진도 상처를 움켜쥐고 다시 싸워 우리 군사 한 명이 백 명의 적을 당하지 않는 자가 없으니, 적병이 크게 패하여 무기를 버리고 달아났다. 조선군이 수백 명을 베었다.

이러한 기록들이 장수들의 전진록(戰陣錄)에도 수다하게 나오는데 후대 사람들은 이 전투를 잘 모르고 있다. 1차 경상도 진주성 싸움보다 규모가 크고 호남 곡창지대를 지킨 전투인데도 크게 알려지지 않았다.〔조선왕조실록, 선조실록, 선조수정실록, 백사집(白沙集), 나무위키, 한국민족문화대백과(한민족전투) 등의 사료를 모아 이치전투를 재정리하면 다음과 같다〕.

이항복의 문집 《백사집》에 따르면, 이항복(권율의 사위)과 권율이 대화를 나눌 때, 권율은 웅치·이치전투를 가장 자랑스러운 전공이라고 평가했다.

죽인 적병은 행주대첩이 숫자가 많지만, 그때는 왜병들이 전쟁 초기에 비해 기세가 꺾인 상태였고, 아군 병력은 충분히 전쟁을 수행할 만큼 훈련량이 많은 데다 숫자도 많았다. 권율은 이때 전라도 순찰사 자격으로 북상해 전쟁을 지휘, 독려했는데 주력군은 이치전투에서부터 생사를 같이한 전라도 관·의병군들이었다.

이치전투에서는 왜란의 초기인지라 모병한 군인들의 사기는 높았을지언정 훈련이 변변치 못해 허약병 수준이었다. 게다가 숫자가 적고 조직적이지 못했다. 나가면 파리 목숨일 것이 분명했다.

하지만 척후활동과 지형지세를 활용한 유격전이 전세를 역전시켰다. 그것은 군신의 관계보다 깊은 혈육지정, 골육지정(骨肉之情)이 만들어 낸 승전보였다. 고을 주민들도 병사들을 혈육으로 알고 하나같이 눈에 불을 켜고, 더러는 죽창과 낫과 쇠스랑, 도끼를 들고 참전했다. 부녀자와 늙은이는 돌멩이를 치마에 담거나 지게에 지고 와서 병사들에게 부려주며 힘을 보탰다. 권율의 기록은 다음과 같다.

— 세상에서는 내가 행주에서 한 일을 공으로 삼는데, 이는 언제 살펴도 참으로 공이라 이를 만하다. 나는 항오(行伍) 사이로부터 일어나서 공을 쌓은 것이 여기에 이르는 동안 크고 작은 전쟁을 적지 않게 치렀다. 그 중에 전라도(全羅道) 웅치·이치에서의 전공(戰功)이 가장 컸고, 행주의 전공은 그 다음이다. 그런데 나는 끝내 행주의 전공으로 드러났으니, 이의 이치를 알 수 없는 노릇이다. 그러나 그 이유를 굳이 적시하면 다음과 같다.

대체로 이치·웅치의 싸움은 변란이 처음 일어날 때에 있었으므로 적의 기세는 한창 정예하였고, 우리 군사는 단약(單弱)하였다. 또 건장한 군졸이 없어서 군력(軍力)과 군정(軍情)이 흉흉하여 믿고 의지하기가 참으로 어려웠다. 그런데도 능히 군과 민이 죽을 힘을 다하여 혈전(血戰)을 벌여서 천 명도 채 안 되는 단약한 군졸로 열 배나 많은 사나운 적군을 막아내어 끝까지 호남(湖南)을 보존시켜 국가의 근본으로 삼았으니, 이것이 바로 어려웠으나 뜻이 있었던 이유이다.

이때에는 서로(西路)가 꽉 막히어 소식이 통하지 않았고, 나라가 패하여 흩어져서 사람들이 대부분 도망쳐 숨어버렸으므로, 내가 비록 공은 있었으나 포장(褒獎: 홍보)해 줄 사람이 없어 조정에서 그 소식을 들을 길이 없었다. 그러니 비유하자면 마치 사람이 없는 깜깜한 밤에 자기들끼리 서로 격살(擊殺)한 것과 같았으므로, (나의) 공이 드러날 수가 없었다.

— 행주의 싸움은 내가 공을 세운 뒤에 있었으므로, 권위(權位)가 이미 중해져서 사심(士心)이 귀부(歸附)하였고, 호남의 정병(精兵)과 맹장(猛將)이 모두 휘하에 소속되어 군사가 수천 명을 넘었고, 지리(地利) 또한 험고하였으며, 적의 숫자는 이치에서보다는 많았으나 그 기세가 이미 쇠하여졌으니, 이것이 공을 세우기가 쉬웠던 이유이다. 게다가 마침 천병(天兵)이 나와서 주둔하고 우리나라 제로(諸路)의 근왕병(勤王兵)들이 바둑알처럼 기전(畿甸)에 포치(布置)되었을 때, 강화(江華) 따위로 피란 가 있던 도성(都城)의 사민(士民)들이 우리의 승전(勝戰)을 학수고대하던 터에 나의 승전이 마침 다른 여러 진영(陣營)보다 먼저 있었으니, 이것이 바로 공이 쉽게 드러날 수 있었던 까닭

이다. (이항복 《백사집》의 〈잡기〉 중 권율 어록).

위의 기록들은 정충신이 선조를 만난 한참 후에 기록된 내용들이 지만, 정충신은 권율 도절제사와 함께 직접 겪은 참전 상황을 소개 하고 있으니 생동감을 더해주고 있었다. 그 내용이 장계로써 보증하고 있으니 더욱 현실감있게 다가오고 있는 것이다.

"결국 호남의 군대들이 왜노들을 청소했단 말이지?"

"그렇사옵니다. 고바야카와 다카카게 군대가 패주하였으니, 성상을 잡으러 간다고 방방 뜨던 자들 역시 도망을 갔나이다."

선조가 한바탕 호방하게 웃더니 말했다.

"나를 잡겠다는 놈들도 뺑소니를 쳤다고? 내가 그리 쉽게 잡히는 가? 나도 어려서는 뜀박질을 좀 했다."

"전하, 이치전 승리는 혼합 유격전술로 거둔 전과이옵니다. 혼합 유결전술 안엔 제승방략과 진관체제까지 들어갔습니다."

이항복이 기세좋게 설명했다.

"제승방략과 진관체제?"

"그렇사옵니다."

제승방략이란 유사시에 각 고을의 수령이 지방에 소속된 군졸과 백성들을 이끌고 배정된 방어지역으로 가서 싸우는 분군법(分軍法) 이다. 이와 달리 세조 때 완성된 진관체제(鎭管體制)가 있었으나 전국 방위망의 기반이 광범위하여 실제 방어에서는 무력해지는 약점이 있었다. 해안·국경의 중요한 곳에 진을 설치했던 방위체제인데 변 방만 지키다가 외적의 침입을 당해 그곳이 무너지면 내륙을 방어할 수 없는 위험이 있었다. 그래서 군사가 아닌 층 위까지 동원하여 전 쟁에 임하는 제승방략이 도입되었다.

이치전의 유격전은 진관 체제나 제승방략 전술을 뛰어넘는 작전을 전개할 수 있는 유연성과 탄력성을 갖추고 있었다. 정규전이 아닌 유격전은 산악지대에서는 가장 효율적인 전술인 것이다.

신립의 충주 탄금대 전투나, 황박·이보 의병장, 나주판관 이복남, 김제군수 정담이 진을 친 웅치전투, 고경명 고인후 고종후 3부자의 진산성 전투와는 근본적으로 다른 전투개념이다. 소규모의 병력충원으로 적장의 목을 따온 이 병법은 먼 훗날 빨치산 활동의 근원이 되었다.

12장 "히데요시가 요물(妖物)이라고?"

"왜적 총사령관 도요토미 히데요시라는 놈이 어떤 놈이라고?"

선조가 갑자기 물었다. 보잘것 없는 놈이 예의를 갖춰 사는 품격 있는 나라를 침공했다는 것이 선조는 두고두고 불쾌했다. 예의범절 모르는 놈이 조선을 유린하고 있다는 것은 생각만 해도 분노가 치미는 일이었다.

조선통신사 부사(副使)로 왜를 다녀온 김성일은 이렇게 말하지 않았던가.

"전하, 도요토미란 자의 안상은 쥐새끼같이 불량해보이는 볼품없고 하찮은 잔나비상이옵니다. 하는 짓이 잔상스럽고 한 주먹으로 해치워도 될 조그마한 놈이었습니다. 두려울 것이 못 되옵니다."

대궐의 호랑이(殿上虎)라는 별호를 갖고 있는 호쾌한 성격의 김성일의 이 말을 듣고 왕은 얼마나 듬직하게 생각했던가. 더군다나 왜에 입국해 국왕도 아닌 일개 간바쿠(關伯)에게 왕에 준하는 예를 갖추자는 황윤길에 비해 배알도 없느냐고 꾸짖은 배포가 있어서 좋았다.

"정사는 도대체 동방예의지국의 체통도 내버리는 것이오? 부사가 얼마나 당당한가"

왕은 황윤길을 못마땅하게 여겼다. 미련한 서인 같으니라고. 그러니 노상 동인에게 까이는 거지.

선조는 한때 김성일을 미워했었다. 함부로 입을 놀려대서 곁에 두고 싶지 않았다. 직선적인 성격이 왕에게 화살이 되어 날아온 것이었다.

어느날 사헌부 장령으로서 종실의 쥐(종친)들 비리를 캐내는 김성일을 보고 선조는 마음이 통쾌했다. 십년 묵은 체증이 가시는 것 같았다. 감찰 작업이 시원시원하고 믿음직스러웠다. 왕실의 누구를 손댄다는 것은 지금 그가 임금의 비호를 받고 승승장구한다 하더라도 임금이 어느 날 몰락하면 그는 목을 내놓아야 한다. 그렇게 위험천만한 직책이다.

그래서 어느 누구도 왕실의 비리를 캐는 작업에 나서지 않으려 했다. 이런 전차로 청백하고 곧고 양심적인 인사라 할지라도 종실 문제는 다루지 않으려는 것을 불문율로 여기고 있었다. 왕실의 부정과 부패와 불륜 따위를 캐낸다는 것은 사실은 제 목숨 내놓는 일과도 같은 것이었다.

그런데 김성일은 눈 하나 깜짝하지 않고 왕자들은 물론 궁녀, 내시, 후궁, 육친 왕자와 공주, 옹주들과 외척의 비리들을 캐내 혐의자를 의금부에 넘겼다.

선조는 종실의 암덩어리들을 제거해준 것이 고마워서 김성일을 데려다 연회를 베풀고 어주(御酒)를 내렸다. 그리고 기분 좋아서 김성일에게 물었다.

"내가 중국의 왕실로 치자면 어느 왕과 견줄 수 있는가?"

종실의 부정과 부패를 말끔히 일소에 붙였으니 명군이 된 기분으로 질문을 던졌는데 김성일의 대답은 의외였다.

"문(文)에 있어서는 중국의 어느 왕과 비교할 수 없사오나 정치로 보면 주왕 같사옵니다."

"뭐, 주왕?"

이런 개새끼가 있나. 선조는 화가 머리끝까지 치밀었다.

주왕이란 중국 상나라의 마지막 왕으로서 폭군의 전형이었다. 여색을 탐하면서 술로 가득 채운 연못[酒池]에 배를 띄우고, 걸리적거린 자를 죽인 다음 나무에 그 인육을 매달아놓고 손이 가는대로 생고기로 먹었다는 왕이다. 뒷걸음질을 서툴게 한다는 이유로 신하를 불화로에 집어넣고, 한껏 밤새 애욕에 휩싸였다가 기분이 내키지 않으면 어린 후궁의 국부를 인두로 지졌다는 왕이다.

충심으로 바른 길로 가자고 간언했던 총명한 왕자 비간을 불에 태워 죽였다. 그런 왕과 자신을 동일시하다니? 그러나 김성일은 동인 세력의 대표적 얼굴이다. 함부로 건드렸다간 벌통을 들쑤셔놓는 것이나 진배 없다.

기축옥사 때 삐딱한 것들을 서인을 동원해 청소하고, 그러나 다른 거스른 것 때문에 이들 서인을 몰아세워 몰락시키고, 그들 몰락에 동인 세력의 힘을 빌렸는데, 지금 당장 이 자를 내치기에는 동인 놈들이 들고 일어날 것이 뻔하다. 잠깐 사이에 커진 동인 세력이 보통 세력인가. 그동안 그가 겪은 궁중 사화나 역모를 생각하면 졸지에 가버린 선왕들 신세를 너무나 잘 안다. 그래서 지극히 조심하고 있는 중이다. 김성일은 본래 대가 세지만 동인의 힘을 받고 있으니 매사 우쭐대었다. 조심성 많은 선조는 일단 물러서기로 했다.

"그러면 주왕과 같은 인물이 되지 말아야겠네?"

"그렇사옵니다. 성군이 되어서 천세만세만천세 왕실의 안녕과 광영을 이어가셔야 하옵니다."

"정말인가?"

"그렇사옵니다. 상감마마의 안위를 생각한다면 소신의 머리털을 뽑아 성상의 신발을 삼아드려도 아깝지 않사옵니다."

선조는 일단 그 진정성을 믿기로 했다. 그리고 도요토미 히데요시의 꼴을 정확하게 짚어준 것에 고마움을 표시했다. 그가 미워하던 히데요시를 깔아뭉개주니 김성일이 믿음직스러웠다.

그런데 웬걸 그가 돌아온 지 1년도 안 되어서 쥐새끼라는 히데요시가 부하들을 시켜 조선을 집어삼켜버린 것이다. 돌이켜보면 조선 통신사 정사 황윤길의 말을 안 들은 것이 천번만번 후회가 되었다.

황윤길은 이렇게 말했다.

"전하, 도요토미 히데요시의 꼴은 김 부사 지적대로 볼품없고 하찮습니다. 성격도 괴팍하고 행동도 팔랑개비처럼 가볍고 중구난방입니다. 그러나 그건 그만큼 힘이 있으니 나온 행동입니다. 자신이 없으면 그렇게 제멋대로 나오지 못하지요. 강자는 무슨 짓을 해도 통용되니까요. 나라의 중대사를 관상으로 결정하는 것이 아니온 바, 신은 그의 흉악한 내면을 들여다 보았나이다. 그는 탐욕으로 가득차 있사옵니다. 지모가 있사옵나이다."

"황 정사, 그걸 말이라고 하오? 인간은 생긴대로 노는 것이 아니오? 여우 새끼 꼴은 간물(奸物)처럼 사는 거고, 호상은 호랑이처럼 사는 것이오. 그는 해안가에서 조개나 게를 주워먹던 비르적거리는 천한 놈에 지나지 않소. 그런 자를 성상께 장황하게 아뢰어 정신을 혼미하게 하고, 백성들의 마음을 불안케 하여 민심을 동요시키고 있으니, 그게 될 말인가. 당장 거두시오!"

성질 급한 김성일이 얼굴이 빨개진 모습으로 호통쳤다. 그 말은 일견 맞았다. 유언비어가 얼마나 민심을 왜곡시키는가. 김성일의 질책을 듣고 왕도 황윤길이 미웠다. 통신사 정사로 보냈더니 부사보다 못 하고, 보고 온 것이 고작 흉심이 어떻고, 지략이 어떻다고? 썩은 동태 눈깔이 아니라면 저런 진단이 나올 수 없다.

그들이 왕의 안전에서 다투는 모습이 재미있었다. 다투는 모습도 구경할 만해서 두 사람의 언쟁을 더 지켜보았다.

"김성일 부사, 그렇게 말하는 것이 아니오. 보건대 관백(도요토미)은 담력과 지략이 있는 사람이고 음험한 사람이오. 아들 하나를 얻고자 힘좋은 부하를 자기 애첩 방에 집어넣어서 아들을 얻은 자올시다. 무슨 일이든지 얻고자 하면 수단 방법을 가리지 않는 자올시다."

"그러니까 상놈의 새끼 아니오! 그런 상놈이 일을 벌인다면 뭘 벌인다는 거요?"

"흉악한 일을 저지르는 자는 목적 달성을 위해 무슨 짓도 다 한다는 것을 알아야지요. 그 자가 상놈의 새끼라는 것은 천하가 압니다. 그러나 그런 자의 흉심은 상놈일수록 음험하게 내장시키고 있는 법이오. 명나라를 친다는 명분으로 우리에게 길을 내주라고 하면서 조선을 병탄하려고 획책하고 있는 것이오이다. 사나운 발톱을 감추고 있소이다. 상감마마, 저의 말씀을 새겨들어 주시옵소서."

"정사의 눈이 왜 그리 협량한가. 김성일 부사의 말이 그게 아니라고 하잖는가. 김 부사는 민심이 흐트러지고 불안하니 쓸데없는 유언비어나 흑색선전은 금하자는 것이 아닌가."

"그렇사옵니다, 전하."

김성일이 득의만면하여 받았다.

"전하, 김성일 부사의 말씀이 옳은 것 같사옵니다. 민심을 다잡아야 할 때이옵니다."

영의정 유성룡이었다. 그는 당쟁에서 무색무취했으나 현실을 따르는, 굳이 말한다면 기회주의자였다. 당시의 국가 운영은 당파에 따라서 결정되었으니, 서인의 의견이 옳아도 동인이 비틀어버리고, 마찬가지로 동인의 의견이 옳아도 서인이 다른 구실로 밟아버려서 일을 그르치는 경우가 많았다. 그러니 가치는 증발하고 자리와 이익을 챙기기 위한 세력다툼만이 국가 운영의 중심이 되었다.

유성룡도 힘이 센 동인 편에 은근슬쩍 올라타자는 것이고, 그래서 김성일 손을 들어준 것이었다. 사실 이런 정서는 선조가 부추긴 측면이 있었다. 그는 출신 성분상 왕이 될 군번이 아니었다. 때문에 애초에 자격지심이 많은 사람이었다. 조마조마하고 불안하게 국정을 이끌어가는데, 그러다 보니 그 자신 기회주의자의 표본이 되고 말았다. 옳은 것도 틀어버리는 세력이 힘이 있으면 거기에 힘을 보태주고 함께 얹혀가는 것이었다.

그러나 지금 돌이켜보니 황윤길의 말을 듣지 않은 것이 두고두고 후회되었다. 왕이 의주까지 쫓겨온 것도 황윤길의 말을 묵살한 것 때문이라고 여겼다. 그래서 이제는 김성일을 만나면 패죽이고 싶었다.

《조선왕조실록》은 후일 "서인 황윤길을 비롯해 서장관 허성(허균의 형으로서 동인이었음에도 불구하고 황윤길과 같은 주장을 했다), 황진, 조헌이 기필코 왜적이 침입할 것이라고 주장하였지만, 서인들이 세력을 잃었기 때문에 인심을 요란시키는 것이다"라고 매도되고 배척되었다고 적었다. 그래서 조정에 합리적인 담론은 형성되지 못하고 말았다. 그러나 권불십년이 아니라 권불일년이 된 게 선조 때 일이니, 김성일이 쫓겨나는 일은 정해진 절차였다.

《선조실록》 60권, 선조 28년 2월 6일자에는 이렇게 적혀 있다.

— 지난 임진년에는 김성일 등이 사설(邪說)을 주창(主唱)하여 왜노(倭奴)는 염려할 것이 없다고 하고, 왕이 너무 염려한다고 우려하면서 변방의 방비에 뜻을 둔 자를 서로 배척하여 순변사(巡邊使) 이일(李鎰)을 보내자는 것을 파기하기까지 하였다.

《선조실록》 70권, 선조 28년 12월 28일에는 이런 기록도 있다.

— 상(임금)은 '(김)성일은 타고난 성품이 편벽되고 강퍅하며 용심이 거칠다. 왜에서 돌아와서 왜노들이 배반하지 않을 것이라고 극력 주장함으로써 변경의 방비를 소홀케 하여 결국 이 난리가 터지게 하였다'고 말씀하시었다.

임진왜란의 오판을 김성일에게 뒤집어 씌운 선조는 마침내 그를 체포해 국문을 하는데, 이때 경상우병사에 사고가 생겼다. 병사 교체가 시급해졌다. 왕이 특지를 내려 김성일을 경상우병사로 임명해 경상도로 내려보냈다.

경상도는 벌써 일본이 점령한 곳이었고, 대부분의 지방 수령과 군관들이 도망을 가고, 일부는 왜병에 협력해 조선인의 두상을 잘라 왜군에 갖다 바치면서 상금을 받는 일까지 벌어진 상황이었다. 따라서 그런 위험한 곳에 그를 내려보낸 것은 거기서 죽으라는 것과 같았다. 병을 일으켜 공을 세우면 사는 것이요, 그렇더라도 십중팔구 용맹하고 훈련이 잘된 왜 병사에게 잡혀 목이 달아날 것이라고 본 것이었다.

왕은 그를 국문하다 말고 사지로 보낸 것인데, 비록 오판을 했을 망정 강직하고 지휘력이 있는 그는 현지에서 병을 일으켜 임무를 충실하게 수행했다.

선조는 이런 저런 상념에 젖었다가 휴 한숨을 쉬었다. 신하들에게 그렇게 상을 주고 벌을 주어도 나라는 도탄에 빠지고, 왜군은 평양성을 점령해버렸다. 그는 이렇게 독백했다.

— 지난날 내가 국세가 위급함을 지나치게 걱정하여 풍진(風塵)의 경보가 뜻밖에 생겨나고 수습할 수 없는 재앙이 조석 사이에 일어날까 두려워하였다. 이에 거듭 경들을 번거롭게 하면서 망령되이 물은 일이 있었는데, 끝내 방비책을 진달하지 않았다.

만약 적변이 발생하면 팔짱을 끼고 앉아서 기다릴 것인가. 김성일 등이 망령되게 사설(邪說)을 주창하여 '왜적은 걱정할 것이 없다'고 하면서 내가 지나치게 염려하는 것을 기롱하였고, 변방 방비에 뜻을 둔 사람들까지 배척하였으며, 심지어는 순변사 이일(李鎰)을 파견하는 것까지 그만두게 하였다.

그러다가 왜적이 깊이 쳐들어오자 유성룡(柳成龍) · 김응남(金應南)은 체찰사의 명을 받고서도 가지 않았고, 신립(申砬)은 시정의 건달 수백 명을 거느리고 행장(行長: 고니시 유키나가)의 10만 대군을 막다가 단번에 여지없이 패하여 나라가 뒤집어졌다. 이제 앞으로 이와 같이 하지 않는다면 매우 다행이겠다.(《선조 수정실록》 35권, 선조 34년 2월 1일 경오)

어전이라고 해야 누추한 농막같은 곳이니 왕의 체면도 말이 아니지만, 그래도 이런 자리에서라도 승전보를 듣는 것은 안광이 빛날 일이었다.

"이치전 승전보는 밤새 들어도 질리지 않을 것이로다. 이겼다는 이야기가 이처럼 신기하고 신통방통한 것이 없구나."

당쟁으로부터 초연한 이항복도 모처럼 상감마마가 밝은 표정이 되니 그 자신도 기분이 좋았다. 그는 상황이 엉망이더라도 성상이 늘 웃음과 함께 지내기를 바라고 있었다.

"주상 전하, 어전회의를 소집해 놓았는데 개회할까요, 파회할까요?"

"당연히 파회하지."

이항복은 병조판서 임명을 받아놓고 있었지만, 비상 정국의 도승지 역할에 더 충실했다. 왕이 말했다.

"하나마나한 회의 열어서 뭘하게. 과인이 요즘 마음이 심란해서 총기가 흐려졌다만, 저 당찬 젊은이의 용맹함에 스스로 힘이 솟는다. 승전 소식을 듣는 것만으로도 내 가슴이 뚫리는 듯하도다. 그 얘기를 더 하는 것으로 회의를 대신하라."

"또 말씀 드리라고요?"

같은 말도 되풀이하면 아무리 임금의 명령이라도 맥빠지는 일이다.

"물리는 모양이로구나. 그럼 올라오면서 보고 느낀 점을 말해보거라."

정충신은 널문리(판문점)와 임진강에서 겪었던 일이 생각났다.

"소인, 널문리 개천을 건널 때의 일입니다. 상감마마께옵서 그곳을 지나시기 위해 널문리 마을 집들의 문짝을 뜯어서 다리를 놓았다고 하였습니다."

"그랬지."

"백성들의 원성이 있었사옵니다."

선조가 의아스럽다는 듯 용좌에서 정충신을 물끄러미 내려다 보았다.

"왜?"

"그 문짝들을 모조리 불태웠다고 하옵니다. 왜병들이 그 문짝다리를 건너 주상을 뒤쫓을까봐 태웠다고 하더만요."

잠시 생각하던 왕이 말했다.

"그것은 아주 잘한 일이다. 과인이 무사히 건너면 그자들도 무사히 건너 뒤따를 것이고, 그러면 내 안전이 위험할 것이니, 관헌들이 불사른 것은 대단히 잘한 일이다. 관헌들을 찾아 이름을 올리거라. 돌아가면 상을 내리리라."

남의 집 문짝을 뜯었으면 제자리로 돌려놔야 하는 것이 옳은 일 아닌가? 그런데 상을 내린다고? 정충신은 헷갈렸다.

"또 다른 일은 무엇이냐?"

"임진강에서 똑같은 상황이 벌어졌사옵니다. 상감마마께서 강을 무사히 건너시자 관헌들이 나룻배를 불태우고, 민가의 집들도 모두 태웠다고 하옵니다."

"그것도 괜찮은 일이로군."

백성은 왕의 자식이 아닌가. 백성이 있어야 왕이 있다고 하지 않았던가. 백성의 아비라 부르는 왕이라면, 빼앗고 훔치고, 무릎 꿇어 빌어올지언정 백성들을 배불리 먹여야 하는 것 아닌가.

정충신은 잠시 혼란스러웠다. 불충이었으나 아닌 것은 아닌 것이다. 그는 마음의 반란을 추스르고 목소리 낮춰 말했다.

"상감마마, 신각 장군께서 억울하게 돌아가셨다고 하옵니다. 양주 골 백성들 눈물이 하늘에 닿았나이다."

"신각 장군? 무슨 말이냐?"

이항복이 대신 역정을 냈다. 왕 앞에서 함부로 신각 얘기를 꺼내는 것은 화를 부르는 일이다. 왕에게 상처가 되고 약점이 되는 일이다.

"얘기하라 해놓고 막으면 안 되느니라. 과인 역시 생각하는 바가 있으니, 말해보라. 이 자리는 우리끼리 만났으니 어떤 얘기도 괜찮다. 사초 기록하는 놈이 안 보이니 얼마나 자유로운가. 빼버렸으니 숨쉴 만하다. 어서 고하렸다."

"말씀 올렸다가 경을 당할 수 있지 않습니까."

"과인이 그렇게 소인배가 아니다."

"성은이 망극하옵니다."

정충신이 읍을 한 다음 정중히 입을 열었다.

팔도부원수 신각은 임진강 상류쪽 양주 땅에 진을 치고 있었다. 양주 땅은 그의 고향이었다. 그는 팔도도원수 김명원 휘하에서 부원수로 복무하며 한강에서 왜적을 맞았으나 김명원이 도망가버리고, 군대는 지리멸렬했다. 신각은 분투했으나 중과부적 앞에서 퇴로를 찾을 수밖에 없었다.

잔병을 이끌고 삼송을 지나 벽제관을 거쳐서 고향 양주 고을로 들어섰다. 고향으로 돌아와 진용을 재편 중인데, 유도대장(留都大將) 이양원을 만났다. 유도대장은 한양 수비를 맡은 오늘의 수도경비사령관 격이었다. 그 역시 패주해 양주 땅으로 흘러들어 오는데, 본래 신각은 유도대장 이양원 휘하의 중위대장이었다.

김명원 도원수는 머리가 좋고 중앙 정부 요로와 깊은 인연을 맺고 있었으나 장수로서는 엉터리였다. 작전 전개나 명령이 즉흥적이고 중구난방이어서 직업군인인 신각과는 뜻이 맞지 않았다. 반면에 유도대장 이양원과는 의기투합했다. 전법과 전술에서 상통하는 바가 있었다. 이때 함경도 남병사 이혼이 원군을 이끌고 양주에 당도했다. 신각의 잔병과 이혼의 원군을 수습해 진용을 갖추니 대부대의 꼴이 갖춰졌다.

양주 해유령(게너미고개)에 왜군이 침투하자 신각은 군졸을 이끌고 나가 맞섰다. 해유령은 멀리 동쪽으로 천마산, 관음봉, 불암산이 이어지고, 가깝게는 만장산 박달산 개명산과 양주골 송추 장흥이 잇대어 있는 산중이었다. 주변 산이 험준한 데다 한양에서 가까우니 산적들의 주 활동 근거지였다.

명종 대에는 임꺽정이 날뛰었던 곳이다. 겨울에는 흰 눈이 덮여 주변의 산이 설산을 이루고, 봄 여름에는 짙푸른 녹음이 우거져서 한 치 앞을 볼 수 없는 밀림지대였다. 산짐승과 산적이 은거하기에 좋은 환경이었다.

신각은 이치전에서 성공했다는 전법인 유격전을 도입해 재미를 보았다. 역시 산악전은 이런 기습 유격전이 좋은 전술이었다.

신각은 오십대의 나이였으나 매복했다가 날렵하게 들이닥쳐서 한 칼에 왜병 두세 명씩 베었다. 그중 왜병 눈알을 후비거나 복부를 찔러 창자를 꺼내놓는 칼솜씨가 일품이었다. 그가 벤 왜적의 머리는 삼십 급(級)에 이르고, 부대원 전체가 칠십 급을 베었다.

이런 전과를 평양에 머문 왕에게 알리고자 안면이 잘 보존된 왜적의 두상을 골라 소금에 정성들여 절여서 칠십 급을 마차에 실어보냈다. 의주로 도망을 가려던 왕은 놀랐다.

당시 경상도병마사로 내려간 김성일이 어찌어찌 왜 병사 목을 하나 따 적장 머리라고 올려보내자 무릎을 치고 탄복했는데, 신각이 자그마치 70급이나 올리니 김성일이 시시해 보였다. 왕은 의주행도 잠시 잊고 평양에 머물렀다.

다른 곳에 진을 친 도원수 김명원은 화가 머리 끝까지 치밀었다. 풍문에 신각이 이양원 휘하에 들어가 산적 비스무리하게 활동하고 있다는 것이다. 자기 목숨이 경각에 달렸는데 근무지 이탈은 물론 엉뚱한 진영에서 전과를 올리고 있는 것은 명백한 근무지 이탈에 명령 불복이다.

싸울 때마다 패해 패주대장이란 별칭을 얻고 있는 김명원으로선 그런 말을 듣는 자체가 불쾌한데, 힘을 보태야 할 부원수란 자가 다른 군대에 흘러들어가 있다는 것은 묵과할 수 없는 일이었다. 남의 군대와 합류해서 전과를 크게 올렸다? 에라, 상놈의 새끼. 마주치면 칼 맛을 보여주리라.

김명원은 앉은 자리에서 장계를 휘갈겨 썼다. 김명원은 본래 무장이 아닌 문인 출신인 데다 명필에 명문장이었다. 그는 왕을 감동시킬 명필과 명문을 자랑하고 있었다.

― 전하, 신각이란 자가 신의 명을 받는 부원수이온 바, 주장의 명을 거부하고 전쟁 작전 중 '행불'이 되더니 이름모를 병사들과 합류해 양주 산골에서 산적 비슷하게 비르적거리고 있다고 하옵니다. 부원수이면서도 신의 명을 받지 아니하고 멋대로 행동해온 그 때문에 신은 나날이 패전의 위협 속에 노출되었나이다. 적전분열이 바로 이것이옵니다. 미력한 작전에 힘을 보태 부하들을 거느리고 적과 맞

서야 하는 자가 어찌 불한당같이 숨어서 엉뚱한 곳에 가서 연명한단 말입니까. 이런 자를 엄벌에 처하여 군기를 바로잡고, 군율의 기본으로 삼아 주시옵소서. 엄벌은 당장 목을 쳐야 한다는 진언이옵나이다.

이 장계는 기병의 손에 들려 득달같이 북으로 내달려 평양에 머문 왕에게 전달되었다. 선조는 김명원의 장계를 받아 읽다 말고 몸을 부르르 떨었다. 그리고 종이를 박박 찢어버렸다.

"이런 개새끼가 있나. 함께 뭉쳐도 부족할 판에 도망가 사라져버렸다고? 비겁하게 흔적도 없이 사라져버렸다고? 그 자를 당장 잡아서 이 종이쪽지처럼 사지를 갈기갈기 찢어버릴 것이다."

왕은 성질대로 장계 종이 쪽지를 마저 북북 찢었다. 신임하는 김명원이 얼마나 고통스러웠으면 이런 분노어린 장계를 올렸겠는가.

어명을 받고 선전관이 달리는데, 선전관은 본디 왕의 명을 빨리 전하는 것을 전문으로 하는 직책이다. 사법기관인 의금부와 달리 왕의 특명을 받고 언제 어느 때든 출동하는 무직(武職) 승지의 무관(武官)이다. 신속 정확하게 임무를 수행함으로써 왕의 신임을 받는 자리다.

선전관의 군마는 봉수(烽燧)보다 빠를 때가 있었다. 봉수 체계로 따지면 부산에서 한양까지의 전달은 기상 상태가 좋을 때는 3시간, 길면 12시간 걸리는데 어쩔 때는 영원히 목멱산(오늘의 남산)에 도달하지 못한 경우도 있었다. 서로 신호를 달리 해석하거나, 날씨가 흐려서 횃불과 연기를 식별하지 못할 때 이런 변이 생겼다. 이를 감안하면 선전관의 주로(走路)는 빠르고도 정확했다.

양주골에 들이닥친 선전관이 주둔 부대에 이르러 주·부장을 부르고 군졸들을 도열시킨 뒤 졸개들을 시켜 신각을 마당에 꿇어 앉혔다. 선전관이 호통쳤다.

"패주 장수 신각은 어명을 받들라!"

그리고 어지(御旨)를 읽어 내려갔다.

— 종2품 자헌대부 신각은 주장의 명을 거역하고, 적전(敵前)에서 도주하였은즉 군졸의 사기를 지하로 떨어뜨리고, 신성한 국방의무를 저버렸으며, 지엄한 어명을 거역하였으므로 관작을 삭탈하고, 서인(庶人)으로 강등시키는 동시에 참형에 처할 것을 명하노라!

어마어마한 죄명에 어마어마한 징벌이었다. 선전관의 통고는 추상같은 어명이었으므로, 그것은 되돌릴 수 없고, 완전하며, 검증이 필요없는 지상명령이었다. 모여있는 여타 중위장·부장들이 한결같이 나서서 외쳤다.

"선전관 나리, 그건 절대적으로 오해십니다."

"아니 되옵니다. 신각 장군이야말로 난세에 불세출의 영웅이올시다. 그를 죽이면 세상이 막장이 되는 것입니다."

"맞습니다. 진실로 천부당만부당한 일이오!"

유도대장 이양원과 함경도 남병사 이혼도 외쳤으나 선전관은 자신이 젊다고 업신여긴다고 생각했던지 속전속결로 일을 처리해 나갔다.

"왕명을 거역할 텐가! 너희들 목도 온전하다는 것인가?"

"선전관 나리, 우리 목이 두려울 것은 없습니다. 다만 이 한 마디만 꼭 들어주십시오. 신각은 용감하게 싸우고, 적병 백 급을 벴습니다. 그중 70급을 인마편으로 상감마마께 보냈습니다. 나라를 지킬 힘을 가지시라고 서둘러 보냈습니다. 저기 나머지 으깨진 적병의 두상을 보시오."

풀밭에 적병의 목이 잘린 얼굴이 이십여 구 있었다.

"맞습니다. 한강 전투에서도 김명원 도원수는 먼저 퇴각했지만, 신 부원수는 잔병을 수습해 끝까지 싸웠습니다. 도원수가 먼저 숨었으므로 행방을 모르고 있었사오며, 그렇더라도 신 장군은 패잔병과 함경도 남병사 군대를 규합해 해유령에서 적병을 무찔렀습니다. 오해시니 하루만 지체해 주십시오. 오늘 저녁이면 왜의 두상이 평양에 도달할 것입니다."

"나는 어명을 따르는 충직한 선전관이다. 나를 기망하고 사세를 뒤집으려고 하는데 나는 만만한 사람이 아니다. 적병 70급을 보냈다는데 그걸 누가 믿나. 지체할 것 없다. 당장 목을 쳐라!"

"왜의 두상이 아직 도착하지 않았으니 믿지 못하는 것도 이해하오. 하지만 지금 올라가고 있는 중이니 하루만 지체하시오!"

"시끄럽다. 집행하라!"

참수병은 목을 치기 위해 차출된 선전관의 수행병일 뿐이다. 그가 긴 칼을 휘두르더니 순식간에 달려들어서 신각의 목을 베었다. 신각의 두상이 나무 열매처럼 톡 떨어져 땅바닥에서 퍼덕이다가 멈췄다.

신각의 장계와 칠십 급의 왜 병사 효수를 실은 마차가 평양에 당도했다. 적병의 두상과 장계를 본 선조가 다급하게 명령했다.

"어, 선전관 2호는 빨리 달려가서 신각 부원수 참수를 멈추도록 하라!"

명을 받은 선전관 2호가 양주골로 달렸다. 임진강을 건너는데 나룻배는 불타 없어지고, 널문리의 문짝들도 모두 불태워졌으니 쉽게 건널 수가 없었다. 선전관 2호는 차가운 임진강물을 군마 꼬리를 잡고 건너고, 급히 말을 달려 양주골에 당도했다. 선전관 2호가 군영에 이르러 숨 넘어가는 소리로 외쳤다.

"신각 장군의 참형을 멈추라! 어명이다!"

그러나 신각의 효수된 머리는 막영 마당 가에 장대 끝에 매달려 하늘 높이 대롱거리고 있었다. 이 모양을 본 병사들이 각자 한 마디씩 했다.

"에라이 씨발놈들! 이것이 나라냐."

"개새끼들, 인물은 내치고, 쓰레기들은 연명하니 망하지 않겠냐."

"이런 새끼들 믿고 백성 노릇하기 참 더럽구마. 저 선전관 새끼부터 죽여버리자."

"그러니 이런 나라에선 산적이 살 길이다."

상황이 살벌하게 돌아간 것을 보고 형을 집행한 선전관 1호와 나중 온 선전관 2호가 달아났다. 이후 양주골의 병사들이 모두 산으로 들어가버렸으니, 양주골이 산적들 소굴이 된 것은 그런 소이연(所以然)도 있었다.

신각의 죽음 뒤 그의 부인 정씨(鄭氏)는 남편 장사를 지낸 뒤 자결했다. 유도대장 이양원도 며칠 후 자결했다.

신각의 이야기는 왕에게는 아무래도 꺼림직했다. 그의 죽음은 절대적으로 자신의 판단 잘못 때문인 것이다. 상대방이 자기 약점을 들춰내면 그것을 인정하기보다 역정을 내는 것이 강자의 속성이다.

"도승지가 시킨 것이 아닌가."

왕은 이항복을 의심했다. 순박한 소년에게 도승지가 말하라고 시킨 것이 아닌가. 무슨 저의가 있는 것이 아니냐. 근래 행재소는 말이 아니다. 누구도 왕이라고 대접하지 않는 것 같다. 행재소가 허술하고, 용상에 앉아야 할 신분이 마루 바닥에 짚자리를 깔고 앉아 있는데다, 곤룡포는 물론 옥대도 갖추지 않고, 익선관과 목화(木靴)도 착용하지 않은 것이 꼭 도승지가 자신을 업신여기는 것 같다.

"마마 천부당만부당한 말씀이옵니다. 신이 조금이라도 마마를 음해하는 마음이 생겼다면 이 자리에서 당장 칼을 물고 엎어져도 무방하옵니다."

왕은 지치고 늙어보였다. 나이 사십인데 얼굴은 주름살이 깊고, 눈썹과 눈썹 사이 미간엔 도성의 뒷골목 패거리 두목처럼 내천(川) 자가 뚜렷하게 그어져 있었다. 하긴 용맹을 떨치는 명장을 잡아다가 참수했으니 그도 마음이 편치 못했을 것이다.

"군인이란 애초에 명령에 따라 움직이고 명령에 따라 생명을 거두는 직업인즉, 근무지를 이탈한 것은 용납될 수 없고 용납되어서도 안 된다. 소년은 두 번 다시 그런 말을 입 밖에 내지 말라. 혀가 뽑힐 것이다."

왕이 역정을 냈다.

이항복이 정충신을 향해 한 소리 했다.

"말을 가려서 하렸다. 상감마마 용안이 안 좋으시다. 마마, 오늘은 일찍 침전에 드셔야 할 듯하옵니다."

"벌써 석반(夕飯) 때가 되었군."

왕이 자리를 털고 일어나며 투덜대었다.

"내 곁엔 사람이 없구나."

영의정 최흥원 등 주요 신료들이 분조(分朝)를 이끈 왕세자 광해군을 따라갔다.

선조가 머문 의주행재소가 원조정(元朝廷)이 되고, 국내 정정을 이끄는 광해군의 이동사무실이 소조정, 즉 분조가 되는데, 이렇게 권력이 분산되자 원조정은 알게 모르게 위축되고 쇠락하였다.

영변에서 왕과 헤어진 광해군은 영의정 최흥원을 비롯해 중신 20여 명과 함께 병사를 이끌고 향산—희천—진평—성간을 거쳐 강계에 이르렀다. 중신들이 분조에 대거 참여한 것은 새로운 권력이 자신들의 입신출세에 도움이 된다는, 이른바 미래에 대한 보험 성격이 강했다. 지는 해보다 떠오르는 태양이 훨씬 더 건강하고 휘황찬란한 법이다.

강계 웃머리에 만포진이 있고, 그곳에 야인오랑캐가 자주 출몰해 조선 육군과 수병을 위협했다. 야인을 상대해야 하니 사나운 병사들이 선발되었다. 난리는 남쪽에서 났으니 북방 국경지대에 있는 부대를 끌고 내려가면 힘을 보탤 것이다. 이때 북방을 지키던 장만이 거부했다.

"남쪽에 대비하면 북쪽 오랑캐가 옳다구나 하고 덤비오이다. 어떤 국경선도 방비해야 하오."

맞는 말이었다. 광해는 오류를 인정하는 유연성이 있었다. 광해는 자신의 병력만을 이끌고 남하했다.

평안도 맹산—양덕, 황해도 곡산을 거쳐 경기도 이천에 자리를 잡았다. 왜병이 의주로 향한다는 첩보를 접하고 왕을 방어하기 위해 황주와 성천을 거쳐 영변으로 들어갔다. 각 지역에서 들고 일어난 의병들과 장수들을 모으고, 왜군을 격멸할 방책을 지시하고, 용감한 의병과 백성에게는 상을 내리고 관직에 등용시켰다. 이렇게 민심을 수습하니 나라 꼴이 잡혀갔다. 그래서 분조를 따르는 자들이 많았다.

이런 소식이 전해져올 때마다 왕은 불안해졌다. 아들놈이 나라의 주인공인 양 행세하고, 백성의 여론도 그를 향했으니 박탈감이 컸다. 자신은 흡사 행재소에 굴러떨어진 땡감처럼 하찮은 존재로 전락해버린 느낌이었다.

"어떤 놈이 분조를 꾸리자고 했나."

왕은 분조를 꾸리자고 제안한 대신들이 야속하였다. 권력의 반을 나눠주는 것에 찬동하다니, 왕의 입장도 있는데, 신료들은 분조를 기상천외한 대책인 것처럼 떠받들었다. 그리고 너나없이 광해군을 따라나섰다. 천하를 호령하는 권력이 반분되니 한쪽 팔이 떨어져나간 것처럼 허전했다. 그러고 보니 주변에 사람이 모이지 않는다. 신하들은 권력의 이동추를 동물적 촉수로 파악하고 있었다. 왕은 분조를 적극 찬동한 신료들의 발언 내용과 명단을 몰래 작성해놓은 것을 다행으로 여겼다. 기억력이 좋다고 한들 기록을 앞설 수는 없다. 잘잘못을 따질 때 되살려 조져버리리라.

힘의 진공상태가 지속되니 맥이 빠지고, 상대적으로 행재소는 흉가처럼 쓸쓸한데, 왕세자는 솜털 보송보송한 얼굴로 기세좋게 천지사방을 누비며 인기를 독차지하고 있다.

하늘에 태양이 둘이 있을 수 없는 법, 에라이 못된 놈, 끌텅을 뽑아버리자. 그자는 성깔 사납게 신경질을 부리다가 가버린 후궁 공빈김씨 소생이다. 사랑은 움직이는 것, 한때는 사랑했지만, 지금은 자태 곱고, 밤일이 뛰어난 인빈김씨를 곁에 끼고 있다. 베갯머리에서 싱싱한 인빈김씨가 병약한 공빈김씨를 형편없다고 씹어대면 그도 덩달아 고개를 끄덕거렸다. 인빈에게 쏠리다보니 죽은 공빈김씨는 물론 그 자식까지도 미워지는 것이다.

선조가 애초 총애했던 후궁은 광해군의 어미 공빈김씨였다. 그러나 그녀는 장서자 임해군에 이어 차서자 광해군을 낳은 뒤 산후통으로 앓다가 스물세 살의 나이로 요절했다. 이때 선조는 소용—숙의—귀인으로서 궁중생활에 빠삭한 인빈김씨와도 깊은 관계를 맺고 있었다. 인빈과 잠자리에 들면 날을 지새기 일쑤였다. 인빈 김씨의 내궁은 문어 빨판 같았다. 한번 빠지면 헤어나기가 힘들었다. 어의가 해구신을 대느라 동해상의 물개가 남아나지 못한 것도 그때의 일이었다.

의주로 피란왔을 때도 왕은 정비 의인왕후 박씨를 내치고 인빈김씨를 대동했다. 인빈은 내팽겨쳐진 왕후를 꺼진 불도 다시 보자는 듯 투기했다.

"상감마마, 나는 달걀 낳듯 아이들을 쏙쏙 뽑아내는데 왜 의인왕후는 그 흔한 아이 하나 생산하지 못하나요?"

"왕후라고 하지 말아라. 그냥 박가다. 박가는 석녀다."

4남 5녀를 낳은 인빈은 더 위세가 당당해졌다.

"죽은 공빈도 진짜 골빈년이어요. 내가 그한테 구박당한 일 생각하면 이가 갈려요."

"여자들이란 본래 독점욕이 강한 법이다. 내가 너를 찾으니 질투심이 났던 게지. 산후통으로 고생하다 젊은 나이에 갔으니 괘념치 말아라."

"그 아들이 왕세자잖아요. 광해가 계속 승승장구하잖아요."

이를 막기 위해 인빈김씨는 오빠 김공량까지 동원했다. 그가 득세하니 눈에 보이는 게 없었다. 김공량은 세자 책봉 문제로 이산해와 연합해 정철을 탄핵한 핵심 인물이었다. 김공량은 동생 인빈김씨의 소생 신성군을 세자로 책봉할 음모를 꾸미고 있었다. 이때 좌의정 정철이 다른 세자를 책봉할 것을 주장하자 김공량은 영의정 이산해와 함께 정철의 주장이 아직 어린 인빈김씨의 소생인 신성군을 해치려는 것이라고 모함해 강계로 유배시켰다. 정철은 기축옥사 때 정여립 등 호남의 인재 천여 명을 죽이거나 유배 보낸 핵심인물이었다. 그런 정철이 세자 책봉에서 김공량과 대립하다가 유배를 살다가 죽었다. 조선판 공공의 적 정철을 제거한 김공량 역시 광해의 등장으로 탄핵되어 비참한 말로를 지냈다. 그런 모든 바탕은 선조대에 씨앗이 뿌려진 것이었다.

"여하튼 권율 장수의 장계는 과인에게 힘을 주었다. 과인이 강을 건너지 말고 우리 강토를 지키면서 백성들을 다스리라, 그런 뜻이렸다?"

"그렇사옵니다, 옛말에 참 주군은 백성을 버리지 않는 우리의 이웃이라 하였사옵니다. 상감마마. 요동 망명을 거두시는 일은 참으로 지당하신 결정이시옵니다."

"내가 언제 망명을 거둔다고 했나? 건너짚지 말라. 도승지도 한때 빨리 강을 건너자고 주창하지 않았던가."

"전란의 격변기엔 상황에 따라 정책이 변경되는 것이 원칙이옵니다. 전선(戰線) 또한 고정된 것이 아닌 것이 원칙이옵지요. 지금 호남 지방에서 권율 장군과 의병들이 들고 일어나 왜군의 뒤를 추격하니 나라를 되찾을 날이 멀지 않았사옵니다. 해상은 이순신 장군이 굳건히 지키고, 육상은 권율 장군이 지키고 있으니 곡창지대 호남은 끄떡없고, 나라가 기신할 운이 텄나이다."

"바다는 원균이 지키는 것이 아니고?"

"두 장수가 바다를 지키고 있사옵니다."

"원균이 도망쳤다는데?"

도대체 왕은 농담 따먹기 하자는 것인지 종잡을 수 없었다. 정서 불안기가 역력해보였다.

"원균의 정체는 뭐고, 경상도가 궤멸된 이유는 뭔가."

왜란이 나자 경상도의 수령들은 다투어 도주하고, 백성들은 산간으로 피란해 영남의 성읍이 비어버렸다. 조선 수군의 요충인 경상좌수영의 군사들도 수사 박홍을 따라 싸우다가 도주하거나 궤멸되었다.

이때 경상우수사 원균이 전라좌수사 이순신에게 원병을 요청하고 흩어진 군사를 수습했다. 이순신의 전라도 원병이 들어오자 합세하여 옥포·당포에서 연전연승했다. 그러나 포상 과정에서 이순신과 공로 다툼이 생겨 불화가 생겼다. 이때 원균은 며칠씩 행방을 감추었다.

"그 자는 툭하면 숨는단 말이야. 여자 때문인가, 도박 때문인가. 그런 점이 조금은 인간미는 있다만, 군인으로서는 자질이 부족하지 않나?"

"여하간에 남도의 관·의병군이 반격 태세를 갖추니 성상께서 이 땅에 계시는 것만으로 병사들 사기를 올리시고, 전선을 튼튼히 하며, 백성을 안도케 하는 일이옵니다. 상감마마께옵서는 만리장성보다 더 든든한 백성들의 병풍이 되어주셔야 하는 것이옵니다."

"난 배만 오면 떠날 거야."

왕이 왔다 갔다 하는 모습은 흡사 정신분열 증세로 볼 만했다. 쉽게 흥분하고, 쉽게 좌절하고, 쉽게 기뻐했다가 졸지에 슬퍼하고, 종잡을 수 없었다.

13장 회한의 땅 의주 행재소

정충신은 행재소로부터 멀지 않은 통군정(統軍亭)의 누(樓)에 올랐다. 햇빛에 반사되어 반짝이는 압록강물이 가깝게 보였다. 유장하게 흐르는 푸른 강물은 웬지 마음 슬프게 했다.

의주는 압록강을 사이에 두고 중국으로 가는 북방 관문 역할을 하는 국경지대다. 위치 특성상 여몽전쟁 등 북방민족이 조선을 침탈할 때는 맨먼저 점령당하는 수난을 겪는 곳이다. 의주는 북방 수비의 요충지이지만, 반면에 일찍부터 대륙문명을 받아들이는 창구 역할을 했다. 그래서인지 주민들은 개방적이고 진취적이며, 기질이 거칠었다.

이런 성향으로 인해 주민들은 북방 대륙의 여러 부족들과 맞서 싸우는 용기가 있었다. 부당한 조정의 차별에도 저항했다. 의주성의 난(고려 고종8년), 위화도 회군 반란(1388년), 훗날 홍경래난(1811년), 그리고 더 먼 훗날 신의주 학생의거(1945)가 난 것도 다 그런 이유 때문이다.

의주는 외적의 침입을 막기 위해 진(津)과 산에 성을 많이 축조했는데, 지금에 와서 보니 선조를 위해 축성된 성처럼 보였다. 선조는 고려가 쌓은 성들의 혜택으로 온전히 몸을 보존하고 있는 중이다.

의주 지역은 고려말 해군 제독을 지낸 정지(鄭地) 장군과도 밀접한 관련이 있다. 정지는 정충신의 9대조다.

정지는 이성계와 함께 위화도를 지킨 여말(麗末)의 명장이었다. 그는 안주도원수로 복무 중, 최영 팔도도통사가 이끄는 요동정벌군에 합류해 위화도에 출정했다. 최영 팔도도통사 밑에는 이성계가 우군도통사, 조민수가 좌군도통사로 복무하고 있었다. 정지는 이성계 밑에서 복무했다. 이성계는 정지보다 열두 살이 많았지만 동지처럼 스스럼없이 대했다.

이성계는 어느 날 정지에게 의주 땅으로 나가자고 이끌었다.

"기가 막힌 농주가 있지 않갔슴메? 우리 거기 가서 진탕 마시고 오자우."

두 사람은 군선을 타고 의주 땅으로 나와 주막을 찾았다. 농주에 대취하자 이성계가 비분강개에 젖었다.

"내 무훈을 최 도통사가 독차지한단 말이다."

이성계의 용맹은 뛰어나고 무훈이 빛났으나 장애물이 있었다. 출신 성분 때문이었다. 변방 출신인 이성계는 권문세족인 최영의 그늘에 늘 가렸다. 그는 함경도에서 왔다. 조상의 고향은 전라도 전주였지만 곡절 끝에 그는 함경도에서 태어났다. 함경도는 예로부터 반역의 땅이라 하여 중앙 조정으로부터 배척을 받았다.

"나는 본시 전라도가 고향인데 '함경도 오랑캐'라고 업신여긴단 말이다."

함경도는 한때 원나라에 복속된 땅이었다. 하삼도(충청·전라·경상도를 통칭한 조선시대 지역명)에 비해 관북·관서(함경·평안도)에 대한 차별이 심했다. 차별이 심하니 반란이 자주 일어났고, 반란을 일으키니 더 거칠게 탄압했다. 함경도는 여진 오랑캐와 싸우고, 조선의 중앙 조정과도 싸우는 형국이었다.

이런 인연으로 정지는 이성계의 위화도 회군에 참여했으나 정권 탈취라는 사실을 알고 군인의 길을 걸었다. 후에 그는 이성계로부터 배척을 받아 두 차례나 귀양을 갔다.

정충신이 도도하게 흐르는 압록강 하류쪽 위화도를 바라보며 정지 장군을 떠올렸다.

"할아버지, 세상을 바꿀 수 없나요?"

— 바뀌야지. 하지만 현실적으로는 지난하다. 조선조처럼 고문기술이 발달한 나라는 세상에 없기 때문이니라. 악질적인 고문 기술로 모순을 극복하려는 백성을 조지고, 공포스럽게 묶고, 정적들을 제거하는 데 사용하였다. 고문 기술이 잔혹하니 어느 누구도 대들 엄두를 내지 못했지. 그중 천민, 노비 따위는 언제나 고문의 실험 도구가 되었다.

"그래도 우리에겐 인본의 예를 숭상하는 미풍이 있잖습니까."

— 사람 죽이는 미풍이 미풍이고, 또 예법이냐. 그것은 차별을 정당화한 통치술의 위선책일 뿐이니라.

"할아버지가 사셨던 여말(麗末)에도 노비제도가 있었고 예법이 있었잖습니까?"

— 고려대에도 노비제도가 있었지. 그러나 조선조처럼 가혹하지 않았고, 숫자도 많지 않았다. 노비들 신분이동도 유연했지. 그런데 조선은 자자손손 신분이 세습되었다. 반면에 돈 주면 면천(免賤)해

주었다. 그렇게 썩었다. 억울하다고 반발하면 벌레처럼 잡아 죽이는데 돈 갖다 바치면 봐주었다. 애초에 무서워서 대들지 못하게 공포감을 주었고, 그것이 오늘에 이르렀으니 국가 동력이 살아나겠느냐?

"왜나 중국도 노예제도가 있었잖아요?"

— 말하지 않았더냐. 그 나라는 돈받고 일하는 머슴이지, 조선과 같은 노비제도는 심하지 않았다. 하늘에서 내려다 보이는 미지의 나라 로마라는 땅도 전쟁 포로나 다른 민족을 끌고 와서 노예로 부렸지, 조선조처럼 같은 백성을 노비로 부리지는 않았단 말이다. 동족을 금수 취급하고 소처럼 부려먹고, 임금 한푼 안 주었으니 그게 나라 꼴이라고 말할 수 있겠느냐….

정지 장군은 정충신이 고민하던 것들에 대해 답을 주었다. 그릇된 제도와 관습 따위를 고칠 수 없을까. 하늘 아래 똑같은 사람인데 왜 나뉘고 불공평한가….

정지 장군과의 문답은 사실 정충신 자신의 고민이자 궁금증이었다. 그러니 자문자답인 셈이었다. 할아버지의 창을 통해 그의 가슴에 투사되었을 뿐이다. 할아버지가 또 이렇게 말하는 것 같았다.

— 조선은 길을 내지 않으니 운반수단을 보상이나 부상의 지게에 의존한다. 인간을 짐승으로 여긴 탓이다. 길을 내지 않으니 우마차가 다니지 못하고, 문물이 차단되고, 문명이 소통될 리 없다. 골짜기에 박혀 하루 먹고 하루 살라는 뜻이니, 고여 있으라는 것이다. 그냥 썩으라는 것이다. 그러니 썩지 않은 것이 있겠느냐. 갇혀 사는 은둔국이 어떻게 발전하겠느냐. 빌어먹지 않으려면 혁명적인 발상의 전환이 요구된다….

"나라를 비판하시면 누워 침뱉기 아닌가요?"

― 천상에서 내려다 보니 빌어먹을 세상이다. 조선이란 나라, 여성 차별 또한 가혹하다. 자기 태어난 모태를 이렇게 짓밟고 병신 만드는 나라가 어디 있느냐. 자궁이라는 절대적 본향을 우러르지 않은 나라는 절대적으로 망한다.

"할아버지, 남녀는 유별(有別)해야 한다고 하시지 않았나요?

― 그렇지 않다. 왜 유별이고, 남녀칠세부동석이냐. 무엇 때문에? 고려대만 해도 이러지는 않았다. 여권 상위는 아니더라도 남녀동등권이 행사되었다. 고려조에는 남편과 사별하면 조선조 때처럼 홀로 늙어죽게 만들어서 열녀비 하나 세워주는 것으로 가문의 영광으로 치부했던 것이 아니다. 언제든지 자유롭게 재혼할 수 있도록 허용했다. 그 기나긴 독수공방으로 고독을 씹으며 슬프게 사는 것이 아니라 새 남자 만나서 새 인생 일구도록 하였도다. 유산도 자녀 균분 상속으로 여자들도 똑같이 재산을 소유할 수 있게 했느니라. 외조나 외고조 등 모계 조상의 덕택에 음서(蔭敍)를 받았던 것에서 알 수 있듯이, 부계보다 모계 조상이 우러를 만한 때에는 모계를 선대 계보로 삼기도 했다. 네가 사는 조선조라면 가능하겠느냐.

"그러면 그때가 더 개명된 세상입니까. 역사가 후퇴해버렸습니까?

― 어떤 면에서는 그렇다. 인본을 중시하지 않는 예법은 허구다. 고려대는 가능한 한 본래 지닌 인간적 품성대로 살았다. 인위적인 것이 아니라 모계친화적인 생활모습이다. 어미 닭을 따르는 병아리같이 자연스럽게… 인본에 의하지 않고, 그들만의 틀을 짜서 제도로 묶고, 예법으로 가두니 나라의 창발적 동력은 떨어졌다.

할아버지 형상은 알 수 없는데 할아버지 말씀이 귀에 쟁쟁하게 울렸다. 정충신이 주먹을 쥐고 물 건너 위화도를 바라보는데, 압록강 물은 큰 짐승의 무리처럼 꿈틀거리며 도저하게 흐르고 있었다.

이항복이 행재소에서 물러나와 누 쪽으로 오며 소리쳤다.

"거기서 뭘하느냐. 어서 나를 따르라. 성상께서 울고 계시다."

"신료들이 계시잖습니까요."

"그들을 믿지 못하시는 분이시다."

정충신이 어전에 들어서자 아닌게 아니라 왕이 훌쩍거리고 있었다.

"물을 건너지 못한다면 어떻게 할 것이냐. 과연 과인이 여기 남아서 안전할 것이냐?"

그는 몸을 떨고 있었다. 몰아치는 한풍 때문만은 아니었다. 무슨 발작증세 같았다.

명은 애초부터 조선을 의심하고 불신했다. 부산포에서 한양 도성까지 천리 길을 한달음에 왜군이 달려온 것은 조선이 길을 터주었기 때문이라고 보았다. 명을 칠 테니 조선은 길을 내주어야 한다는 도요토미 히데요시의 요구를 받아들인 것임에 틀림없다고 생각했다.

그 많은 군사가 맨손으로 달려가도 스무날이 걸리는 한양 길을 크고 작은 전쟁을 치르면서도 불과 열이레 만에 한양에 도달하니, 전쟁은 요식행위고, 그들끼리 맺은 비밀 약조를 이행하는 것으로밖에 볼 수 없었다.

그런 처지에 왕이 의주에 이르러 배를 보내달라고 한다. 쓸개가 있는 왕인지 도대체가 한심해보였다. 손수 칼을 차고 전장에 나가 진두지휘해도 부족할 판에 도망을 나온다? 거기엔 필시 무슨 곡절이 있던지, 도요토미의 흉계에 넘어간 것이다. 이렇게 명은 의심했고,

그래서 수차 사신을 보내어 정탐했다.

예판 윤근수는 명의 병부상서(국방장관) 석성의 사신 임세록을 맞아 실정을 설명했으나 의심을 거두지 않았다. 명은 다시 참정 황응양을 보내 염탐했다. 요동총병 양소훈도 조선 정황을 살펴보고 '조선이 아비 나라를 배신할 수 있다'는 보고서를 북경 정부에 올렸다. 양소훈은 그러면서 다음과 같이 전략을 세웠다.

— 전쟁은 남의 나라에서 그 나라 물자와 그 나라 인력으로 싸우는 것이 최상의 전법이다.

전쟁터를 굳이 자기 나라로 끌어들일 필요가 없다는 논리다. 외국에서 전쟁을 치르면 자기 나라는 물질 손실도 없고, 병력 손실도 있을 수 없다. 내 나라 내 강토가 허물어질 리 없으니 져도 본전이다. 반면에 이기면 다 얻는 것이다.

명은 조승훈 군대를 간보기로 평양에 출격시켰으나 대패했다. 평양성 싸움에서 왜 군단은 명군을 어린애 다루듯했고, 조승훈 군대는 흔적도 없이 사라져버렸다. 왜군은 문자 그대로 무적의 존재였다.

따지고 보면 명은 건국 200년이 된 지금 노쇠해지고, 관리의 부패와 법도의 해이, 군대의 이완으로 나라 꼴이 말이 아니었다. 7천만의 인구 중 군대 정원 300만 명을 두었으나 병사들이 도망가거나 기피하고, 돈먹고 대리복무를 하는 무지랭이 따위 겨우 50만의 오합지졸로 남아 있었다. 거기에 몽골족과 만주족의 침략에 나라는 큰 주먹을 맞은 아이처럼 몽롱한 채로 비틀거리고, 여기에 강력 왜군이 쳐들어올 태세다. 망할 것이 분명해보였다.

명은 서둘러 밀사 심유경을 평양을 점령 중인 고니시 유키나가에게 보냈다. 화의(和議)를 서둘지 않으면 요동땅은 물론 북경까지 내놓아야 할 판이었으니 그 길밖에 없었다.

심유경은 1592년 9월 평양성 북쪽 강복산 기슭의 객관에서 평양 점령군사령관 고니시 유키나가를 만나 머리를 조아렸다.

"먼 길 오셨습니다. 우리가 만나는 것은 싸우자고 만나자는 것이 아닙니다."

"우리 역시 싸움보다 화평을 원하오. 화의조건을 제시하시오."

"원하시는 것을 먼저 말씀해보시오."

"좋소."

고니시는 심유경에게 강화 7개조를 제시했다. 심유경이 도장을 찍어주지 않을 수 없었다. 약자는 언제나 강자의 요구에 응할 수밖에 없다.

강화 7개조는 △화친 △할지(일본측 용어로 조선 분할) △할지는 조선의 4도를 일본 영토에 복속하게 하고, 대동강을 경계로 한다 △조공은 공선(貢船:공물을 수송하는 배)으로 한다는 것 등이다.

심유경은 싸우지 않는 안도지심(安堵至心)으로 왜의 일방적 요구를 그대로 수용했다. 화의로 그들 역시 대동강 이북을 가져가는 잇속이 있다. 산악지방이 많긴 해도 면적은 대동강 이남과 큰 차이가 없다. 밀린 듯이 화의를 하는데 저절로 조선 땅이 생기고, 국경선도 압록강 변경으로부터 육백 리 아래로 남하하게 된다. 양보하고 굴복하면서 이익을 얻는 화의. 참으로 기막힌 협상력이다.

조선반도는 속국일망정 이전까지 명의 땅이 아니었다. 그런데 화의를 통해 두 토막내면 조선은 사라지고 북방지역은 중국, 대동강 이남은 일본이 차지한다. 공물도 조선의 생산물로 내니 생색낼 수는 있어도 명으로서는 손해볼 것이 없었다. 패하고도 얻는 것이 많은 전쟁이었다.

이런 내용을 의주 행궁의 어떤 누구도 아는 자가 없었다. 다만 전쟁이 일시 중단되니 난리가 멈추었다고 해서 조정과 백성들은 얼싸안고 춤을 추었다.

아직까지 휴전 사정을 모르고 의병들이 국지적으로 왜병과 붙었을 때는 명군이 달려가 한사코 저지시켰다.

"너희 새끼들, 싸우지 않도록 해주었더니 겁도 없이 일본군에 대드냐? 그러다 또 좆팽이치면 어쩌려고 그래? 또 도망갈 놈들이! 만용 부리지 말고 당장 창을 내려놓아라. 안 디질라면 창을 내려놓고 잠자코 있으란 말이다!"

정말로 평화가 왔다. 아버지 나라의 배려로 전쟁이 멈춰졌으니 그 은공을 연년세세 잊을 수 없다. 명군이 지나갈 때마다 지체높은 사람들이 나가 값진 선물을 전하고, 어떤 벼슬아치들은 명나라가 있는 서쪽을 향해 삼배, 또는 구배를 올리며 눈물을 흘렸다. 어버이 나라의 은혜를 어찌 잊겠나이까. 지체낮은 백성들도 양반들을 따라 무릎 꿇고 머리를 조아렸다.

14장 다시 광주

　이항복의 사랑방에 정충신이 들어왔다. 무릎 꿇고 앉은 정충신의 위아래를 이항복이 찬찬히 훑어보았다. 체격이 크다고는 할 수 없지만 딱 벌어진 어깨하며, 근육질로 다져진 팔뚝과 허벅지, 무예를 제대로 닦아서인지 나무랄 데 없는 몸을 갖고 있다. 눈은 빛나고, 어떤 무엇에도 굽힘이 없는 태도가 청년답다. 그래서 장인 어른도 이 소년을 예사로 보지 않았던 것인가. 그랬기에 머나 먼 이천오백 리 길을 한달음에 달려가라고 장계를 내주었을 것이다.

　"고향에 내려가겠습니다."

　"왜 가려고 하는고?"

　"목사 어르신을 뵙고 귀환 보고를 해야지요. 공무를 수행했으면 결과에 대한 보고를 해야 합지요. 명령을 받고 수행한 행위에 대해 최초의 목적에 부합되었는가를 확인하고, 행위의 원천에 대해 적절한 해답을 얻었나 살펴보고 보고하는 것은 부하가 해야 할 책무입니다."

"오호, 그래? 그 말은 맞다만 주상전하께옵서도 너와 대화를 나누시기를 원하신다. 그보다 더 중요한 일이 어디 있겠느냐."

"그렇지 않사옵니다. 처음과 끝이 명확해야 하옵니다."

"행궁의 주상전하께서는 지금 쓸쓸하고 외로우시다. 네가 와서 위안이 되셨느니라. 나날이 붕어하는 마음으로 사셨는데 말이다…."

"붕어라니요? 잉어보다 작은 붕어 말씀이옵니까?"

이항복은 해학이라면 어느 누구에게도 뒤떨어지지 않는다. 정충신이 진짜 문자를 몰라서 묻는 줄은 모르고, 이항복이 웃으며 말했다.

"붕어란 임금님이 훙거하신다는 뜻이다."

"훙거는 또 뭡니까."

"왕의 죽음을 훙(薨)이라고도 한다. 훙거(薨去)하시다, 안가(晏駕)하시다, 선어(仙馭)하시다고 하느니라. 지체가 높은 분들의 죽음에는 졸거(卒去), 소천(召天), 사거(死去)가 있느니라. 외워두어라. 나중 문과나 무과 시험에도 나오느니라."

정충신은 어이가 없었다. 꼭 말장난하는 것 같다.

"그것이 국사에 무슨 의미가 있사옵니까. 국가발전 방향이 무엇인가, 하다못해 장례 개선법이 무엇인가, 국가조직 운영의 올바른 방향이 무엇인가, 이런 것을 묻는 것이 바른 시험문제지 아닙니까? 윗분이 죽으면 돌아가셨다 하면 되는 걸 가지고 별의별 용어로 실력을 재니 매양 사는 처지가 이 모양 아닌가요?"

"맹랑한 녀석이로군. 묻는 말에 대답하렸다. 그럼 아랫 사람이 죽었다면 어떻게 표현하느냐."

"그냥 죽었다 하면 안 되나요?"

틀린 말은 아니었으나 지체높은 이항복으로서는 받아들일 수 없었다.

"예법과 법도로 살아오니 우리가 예법의 나라, 동방예의지국이라고 하느니라. 그런 것을 지키는 것도 임금에게 충성하는 일이다."

구차스러운 것이라도 임금에 충성하는 것이라면 모든 것이 통용되고 묵인된다. 하지만 그런 것으로 나라의 기틀로 삼기에는 뭔가 어설퍼 보인다. 실질로 다스려야 할 것을 쓸모없는 치장과 표현에 신경을 쓴다.

"너의 생각이 독특하다고 보긴 한다마는 질서 속에 사는 것이 세상의 이치고, 그것이 사는 데 도움이 된다는 것을 알아두어라. 모난 돌이 정 맞는다. 너를 보니 내 어린 시절의 나를 보는 것 같구나."

"나리도 좀 호기심이 많았나요?"

이항복이 웃음을 거두지 않고 말했다.

"차차 알게 될 것이다. 여기 남거라. 배워야 하느니라. 너에게는 지금이 지식을 채우는 가장 좋은 기회다."

"그러면 이렇게 하겠습니다. 권율 사또께 복귀 보고를 하고, 부모님과도 이별을 하고 돌아오겠습니다. 목사 어르신은 제 수령이시고, 수령의 명을 받잡고 의주에 왔으니 결과 보고를 해야 합니다. 그러지 않고 여기 눌러앉아버리면 의주차사란 말을 듣기가 똑 맞지요. 그리고 꼭 만나고 싶은 사람이 있사옵니다."

"누군데?"

"여자이옵니다."

"여자?"

"네, 꼭 만나야 할 여자이옵니다."

"처자인가?"

"처자는 아니고 두 여자 모두 결혼한 여자이옵니다."

"처자도 아니고 결혼한 여자? 그것도 두 여자씩이나?"

당시는 조혼 풍조이니 만으로는 열여섯이라면 결혼적령기도 된다. 그러니 혼인 맺을 여자가 있을 것이다. 그런데 생뚱맞게 이미 결혼한 여자를 만나러 간다?

"남녀간의 애정사를 묻는 건 말이 아니다만, 그래도 새파란 총각이 하필이면 혼인한 여자를 만난다고 하니 괴이하다. 혹 샷된 일을 해왔던 것이 아니냐."

"샷된 짓이 아니옵니다. 한 여자는 용인 아래, 천안 인근의 성환이라는 산골마을에 사는 여자이옵니다. 시아버지와 남편이 맞아죽고, 여인은 인근에 주둔한 왜병들에게 윤간을 당하였나이다."

"뭐?"

"소인이 의주 오는 길에 여자의 마을에 당도했을 때, 왜병들이 마을에 불을 지르고 젊은 여자들은 끌고 가고, 남정네들은 쇠사슬을 채워서 우마꾼으로 동원하고, 마을의 곡식과 반찬을 모두 훑어갔나이다."

"그럼 너는 뭘 했더란 말이냐?"

"숨어있다가 야음을 틈타 집으로 들이닥치는 왜놈 병사들을 해치웠나이다. 소인이 변복해서 안방 이불 속에 들어가 있다가 왜병이 들어오는 족족 처치했습니다. 네 번짼가, 다섯번째엔 들통이 나버렸습니다. 꼼짝없이 죽는 판에 어떤 분의 도움으로 살아났습니다. 그가 적병 목을 땄나이다."

"그 사람이 누구냐. 고맙구나."

"정처없이 떠도는 사람이라고 했습니다."

"포수더냐?"

"3년 전 옥사 때 일을 저지른 사람인 것 같습니다."

이항복이 놀랐다. 아직도 그 뿌리가 남아있구나. 조정은 기축옥사를 반역으로 몰았고, 혐의자가 있으면 찾아내 목을 베었다. 그런데 그 잔재들이 남아있는 것이었다. 이항복도 그 일역을 담당한 사람이었다.

"다른 여자는 누구냐?"

"소연이라는 여자이옵니다."

"그 여자도 결혼한 여자라?"

"이치재 전투장에서 만난 여자이옵니다."

"왜 하필이면 혼인한 여자를 마음에 품고 있는고?"

"그 남편은 죽었사옵니다."

"그렇다면 열녀로 살게 두어야지, 인연을 맺어서 남의 가문을 수치스럽게 하려느냐?"

"무슨 좋은 일 있다고 한많은 청춘을 독수공방 시켜야 합니까."

"참으로 묘한 젊은이군. 우리에겐 윤리 법도가 있지 않느냐. 충신불사이군(忠臣不事二君)이라고, 충신은 두 임금을 섬기지 아니하듯, 열녀불경이부(烈女不更二夫)이니라. 열녀는 두 남편을 섬기지 않는 것이니라. 제나라 충신 왕촉에게서 나온 말이고, 우리는 대국의 법도를 따르는 것이다."

왕촉은 연나라가 제나라를 공격하고, 연나라 장수는 충신 왕촉을 찾아 연나라에 입조하라고 권유하는데, 왕촉은 거부하며 '충신은 두 임금을 섬기지 아니하고 열녀는 두 남편을 섬기지 않는다'고 외쳤다. 그는 목이 달아났으나 충절이 드높다 하여 후에 대충(大忠)이 되었으며, 조선은 대국의 본을 따르는 예법국가로서 그를 본으로 삼았다.

"소인 생각은 다르옵니다. 열녀비 팔아먹고 사는 가문이라면 여인을 고문하는 집안이지요. 여인네를 얼마나 가슴 아프게 하나이까. 여자가 밤을 견디느라 자기 허벅지를 바늘로 찌르고, 인두로 지지는 것을 용납해야 합니까. 어떤 여인은 밤이 지겨워서 방죽에 빠져죽었다 하누마요. 그 꼴을 방치하는 것은 나라의 직무유기이옵니다. 여성을 학대하고, 차별과 편견을 도덕적 교조화로 묶어버리는 비인간적 태도입니다요."

"맹랑한 놈일세."

이항복은 젊은이의 상상력과 세상을 보는 눈이 새롭다고 느꼈으나 위험하다고 생각했다. 예의범도는 물론 질서를 파괴하는 파렴치범이 될 수 있다. 금수의 생각일 수도 있다. 정해진 바대로 살고, 경서를 닦아서 문과에 급제해 입신출세하면 먹을 것 입을 것, 취향에 따라 여자도 한껏 취할 수 있는데, 왜 저렇게 쓸데없는 상상력을 갖고 있나. 기존 질서를 어긋나게 하는 것은 당사자를 위해서 결코 바람직하지 않다.

그런데 신선하다. 그래서 왕도 정충신을 흥미롭게 바라보았던 것일까. 왕의 평소 품성을 아는 이항복으로서는 불가사의한 일이었다. 왕 역시도 자유인을 꿈꿀 것이다. 속박을 벗어나 자유롭게 사는 꿈. 지위와 권세, 법도의 틀과 예법의 속박으로부터 벗어나고 싶을 것이다. 그 속박으로부터의 자유를 정충신을 통해 대리만족하는 것일까?

"너의 생각은 열녀비에 문자 하나 박아서 무슨 좋은 일 있겠냐는 뜻이렸다?"

"그렇사옵니다."

"네가 성혼하여 만약에 네가 일찍 죽고, 너의 내자가 빨리 재가하면 너는 저승세계에서 분노하지 않겠느냐."

"무슨 저주를 하겠나이까. 죽은 자는 재가 될 뿐이지요. 거름이 될 뿐이옵니다."

"그렇게 보면 허무한 생각이다. 온갖 무덤이 섭섭해하지 않겠느냐."

"그건 살아있는 사람의 생각일 뿐이옵니다. 살아있는 자의 자기 현시욕구이옵니다. 공연히 무덤을 만들어놓고 슬퍼하지, 무덤 속 시체는 알지 못합니다. 그저 생자의 자기 위안일 뿐입니다."

"기특하고도 신묘한 생각이로다."

저런 상상력 풍부한 총각에게 딸을 주어야 하는 것인데, 이항복은 뚱딴지같이 이런 생각을 했다. 사위 윤인옥에 비하면 몇 곱절 사물을 보는 눈이 신선하고 깨끗하다. 그런데 연령대가 맞지 않았다. 정충신이 늦게 나타나 운대가 맞지 않았고, 딸은 정충신보다 여섯 살 연상이었다. 생각 끝에 이항복이 말했다.

"경서를 읽었으니 병서를 읽어야 할 때니라. 잡념을 거두어야 한다."

"그 여자들은 생각하렵니다. 불쌍한게요."

"세상에서 나쁜 것은 어리석은 것이다. 그것이 나라를 망친다. 용기 없고 약하면 키우면 되는 것이고, 무서운 것은 피하면 되지만 어리석은 것은 재앙이다. 개인사는 물론 국사도 마찬가지니라. 어리석음을 막으려면 어떻게 해야 하겠느냐."

이항복은 왜란을 겪은 것도 어리석어서 겪는 비극이라고 생각했다.

"무슨 얘기를 그토록 재미나게 하셔요?"

이항복의 정실부인 안동권씨가 들어왔다. 부인 안동권씨 손에는 비단 보자기가 들려있었다.

"총각이 내일 떠난다구요?"

"그런다 하오."

"아버님 전복(戰服)을 마련했습니다. 겨울철도 되니 솜이 박힌 전복이에요. 인편이 있으니 보내고 싶네요."

권씨부인은 권율 장군의 외동딸이었다. 권씨부인은 며칠 전부터 아버지의 전복을 만들었다. 이치전쟁 이후 전선에서 활약하고 있는 아버지가 심히 걱정되었다. 겨울 들판에서 야전군을 지휘하려면 방한복을 겸한 전복이 필요하다고 본 것이다.

그녀는 아버지가 이치·웅치를 지킴으로써 왜의 진격을 막았다는 얘기를 진작에 들었다. 기뻤지만 가슴을 졸였다. 전선은 죽음이 휴대품이 아니던가.

40 먹은 딸이라도 딸은 딸이다. 무남독녀 외동딸인지라 부녀지정(父女之情)은 각별하였다. 금산의 이치전쟁, 진안의 웅치전쟁에서 아버지가 죽을 고비를 넘겼다는 소식을 듣고 그녀는 당장 쫓아내려가고 싶었다.

이치·웅치 전투는 일본이 그 어떤 전투보다도 큰 패전으로 일본사에 기록하고 있다.

일본 역사학자들에 따르면, 일본군이 조일전쟁을 완벽하게 마무리하지 못한 가장 큰 원인은 이치·웅치전투를 승리로 이끌지 못하고, 병참선을 확보하지 못한 데 원인이 있다고 평가했다. 해상전의 명량·노량 '양량대첩'과 육전의 이치·웅치 '양치전' 패배로 호남을 병탐하지 못한 것이 패전의 큰 이유라고 적시한 것이다.

이처럼 중대한 전과를 올린 아버지 권율을 바라보는 이항복의 정실부인 안동권씨는 전라도 광주로 가는 정충신에게 아버지의 전복을 만들어 줘어 보내고자 하는 것이다.

"그 머나면 길을 무거운 전복을 어떻게 가지고 간단 말이오?"

이항복이 부인으로부터 전복을 받아 들어보았다. 실히 열댓 근은 되어보였다.

"이렇게 무거운 전복은 처음이오. 이렇게 무거운 것 입고 어떻게 움직이겠소?"

"아니어요. 지휘관은 누에서 지휘만 할 테니 전복이 무거워도 상관이 없지 않나요? 누각은 더욱 춥지요."

"왜 이렇게 무겁소?"

"전복 저고리 앞 뒤쪽에 철판을 깔았답니다."

"철판을 깐다고 안 맞을 총이 있겠소? 장인 어르신은 현지에서 더 좋은 전복을 입고 계실 것이오. 그분이 어떤 양반인데…"

권씨부인이 저고리 옷고름을 눈에 갖다 대고 훌쩍거리기 시작했다.

"당신이 부녀지정을 이렇게 깔아뭉개다니요."

"미안하오. 호남지방의 면화 질이 좋으니 충신더러 그곳에서 전복을 하나 맞춰서 당신 선물이라고 갖다 바치도록 하면 어떻겠소?"

권씨부인이 소리쳤다.

"물건을 사서 선물로 바치는 것과, 직접 딸이 만들어서 바친 것이 똑같요? 앞뒤 분간을 못 하는 인간이 정승판서라니!"

이항복이 입을 쩝 다시며 뒤로 물러앉았다.

"나리, 소인이 가지고 가겠습니다. 마나님의 정성을 받잡고 제가 고이 가지고 가서 전하겠나이다."

두 사람이 투닥거리는 것을 보고 정충신이 나섰다. 정승판서 가문이라고 했지만 사는 꼴은 여염집이나 별반 다르지 않았다.

"어떻게? 이렇게 무거운 것을. 가다가 필시 왜적에게 붙들릴 텐데…."

"소인이 아예 전복을 입고 가겠습니다. 군인은 일부러 모래주머니를 차고 훈련하지 않습니까요."

"당신은 저 소년병사보다 못해요!"

부인이 소리치자 이항복이 정충신을 향해 말했다.

"그래, 너의 기지가 특별나구나. 어떻게 입고 갈 생각을 다 했느냐."

"옷은 입으라고 있는 것 아닙니까요? 기왕 가지고 갈 적시면 입고 가부러야지요."

"그래. 의주 올라올 때는 장계를 삼태기로 삼아서 가지고 오더니만 내려갈 때는 또 저 무거운 전복을 입고 가겠다? 지혜와 기지는 제갈량보다 앞서는구나. 하지만 자그마치 이천오백 리 길 아니냐. 하루 이틀도 아니고 그 먼 길을 저 무거운 것을 입고 가려느냐? 가능하겠느냐?"

"마나님께서 만들어주신 전복을 받고 감격하실 사또 어르신을 생각하면 이보다 더한 것도 해야지요. 마나님의 정성을 업수이 여기시는 승지 어르신이 도리어 머하구마요."

권씨부인이 이항복을 흘기더니 말했다.

"당신은 총각만도 못 해요."

"그래, 내 미처 생각을 못 했소."

"총각 병사에게도 한 벌 맞춰주려고 해요."

"짐되게 하지 마시오. 돌아오면 해입히면 되오."

"돌아온다고요? 거 잘됐네. 내 질좋은 전복 만들어줄 게요."

정충신이 나섰다.

"나리, 지금 떠나겠습니다. 생각날 때 허벌나게 가부러야지요."

"전라도 말이냐?"

"그렇사옵니다."

"그렇다면 허벌나게 가부러라."

"말 흉내 내지 마시오."

권씨부인이 이항복에게 눈을 흘겼다. 그녀에게 있어 남편은 정승 판서이기 이전에 개구쟁이 철부지였다. 환란 중에도 연일 당쟁이 피를 부르고 있으나 그 어떤 누구와도 척을 진 적이 없는 남편이다.

정충신이 광주에 다다른 것은 그로부터 한 달 후였다.

"네가 어떻게 이렇게 무거운 전복을 가져왔느냐?"

정충신을 맞은 권율 목사는 놀란 표정이었다.

"소인이 직접 입고 왔나이다. 집에서 빨아서 가져왔사옵니다."

권율은 생각할수록 정충신의 기지에 놀랐다. 반면에 정충신의 어머니 영천이씨는 섭섭했다. 전복을 고이 빨아 다려놓자 아들이 관아에 주어버린 것이다.

"아니, 임금님이 하사하신 군복이 아니냐?"

이천오백 리 길을 달려가 성상에게 장계를 올렸다면 당연히 이런 부상이 있어야 했다.

"아닙니다. 입고 오느라 추접해졌을 뿐, 내 것이 아닙니다."

"빨면 새 옷이제 어쩌겠냐마는 니 옷이 아니랑게 섭섭하다. 엄니는 니가 그새 큰 군인이 된 줄 알았다. 빌려입고 온 것이냐?"

"사또 어르신 것입니다. 사또 어르신 따님이 갖다드리라고 만들어서 보내주신 것이지요. 이항복 영감의 부인이지라우."

영천이씨는 솜이 박힌 누비 안에 쇳조각을 달아붙인 전복은 아들에게 꼭 필요한 옷이라고 믿었다. 이것을 입으면 어떤 위험도 막아낼 것이다.

"상감마마를 알현했느냐?"

권율 목사가 물었다. 지엄하신 분인지라 일개 소년병사를 대면했으리라고 그는 보지 않았다.

"알현하옵고 장계를 올렸나이다. 왜군 진영을 격멸했다는 보고서를 살피시고 기뻐하셨나이다. 무릎을 치기까지 하셨사옵니다."

"성은이 망극하옵니다."

권율이 자리에서 일어나 북편을 향해 두 손을 모아 읍하더니 엎드려 큰절을 올렸다. 한 번 두 번 세 번…. 그리고 엎드린 채 한동안 움직이지 않았다. 그의 두 어깨가 들썩였다. 바닥에 눈물이 떨어지고 있었다. 임금이 지체높은 위인이라는 것은 알지만, 사또가 저렇게 목이 멜 정도인가.

중신들도 없는 쓸쓸한 행재소 탓이었을까, 정충신은 임금이 평범한 시골 영감으로 여겨졌다. 임금은 위축되어 불안감을 감추지 못한 나약한 인간의 하나일 뿐인데, 목사는 끝없이 운다. 눈에 보이지 않으면 더 커보일 수 있다. 그래서 왕은 신비스런 존재로 남기 위해 백성들 앞에 쉽게 나타나지 않는지 모른다. 의주 행재소라는 특수한 환경이었기 때문에 정충신은 왕을 쉽게 만나 그의 인간적 허점까지 살펴볼 수 있었다. 별 특별한 사람도 아닌데 사람들은 얼어버린다.

권율이 자세를 고쳐 앉더니 물었다.

"주상 마마의 옥체 존안은 평강하시더냐."

목사는 쉬운 말을 어렵게 한다.

"근심이 가득하였은즉 저도 마음이 슬펐나이다. 사또 어르신의 장계를 보시고 크게 위로를 받으시면서 외롭지 않다고 하셨습니다. 1만여 왜군단을 약 2천의 아군병사로 물리쳤다는 대목에 이르러서는 눈물을 흘리셨습니다."

권율이 돌아앉더니 다시 눈물을 훔쳤다. 그리고 정충신에게 말했다.

"일찍이 임금님에게 충성하는 것은 시대정신의 길인 법, 그 정신을 저버리는 것은 천대 만대 죄를 짓는 일이다."

그러나 언젠가 길삼봉 성님은 임금을 찌그러진 개밥통으로 알았다. 그게 왕이고 인간이냐? 상놈에 새끼지! 그런데 사또 어른은 그의 이름만 나와도 눈물부터 앞세운다. 혼란스럽다.

"도승지(이항복)의 요청도 있으니 너는 의주로 올라가렸다. 가사(家事)를 마무리짓는 대로 떠나라. 주상마마를 대신하여 내가 상을 내리니 광목 네 필과 쌀 두 섬을 가져가도록 하라."

이것들을 우마차에 실어 지막리(광주광역시 지산동의 옛 지명) 집에 오니 벌써 소문을 듣고 마을 사람들이 구름처럼 모여들었다.

"임금이 내린 하사품을 사또 어르신이 전달한 것이랴. 경사 나부렀네이."

"그란디 충신이 한양으론가, 의주 행궁으로 올라간다고 하더만? 사실이여?"

"나는 몰겄소. 그런 소문도 났습디여?"

"소문낭게 알제. 그렇게 해야제. 대처로 올라가서 급제해야제. 인물 났네이."

"무등산에서 평생 멧돼지나 잡을 인간이 아니란 걸 폴세 나는 알았당게."

정충신을 맞은 그의 부친 정윤은 그러나 담담하였다. 이런 때일수록 진중해야 한다. 정윤은 왕실이 내린 하사품을 마을에 풀었다.

"다 풀어버리면 어쩔 것이요. 쌀 한두 말은 남겨서 떡을 해야 하는디…."

영천이씨가 섭섭해서 말했다.

"영광은 함께 나누는 것일세.

정윤은 아내의 말을 묵살하고 아들을 방으로 불러 앉혔다.

"때가 되었으니 정혼을 해야 할 것이 아닌가. 괜찮은 규수가 있다."

갑작스런 아버지의 제의에 정충신은 놀랐다. 정충신은 며칠 후 전라도 완산 산골짜기로 달려갔다.

윤초시가 땅이 꺼지듯 한숨을 내쉬었다. 윤초시 곁에 그의 부인이 나와 울상을 짓고 있었다.

"그 용맹은 어디다 내불고(내버리고) 인자 왔는가. 우리 아이는 어찌케 하라고…."

윤소연을 내놓지 않고 우는 것이 무슨 곡절이 있는 것 같다.

"소연씨가 어디로 간 것입니까?"

"그렁개 이렇게 넋을 잃고 살제. 구해야 한단 말이시."

부인이 말하고 탄식하듯 덧붙였다.

"새벽마동 정한수 떠놓고 빌었던 것이 이런 험한 꼴 맞을라고 그랬던 것이여? 왜 인자 왔는가."

"온다는 약조는 없었습니다."

약조는 없었지만 그녀가 그리워서 찾아온 것 뿐이었다.

"손을 잡았으면 인연이 된 것 아닌가. 그렇게 되었응게 인자는 재가도 못시켜."

"소연씨는 혼인 중이 아니었습니까?"

"신랑이 죽어버렸는디, 무슨 혼인 중이여? 다른 사는 길을 찾아야 하는디, 그때 자네가 나타났단 말이시. 희망을 걸게 되었던 것이제. 고을에 있는 동안 자네가 가를 구해 지켜주지 않았던가. 그러면 말 다 했제."

윤초시가 말했다.

"가도 이치전쟁 때 한 역할 했어. 그리고 바람처럼 떠났어도 돌아올깨미 학수고대했던 것이여. 날마다 새벽이면 찬물 떠놓고 소원했당게. 그란디 이 모냥이여?"

소연은 기생으로 나가라는 아비의 말을 막기 위해 정충신을 내세워 가림막을 했다. 부모는 기약도 없는 남자를 기다리는 것이 무망한 일이라고 보고, 어차피 버린 몸, 나이 든 사람의 후실로 보내거나 기생방으로 보낼 작정을 하고 있었다.

이때 왜군에게 끌려갔다.

"왜군이 어디에 있습니까."

"잔병들이 퇴각 안 하고 북으로는 대둔산, 남으로는 덕유산, 기백산 쪽으로 산적 떼가 되어서 숨어들었다고 한단 말이시. 이탈했으니 왜병에 합류할 수도 없고, 그렇다고 조선 사람 행세하기엔 서툴고, 그런 자들을 주민들이 경계하고 보복하려고 항게 가까이 오들 못하고, 그러니 산속에서 연명한다."

장기전으로 가자 전쟁은 엉뚱한 방향으로 흘러가고 있었다.

정충신은 임시 설치된 비변사의 초소를 찾았다. 비변사는 외적의 침입 등 변방에 국가적 비상사태가 발생하면 변방 상황을 잘 아는 수령으로 하여금 군사 활동을 펴도록 편성한 군사 조직이었다. 이 조직은 변방의 주요 군사요충지에 첩보원을 심어놓고, 군사기밀과 적의 동태를 파악하는 비밀 첩보 수집에 비중을 두고 활동하고 있었는데, 왜 잔병이 남아있는 진산, 완주, 진안, 무주가 그 무대였다.

비변사 초소에서 정충신은 요원 김달서란 중부장을 만났다.

"나는 권율 전라도절제사 휘하에 있는 척후병 정충신이오. 이치전 이후 주민실태 파악차 왔소. 여자들이 왜군 잔당들에게 납치되어 욕을 본다는 말을 들었습니다. 어떻게 된 일입니까."

"이 자들이 산골짜기마다 숨어들어 본진에 합류하려는 왜군 잔당과, 이들과는 길을 달리하는 항왜들로 나뉘어서 으르렁대고 있소. 사정이 복잡한 곳이요."

"왜군 잔당과 항왜가 뒤섞여서 어지럽다 이 말입니까?"

"그라요."

김달서가 기밀을 탐지한 결과, 대둔산과 이치재 사이 골짜기에 왜군들이 이박히듯 박혀 있었다. 왜의 고바야카와 6군단이 침입해 왔을 때는 조선인들이 산으로 숨었는데, 이번엔 왜군이 숨어든 형국이었다. 밤이면 약탈을 일삼고 낮엔 잠을 자는데, 잔당과 항왜가 하는 짓은 똑같았다.

"항왜들이 왜 강도가 되었습니까?"

"받아주들 안 하니 그라제. 한두 놈이라야 말이지 수백, 수천이 된다고 하니 관아가 감당을 하들 못 하제. 그중엔 첩자도 끼어 있으니 함부로 받아들일 수도 없고."

"투항자를 심문한 적이 있나요?"

"항복한 왜인 몇 놈에게 술과 안주를 먹이자 그들이 항왜가 된 사연을 털어놓더군. 가관이었소. 평양에서 고니시 유키나가 1군단장이 명과 화평협상을 서두르는 이유를 알만 하더랑게. 패전할 것 같으니 화평을 서두른다고 보고, 그러면 자기들은 뭐냐 이거여. 닭쫓던 개 꼴 아니냐. 그러니 먹을 것도 없고, 겨울은 닥치는디 여름철 군복으로 지내라고 하고, 환장하겠다는 것이여."

그는 항왜들의 투항 사유를 더욱 구체적으로 소개했다.

— 투항한 자들은 엔코쿠지 에케이, 고바야카와 다카카게, 가토 기요마사 휘하에 예속된 장졸들이다. 잡병들이 각 장수들의 진영을 오가면서 감당해야 하는 수자리(전방 수비)가 가혹하여서 견딜 수 없었다. 게다가 배가 주리고 기합이 세서 진지를 떠났으며, 그중 상당수는 조선이 후히 대접한다는 소식을 접하고, 근무지를 이탈했다.

— 포악한 왜장 휘하의 장졸일수록 투항자가 많다. 험한 산지와 추운 함경도 지방에서 힘들게 버티고 있는 가토 군대가 가장 이탈자가 많다. 이들이 남쪽으로 내려왔다.

그러나 남쪽도 달라진 것이 없다는 것이다. 받아주는 곳도 없고, 먹는 것 역시 시원찮으니 더욱 갈 곳이 없다는 것이다.

"나는 완주 안심골의 여자를 찾고 있소. 여자들이 잡혀간 곳을 알고 있소?"

김달서가 치부책 같은 것을 품에서 꺼내 펴더니 대답했다.

"동짓달 초이레 잡혀간 다섯 아낙들이었군. 잡혀간 지 얼마 안 됐소. 그러잖아도 윤초시 어른의 청을 받고 그들을 쫓고 있소."

"소연이라는 처녀 말씀이오?"

"그렇소. 그 여자를 찾고 있소. 나가 좋아할 상이요."

정충신은 이곳 지세를 잘 아는 그를 이용할 셈이었다.

"금명간 소탕전을 벌일 것이오."

"안 됩니다."

정충신이 단박에 반대했다.

"소탕전은 여인네들까지 다 죽이게 될 것이요."

"다소의 희생은 불가피하지."

"방법이 있습니다."

정충신이 생각을 가다듬었다.

"항왜들을 이용해야지요. 그들 세력 분포와 근거지를 숙지했나요?"

김달서가 문서를 꺼내 펴들었다. 항왜 실태가 적혀 있는 문서였다.

— 현금(現今) 전라·경상 좌우병사가 거느린 항왜가 1천 명에 달한다. 북쪽 변방에 이주시킨 항왜의 숫자가 5천 가량이며, 이밖에 항왜의 수는 42건에 1천 6백명에 달하고 있다.

뒷장에는 이들의 투항 사유가 세목별로 적혀 있었다.

— 왜인들의 시름이 여러 갈래인즉, 포악한 왜장 휘하의 장졸들 중에 귀순·투항자가 많다. 지루한 전쟁에 대한 염증과 굶주림이 그 다음이다. 항왜의 수가 1만 명에 이르는데, 이들이 밀고자가 되어 일본의 용병술을 말하니 우리에게 이(利)가 되고, 적진은 해가 될 터이다. 지방 수령들은 이들을 접수, 각별히 관리하여야 한다. 이들의 투항은 전쟁을 끝낼 방책으로 삼을 수 있다. 항왜에게 필요한 것은 이

밥과 고깃국이다. 그들의 이탈은 자기 집에서처럼 배불리 먹고 따뜻한 솜이불 속에서 자는 것 아닌가. 따뜻한 밥 한 그릇으로 포섭한다면 싼 비용으로 적을 끌어내고, 마음을 녹여서 아군 병력으로 활용할 수 있다. 아군은 배의 병력 확보가 되는 셈이니, 저절로 적의 동태를 파악하는 자원이 확보되는 셈이다.

"숨은 곳을 파악했습니까?"

"왜의 장졸 셋을 관리하고 있소."

김달서는 골에 숨어있는 왜인을 잡아서 다른 골짜기에 투숙시켰다. 그가 자리에서 일어나더니 말했다.

"따르시오."

김달서가 정충신을 골짜기로 이끌었다. 소나무 숲속에 폐허가 된 암자가 나오고, 그 뒤편으로 개울이 좁게 흐르고 있었다. 낡은 헛간과 해우소가 보였다. 헛간으로 들어서자 세 명의 병사들이 짚을 깔고 웅크리고 앉아있거나 나자빠져 있었다. 총도 없고 군복도 남루한 여름철 옷이었다. 사고를 치긴 했으나 갈 곳이 없다는 상실감에 젖은 모습들이었다.

"고국으로 돌아갈 수 없는 자들이오. 배신자 말을 들으니 돌아가면 칼을 맞을 것이라고 생각하고 있소. 귀화할 뜻을 갖고 있는데 전국적으로 그 숫자가 부지기수라 받아들일 여력이 없는 모양이오. 저 중에는 필히 첩자도 있을 것이니, 일단 감시하는 수밖에 없소."

"우리의 전력자원인데, 나라가 그것을 놓치니 안타깝군."

"활용 방법이 있소?"

"있소. 우선 잘 먹여야 합니다. 가혹한 기합을 벗어나 먹을 것 배불리 먹고, 따뜻한 솜옷을 입고 싶어서 탈영한 인간들 아닌가요. 굶기면 다시 적이 되거나 도적이 되는 것이니, 잘 먹이고 봅시다. 그리고 여인네들을 구출하는 데 저 자들을 이용하는 것이오."

"맞소. 인심난 데 평화가 있다고 했소. 인심이 그리운 자들에게 내가 굶더라도 먹여야제."

김달서가 고개를 끄덕였다.

"총과 활을 내놓으시오."

정충신이 초소에서 보관중인 활을 받아 산 속으로 들어갔다. 한식경 산을 헤매다 노루 한 마리를 잡았다. 이것을 둘러메고 초소로 돌아오니 그 사이 김달서가 마을에 다녀왔던지 왜병들에게 두툼한 솜옷을 입혀놓고 있었다.

노루의 목에 대나무를 꽂아서 온기가 남아있는 피를 받아 제공하고, 배를 갈라 생간을 뽑아 토막쳐주니 항왜들이 받아먹으며 "추세이시마스!(충성하겠습니다)"를 연발했다. 노루 털을 걷어내고 사지를 해체해 들통에 넣어 끓이니 곧 며칠 분의 삶은 육고기가 확보되었다.

정충신이 들통에서 익은 노루 뒷다리를 꺼내 나무판대기에 올려놓고 주먹만큼씩 살을 도려내 왜인들에게 주었다. 그들이 눈을 회번뜩이며 고기를 받아 먹어치우더니 물을 찾았다. 정충신이 옆의 개울에서 물을 길러와 건네자 왜인들이 벌컥벌컥 마시며 비로소 행복감에 젖었다.

왜 패잔병들을 보살피는 정충신을 김달서가 홀린 듯이 바라보고 있었다.

"대단한 사람이요. 나는 애초에 그런 생각조차 하들 못했소."

그 말을 묵살하고 정충신이 왜인들을 향해 물었다.

"부녀자들의 처소를 아는가?"

"와갓데 와루!(알고 있다)"

한 놈이 자신있게 대답했다.

"어디냐."

정충신이 엄하게 물으니 지휘관 같았다. 그런 지휘관이 손수 고기를 썰어서 발라주고, 물을 떠다 주니 자기 부대에서 볼 수 없는 모습에 감동하는 것 같았다.

"여자들은 나뉘어져 있스무니다. 늙은 여자는 뒤쪽 막사에서 부엌일, 헤진 옷을 깁고, 젊은 것들은 고참병들 숙소에 있스무니다."

"고참병 숙소에?"

"쫓기는 자들은 하루하루를 최후로 알고 살고 있스무니다. 조선 처녀들을 가지고 놀고 있스무니다."

정충신이 김달서를 막사 뒤편으로 불러세웠다.

"저놈들을 길잡이로 앞세울 만큼 믿을 만합니까?"

"그야 내 알 수 없지. 나가 그 속이 아닝게. 다만 명령을 안 따를 수 없을 거요."

정충신이 전략을 짜 야음을 틈타 한 놈을 앞세웠다. 두 패잔병은 족쇄를 채우고 포승줄로 묶은 다음 지변사 초병을 불러 보초세웠다. 두 놈의 옷을 벗겨 변복하니 정충신 김달서 모두 왜놈 꼴이었다. 그들은 손도끼와 칼을 품에 품었다.

"넌 알려준대로 행동하라."

정충신이 앞세운 왜병에게 말하니 그가 대답했다.

"와카리마시다!(알겠습니다)"

"헛된 수작하면 너도 죽고 남은 두 병사 모두 죽는다. 두 병사 목숨은 너의 행동 하나에 달렸다. 알겠나?"

"와카리마시다!"

패잔병이 대수롭지 않은 듯 "고노 치니 페이와노 사쿠라 하나오사카세요(이 땅에서 평화의 사쿠라 꽃을 피우자)라는 왜 군가를 흥얼거리며 앞서 걸었다. 삼천리 강토를 사쿠라 꽃으로 물들게 하겠다는 사뭇 전투적이고 선동적인 노래다. 이런 상황에서도 대책없이 저런 군가를 부르니 왜 군사는 알다가도 모를 놈들이었다.

패잔병들은 건너편 산골에 숨어 있었다. 쉽게 발각되지만 동시에 쉽게 뛸 수 있는 골짜기였다. 큰 바위를 벽으로 삼고, 그 앞에 나무를 잘라 기둥을 세우고 나뭇가지로 지붕을 얹고, 잡초를 거둬 그 위에 얹은 초막이었다. 바위 뒤쪽에 초막이 하나 더 있었다.

"고참병들이 있는 곳으로 가라."

거기에 젊은 여자들이 수용돼 있다고 했으니 그곳부터 발라야 하는 것이다. 패잔병이 막사 안으로 들어간 뒤 갑자기 소란스런 소리가 나더니 두 놈이 패잔병 멱살을 잡고 밖으로 나왔다. 어둠 속에서 패잔병이 소리질렀다.

"똑같은 도망병 아닌가. 나만 배신자냐?"

"바가야로! 넌 튀었다. 배신자가 갈 곳은 정해져 있다!"

두 고참병 중 하나가 일본군도를 뽑아들었다.

정충신이 김달서에게 따르도록 손짓하고 비호처럼 달려들어 고참병 머리를 도끼로 찍었다. 적의 두상이 단번에 두 쪽이 나고, 뒤이어 김달서의 칼이 다른 놈의 배를 갈랐다. 두 놈이 동시에 고꾸라지는데, 그 사이 패잔병도 고꾸라졌다. 고참병의 칼이 먼저 패잔병의 목을 쳤던 모양이다.

"누구냐?"

밖의 소란스런 소리에 막영 안에서 두 놈이 뛰쳐나왔다.

왜의 낙오병들이 정충신과 김달서를 번갈아 보더니 "무슨 일이야?" 하고 소리쳤다. 어둠 가운데서 왜 복장을 하고 있었으니 동료로 여겼던 모양이다. 정충신이 개굴창을 손짓으로 가리키면서 김달서에게 속삭였다.

"유인하시오."

김달서가 개굴창 쪽으로 서둘러 내려갔다.

두 놈이 김달서의 뒤를 따랐다. 정충신이 그들 뒤를 따라붙자마자 후미의 놈 머리를 도끼로 내리찍었다. 비명 한마디 지르지 못하고 쓰러지는데, 앞선 놈을 김달서가 검으로 배를 쑤셔박았다.

"아아악!"

정통으로 꽂히지 못했는지 낙오병이 비명을 지르며 발악을 했다. 김달서가 칼을 허공에 크게 휘둘러 그자의 목을 쳤다. 나무 열매처럼 왜놈의 목이 떨어져 자갈밭에 나뒹굴었다.

김달서가 옷을 털어 수습하면서 정충신을 바라보았다. 그는 비변사 조직원의 일원임을 과시해보이고 있었다. 비변사는 여자를 남자로 바꾸는 일 이외에 못할 일이 없는 기구였다.

비변사는 왜란이 터지면서 국난을 수습하기 위한 최고 군사기관으로 확대 강화되었는데, 수령임명, 군율시행, 논공행상, 청병(請兵), 둔전처결, 공물진상, 시체매장, 군량운반, 훈련도감의 설치, 정절(貞節)의 표창 등 군정·민정·재정에 이르기까지 전권을 행사해 병조보다 큰 위세를 부렸다. 왕권의 친위부대로서 오늘날의 기무사처럼 막강 위세를 떨치는 기구였다.

"너의 무공을 내가 문서로 써 올리겠다."

"고맙소. 내가 막사 뒤로 들어갈 테니 김 사령(使令: 비변사 내에 잡무를 맡아보는 직책 중 하나)은 앞문으로 들어가시오. 아까 나온 왜놈이 들어가는 것처럼 행동하시오. 왜 말 좀 하지요?"

"물론. 서툴지 않지."

김달서가 막영 앞문으로 들어갈 때, 정충신은 뒷문으로 달려갔다. 밖의 수선스런 소리에 놀랐던지 한 여인네가 관솔에 불을 붙여 안을 밝혔다. 구석에 왜놈 둘이 벗은 몸으로 여자를 올라타고 있었다. 그 상황에서도 육욕을 불태우는 모양이었다. 한쪽에는 일을 마쳤던지 다른 한 놈이 퍼져 자고 있었다. 막영 안에는 세 놈이 있었다.

"민나 도로보데스!(모두 도적놈들)."

김달서가 벼락같이 소리지르고 덤벼들었다. 두 놈은 일을 보다 말고 무장이 해제된 상태로 붙들렸다.

"일어서라!"

구석에 퍼져 자고 있는 놈이 어느새 뒷문으로 튀었다. 정충신이 나오는 놈을 향해 도끼를 휘둘렀다. 그자가 면상을 감싸안고 자리에 고꾸라졌다. 막영 안에선 맨몸의 두 놈이 오들오들 떨고 있었다. 그 중 한 놈이 앞문 쪽으로 튀었다. 정충신이 소리쳤다.

"저 새끼 잡아랏!"

한 여자가 달려들어 그의 발을 걸어 넘어뜨렸다. 김달서가 달려가 칼을 휘둘러 목을 쳤다. 왜놈 두상이 바닥에 떨어져 나뒹굴었다. 이 사이 다른 놈이 뒷문으로 튀었으나 여인이 그의 다리를 잡고 늘어졌다.

"씨부랄 놈아! 매번 당할 줄 알았더냐!"

정충신이 도끼로 그의 두상을 단번에 쪼갰다. 왜놈이 사지를 뻗자 여인이 자기가 한 일인 양 옷매무새를 추스렸다. 왜놈에게 깔렸던 여자들은 겁에 질려 구석에 웅크리고 앉아 있었는데, 한결같이 얼굴을 감싸고 있었다.

"니들이 뭔 죄여? 나라 잘못 만난 죄제! 난세 만난 죄밖에 없당게! 얼굴 들어라!"

사십대 쯤 돼보이는 여인이 얼굴을 감싼 여자들을 향해 소리쳤다. 얼굴 감출 것 없다는 뜻이다. 정충신이 여자들 하나하나를 눈여겨 보는데, 구석에 한 여자가 몸을 돌려 앉아있었다.

"소연씨, 나요. 광주 총각 정충신이요."

"죽어버릴 것이요!"

여자가 울부짖었다. 그녀를 돌려보니 소연과 비슷할 뿐 다른 여자 였다.

"소연 아씨를 압니까?"

정충신이 고개를 돌려 묻자 사십대 여인이 대답했다.

"갔지라우."

"가요?"

"저놈들한티 당한 날 밤에 목을 매버렸지라우. 신랑을 죽인 왜놈들한티 또 당하니 어쩌겠소. 새색시야 신랑한티도 깨끗한 몸이라는디, 원수놈에게 두 번 당한 것을 어찌 참을 수가 있었겠소? 자기 살려준 군인한티도 미안하고 미안하다고 함서로 목을 매버렸당게요. 이런 험한 세상이 또 어디 있을 게라우. 억울하고 억울하요."

그녀는 꺼지듯이 한숨을 쉬다가 제풀에 겨워 꺽꺽 울었다.

북행길에 오르니 섣달 그믐께였다. 정충신은 왜의 패잔병 소굴에서 욕을 본 여인의 절규를 내내 생각하며 걸었다.

"우리가 뭔 죄여? 나라 잘못 만난 죄제! 난세를 만난 죄밖에 없당게!"

난세는 여인네들을 지켜주지 못한다. 전쟁은 후방의 피해가 크지만, 예외없이 여인네와 어린이가 더 많이 희생되고 있다. 그들을 지켜주지 못한 나라가 나라인가. 그런데도 그녀들을 욕한다. 정조를 잃고, 몸을 망쳤다고 비난한다. 나라가 잘못해 지켜주지 못한 순결을 그녀들에게 모두 뒤집어 씌운다. 정충신은 한심한 나라라고 곱씹었다.

정충신은 걸음을 빨리했다. 권율 사또 또한 말하지 않았던가.

"너는 무예를 익히고 병서를 터득해 무인으로 우뚝 서라. 서둘러 중앙으로 가라."

그러나 중앙이라는 곳, 한양에 도달하니 왕실은 무너지고, 왜 군사가 점령한 지 오래다. 삼각산에 올라 내려다본 도성은 죽음처럼 어둡고 쓸쓸했다.

삼송을 지나 벽제관에 이르렀을 때, 사람들이 길가의 거적 앞에 둘러서서 서성거리고 있었다. 거적 위에는 살해당한 여인의 시신 세 구가 놓여 있었다. 시체의 몸은 상처 투성이었고, 그중 한 여자의 국부는 불에 지진 듯 너덜너덜 터진 채 검붉게 부풀어 있었다.

"왜놈들 짓이군."

정충신이 반사적으로 외치자 곁의 떡대 큰 행인이 눈을 부라렸다.

"이건 왜놈들 짓이 아니오! 그자들이 무슨 이유로 여자 성기를 쇠꼬챙이로 불에 달궈 지지겠소? 그 새끼들은 근본이 여자 성기를 사랑하는 놈들인데!"

"죽은 여자들은 실종된 부녀자와 기생들이오. 저 몸들을 보면 범상한 여인들이 아니란 것을 알겠지요?"

덩치 큰 행인이 말했다.

"나는 행궁으로 가는 척후 병사요. 이런 사건을 보고 행궁에 보고하는 것이 내 임무요. 억울한 죽음을 방치해서야 쓰겠소? 도와주시오."

"하체를 불로 지진 저 젊은 여성은 미생이라는 기생이오. 난이 나자 고향으로 돌아왔는데 양주 쪽을 다녀오다가 변을 당했소."

"아는 사이요?"

"나는 송추골에 사는 김생원이란 사람이오. 저 여인의 미모를 모르는 고을 사람들이 없소."

"그렇다면 왜 당했소이까."

김생원이 슬슬 자리를 피했다. 정충신이 그를 따라가 눈발이 성기는 소나무 숲으로 이끌었다.

김생원이 한 말은 의외였다.

"미생이 사모하던 유생을 양주에서 만나고 돌아오던 길이었소. 이때 누군가에게 살해당했는데, 누군지 아시오?"

"누구요?"

"임해군이요."

"뭐요? 제정신이오?"

임해군은 선조 임금의 장남이었다.

임해군이 여인네를 살해했다니, 믿기지 않았다. 아무리 험난한 세상이라 해도 이런 모략이 있을 수 있나. 그건 필시 그를 죽이고자 하는 모함이다. 그렇게들 생각하는데 지방 포졸들이 용의선상에 오른 인물들을 추적한 결과, 임해군과 그 하인들이 저지른 범죄란 사실을 알아냈다.

미생은 당대 한양 최고의 기생이었다. 왜란이 나자 다른 사람들과 마찬가지로 도성을 탈출해 고향인 양주골로 돌아왔다. 어려서부터 사모해온 고을의 젊은 유생을 만나 사랑을 나누었다.

임해군은 북으로 가면서 양주골을 지나자 미생의 고향이 양주골이라는 것을 떠올렸다. 남산골 명기 미생과의 합궁이 달콤해서 잊지 못하는데, 그녀 고향 마을을 지나자 찾고 싶었다.

"여기가 양주골이면 미생이 고향이렀다? 알아보거라."

수행중인 하인들이 쏟아져서 양주골을 더듬으니 미생이 젊은 유생의 첩실로 들어앉아 있는 것을 알아냈다. 임해군이 불같은 질투심으로 젊은 유생을 잡아죽이고, 미생을 객관으로 끌고 갔다.

"네가 유부남 놈팡이와 놀아났것다? 뭣하자는 짓이냐?"

미생은 애인을 죽인 왕자가 무섭고 증오스러웠다. 권세있고 지체 높은 사람이라 해도 사람의 목을 나무 열매 따듯 해버리다니, 이건 잔혹하지 않는가.

남산골 기방을 드나들던 때의 뜨거운 몸으로 생각했으나 몸이 얼음장처럼 차갑게 식어버린 미생을 보고 왕자는 더욱 질투심이 솟구쳐쳤다.

"네 이년, 나는 없고 그 자만 있었더냐?"

임해군은 미생을 죽였다. 복수심으로 그녀 하체를 불에 달군 쇠꼬챙이로 지져버렸다. 변태적 행동은 끝이 없었다. 이런 소문이 퍼지는 것은 금방이었다. 흥미까지 보태져서 괴이한 소문으로 사람들 입에 오르내렸다.

"왕자가 양주골의 젊은 유생을 죽이고, 그 애인을 죽이고, 기생들까지 죽였다네."

동료 기생들이 미생을 매장하러 산으로 들어가는데, 한 떼의 괴한들이 이들을 습격했다. 슬픔을 안고 매장하러 간 기생들도 변을 당했다. 왕자를 수행하던 군졸들 짓이었다. 그러나 산적들이 저질렀다는 소문도 돌았다.

왜란이 터지자 도망간 왕실을 욕하며 백성들이 궁궐을 태워버렸듯이 누구나 왕권에 대한 적개심을 품고 있었던 때인지라 진위 여부를 떠나 그것은 사실처럼 유포되었다. 임해군이 그런 빌미를 제공했다.

"임해군은 성질이 난폭한 데다 우울증과 불면증이 심했다는 것이오. 아편을 하고 연일 술에 취해 난음에 빠져 있었다는구려."

김생원이 전하고 침을 찍 땅바닥에 쏘았다.

임해군은 정신장애가 심한데다 성적 가학 증세를 보였던 것으로 기록은 전하고 있다. 그는 절제라는 것을 몰랐다. 변태적 성욕으로 하녀를 불러 욕보이고 지나가는 부녀자를 데려다 통간했다. 그의 난행을 고변하는 자는 무고죄에 걸려 쫓겨나거나 귀양갔다. 왕은 그를 음해하는 자를 징벌했다.

"왕실이 저 따위니 안 망하겠어? 장자라는 자가 학문은 하지 않고 부녀자를 겁탈하고 하인들을 죽이니, 누가 따르겠는가. 이백 년 버텨왔으면 종칠 때도 되었지…."

김생원이 또다시 침을 찍 바닥에 내리갈겼다.

"기생이 무슨 죄요? 달콤한 것 다 빨아먹고 벌레처럼 버린 자들이 옛 애인 좀 만난다고 죽이다니, 사람이 할 짓이오?"

정충신은 광주 관기 월매향이 생각났다.

정충신은 광주 목영 관기들로부터 인기가 있었다. 용모가 단정하고 눈이 반짝반짝 빛나고 늘 자신감이 있는 얼굴은 관기들의 시선을 끌기에 충분했다. 그러나 소년은 먼 하늘을 바라보며 미지의 세계를 꿈꾸며 살고 있다. 다른 총각들에게서는 발견할 수 없는 모습이었다.

동헌 뜰과 화단을 쓸고 닦고 하인들이 나르는 장작을 대신 한 아름씩 날라다 주는 모습이 인상적이었다. 망상에 사로잡힌 듯하지만 현실에 뿌리를 박고 사는 모습이다. 그런 그를 보면서 기생들이 지나치며 손수건을 건네고, 먹을 것을 쥐어주었다.

"충신 같은 사람만 곁에 있으면 나도 한세상 산다고 할 수 있을 것 같애."

"동생을 삼았으면…."

이렇게 기생들이 소년 통인 정충신을 바라보는데, 그중 월매향이 어느 날 그를 불렀다. 월매향은 정충신보다 다섯 살이 위였다.

"오늘 저녁 나의 방에 오겠니?"

"글을 읽어야 하는디요?"

"내 방에 와서 읽어. 나도 문장을 좀 하거든."

월매향은 시 짓기, 가무가 광주 목영에서 제일가는 기생이었다. 그래서 행수기생이었다. 기녀들의 우두머리로 가무 기생과 수청 기생을 관리하고 있는 신분이었다. 그녀의 미모에 빠진 광주 관아의 육방 관속, 나장, 군노 사령, 어찌어찌 돈푼깨나 모은 포교들이 월매향 문앞을 기웃거렸다. 부호들, 투전판에서 판돈을 싹쓸이한 건달들도 한번 연사(戀事)를 엮으려고 돈 보퉁이를 들고 드나들었다. 어떤 자는 관급 공사를 따내기 위해 사또에게 줄을 대달라고 금붙이를 한 움큼 안겼다. 사또는 월매향이라면 만백사 제하고 달려드는 사람이었다.

"사방 공사를 나한티 떨어지게 해봐. 자네는 사또 녹일 만한 인물이잖여. 뒤를 대줄탱게 잘 구슬려서 공사 따줘. 그러면 공사비 삼할까정 줘버릴 것잉게."

그러나 그녀는 거절했다. 원칙과 기준이 있었으니, 민폐가 되는 일은 하지 않는다는 것이고 다른 사람 눈에 피눈물 쏟게 해서는 안 된다는 것이었다. 나는 돈밖에 모르는 천 것이 아니여….

정충신이 월매향의 방에서 글을 읽자 월매향이 성찬을 차려왔다.

"잔치집에 다녀왔어. 온갖 음식이 올라왔는디, 그중 벌교 꼬막, 흑산 홍어, 무안 낙지, 영광 굴비, 석곡 불고기, 그리고 인삼, 숭어알, 매실주를 가져왔어. 매실주 한 잔 할래? 몇잔 묵으면 뿅 가버릴 것인디?"

"싫어요. 그게 모두 진상품 아니요?"

"진상품이라고 우리가 못 먹으란 법 있간디?"

임금님의 축일과 기념일에 바치는 진상품은 평민이나 상놈이 먹어선 안 된다고 여기는 정충신이 좀 답답해보였다. 불충이며, 백성으로서 도리가 아니라고 여기는 것이 꽉 막힌 샌님 같다. 그런데 정충신의 입에서 나온 말은 의외였다.

"고것은 백성의 고혈을 짜서 올린 세금징수품이오. 백성의 피를 먹는 것은 당치 않지요."

월매향이 빤히 정충신을 바라보았다. 힘과 권세와 돈 가진 자들은 우선 먹고 보자는 주의가 만연한데, 이 젊은 것은 그게 아니다.

"골 때리는 인간들이 많은디, 충신 총각은 다르네이. 어른이여. 나이든 것만이 관록이 아닌가비여."

곧게 사는 사람, 사리분별이 분명한 사람, 이런 사람은 평생 모셔도 될 남자 같았다. 돈 싸짊어지고 와서 하룻밤 어찌어찌해보겠다고 건방떠는 남자들을 보면 때로 토가 나올 때가 있었는데, 품위있고 지적이며 점잖은 남자. 나이가 어려도 갖출 것은 갖추었다. 그 남자가 눈앞에 있다. 그런데 나이 차이가 많다. 자기보다 열 살, 스무 살 많은 남자는 맞상대할 수 있어도, 너댓 살 연하는 어쩐지 주눅이 든다. 자신이 팍삭 늙어버린 것 같아서 기를 펼 수가 없다.

"정충신, 우리 사이에 누님, 동생으로 할까?"

정충신이 침묵을 지키자 월매향은 수용한 것으로 알고 말했다.

"황해도 재령이 고향인디 어려서 여기로 붙들려왔어. 아버님이 무슨 사건에 연루되어서 관아에 끌려가 죽고 가솔들이 천민이 되었어. 험한 세상, 사연없는 집이 없더마….."

험한 세상에는 기생들에게도 수난이 비껴가지 않았다.
정충신은 마음을 다잡고 북행길을 재촉했다.

15장 지피지기면 백전불이

　이항복은 정충신이 행랑채에 방을 정하자 그를 사랑으로 불러들였다. 예정된 일정보다 열흘이나 늦게 와서 이항복은 화가 나있었다. 어디 질펀한 데 나자빠져 있다가 온 것이 아닐까. 놀기 좋아하는 한창 나이인 떠꺼머리 총각이긴 하나 열흘이나 늦은 건 너무한 일 아닌가.

　"여러 날이 지체되었어. 왜 이리 늦었는가."

　"오다 봉께 여러 사건을 만났구마요."

　"여러 사건을 만났다는 것은 두루 구경하고 왔다는 뜻인데, 지금 이것저것 구경하고 다닐만큼 한가한 사람인가."

　"구경한 것이 아니라 이것저것 살피고 왔당께요."

　"민심을 살피고 왔다는 것이냐? 그런 신분이 되는가."

　"원통하고 억울한 일들이 많았사옵니다. 어떤 세도가가 다정하게 사는 멀쩡한 부부를 탐심 먹고 갈라놓는가 하면, 기생을 생선 토막 내듯 해버린 경우도 보았나이다. 지방 수령들이 토색에 탐악질이 많다는 원성도 높았나이다."

왕자가 거기에 연루됐다고는 말하지 않았다.

"어디서 그렇더라는 말이냐."

"올라오는 내내 그랬사옵니다. 백성들의 눈이 심상치 않았사옵니다. 그들로 인해 나라가 뒤집어질 수도 있다고 느꼈습니다."

이항복은 구중궁궐 안에 있고, 드나드는 자들이 한결같이 제한된 아첨배들이니 세상 물정을 모르고 있었다.

"이천오백 리를 오는 내내 그랬다 이 말이렸다?"

"그렇사옵니다. 전쟁이 났어도 대항은커녕 잘 왔다는 듯이 왜군 편에 서는 자도 있었습니다. 다 이유가 있었사옵니다. 지방에서는 난민들이 소동을 일으키는데, 그것은 대저 지방 수령들이 침학(侵虐)한 까닭이옵니다. 병영의 환포(還逋)와 도결(都結: 조선시대 三政의 문란 가운데 田政 폐해의 하나)의 횡포로 민심이 들끓고, 노여움이 폭발해서 또 다른 변란이 획책되는 징후를 보았나이다."

"병영의 군량을 사사로이 써버렸다 이 말이지?"

이항복이 침통한 얼굴로 정충신의 말을 되새겼다. 정충신이 보탰다.

"난민들의 패역(悖逆)한 습성은 통분스럽습니다만, 이유를 따져보면 다 사연이 있었사옵니다. 변란을 격발시킨 죄를 엄히 다스려야 하오나, 민심을 요동케 한 직분을 더럽힌 자들 먼저 죄상을 심리하여 형벌을 정하는 감단 조치가 있어야 하는 것이 순서인 줄로 아뢰옵니다."

"왜 갑자기 어렵게 말하냐. 쉽게 말하라. 어쨌든지 네가 말한 것이 모두 사실이렸다?"

"거짓이라면 목을 내놓겠사옵니다. 날쌔고 용맹스러운 자들이 도당을 만들어 민가를 덮쳐 도둑질을 일삼고 있습니다. 세력이 커지자 양주골, 구월산 이런 데를 소굴로 삼아 노략질로 연명하고 있사옵니다. 선전관들이 잡으러 가면 백성들이 먼저 그들을 도망가게 합니다. 나중 산적에게 당할까, 후환이 두려워서도 그렇겠지만, 그자들이 관보다 민심을 더 얻었기 때문이옵니다."

이항복이 무겁게 고개를 끄덕이고 정충신을 바라보았다.

"너는 여지껏 내가 보고 듣지 못한 말을 해주는구나. 어떤 안핵사·관찰사·어사·선전관보다 낫다. 그런 것을 탐문하고 왔으니 늦을 만했구나. 내 적절히 조치를 취할 것이다. 광주 사또 어르신은 어떠하시더냐."

"비상시국이니 만큼 정무보다는 적의 섬멸작전 계획에 골몰해 계십니다."

"장인 어른의 서찰에 의하매, 너는 문무 겸장의 길을 가야 한다고 쓰셨다. 감당하겠느냐?"

"그중 나라를 지키는 것이 중요하옵니다."

"무인의 길을 가겠다? 그러면 통군정에 주둔하고 있는 군사들과 합동 훈련에 참가하거라. 너는 관상에 군인의 팔자가 네 개 들어있다. 허나 팔자만 믿어서는 아니되는 것이니 배움을 쌓기 바란다. 병법은 이론이 아니라 실전이니, 실전병법을 개발해야 하느니라. 휴식을 취한 뒤 군사훈련에 합류하거라."

정충신이 방으로 돌아와 누우니 몸이 천근 무게였다. 피로가 한꺼번에 몰려와 그대로 잠이 들었다.

"누가 내 글방에 와 있나?"

머리맡에서 누군가 소리치고 있었다. 눈을 떠보니 이항복의 사위 윤인옥이었다. 정충신이 자리에서 일어나 앉으며 말했다.

"이항복 대감이 쓰라고 내주신 방인디요?"

"이놈아, 장인 말이면 다냐?"

윤인옥은 명문가의 아들로서 소년 등과해 한림 교리가 된 자였다. 일찍 등용한 탓인지 건방졌다. 지난번 장계를 가지고 올라와 유숙할 때도 낭패를 주더니 또 골탕을 먹일 요량이다.

윤인옥이 다시 소리쳤다.

"눈 깔아!"

"왜 그러시오. 나가 무슨 실수라도 했소?"

"촌놈의 새끼가 겁 없이 내 방을 차지하고 있어. 너 저번 의주 올라왔을 때 주상 전하께 주접떨었다며? 어리광부렸다며? 야 이 자식아, 여기가 어디라고 나대냐? 행재소라도 궁궐은 궁궐이야. 함부로 굴면 쥐도새도 모르게 가는 수가 있어. 나부터 가만 안 두지."

윤인옥은 공연히 적의감을 품고 그를 대했다. 왕을 대거리할 부류는 자기인데 전라도 촌놈이 와서 행재소를 흔들어 놓다니? 명문가 자제인 자기도 함부로 범접 못 하는 곳에서 촌놈의 새끼가 왕의 수염을 잡고 노닥거렸다는 게 견딜 수 없는 수모를 당한 기분이다.

한방 먹일 요량으로 윤인옥이 그의 앞으로 발을 디밀었다.

"촌놈의 새끼가 까불면 간다."

"뭣이라고요? 참다 봉께 별 지랄이고마이."

정충신이 일어나 그의 앞에 우뚝 섰다. 이런 문약(文弱)에 약골은 입만 살았지, 주먹 한 방이면 끝이다.

윤인옥은 스물세 살 청년이라도 하체가 부실하다. 소년 등과해서 글은 줄줄 외었지만 새 다리에 걷는 것도 흐느적거린다. 이런 자는 정강이 한 번 걷어차면 끝이다.

이항복 대감의 외동딸과 혼인했어도 오 년이 지난 지금까지 아이

하나 생산하지 못하는 걸 보니 약골인 것은 분명해 보였다. 그가 정충신의 눈을 피해 엉뚱한 제안을 했다.

"너 장기 둘 줄 아냐?"

"아요."

정충신이 도발적으로 받아넘겼다. 이런 때일수록 뽀대있게 나가야 한다고 생각했다.

"네가 지면 여기서 나가고, 내가 지면 이 방을 물려주마."

"나는 그런 내기는 안 하요. 병판 영감이 내준 방인디요?"

"장인 영감이 내주었다고 해도 주인은 나야. 내가 싫다는데 어쩔 것이야? 통군정 군사부 훈련도감에서 병사훈련 받는다는데 사실이냐?"

그는 어디서 얘기를 들었던 모양이다. 무과 급제의 직방향을 이 자에게 가르쳐주니 그것도 그로서는 불쾌했다. 지난번 정충신이 의주 왔을 때 장인 영감의 태도가 확연히 달라졌다. 광주 고을에서 장계를 품고 왔다는 촌놈에게 빠져서 툭하면 주상전하에게 데리고 가고, 또 퇴근해서는 "어찌나 다부지게 주상전하께 의견을 올리는지 내 생전에 이런 영특한 젊은이는 처음 보았네"하며 추켜세울 때는 이 자를 어떻게든 쫓아버리고 싶었다. 지금까지 그가 장인으로부터 그런 칭찬을 받아본 적이 없었다.

정충신이 고향에 내려간 어느날 장인 어른이 술김에 "내가 그놈을 좀더 일찍 만났더라면, 딸을 주는 것인데…." 하고 아쉬워했다. 그놈 때문에 사위가 똥막대기가 되었다고 생각하니 정충신을 만나면 다리 몽댕이를 분질러놓고 싶었다. 얼굴도 새까만, 눈만 반짝이는 촌놈이 진짜 사위가 된 듯해서 사람 자존심 상하게 하는 것이다.

그런데 그놈이 다시 돌아왔다. 질투심으로 어떻게든 복수하고 싶은데 올라와서는 또 그의 글방까지 차지하고 있는 것이다.

"내 손에 피를 묻히고 싶지 않으니 사내답게 장기로 결판내잔 말이다."

"그럼 내기를 하되 목을 걸기로 하지요."

"뭐? 닭모가지도 아니고 사람 모가지?"

"하려면 사나이답게 그렇게 걸어부러야지요. 까짓거 목숨 하나 일찍 가나, 나중 가나의 차이일 뿐인디, 인생 뭐 별것 있소?"

윤인옥도 자존심이 있는지라 지지 않고 말했다.

"좋다, 겨루자."

다음날 아침밥상을 물리고 두 사람은 장기판에 마주 앉았다.

"차포 떼줄까?"

윤인옥이 거드름을 피우며 물었다. 너 정도는 우습게 안다는 뜻이었다.

"윤 교리가 차포를 떼쇼. 내가 봐줄텐게."

"져놓고 공연히 나섰다고 징징대지 말고 애초에 부탁할 것 있으면 지금 말해. 봐줄 거니까. 높은 자의 아량이지."

"걱정하들 마쇼."

"물려주란 말 없기다?"

"물론이요. 사내대장부 목숨이 하나지 둘이 아니라고 했제라우? 나는 그렇게 세상 사요."

"말끝마다 사내대장부, 대장부 하는데, 너 혹시 광주 바닥에서 주먹으로 놀았냐? 말하는 꼴이 영 비위 상한단 말이다."

"맞소. 나 주먹 아끼고 살았소. 사내대장부로서 안 좋은 일 생기면 써먹으라는 것이 주먹인디, 부모님께서 물려주신 몸을 험하게 다룰 수 없었제라우. 그래서 엔간하면 수양하고 살았소."

"겁주나?"

"무슨 염병났다고 겁주겠소? 사실대로 해본 소리제. 좌우간 장기 둡시다. 차포 뗀다 어쩐다 쓸잘데기 없는 얘기는 하덜 말고요."

윤인옥은 세도가에서 태어나 부러울 것 없이 자랐다. 일찍 등과했으니 우쭐대며 살았다. 밑바닥 인생의 아픔이 무엇인지, 왜 삶이 팍팍한지, 어려운 사람들이 어디 있는지조차 모르고 모두가 다 자기처럼 사는 줄 알고 살았다. 대감의 사위니 그 기세 또한 얼마나 컸을 것인가. 이런 자가 곧 판관으로 나간다고 한다.

판관이 저들 꼴리는 대로 형량을 때리며 백성을 밟는 것을 무수히 보아왔다. 억울한 사람이 없도록 해야 하는 것이 판관의 역할일진대, 오히려 억울한 사람을 더 억울하게 밟아버린다. 좋은 환경에서 사서오경 왼 것으로 급제했으니 물리가 트일 리 없고, 백성의 고통이 어디에 있는지 알 리가 없다. 이 난리 속에서도 그들은 그들만의 세상에서 사는 것이다. 윤인옥에게서도 그런 태도가 나온다.

"너 서출이란 말이 있던데 그게 사실이냐. 머리가 있다고 여기까지 온 거렁뱅이니 운이 좋은 거야…."

"서출이면 어떻고, 아니면 어떻소. 고아면 어떻고 아니면 어떠냔 말이오. 사람을 그런 식으로 묶어불면 되겠소? 인간은 예를 알고 덕을 알아야 한다는 것쯤 알겠지요? 광주 촌놈도 아는디 사대부의 자제가 그란 것을 모르면 되겠냐고요. 그렇게 헛소리 하덜 말고 장기판에나 충실하쇼. 여기 서방님 차가 나가버리누만?"

얼겁결에 상이 닿는 줄에 윤 교리의 차가 놓였다. 두말할 것 없이 정충신이 두꺼비 파리채듯 때려잡아 차 알을 바닥에 내던졌다. 윤 교리가 얼굴이 달아오르더니 말했다.

"순간의 불찰이다. 한 수 무르면 안되겠냐?"

"전쟁을 물려준 일 보았소? 목을 걸고 싸우는 것 아니냐고요."

"띠벌."

그가 궁시렁거리더니 장기판을 뚫어져라 응시하며 내내 혀를 찼다. 이럴수록 그의 신경줄을 자극할 필요가 있다.

"서방님, 최초로 중원을 통일한 나라가 진나라지라우?"

"그딴 걸 왜 물어? 바둑에나 신경 쓰자매?"

"요거는 바둑이 아니고 장기요. 장기 얘기 땀시 하는 야그요. 수많은 나라를 천하통일한 진나라지만, 그 단꿈을 고작 15년만 맛보고 왕조의 막을 내렸단 말이요. 왜 그란줄 아시오?"

"내가 그딴 걸 생각하게 됐어?"

"포악하기 그지없는 시황제와 그의 뒤를 이은 철부지 호해 황제와, 그를 눈먼 바보로 만들어 놓고 온갖 악행을 저지른 환관 조고 땀시 그리 돼부렀지라우."

"뭘 말하려고 그러는 거야?"

"진시황제의 사후, 진나라를 붕괴시킨 두 영웅이 바로 항우와 유방이란 장수요. 전쟁놀이인 장기도 유방의 한나라와 항우의 초나라 싸움을 배경으로 만들어진 경기랑께요."

"엉뚱한 얘기 집어치우구, 네 목 떨어질 것이나 염려하라!"

"걱정도 팔자요. 유래와 뜻을 알고 장기를 두어야 장기의 진가가 나오는 법이요. 장기놀이가 주는 교훈은 영원한 승자란 없다는 것이요. 장기판은 누구에게도 평등항께요. 세상살이에는 특권 반칙 탈법 군림이 있지만, 장기판은 오로지 실력으로 싸우는 것이오. 촌놈이니 서출이니 무식쟁이니 그런 것은 장기판에선 통용이 안 되지요. 나가 서출이 아닌디도 덮어놓고 서출이라고 몰아붙이는디 그게 될 말이요? 전쟁터에서 서출에 천민이라고 해서 잘못 싸우고, 사대부 양반

집안 자제라고 해서 잘 싸우요? 양반자제들이 도망갑디다. 전쟁터에 내보내는 대신에 자제들을 안전지대로 빼돌리는 사대부들이 수두룩 하더랑께요. 자기들이 망쳐놓은 세상을 자기들이 먼첨 도망가버리 더란 말이요."

"지금이 어느 세상이냐. 잡혀가면 그 길로 골로 가. 난세일수록 언어와 행실에 주의해야 한다. 이건 윤 교리의 충고다."

정충신은 그의 신경줄을 건드리고 교란전술을 써야 할 필요를 느꼈다. 은연중 복수심 같은 것도 일어나고 있었다.

"촌놈도 서출도 나라의 동량인디 멸시하고 차별하니 전쟁터 나가서 도망가버리요. 사람답게 살게 대해주면 은혜를 갚는디 그런 것이 아니니 왜군을 환영하는 백성들까지 생겼더랑개요. 그런 세상에 전쟁을 이기겠소?"

"야, 포장 받어."

그러나 정충신이 말[馬]로 윤인옥의 포를 때려잡았다.

"길이나 알고 장기를 두시오. 마 길에 포를 두다니, 환장해불겄어."

정충신의 장기는 무등산 원효사 스님에게서 배운 실력이다. 여름 날 나무 그늘 아래서 평상을 펴놓고 시원한 바람을 맞으며 스님과 맞대면하면 어느때는 정충신이 이기고, 어느때는 스님이 이겼다. 이런 때 약을 올리면 감정조절이 안 되어서 약이 오른 나머지 상대방이 무너졌다.

장기 알을 만지작거리며 얼굴이 붉으락푸르락 하는 윤인옥을 바라본 정충신은 평상심을 잃은 원효사 스님을 연상했다. 아무리 도를 닦았어도 수양이 덜 돼 있으면 결정적인 순간에 무너진다. 그리고 끝내는 판을 그르친다.

윤인옥이 포장, 마장을 받고, 끝내 졸장까지 받자 두 손을 들었다.

"삼세 번이야."

"왜 삼시 번이요?"

"장기는 삼세 번이야."

그는 우격다짐으로 판을 이끌었다. 힘 가진 자의 오만이다.

"좋소."

정충신이 응하며 다시 장기를 두는데 판세는 또 쉽게 기울었다. 외통수에 걸려 이번에는 열몇 수 만에 끝났다.

"목을 내놓으시오."

벽에 걸려있는 환도를 정충신이 빼어들었다. 길이만도 석자는 되어보였다. 방 안인데도 환도의 칼날이 휘두를 때마다 번뜩였다. 백사 집안 대대로 물려온 명검이자 보검이었다.

"한번 봐주면 안 되겠냐?"

"군중(軍中)에서는 허언(虛言)이란 없습니다."

윤인옥이 앞문을 와락 열어젖히더니 쏜살같이 마당으로 도망갔다. 정충신이 더 날렵하게 그 앞에 서서 칼을 겨누었다. 그가 내당 안방으로 달아나다니 외쳤다.

"장모님, 이 자가 날 죽이려 합니다."

안방에는 정경부인이 바느질을 하고 있었다. 윤인옥은 장모 뒤에 숨었다. 정충신이 안방까지는 들어갈 수 없어서 문 앞에서 칼을 들어 방문을 겨누니 정경부인이 사색이 되어 소리쳤다.

"에구머니나 충신아, 왜 이러냐. 혹 뭘 잘못 먹은 것이 있냐?"

"마님, 윤 교리 목을 날려버려야 할 일이 생겼습니다."

백사 이항복 대감이 시조가락을 흥얼거리며 대문 안으로 들어서고 있었다. 그는 마당 옆 사랑채로 들어갔다.

이항복 대감은 퇴궐하면 늘 하던 대로 사랑으로 들어갔다. 사랑채에는 아무도 눈에 보이지 않았다. 요 며칠 사이 그는 정충신을 사랑채에 불러 앉혀놓고 사서오경, 춘추좌전(春秋左傳), 사마천의 사기, 제자백가 등의 명서(明書), 무경칠서(武經七書)와 같이 무장들이 알아야 할 병서를 읽도록 하고 훈을 내려주는 것을 즐겨했다. 문제를 내면 곧바로 풀어내고, 병서를 달달 외는 정충신을 보고 그는 무릎을 쳤다.

"한 인물할 것이렸다!"

지금까지 그의 문하에서 공부하는 제자 중 이렇게 명민한 두뇌를 갖고 있는 제자는 없었다. 오늘은 무경칠서와 장감(將鑑)을 읽도록 한 뒤 문제를 낼 요량으로 일찍 퇴청했다. 한 달 후면 무과시험이 있는 날이고, 그에 대비해야 한다. 무과 급제는 필연으로 보지만, 자기가 기른 제자란 점에서 당당하게 장원 급제를 해야 했다. 그래야 병조판서 백이니 정실이니 따위의 허접한 말을 듣지 않게 되는 것이다.

며칠 전에는 마당에서 무술을 보이도록 했는데, 정충신은 이치전투 경험을 살려 실전에 능한 면모를 보였다. 쏜살같이 돌아나와 칼을 쓰는 검기(劍技)는 완벽에 가까웠다. 달리는 마상에서 활을 쏘아 백보 앞의 사과를 꿰뚫는 궁술을 보여주었다. 무과 시험에서 최고의 성적을 내리라고 믿어지는 실력이었다.

"장인어르신이 보는 눈이 계시군."

백사의 장인 권율 목사가 나라의 간성으로서 우뚝 설 것이라고 보고 정충신을 그에게 보낸 것을 두고 하는 말이었다.

이렇게 마음 먹고 사랑채로 들어왔는데 내당 쪽에서 왁자지껄 떠드는 소리가 났다. 하인 마당쇠나 하녀 쉰네가 일하다 싸우는 것 같은데 듣고 보니 그것도 아니었다.

"에그머니나, 그러면 안 돼. 제발 거두어라."

그 목소리는 분명 정경부인 권씨의 목소리였다. 이항복이 조복(朝服)을 벗다 말고 내당으로 갔다.

"무슨 일이냐?"

정충신이 안방을 향해 칼을 겨누고, 그의 내자 정경부인이 사색이 되어서 사위 윤인옥 앞을 가로막고 있었다.

"무슨 일이냐니까!"

이항복 대감이 거듭 소리치며 다가갔으나 정충신은 끄떡하지 않고 장검을 정경부인을 향해 겨누고 있었다.

"무슨 일이냐? 검을 거두고 말하거라."

정충신이 안방을 노리다가 외쳤다.

"사내 대장부가 비겁하게 장모님 뒤에 숨어서 목숨 부지하려 하다니! 꼬장부리지 말고 사나이답게 나와서 목을 내놓으시오!"

"부인 어떻게 된 일이오?"

이 대감이 정경부인을 향해 물었다.

"두 사람이 목을 걸고 장기를 두었다고 하는군요. 사위가 져서 목을 내놓아야 하는데 나한테 와서 숨는구려."

"에라이 못난 놈!"

이 대감이 당장에 부인 뒤에 숨어있는 윤 교리를 끌어내 툇마루에 꿇어앉혔다.

"대장부가 약속했으면 실행해야지, 비겁하게 장모 뒤에 숨어? 네가 진정 내 사위냐? 충신아, 당장 이 자의 목을 쳐라!"

이항복이 크게 노하였다. 정충신이 한 발 뒤로 물러서서 윤 교리를 살펴보았다. 윤 교리는 몸을 떨고 있었다.

"뭘하고 있느냐, 당장 목을 치지 않고!"

그 말이 떨어지자 마자 정충신이 윤인옥 앞으로 다가와 얏! 기합을 넣고 장검을 허공에 크게 휘두르더니 윤인옥의 두상을 향해 내리쳤다.

윤인옥이 절퍼덕 앞으로 고꾸라지고, 웬 상투가 하나 숯덩이처럼 바닥에 떨어졌다. 정충신의 장검에 윤인옥의 상투가 싹둑 잘려나가 나뒹군 것이다.

"이것이 무슨 짓이냐?"

이항복이 소리치자 정충신이 대답했다.

"대신 상투를 베었습니다."

"에이 못난 놈!"

이항복이 노기를 띠면서 덧붙였다.

"목을 쳐야지, 고작 상투를 잘라? 그런 기백으로 무엇이 되겠느냐? 군인의 길을 간다면 도원수가 목표여야 하는데 그런 기개라면 과연 도원수가 되겠느냐? 잘해야 부원수감이로다. 아쉽도다!"

고꾸라진 윤 교리를 붙들면서 정경부인이 소리쳤다.

"인간미 없는 인간. 사위 목을 치라니요? 당신은 정충신의 인정을 보고 배우세요! 그런 고지식과 몰인정으로 도원수가 된들 무슨 의미가 있습니까?"

"허허허, 고작 상투란 말이냐? 담력을 키워라. 사나이란 일찍이 기개가 있어야 서릿발 같은 장부의 소신을 펴지."

이 말을 남기고 이항복이 내당 뜰을 질러 사랑채로 갔다. 저녁상을 물리자 이항복이 정충신을 불렀다.

"사마천의 《사기》를 읽었다고 했느냐?"

"읽었습니다."

"사마천이 누구냐?"

"혼이 하늘을 찌른 학자이시옵니다. 궁형(남자의 생식기를 거세하는 형벌)을 받은 학자시지요."

"그렇다. 이런 사람이 인간과 하늘의 관계를 연구하고, 고금의 변화에 통관하여 일가의 주장을 이루려 하였다. 어느 대목이 와닿더냐."

"천도(天道)이옵니다."

"천도? 천도의 이치를 아느냐?"

"사마천이 역사에 묻기를, 천도(天道)가 과연 있는가를 절규하였나이다."

"어떤 절규인가?"

정충신이 읽은 것을 줄줄이 외웠다.

— 천도는 공평무사하여 언제나 덕행을 쌓은 사람의 편을 들고 악한 자를 벌한다고 한다. 그런데 도척은 날마다 죄없는 사람을 죽이고 사람의 간(肝)을 회치는 등, 포악 방자하여 수천 사람의 도당을 모아 천하를 횡행하였으나 천수(天壽)를 다하고 죽었다. 그가 어떤 덕행을 쌓았단 말인가?

근세에 이르러서도 소행(素行)이 도를 벗어나 오로지 악행만을 저지르고도 종신토록 일락(逸樂)하여 부귀가 자손대대로 끊이지 않았다. 이와는 달리 정당한 땅을 골라서 딛고 정당한 발언을 해야 할 때만 말을 하며, 항상 큰 길을 걸으며 공명정대한 이유가 없으면 발분(發憤)하지 않고, 시종 근직(謹直)하게 행동하면서도 오히려 재화를 당하는 일이 이루 헤아릴 수 없이 많다. 그래서 나는 매우 의심하지 않을 수 없다. 천도라는 것이 과연 있는 것인가?(김희진《파스칼세계대

백과사전》)

"그렇다면 천도는 명명백백을 좋아하는군."

"아니옵니다. 사마천은 옳은 길을 가는 사람들에 의해 역사가 진행되는 것이 아니라 간신배들이 인간을 모독하고, 권력을 농락한 자에 의해 이동한다는 역설을 말한 것이옵니다. 백성들이 탄압받고 있는 현실에 진실로 하늘의 길이 있는가를 의심하였나이다. 도척과 같은 자가 잘 먹고 잘 사는 것이 역사에 무슨 효용성이 있는가, 역사의 가르침이 분명 있음에도 인류를 모욕하는 광기가 세상을 지배하고 있는 현실, 그런 오만이 되풀이되는 상황에서 진실로 역사는 우리에게 무슨 소용이 있는가. 역사가 교훈을 주지 못한다면 역사는 우리에게 아무 소용이 없다는 것을 말해주고 있나이다. 역사의 허무를 말하기보다 효용성을 강조하기 위한 역설이옵니다."

"그렇다면 역사는 무엇인가?"

"역사는 박물관에 보관된 고문서가 아니옵니다. 인본(人本)의 대안이옵니다. 다시 과오를 범하지 않고, 다시 실패하지 않도록 인류에게 부여하는 세상의 지침서이옵니다. 하지만 현실은 그것이 아니니 역사의 무용성을 말하는 것이옵니다. 백성들이 무슨 잘못을 했길래 끝없이 고통을 겪는가. 착하기만 한 백성들이 단지 그 시간 그 자리에 있다는 이유만으로 목숨을 잃고, 가정이 찢기고, 부모형제들이 흩어지는 불행을 겪는다. 이것을 해결하지 못하고 자신들의 이익을 위해 오만하게 권력을 남용하는 역사가 바른 것인가를 묻는 것이옵니다."

"너의 평소 생각인가?"

"그렇습니다. 난리를 겪으니 인간의 모든 치부가 드러납니다. 혼란스럽습니다."

"이럴 때는 사물을 단순하게 보아라. 진실은 복잡하지 않다. 간단명료한 것이다. 위선과 허위가 더 복잡하다. 알겠느냐?"

"알겠사옵니다."

"상념이 복잡해지면 길을 찾기가 힘들다. 다시 말하거니와 진리는 간단명료한 데 있나니 복잡하게 생각할 것이 없다. 왜 왜란이 났는지를 간명하게 살펴보기 바란다."

그리고 화제를 돌려서 물었다.

"너는 윤 교리를 어떻게 생각하느냐."

"대감마님의 사위이옵니다."

"나의 사위라면 어떻게 해야 되겠느냐."

"저의 자형이 되옵지요."

"그렇게 간단히 생각하면, 우정이 어떻고 의리가 어떻다는 것을 알게 될 것이다. 허나 내 너를 일찍 만났더라면…."

이항복이 아쉽다는 듯 혼잣소리로 말하고 생각에 잠겼다. 먼 훗날의 어느 기록에는 정충신이 이항복의 사위라는 구절이 있다. 이항복 대감이 그를 친자식처럼 아끼고, 평소 사위로 두지 못한 아쉬운 감정 표현이 알게 모르게 그렇게 전래되었을 것이다.

정충신이 방으로 돌아와 이불을 펴고 누워서 이 대감과 나눈 대화를 되새기고 있는데 윤인옥이 들어왔다.

"일어나!"

잘린 상투를 감출 요량으로 갓을 쓰긴 했는데, 두루마기까지 입은 차림으로 보아 외출할 행색이었다.

"나 인자 안 싸울라요."

"누가 싸우재? 일단 따라와."

정충신이 자리에서 일어나 옷을 갈아입었다.

"니가 내 목숨 살려줘서 한잔 사는 거다."

윤인옥이 앞서고 정충신이 뒤따르는데 다다른 곳이 압록강변 주막이었다. 압록강은 벌써 얼기 시작했고, 강심은 물이 시퍼런데 물살이 높았다. 강심으로부터 삭풍이 몰아쳐서 뺨이 얼얼했다.

"압록강 메기매운탕이 속을 화끈하게 데운단 말이다."

강변 주막에는 명군(明軍) 졸개들이 방마다 들어차서 질펀하게 술을 마시고 있었다. 술방이 넘치는지 마루에도 퍼져 앉아서 바가지째 술을 퍼마시고 있었다.

윤인옥이 집안으로 들어서자 작부가 뽀르르 나와 반색을 했다. 십대 여자였다.

"어머나, 서방님 오셨세요?"

남색 치마에 노랑색 저고리를 입은 품이 자태가 우아하고, 볼우물이 깊게 패인 것으로 보아 색깨나 쓰는 작부 같았다.

"왜 이렇게 복닥거리나?"

"그러게요?"

어린 작부가 술청 안으로 그들을 이끌었다. 술청의 한 곳에 자리가 비어 있었다. 색시가 윤인옥 곁에 앉았다.

"동생을 데리고 왔다. 앞으로 잘 모시기 바란다."

색시를 향해 윤인옥이 정충신을 눈으로 가리켰다.

"반가워요. 소청이에요."

색시가 고개를 까딱해보였다.

"독한 밀주로다 한 말 가져와라. 술안주는 메기탕에 전에 먹던 것으루 가져오고…."

윤인옥은 색주가에 익숙해보였고, 그래서 한량기가 있어 보였다.

소청이 나간 후 술과 함께 김이 모락모락 피어나는 주먹만한 만두와 삶은 말고기가 들어왔다. 싸웠던 것을 까맣게 잊은 듯 윤인옥이 술동이에서 밀주를 가득 사발에 떠서 정충신 앞에 내밀었다.

"이거 두 잔이면 알딸딸하니 가버릴걸?"

"또 술 가지고 내기하자고요?"

"하하하 두렵나?"

"인제 안 할라요."

그때 밖에서 에그머니나, 하고 여자의 비명소리가 났다. 문을 열어보니 명군 졸개 두 명이 소청의 옷소매를 잡아당기고 있었다.

"왜 나가 해? 다른 남자 만나면 나빠 해."

어찌나 거칠게 다루는지 소청의 저고리 고름이 틀어져나갔다. 그래도 반항하자 한 놈이 더 거칠게 소매를 잡아챘다. 저고리가 반쯤 벗겨지고, 그녀 유방이 드러났다. 이 광경을 지켜보던 명군 졸개들이 와크르 그릇 깨지는 소리로 웃었다.

"저것들 노상 이런 행패다. 남쪽은 왜놈 등쌀에, 북쪽은 되놈 등쌀에 죽을 판이다."

정충신이 일어나 뛰쳐나갔다. 그가 명군 졸개들 앞을 가로막으며 소리쳤다.

"여기가 어디라고 주접 떠냐? 이 여자에게 손대지 마라!"

말을 못 알아 듣지만, 조선놈이 대든다는 것쯤 알고 있는 군졸들이 껄껄 웃으며 정충신에게 다가섰다.

"처우니마!(씨발), 이마빡에 솜털 보송보송한 애송이가 나서는구만? 아기야, 넌 여기서 술마실 것이 아니라 니 마마한테 가서 젖이나 빨아."

그러자 명군 졸개들이 덩달아 하하하, 큰 소리로 웃었다. 조롱기 어린 웃음소리였다.

"이런 못된놈들아, 간땡이가 부었어? 여자한티 손대는 싹수가 어디 있냐고? 당장 안 물러서?"

순간 키 큰 군졸이 "싸비(동북지방의 씨발)" 어쩌고 하며 정충신의 엉덩짝을 걷어찼다. 그리고는 또 그들끼리 왁자지껄 웃었다. 완전히 놀이갯감이 된 기분이었다. 다른 놈이 말했다.

"예의도 없이 술집년 가로채간 네놈들이 더 나쁘지, 우리가 나쁘냐? 술집년은 선취득권자(先取得權者)의 것이란 것 모르나? 먼저 취한 자의 것이란 말이다!"

"야 이 호로 새끼들아! 물 건너 남의 나라에 왔으면 점잖게 술을 마시고 갈 일이지, 연약한 여자 델꼬 무슨 개지랄이냐고? 콱 뽀사불기 전에 물러나! 여자는 연약항게 그렇게 다루는 것이 아니다!"

"니가 물러나라. 군니마드!(엄마 젖이나 빠는 놈아)"

"여기는 우리 땅이여. 니들이 물러나. 안 물러나면 욕좀 볼 것이다."

정충신이 소청을 뒤에 세우고 그들을 주욱 훑어보았다. 한 놈이 정충신을 제치고 소청을 잡아당겼다. 그녀 저고리가 찢어져 아예 풍성한 우윳빛 젖이 드러났다.

"와…."

하고 젊은 되놈들이 웃는 가운데 한 놈이 정충신의 정강이를 걷어찼다. 정충신이 피하면서 곁에 세워져 있는 작대기를 들어 휘둘렀다. 순식간에 세 놈이 머리통을 싸매고 고꾸라졌다. 그는 작대기 하나로 멧돼지를 잡은 실력이었다. 원효사 옥암대사로부터 익힌 무술은 여전히 녹슬지 않았다.

윤인옥 교리가 떨면서도 정충신 곁에 서며 품에서 단검을 뽑아들었다. 정충신이 그것을 나꿔채 단번에 술방 기둥을 향해 던졌다. 단검이 피융— 소리를 내며 기둥에 정통으로 꽂히며 한동안 떨더니 멎었다. 쓰러진 놈들이 비실비실 일어나 겁먹은 얼굴로 도망을 가고, 다른 술방에서 이 광경을 지켜보던 군졸들이 방을 나와 짚신을 신고 있었다. 윤 교리가 달려가 기둥에 꽂힌 단검을 뽑아 정충신에게 쥐어주며 소리쳤다.

"너희 놈들, 감히 누구 앞에서 행패냐?"

윤 교리가 다시 외쳤다.

"이 사람은 왜놈 열 놈을 한 자리에서 목을 따버린 사람이다. 목숨 부지하려거든 점잖게 마셔라. 못 하겠다면 단검이 말을 안 들을 것이다."

사태를 알고 그들이 도망가고, 일부는 술방 문을 닫더니 잠잠해졌다. 정충신과 윤 교리가 자리로 돌아와 앉았다.

"아따 성님 점잖은 줄 알았더니만 허풍깨나 쓰요."

정충신이 말하고 윤 교리에게 술잔을 내밀었다.

"동생이 전라도 말로 공갈 때리니 저놈들이 꼼짝 못하누만? 내가 진작에 자넬 알았어야 했는데, 몰라봐서 미안해. 우리 형님 동생 하자."

그들은 소청을 옆에 두고 술로써 맹세했다.

"대감 마님이 성님을 깍듯이 모시라고 했는디, 그리하겠소."

"어떻게 그런 용기가 났나. 소청이 자네 아니었으면 큰 낭패를 볼 뻔했네."

"성님의 애첩이 당하는 걸 어찌 보고만 있겠소?"

"애첩이란 말 하지 말게. 장인 영감 귀에 들어가면 나는 죽었다 복창해야 하니까."

"형수님을 두고 바람 피면 죽었다 복창해야지요."

"그게 아니구 사연이 있네."

그러면서 그가 소청의 찢긴 저고리를 여며주었다. 소청이 갑자기 고개를 숙이고 눈물 지었다.

"안으로 가서 옷을 갈아입고 오거라. 저 자들 술방 앞으로 가지 말고 뒤켠으로 가거라."

소청이 두 손으로 찢긴 저고리를 가리며 밖으로 나갔다. 윤인옥이 담담히 말했다.

"명의 조승훈 군대가 평양성에서 왜군에게 참패당할 때 소청의 가족이 모두 죽었네. 저 아이가 살게 된 것은 여자였기 때문이지. 왜군에게 끌려가서 성놀이개가 된 것이야. 그때 고을의 젊은 의병 몇이 숨어들어가 구출해 나온 것일세. 저 아이 하체가 피로 범벅이 되어서 죽게 되어 있었다는군. 왜 군사놈 대여섯놈이 달려들어서 어린 살을 마구 후볐으니 온전했겠는가. 왜놈들도 그 짓을 해놓고는 죽어가니 방치하고 물러가버린 것이야. 그리고 흘러흘러서 의주 땅까지 왔는데, 소녀가 갈 곳이 어디겠나. 객주집에 머물다가 객주집으로 들어가서 목숨 부지하는데, 몸을 부지하는 데는 몸밖에 더 있겠나. 내가 보기에 안쓰러워서 보살펴주고 있는 것이야. 기둥서방은 본의 아닌 것일세."

"사연이 있었구만요."

"그런데 되놈 행패도 말이 아니란 말일세. 조선 여자들에게 환장하고 있네. 원군으로 왔다고는 하지만 판판이 깨진 놈들이 물건너 도망을 가면서도 여자 열 명, 스무 명, 오십 명 내놔라, 인삼 오백근, 은 천냥 내놔라, 난리가 아니네. 인삼이나 은은 내놓을 수 있지만 여자 아이를 이십 명, 오십 명씩 어떻게 차출할 수 있겠는가. 끌려가는 아이들 절규하는 모습, 그 부모들의 피눈물을 보면 사람이 할 짓이 아니네."

윤 교리는 창백한 선비로 알았는데, 그 역시 생각하는 바가 있었다. 그가 말을 이었다.

"평양에서 비밀회담이 끝났는데도 여지껏 조용하단 말이야."

"비밀회담이요?"

금시초문이었다. 윤 교리가 길게 설명했다.

명의 조승훈 군대가 섬멸되고 왜군이 평양성을 점령했는데, 잠시 잠잠한 사이 비밀회담이 열렸다. 회담에 나선 명일(明日) 양군 회담 대표들이 회담 내용을 극비에 붙이기로 했다. 그러니 알려질 리가 없었다. 윤 교리는 내막을 안 몇 사람 중의 하나였다. 역강원에서 강습을 받은 한 역관으로부터 들은 것은 이런 내용이었다.

명의 병부상서 석성이 벗 심유경을 칙사로 조선에 보냈다. 석성은 왜군 사령관에게 명군이 왜에 맞서지 않을 것임을 알리는 일이었다. 그로서는 왜군이 요동으로 건너오지 못하게 하는 일이 급선무였다. 싸우더라도 남의 나라에서 남의 나라 인명으로 피를 흘리는 일이며, 자국은 어떤 희생도 감당하지 않겠다는 것이었다.

왜군 1군사령관 고니시 유키나가 역시 싸움에 지쳐 있었다. 두 달이면 끝낸다는 전쟁이 반년이 지났고, 병참선이 끊겨서 보급이 제대로 이루어지지 않아 군사들 먹일 식량이 절대적으로 부족했다. 기아에 허덕이니 탈영병이 속출했다. 조선의 각 고을을 훑지만 그들 풀을 베어 먹는 지경이니 양곡이 제대로 나올 리 없었다. 비밀리에 화평회담 제의가 오자 옳다구나 하고 선뜻 나섰다. 그는 평양 근교 강복산의 강복원에서 명의 사신 심유경을 맞았다. 회담장에 마주 앉자 고니시가 먼저 입을 열었다.

"가져오신 협상안은 천자의 말씀이시지요?"

"당연히 그렇습니다. 먼저 제안하고 싶은 것이, 이 회담은 절대로 극비에 부쳐야 합니다."

"아니, 회담 결과를 널리 알려야 하는 것 아닙니까? 명나라는 물론이고, 우리 일본국, 조선도 알아야 회담 내용을 이행하기가 쉬운 일 아닌가요?"

"그렇지 않소이다. 조선은 일찍이 병법은 약해도 예와 의를 숭상하는 나라요. 그들에게 예와 의가 없는 행동을 하면 칼이 목에 들어가도 굽히지 않소이다. 그래서 서서 죽는 한이 있어도 무릎 꿇지 않는다고 하지 않습니까. 처처에서 의병을 일으킨 것이 그것을 웅변합니다."

고니시 유키나가가 눈을 껌벅거렸다. 심유경이 덧붙였다.

"이 회담은 조선 몰래 조선반도를 두 토막 내서 서로 나눠가는 것이 될 것이오. 상호 싸움의 근원을 제거해야지요. 사실 우리가 싸울 일이 무어겠소. 조선은 우리의 속국이오. 이것을 반분하는데, 철저하게 비밀에 붙입시다. 조선이 알면 유생들이 가만 있지 않을 것입니다. 그리고 두 달간 휴전합시다."

지쳐있는 고니시로서도 듣던 중 반가운 말이었다. 다만 함경도를 점령한 가토 기요마사 2군사령관이 문제였다. 그는 호전광으로 전쟁에 취미를 갖고 있는 장수였다. 그것이 걱정되었지만 휴전은 성립되었다. 심유경이 본국으로 돌아가기 전 의주의 행궁을 찾아 선조를 알현했다.

"우선 두 달간 휴전하기로 했나이다. 그 사이 좋은 해결책을 찾기로 했습니다."

선조는 심유경의 손을 잡고 감격했다.

"날뛰는 왜군을 잠재우다니 참으로 훌륭한 일을 해냈소. 우리는 이제 발을 뻗고 잘 수 있겠지요? 심 칙사만 믿겠소이다."

여기까지 말을 들은 정충신이 버럭 소리를 질렀다.

"발을 뻗고 잘 수 있다니요? 그 소중한 시간을 발뻗고 잘 일이냐고요? 전쟁 준비할 시간을 허비하다니요?"

정충신이 자리에서 일어나려는데 소청이 새 한복으로 갈아입고 술방으로 들어왔다.

"서방님께 술 한잔 정중히 올리려구요. 동생분도 오셨으니까요."

눈을 내리깔고 웃는 모습이 아리따웠다. 처녀티가 완연해서 색기가 풍겨져 나왔다.

"그럼 한 잔만 받고 나가자."

윤 교리가 정충신을 주저앉혔다.

"저는 서방님이 아니면 이 세상 사람이 아니어요. 몸 구완하라고 보약도 지어주시구, 편안한 술방에도 들어앉히셨어요."

소청이 정충신을 향해 말하고 공손히 술잔을 올렸다. 정충신이 잔을 받자 소청이 넘치게 술을 따랐다.

"이 사람은 나보다 댓 살 연하지만 생각이 깊고, 의리가 있는 총각이야. 저기 이천오백 리 밖 전라도 광주에서 올라온 총각인데, 용기 있고 무예가 깊지. 장차 세상 흔들 인물이 될 거야. 그래서 동생 삼았네. 장인 영감이 일부러 불러서 인물로 키우려는 사람이지. 나와 내기를 해서 내가 졌는데, 그래서 내가 술을 한 잔 내는 거야. 장인 영감한테 내 체면을 세워준 총각이야."

윤 교리가 설명하자 정충신이 그녀에게 물었다.

"전라도 땅 알랑가 싶소?"

"알아요. 전라도 쌀, 전라도 생선이 최고로 치죠. 지체있는 분들이 객주집에 오면 전라도 생선부터 찾아요."

"전라도 생선이 여기까정 오면 곯아터질 턴디요?"

"그러니까 염장이라는 게 있잖나. 숭어, 전어, 굴비라는 것이 모두 염장해서 바닷길을 타고 올라오거든."

윤 교리가 아는 체를 했다. 소청이 나섰다.

"도련님 만나 뵈서 영광이에요."

"영광일 것 없지라우. 나는 오늘로 주막과는 이별인게요."

"왜?"

윤인옥이 놀라서 물었다.

"사내대장부가 술집에서 살아서 쓰겠소? 그 시간이면 검술이나 궁술, 병술을 익혀야지요."

"백날 그것만 익히나? 놀 때도 있어야지."

"윤 교리야 밥먹고 하는 일이 한서 쑤셔 파는 일이제만, 나가 할일은 병법 쓰는 것 아니요?"

윤 교리가 껄껄 웃었다. 문이 와장창 하고 열렸다. 문짝이 간단없이 부숴졌다.

"너 이년, 또 여기 와 있나? 도대체 이 자들이 어떤 놈들이관대, 이 자들에게 뻑 가있냐? 나오지 못해? 주인 마누라 부를까?"

명군이었다. 그들은 소청이 들어오기를 기다렸던 모양이다.

"여자가 안 가겠다는데, 왜 강압적이요?"

윤 교리가 꾸짖자 명군이 소리쳤다.

"니놈들이 우릴 괄시할 수 있어? 우리가 누구냐? 주제도 모르면서 계집을 탐하다니…."

"뭐여?"

정충신이 소리쳤다.

"너는 뭐야? 이 자식을 조져라. 아까도 행패를 부리더니 손모가지 든 발모가지든 분질러버려라."

그러나 정충신이 한수 빨랐다. 정충신이 몸을 날려 이단옆치기로 명군의 가슴을 차례로 찼다. 그들이 아이쿠! 신음소리와 함께 저만 치 바닥으로 굴러떨어졌다. 정충신이 그들을 늑신하게 팼다. 명군이 되놈말로 쌀라대자 명군 대여섯 명이 옆 술방에서 뛰쳐나왔다.

"처우니마!(씨발), 또 그놈이야?"

명군 놈들이 떼거리로 달려들었다. 정충신이 벽에 세워져있는 몽 둥이를 집어들어 휘둘렀다. 모두들 머리와 이마가 깨져서 피투성이 가 되어 쓰러졌다. 한 놈이 일어나 소청을 낚아채며 검으로 소청의 목을 겨누고 소리쳤다.

"이 새끼, 더 이상 까불면 이 기생년은 저승 가는 거야!"

소청이 떠는데, 다른 두 놈이 윤인옥에게 달려들어 그를 차고 밟 기 시작했다. 문약(文弱)은 어쩔 수 없는지 그는 묶인 개처럼 고스란 히 엎어터지고 있었다.

"너 대들면 두 연놈을 찢어발라 죽인다!"

명군이 칼을 휘두르며 정충신을 위협했다. 정충신이 술방을 나왔 다.

"충신아, 우릴 두고 가면 어떡해? 우리 죽으라는 거야?"

윤인옥이 울면서 소리쳤다. 정충신이 방을 나온 것은 그들을 유인 하기 위해서였다. 명군의 타격 대상은 윤인옥과 소청이 아니다. 정 충신을 잡기 위해 소청을 인질로 잡았는데 정작 그가 사라져버리면 타격 대상을 잃는 것이다. 놀란 것은 그들이었다.

"저 새끼 쫓아라."

그들이 우루루 밖으로 몰려나왔다.

"성님, 도망가불소!"

정충신이 윤인옥과 소청을 향해 소리치고 옆 고샅으로 사라지는데 어느새 세 놈이 그의 뒤를 따랐다. 정충신이 길 모퉁이로 돌아서 모서리에 숨자 어느새 다른 두 놈이 그의 앞을 가로막았다. 뒤에서 쫓아오던 세 놈도 그에게 따라붙었다. 뒷 놈이 몽둥이로 그의 등짝을 갈기자 정충신이 쓰러졌다. 뒤이어 여기저기서 몽둥이가 들어오며 매타작이 시작되었다. 늘씬하게 얻어맞는데 명의 부장쯤 되는 자가 외쳤다.

"야야, 시시하게 저런 쪼맹이한테 대여섯 놈이 붙어서 뭐하자는 수작이야? 체모가 아니다. 멈춰라."

매타작이 멎었다. 그가 다가오더니 정충신을 일으켜 세웠다.

"정신이 도는가?"

정충신의 코에서는 코피가 쏟아지고, 눈두덩이는 불이 난 듯 화끈거렸다.

"정신은 도요."

"그럼 싸울만하재? 남자답게 일대일로."

"일대일이라면 아무나 좋다. 대신 목숨 내기다."

부장이 정충신과 명군 무리를 번갈아보더니 말했다.

"떵하오! 내 장검을 주마."

그가 정충신에게 차고 있던 장검을 던졌다. 그리고 자기 군사를 향해 소리쳤다.

"이 자와 붙을 자 나와라. 이기면 귀향조치하겠다."

그러나 나서는 자가 없었다. 명나라의 군대 수준이 형편없다는 것은 알려진 사실이지만, 여기서도 알 수 있었다. 연전연패의 전과에

서 드러나듯이 그들은 잡기에 능해도 담력도 용기도 싸움도 보잘 것
없는 자들이었다.

넓은 대륙에서 영웅 하나 나오지 않는 것을 보면 그들 군대의 수
준을 알아볼만 했다. 이 점 정충신은 간파하고 있었다. 흘러내린 코
피를 손으로 받아 뿌리며 정충신이 소리쳤다.

"나오랑게! 대장부가 비겁하게 꼬리 내리면 되냐? 그런 몸으로 여
자를 탐하냐고?"

한 놈이 앞으로 나왔다. 장신에 무게가 스무관은 나갈 몸집의 병
사였다.

"부장님, 이기면 제대한다는 것이지요?"

"물론. 지면 목숨이 나간다."

그가 진다고 보는 사람은 아무도 없었다. 체격 차이가 거미와 거
북이 꼴이었다. 겨누자마자 그는 정충신의 장검 등으로 따닥! 정수
리를 맞고 쓰러져 혼절했다. 정충신이 칼을 겨누어 몸을 두동강이
내려는데 명의 부장이 소리쳤다.

"동작 그만!"

정충신이 여전히 기합을 넣어 장검을 모두어 쥐었다. 부장이 대신
쓰러진 장신 병사의 배에 창을 내리꽂았다.

"명나라 명예를 더럽힌 놈. 그나마 조선 병사에게 죽는 수모는 면
해주는 거야."

병사가 사지를 바르르 떨더니 숨을 거두었다. 흙바닥에 피가 홍건
히 번지고 있었다.

"넌 가라."

정충신이 성큼성큼 밖으로 나갔다. 부장이 등뒤에서 소리쳤다.

"검은 주고 가야지."

정충신이 부장에게 검을 던져주고 골목 밖으로 나왔다. 부장은 졸개들을 인솔해 부대 쪽으로 사라졌다. 정충신이 술방을 다시 찾자 윤인옥과 소청은 사라지고 없었다. 다른 계집이 나타났다.

"나더러 서방님 모시라고 했어요."

그녀는 열예닐곱쯤 되어보이는 앳된 소녀였다.

"도련님 이마가 깨졌어요."

어린 기생이 놀라면서 안으로 들어가더니 한 순갈 된장을 떠왔다.

"관둬라. 윤 서방님을 찾아야 한다."

"이마에 붙이셔요."

그녀가 정충신의 이마에 찰싹 된장을 갖다 붙였다. 정충신은 머리가 지끈거리고 몸이 욱신거렸으나 윤인옥을 찾는 일이 급했다. 혼자 집에 들어갈 수 없고, 윤인옥이 기생과 함께 사라졌다고 고자질할 수는 더더군다나 없었다.

"자네 이름이 무엇인가."

"소선이에요. 소청이가 바로 언니지요."

"친언니?"

"기방에선 만나면 나이를 따져서 언니 동생 하지요. 저는 소청 언니와 의자매를 맺었어요."

"그렇다면 행방을 잘 알렀다?"

정충신이 어른처럼 따졌다.

"윤인옥 나리가 서방님을 모시라고 하셨다니까요."

"주색 땀시 나가 여기 온 것이 아니여. 그 사람, 어디로 간 것이여?"

"찾지 말라고 하셨다니까요."

그렇게 말한 이상 그의 거처는 이 어린 기생이 알고 있다는 뜻이다.

"나가 그분을 찾들 못하면 집에 못 들아간다니께. 그 꼴 볼 것이여?"

"나랑 함께 지내시면 안 되나요?"

"뭣이라고?"

말도 안 되는 일이었다. 이것저것 팽개치고 어린 기생과 놀아난다? 그렇다면 여기 온 이유가 무엇인가. 윤 교리가 그렇더라도 자신은 그래서는 아니되는 것이었다. 물론 윤 교리도 아니되는 일이다. 윤 교리를 찾아 집으로 모시고 가야 한다. 사나이 의리로서 마땅한 일이고, 함께 술 먹고 우정을 지키는 일이다.

"행선지를 안 가르쳐 주면 소선이 나한티 매를 맞아얄랑개비다!"

소선이 큰 눈을 껌벅거리며 울상을 지었다. 그와 나이 차이도 없는데 의젓하게 나오니 소선도 그가 오빠처럼 받아들이고 있었다.

"암만해도 매를 맞아야 쓰겄어."

정충신이 눈썹을 치켜올리자 그녀가 말했다.

"군마들이 모여있는 마방 뒤채에 조그만 살림집이 있어요. 거기에 방을 얻어 함께 지내고 있어요."

마방은 통군정 아래쪽 군마청에 있었다.

정충신이 저자거리로 나오자 명군 패거리들이 거리를 활보하고 있었다. 강 하나 건너면 중국 땅이니 그들은 전부터 의주 땅으로 건너와 거리를 누비고 다녔다. 평양성 싸움 이래 대동강 이북은 명나라 땅이 된다는 소문이 돌았고, 그것을 증명이라도 하듯 명의 패잔병들이 건너가지 않고 의주땅에 머물렀다. 의주는 명의 수중에 들어가 있는 듯이 보였다.

의주는 엄연히 조선의 심장이다. 상감마마가 주석하고 있다면 두

말 할 필요가 없다. 정충신은 그들을 보자 분노가 솟구쳤다. 왜놈 군사도 적이지만 명군도 우호적이랄 수 없었다. 원군으로 들어왔다고 해도 약탈에 부녀자 겁탈을 밥먹듯이 했다. 원군이랄 것이 없었다.

정충신이 군마청 안으로 들어가 마방 앞에 이르러 낮은 목소리로 윤인옥을 불렀다.

"윤 교리 나오시오."

그러자 안에서 부시럭거리는 소리가 나는 것 같더니 일시에 멈췄다.

"윤 교리가 안 나오면 쳐들어갑니다."

잠시후 윤인옥이 겸연쩍은 얼굴로 밖으로 나왔다. 뒤따라 나온 소청이 말했다.

"서방님, 내가 가자고 우겼어요."

그녀의 변명을 묵살하고 정충신이 엄하게 말했다.

"어서 갑시다. 나 혼자 들어가면 대감 마님한티 개피날 틴디, 고것도 모르고 기생집으로 숨어들었소? 도대체 정신이 있소 없소?"

"알았네. 나도 가려고 했어. 일은 벌써 끝났어."

윤인옥이 댓돌의 신발을 골라 신고 앞장 섰다. 고샅길로 접어들자 명군 일당이 군마청을 기웃거리고 있었다. 그들의 행동이 이상했다.

"니놈들 뭐냐?"

정충신이 그들을 향해 소리쳤다. 그들이 멈칫거렸다가 도망가기 시작했다. 도망가는 놈이 범인이다.

"게 섰거라!"

정충신이 뒤쫓자 도망가던 명군 네 놈이 갑자기 뒤돌아서서 역공 자세를 취했다. 정충신과 윤인옥이 서로 등을 맞대고 서서 전투대형을 갖추었다. 정충신이 칼을 빼들었다.

"너희들 뭣하는 놈들이냐?"

차돌처럼 단단하게 생긴 정충신의 검술자세는 빈틈이 없었다. 그들은 정충신의 실력을 알고 있다는 듯 덤벼들 생각을 하지 않았다.

"싸우고 싶지 않다. 다만 해야 할 일이 있다."

"무엇이냐. 이 사람을 노리느냐?"

정충신이 윤인옥을 가리켰다. 그들은 윤인옥의 거처지에서 얼쩡거리고 있었지 않았는가.

"사실은 너를 찾고 있는 중이었다. 니놈 멱을 따서 상관에게 바치고, 우리 할 일을 하려고 했다. 우리 군사를 죽였지 않느냐."

"내가 니 병사를 죽인 것이 아니다. 너의 부장(副長)이 죽인 것이다."

"너로 인해 죽었다."

"그런 식으로 하자면 끝이 없다. 도우러 왔으면 진정으로 도와야지 행패에 부녀자를 탐하고, 약탈하고, 그렇다면 왜놈들과 무엇이 다르냐. 조선은 일찍이 동방예의지국으로서 예와 법도를 숭상하고, 여성의 정조를 생명보다 아낀다. 그런데 왜놈보다도 나쁘게 행동한다. 그건 대국의 체모가 아니잖느냐. 우리가 대국에게 무엇을 배우겠냐."

그러자 조장인 듯한 병사가 말했다.

"나는 동충평 군마 부장(副將)이다. 어마감, 태복시 소속이다."

"어마감, 태복시?"

"그렇다. 말을 기르는 관청이다. 어마감에서 말을 기르고, 기병대를 조직하여 적과 맞서도록 한다. 여기 나를 따르는 병사들은 남방에서 왔는데, 보병을 주축으로 하는 남군 출신들이라 어마감에 배치되었어도 서툴러서 말을 다루지 못한다. 그통에 말을 네 마리나 잃어버렸다. 군마 하나당 쫄개 목숨 다섯 개다. 네 마리가 없어졌으니 스무놈이 살았다고 할 수가 없다."

그것을 채우려고 통군정에 설치된 조선 군마청을 기웃거리고 있었던 것이다. 동충평이 말했다.

"우리 말이 여기 와 있는지 모르겠다. 너희들 해치지 않을 것이니 마방을 한번 보게 해달라."

"우리는 마방 병사가 아니다. 너희들 보유 말이 몇 마린가?"

"나는 감숙성의 산단(山丹)군마장에서 말을 기른 조련사다. 산단은 서한시대부터 말을 키운 명마 사육장인데, 역대 왕조들이 산단 군마장의 말을 사용할 정도로 말의 품질이 우수한 곳이다. 조선의 삼분지 일만한 초원지대에 한때는 백만 마리의 말과 오십만 마리의 낙타를 길렀으나, 몽골족에게 약탈을 당하고, 어느 해는 돌림병이 돌아 말이 몰사를 해서 명대(明代)에 와서는 군마의 규모가 이십만 마리로 줄었다. 이들 말들이 북방 흉노족, 몽골족과 맞서고 있다. 나는 마필 오백 두를 이끌고 평양성 전투에 투입되었으나 폭우가 쏟아지는 진창구럭에서 태반을 잃고 의주로 후퇴했다. 군마병 숫자가 부족해서 남방 병사들을 어마감 군마방에 편성했는데, 이놈들이 말을 제대로 먹이지도, 다루지도 못해서 말들이 도망가거나 잃어버렸다. 말이 한 번 튀면 한 순간에 백 리를 달리니 놓쳤다 하면 잡지 못한다. 우리 부대 말은 우수한 말이어서 금방 표가 난다."

"키가 큰 말을 말하는가?"

"그렇다. 호말은 너희들 것과 근본이 다르다. 몽골 말과 서역 말의 우량종 교배로 번식한 산단 말은 체형이 균형잡히고 기품이 있지. 덩치가 크고 근육이 발달하고 사료에 까다롭지 않아서 어느 곳에서나 적응성이 뛰어나다. 속도와 지구력이 뛰어나서 하루종일 달려도 땀 한번 쏟으면 거뜬하다. 그런 말을 네 필이나 잃어버렸다. 숫자가 많으면 눈에 띄지 않지만 얼마 안 되는 군마 속에서 네 마리나 잃어버렸으니 돌아가면 모두 골로 간다."

"그래서 도적질하러 온 것이여?"

"도적질은 무슨 도적질, 우리 말이 있나 살피러 왔다니까."

"나는 군마병이 아니다. 그리고 뭐라하든 너희는 도둑이다. 도우러 온 자가 적인지 우군인지 모르겠다."

"우리는 몽골족, 만주족, 흉노족과도 싸운다. 너희들은 왜군과만 싸우지만 우리는 더 복잡하다니까. 우리가 조선에 원군으로 나온 것은 자식이 매맞는 꼴 보는 게 민망해서다. 내 말 잘 들어라. 요동총병 양소훈 장군이 명령하여 사대수 휘하 오천 병사들이 의주 대안의 방비를 위해 파견되었다. 다른 한편으로 신기영 좌참장 낙상지 장군이 휘하 남병 3천 명을 이끌고 압록강을 넘었다. 신기영은 알다시피 수도 북경수비대로서 화포를 스무 문이나 가진 대병이다. 여기 나를 따르는 자들은 남병 출신들인데 이들을 잘 구슬려야 남병 동태를 파악할 수 있다."

그러면서 그가 하는 말은 의외였다.

"이놈들을 활용하면 조선군에게도 도움이 될 것이다. 명은 남병을 동원하여 일본 본토를 치기로 했다. 이때 조선이 밀어붙이면 왜는 꼼짝없이 당하게 되는 것이다. 왜는 양방의 공격을 감당하지 못할 것이다."

"그 말 사실이렸다?"

"사실이다. 남방 광저우 닝보 항저우 상하이 병사들이 해류를 타면 일본 규슈와 시코쿠로 곧바로 올라갈 수 있다. 이 군대가 왜군이 우글거리는 곳을 친단 말이다. 그러면 조선반도에 들어온 도요토미

의 군대는 고립되고, 그때 명조(明朝)연합군이 이것들을 쳐버리면 된
단 말이다. 전선을 두 군데로 분산시키면 왜를 잡을 수 있다."

"그 말 사실인가."

윤인옥이 물었다.

"비싼 밥먹고 허튼 말 하겠느냐."

정충신이 윤인옥에게 낮게 속삭였다.

"이거 대단한 첩보요. 어서 가서 대감 마님한티 알려야겠소."

"저 자들이 우릴 보내겠느냐? 말을 내놓으라고 하는데…."

"내 복안이 있소. 저놈들을 달래서 델꼬 갑시다. 어차피 사명감은
없고, 목숨만 부지하면 무슨 짓인들 할 놈들이니까 저놈들이 좋아하
는 것을 앵겨주면 될 것이요."

"저놈들이 좋아하는 것이 무엇이관대?"

"잘 먹이고 여자를 넣어주면 되지라우."

정충신은 두 가지 지략을 생각했다. 남방 병사들이 일본을 친다니
정보를 탐지해 전략을 세우고, 북방 출신인 동충평은 군마병이니 말
을 기르는 데 도움이 된다.

조선은 일찍이 제주도에서 태어난 말을 전라도 망운 목동리에서
길러 한양 왕실로, 또는 각 부대로 배치하고 있었으나 종자가 작아
서 전투용으로는 적절하지 않았다. 왜놈 기병들의 군마의 기세에 곧
장 꺾이는 것이 조선 말들이었다. 이 자들을 데리고 가서 종마의 씨
를 잘 배양하면 준마를 뽑아내는 데 용이할 것이다. 군마 한 마리는
군졸 수십 명보다 효용성이 있는 전투 자산이다.

"너희들 배고프냐? 따뜻한 이밥과 고깃국부터 먹여주겠다. 명의
원군을 우리가 잘 대접하지 않은 것도 결례다."

정충신이 말하자 동충평이 의심없이 물었다.

"여자도 있나?"

"두말 하면 개소리지."

얼마나 갈구했던 욕망인가. 동충평이 하, 하고 크게 입을 벌려 웃었다.

"밥 한 끼 제대로 먹어본 적이 없다. 몸도 풀어본 적이 없고…."

진중의 고달픔을 정충신은 알고 있다.

"우리 집으로 가자."

정충신이 말하자 동충평이 부하 셋을 바라보더니 말했다.

"가자. 배불리 먹고 오자."

남방 병사 한 놈이 우물쭈물했다. 몸을 뒤로 빼더니 도망가기 시작했다. 동충평이 달려가 그의 등에 칼을 꽂아 쓰러뜨렸다.

"지휘관의 명을 거역하는 놈들, 이탈하면 가는 거야. 밀고하면 나는 투항해버릴 거니까, 알아서들 해. 어차피 군마 잃고 죽을 목숨들, 각자도생해라."

나머지 두 병사가 떨었다. 정충신이 말했다.

"동충평 부장은 이제 원대복귀할 수 없다."

"그렇지. 돌아가면 효수가 될 것이다."

동충평이 쉽게 동의했다. 정충신은 그들을 인솔해 통군정 기지로 들어갔다.

병조판서 이항복은 정충신과 윤인옥을 사랑채에 불러 앉혀놓고 못마땅한 표정을 지었다. 정충신과 윤인옥 뒤에 명군 군마병 동충평과 졸개 두 명이 머리를 숙이고 앉아 있었지만, 이들로부터 인사를 받은 이후에도 그는 입을 열지 않았다. 나라를 걱정하되 해결되는 것이 없어서 괴로운 마음으로 퇴궐했는데, 집에 들어서자마자 사위와 정충신이 웬 낯선 명나라 군사와 함께 히히덕거리고 있었던 것이다.

이항복은 윤인옥의 외모는 멀쩡하고 정충신이 머리가 깨지고 복색 또한 흙먼지 투성이인 것을 보고 이것들이 저자에 나가서 건달들과 한바탕 다투고 온 것이 아닌가 하고 불쾌감을 감추지 못했다.

"충신아, 너는 의주 주먹이 되려고 여기 올라왔느냐?"

백사 대감이 엄하게 물었다.

"그것이 아닙니다요."

"그것이 아니라면 무엇이렸다?"

"말씀드리기 황공하오나…."

이항복이 정충신의 말을 묵살하고 사위 윤 교리에게 시선을 보내 더니 나무랐다.

"너는 또 무엇이냐. 보아하니 저잣거리에 나가서 싸운 모양인데, 명군 병사들과 다툰 것인가? 윤 교리는 정충신이 저토록 맞도록 지 켜보고만 있었단 말인가?"

윤 교리가 우물쭈물하자 정충신이 나섰다.

"대감 마님, 윤 교리는 저를 도왔사옵니다. 소인이 날뛰었을 뿐입 니다. 명군을 무찔렀고마요. 소인이 다섯 대 맞고 명군은 오십 대는 맞았고마요."

"그래서 이 자들을 잡아온 것이냐?"

"이 자들은 다른 일이옵고…."

"다른 일이옵고라니?"

정충신이 저잣거리와 압록강변 나루터 주막에서 겪었던 일들을 가감없이 설명했다.

"오호, 그래서 저놈들을 잡아왔다?"

"그렇사옵니다. 아군 기병들이 기마 병술(兵術)을 익히는 데 도움이 될 것 같아서 일부러 데리고 왔고만이요. 기마 조련법은 물론 종마를 길러서 씨를 뽑아내는 기술도 가지고 있는 군마병이옵니다. 우리 군마의 질이 획기적으로 달라질 것이옵니다."

"누구 생각이더냐?"

"제 생각이옵니다. 우리 기병의 세가 떨어져서 걱정하던 차, 이 자들을 만나니 그런 생각이 났고만이요."

이항복이 한동안 정충신을 살펴보더니 가볍게 무릎을 쳤다.

"아군의 군사력이 떨어지는 것은 기병부대 숫자가 적고, 말이 부족해서니라. 나도 그 점 깊이 우려하였노라. 힘이 약하니 왜군이건 오랑캐에게건 나가면 초장에 무너졌던 것이지. 기병대 본진에 저놈들을 조교로 갖다붙이면 되는 것이렸다? 도망가버리면 어떡할 것이냐."

"도망은 못 갈 것입니다요."

"왜?"

"자기 부대 군마를 몽땅 잃었고, 팔아먹기도 하고, 또 부하를 베었사옵니다. 장난하듯이 베어버리드마요. 자기 부대로 돌아가긴 힘들 것이옵니다."

동충평은 이항복 대감과 정충신이 나누는 대화를 멀뚱히 쳐다보며 불안한 빛을 보였다.

"명군의 기강이 해이해 있긴 하다. 전시도 아니고 평시도 아니고, 또 지들 전쟁도 아닌 묘한 전쟁에 투입되었으니 이 자들은 절박성도 없고 책임의식도 없다. 그런 병사들이 사명감을 갖고 우리를 도우겠느냐? 풍기만 어지럽히니 걱정이 크다."

"얘네들 기병부대에 있는 좋은 군마를 끌고 오게 할 생각도 가지고 있는디요?"

"고것이 말이 되느냐. 뭐라고 해도 저들은 명나라 군사다. 믿을 것이 못 된다."

"소인이 해볼랍니다. 대감마님께서 말씀하셨듯이 요것들은 사명감이나 직업의식 같은 것은 없고요. 배때지 따뜻하게 멕이고, 가끔씩 여자 붙여주면 정신줄 놓을 거구마요."

이항복 대감이 혀를 차며 동충평을 바라보았다. 동충평이 멋모르고 웃고 남방 출신 병졸들도 따라 웃었다. 순진하다 할까, 어리석다 할까, 무슨 일을 시켜도 들어줄 쌍판대기였다.

"무슨 일이고 이것들이 수순(手順)하겠다는 것인가?"

"그럴 것잉마요."

이항복이 웃자 명군 셋이 하나같이 "쎄쎄" 했다.

"데려온 것은 잘한 일이다. 하지만 윤 교리와는 더 이상 어울리지 마라."

"장인어른, 소인은 못된 짓 안 했습니다."

윤인옥이 반발했다.

"순진한 아이 데리고 기방 출입이나 하면 되겠는가?"

이항복은 그의 뒤를 캔 듯이 알고 있었다. 하긴 꼬리가 길면 잡힌다.

"대감 마님, 그것이 아닝만요. 기생집은 아니고 주막이었나이다."

정충신이 변명했지만 이항복은 묵살했다.

"말 안 해도 알고 있다. 기방이나 주막이나 상습범이여. 그러니 지방으로 내려 보내겠다. 정충신은 내일부로 오전에는 병서를 읽고, 오후에는 무술을 닦아야 한다. 무과 시험이 얼마 안 남았다. 이치전에 투입되었다고 해도 정탐병 수준이었으니 정규전과 유격전을 익히고 군 지휘통솔력을 익혀야 한다. 훈련원에서 체계적으로 무술을 익혀야 하느니라. 알겠느냐?"

"알겠습니다."

"한 가지 더 임무를 부여할 것인즉, 명나라 말을 똑부러지게 배워야 한다."

무슨 말뜻인지 몰라 정충신이 멀뚱히 이항복의 다음 말을 기다렸다.

"전쟁이란 전투만 잘해서 이기지 않는다. 외교전이 더 큰 전쟁을 이길 수 있다. 명·왜(명나라와 왜국)가 싸우고는 있지만 그들은 뒷전에서 외교로써 담판을 짓고 있다. 조선반도 운명이 그들 세치 혀에 의해 판가름날 판이다. 앉아서 당하겠느냐? 조선국이 사라지는 것을 지켜보아야만 하느냐? 조명과 조일 관계를 새롭게 정립해야 한다. 우리가 그에 대비해야 하고, 그러기 위해서는 외국말부터 할 줄 알아야 한다."

이항복이 재차 더 설명했다.

"정충신은 북방계의 군마병에게서 군마술을 익히는 한편으로 왜말도 익혀라. 남방 중국어도 필요할 것이니 남방병사에게서 남방어를 배우도록 하라. 남방병사들이 유구(오키나와)로 쳐들어간다는 풍문이 있다. 낡은 세대는 어쩔 수 없는즉, 넓은 세상을 보아야 하느니라. 늙은것들은 우물 안에 갇혀 살다 보니 천지분간을 못했다. 그래서 수구다. 세상 어떻게 돌아가는지 모르고 울에만 갇혀 지냈으니 손자병법의 가르침을 모르고 있다. 손자병법의 기본철학이 무엇인 줄 아느냐?"

"지피지기면 백전불이(知己知彼 百戰不殆)이옵니다."

"그렇다. '고왈: 지피지기 백전불태, 부지피이지기 일승일부, 부지피부지기 매전필태'(故曰: 知彼知己 百戰不殆, 不知彼而知己 一勝一負, 不知彼不知己 每戰必殆)니라. 이 말을 우리말로 옮기면 무엇이냐."

"'적을 알고 나를 알면 백번 싸워도 위태롭지 않다. 적의 상황을 모르고 나의 상황만 알고 있다면 한 번은 승리하고 한 번은 패한다. 적의 상황을 모르고 나의 상황도 모르면 매번 전쟁을 할 때마다 필히 위태로워진다' 이옵니다. 지피지기는 일반적인 사람들의 지기와 지피의 개념으로서 나와 너는 독립적으로 구분이 되었기에 우군과 적군이라는 개념으로 봅니다마는, 손자에 따르면 백전불패가 아닌 백전불태를 씀으로 해서 다음과 같은 해석을 하였나이다."

"어떤 것이냐."

"'내가 아닌 모든 것이 너인 고로 그것은 적이라는 개념이다, 그 적은 적군도 있지만, 기후와 자연, 지형지세, 세상 민심, 하늘의 운 등 일어날 수 있는 모든 확률을 계산에 넣은 것'이옵니다. 그것 또한 적이 될 수 있다는 뜻이옵니다. 백전불이 중에는 끼칠 이(貽)가 있고, 백전불태에는 위태로울 태(殆), 아이 밸 태(胎)가 사용됩니다. 소인은 백전불이의 개념이 타당하다고 보고 있나이다."

"그렇도다. 지피에는 적군도 있지만 자연, 기후, 지리, 지형조건, 천지운세도 있느니라. 이 모든 걸 알면 천리를 뚫게 되므로 백전백승이니라. 그런데 우리는 나 스스로를 몰랐지만 적에 대해선 더 무지했다. 통신사로 왜나라에 건너간 정사 황윤길과 부사 김성일은 정파적 이해에 따라 적의 동태를 구분했는데, 이중 김성일이 오판한 것이 뼈아픈 실책이었다. 황 정사는 왜의 정세를 살피는 한편으로 왜나라를 통일한 도요토미의 인물 됨됨이를 객관적으로 판단했다. 생김새는 쥐새끼같이 볼품이 없어도 교활한 야망의 눈을 갖고 전쟁계획을 세우고 있다고 하여 머지않아 조선에 병화가 있을 것이라고 했다. 그런데 김성일은 황윤길이 볼품없는 도요토미를 띄우고 있다면서, 황 정사가 민심을 동요시키고 있다고 몰아세웠지. 자기 정파가 아니니 그것으로 제거하려는 방편으로 삼은 것이다. 황 정사가 세에서 밀리니 그의 논리도 밀리고, 김 부사의 잘못된 정보는 세가 강하니 받아들여졌는 바, 그래서 졸지에 왜의 침략을 맞았느니라. 지피지기의 기본도 모르고, 오로지 정파적 이해로만 사태를 구분했으니 털려버린 것이다. 쥐새끼같이 볼품이 없다고 침략야욕이 없는 것이 아니고, 상이 그럴 듯하여도 호걸이 아닌 놈은 아닌 것이다. 쥐새끼에게도 눈에 광채가 있고, 담력과 지략을 갖출 수 있는 것인데, 편견으로 사태를 그르쳤다. 그래서 백전불이가 맞도다. 사물에는 이토록 철학이 있는 법, 너는 천문, 지리공부도 해야 한다. 앞으로는 외교전이니 왜의 말을 알아야 하고, 대국 말을 익혀야 한다. 군마 다루는 솜씨는 물론 마의학(馬醫學)도 익혀야 하느니라."

"배우는 것이라면 무엇이든지 하겠습니다."

이항복이 자세를 고쳐앉더니 다시 당부했다.

"지금 보다시피 조선국은 전쟁중인데도 조정은 주린 이리떼처럼 서로 물고 뜯고, 찢고 빨고 난리다. 한치 앞을 내다보지 못하고 자기들 이익을 탐하는 쟁투를 벌이다 보니 나라가 개꼴이 되었다. 환멸을 느낄 때가 많아서 나는 물러앉아 있다만, 너는 세상을 넓게 멀리 보아라. 곧 방어왜총병관 이여송 장군이 올 것이다. 그를 내가 맞을 것이다."

이여송은 1592년 섣달 조선에 왔다. 왜란 무렵 명나라 병부상서 석성—요동총병 양소훈—방해어왜총병관(防海禦倭總兵官) 이여송으로 군 계보가 짜여졌는데, 그는 왜군 격퇴의 총사령관 격이었다. 양소훈과 이여송은 쌍벽이었으나 조선에 들어와서는 역할을 완전히 분리했다.

— 2권에 계속

깃 발 ❶
― 충무공 금남군 정충신 ―

초판 1쇄 발행 2021년 1월 25일

지은이　　이계홍
펴낸이　　윤형두 · 윤재민
펴낸곳　　종합출판 범우(주)

등록번호　제 406―2004―000012호(2004년 1월 6일)
　　　　　(10881) 경기도 파주시 광인사길 9―13 (문발동)
대표전화　031)955―6900, 팩스 031)955―6905

홈페이지　www.bumwoosa.co.kr
이메일　　bumwoosa1966@naver.com

ISBN 978―89―6365-304-4 04810